全国艺术职业教育系列教材·高职卷

全国文化艺术职业教育教学指导委员会、中国艺术职业教育学会推荐教材

文学鉴赏

（第二版）

主　编　易介南

副主编　晏　妮　卢　涛　刘坚平

WUHAN UNIVERSITY PRESS

武汉大学出版社

图书在版编目(CIP)数据

文学鉴赏/易介南主编. —2 版. —武汉：武汉大学出版社，2013.8
全国艺术职业教育系列教材·高职卷
ISBN 978-7-307-10667-3

Ⅰ.文…　Ⅱ.易…　Ⅲ.世界文学—文学欣赏—高等职业教育—教材
Ⅳ.I106

中国版本图书馆 CIP 数据核字(2013)第 070041 号

责任编辑:易　瑛　　　责任校对:刘　欣　　　版式设计:韩闻锦

出版发行：**武汉大学出版社**　(430072　武昌　珞珈山)
(电子邮件：cbs22@ whu. edu. cn　网址：www. wdp. com. cn)
印刷:荆州市鸿盛印务有限公司
开本：787×1092　1/16　　印张:16.25　字数:363 千字　插页:2
版次:2009 年 5 月第 1 版　　2013 年 8 月第 2 版
2013 年 8 月第 2 版第 1 次印刷
ISBN 978-7-307-10667-3　　定价:35.00 元

总　　序

在我国实施文化强国战略和职业教育事业实现跨越式发展的大背景下，艺术职业教育在办学理念、办学规模、办学效益以及教学改革、培养质量和办学条件等方面都取得了长足进步。六十年传统积淀、十余载创新发展，伴随着中等职业教育的稳定前行，高等艺术职业教育蓬勃而兴，不仅提升了我国艺术职业教育的层次和水平，更为艺术职业教育注入了巨大生机与活力。

当前，艺术职业教育机遇与挑战并存，特色与创新共进。紧跟文化产业发展步伐，适应艺术人才就业岗位需求，厘清艺术职业教育思想，更新艺术职业教育教学方法，完整科学的艺术职业教育教材体系的建立对实现我国艺术职业教育又好又快发展，无疑具有战略意义。

全国艺术职业教育系列教材建设是文化部、全国文化艺术职业教育教学指导委员会、中国艺术职业教育学会启动的艺术职业教育质量工程之一，它是为了适应新形势下我国艺术职业教育发展需要而编撰出版的系列教材。其选编思路是主动适应国家文化产业升级发展需求，对接行业、职业标准；打破学科框架束缚，以项目、任务为导向组织教材内容，突出学生能力培养，体现艺术类专业基于实践的科学合理的学习过程；注重国际视野站位与先进教学技术手段的运用，反映文化艺术行业、产业发展的新方向和新趋势；同时注重收纳具有民族精神与民间特色的非物质文化遗产内容，实现高校文化传承功能。

全国艺术职业教育系列教材涵盖音乐、舞蹈、戏剧、美术等各个艺术门类，分高职卷和中职卷，按照宜统则统，宜分则分，分类分步，梯次推进的原则，重点开展专业核心课、专业基础课、公共基础课教材的开发与建设，计划在“十二五”期间完成60种以上教材的编撰工作。本次系列教材编写联合全国18所高职艺术院校，集中全国艺术职业教育的优质资源，着力打造一批理念先进、内容科学、构架合理、特色鲜明的艺术职业教育精品教材。

全国艺术职业教育系列教材的出版，是对不断深化的艺术职业教育教学改革成果的总结。我们相信，它的广泛使用，将为实现全国优质艺术教育教学资源共享搭建平台，使艺术职业教育教学行为更系统、规范、科学，从而推进全国艺术职业教育教学的整体持续发展，为实现文化强国战略提供坚实的人才支撑与质量保障。

总编委会

2012年9月

目　录

导　言

一

文学鉴赏是对文学作品所做的鉴别与欣赏。鉴别是对作品的好坏做出判断，欣赏则是阅读文学作品后产生的审美体验。

作为艺术专业的学生，我们应该有对艺术作品的鉴赏能力，应该具有判断戏剧、音乐、舞蹈、美术作品艺术水准高下的眼光，从而能够体验审美的愉悦，获得高尚的精神陶冶。艺术专业的学生不仅要有对艺术作品的鉴赏能力，还要有对文学作品的鉴赏能力。文学与艺术本质上是相通的。文学作品和艺术作品都是人脑想象的产物，都是人对美的追求，其表现的都是人的感受、情感和创造性。二者的区别，在于表现的物质载体不同。艺术作品，如美术是以线条色彩为载体，舞蹈是以肢体为载体，而文学作品是以语言为载体。可以说，艺术家使用的是特殊“武器”，如画家手中的画笔、舞蹈家的肢体、音乐家的乐器，要使用这些特殊“武器”，就需要练就一种特殊的技能、技巧，即通过自觉控制和有目的地活动以产生预期结果的能力。这种能力需要特殊训练，对这些艺术作品的欣赏能力也需要特别的训练。马克思说：“如果你想得到艺术的享受，那你就必须是一个有艺术修养的人。”① “对于没有音乐感的耳朵说来，最美的音乐毫无意

---

① 《马克思恩格斯全集》第42卷，人民出版社1979年版，第155页。

义。"① 于是我们就有了"对牛弹琴"的无奈。"有音乐感的耳朵"、"能感受形式美的眼睛"，不是人人都能具备的，这也是交响音乐会、美术展览常常"和者盖寡"的原因。

文学作品则不同，文学作品使用的是常规"武器"——大众语言，只要你能开口说话、睁眼认字，你就有了欣赏文学作品的基本能力。语言是人人能懂的，文学就有了大众的基础，就有了更广阔的艺术空间。从文学入门相对容易，提高了文学鉴赏力，也就提高了艺术鉴赏力。文学可以成为通向其他艺术的基础和桥梁。

艺术专业的学生通常是从学习艺术技能、技巧入门的。艺术家需要专门化的技能、技巧，但是技能、技巧只是艺术的表现形式，单凭技能、技巧是不能使一个人成为艺术家的。一个真正的艺术家更注重自身内在的艺术力量。这种艺术力量除天生的成分以外，另外就是要不断提高自己的艺术素养。只有具备高品质的艺术素养和完美的艺术形式，二者结合在一起，才能产生真正的艺术家。艺术素养的提高除了从本专业吸取养料之外，一个重要的途径就是要从文学作品中吸取养料。古今中外形式多样的文学作品是一个丰富的艺术宝库，如果是有心人，我们的艺术职业生涯可以从文学宝库中得到受益终身的涵养。文学是每个有文化、有教养的人的基本爱好，尤其是我们这些将以艺术为职业的人，不爱好文学、没有读书的习惯，难以成为真正的艺术家。但文学鉴赏的主要目的不是功利的。如果说文学创作的才能是属于一部分天才的，那么文学鉴赏的能力是人人可以具备的。小时候听爷爷奶奶讲故事，你听得津津有味，闹着再讲一个，那就是文学鉴赏的开始，你认为好听，就是鉴别；产生了愉悦的情绪，就是在欣赏。儿童是真正的文学鉴赏者，他们把听故事当成与吃东西同等重要的事，物质生活不能代替精神生活。

那么，到底什么是文学鉴赏呢?

以审美的态度看待文学作品，就是文学鉴赏。怎样的态度才是审美的态度呢？人对这个世界，可以有多重角度、多种态度。以竹子为例，植物学家研究它的生物特征，这是一种认知态度；商人估算它的经济价值，这是一种实用态度。审美态度则不同于认知态度和实用态度，郑板桥的诗"咬定青山不放松，立根原在破岩中。千磨万击还坚韧，任尔东西南北风"，作者赞美的是竹子坚定顽强的精神，隐寓了自己的强劲风骨，这就是一种审美态度。对待文学作品同样也有多重角度、多种态度。以《红楼梦》为例，有的学者研究其作者，得出前八十回是曹雪芹所著、后四十回是高鹗续写的结论，这是科学的态度；有一些人专门研究《红楼梦》，从中"看出"管理方法，这是实用的态度；而当我们看《红楼梦》时，林黛玉自言"一年三百六十日，风刀霜剑严相逼"的险恶的环境使我们同情，宝、黛的爱情悲剧使我们感动落泪，这种"同情"与"感动"便是审美的态度。

审美不是为了满足某种实际的需要，而是为了得到精神上的愉悦，它具有鲜明的审美享受性。一般情况下，我们运用我们的视听感官，是去完成功利目的的，比如我们吃

① 《马克思恩格斯全集》第3卷，人民出版社2002年版，第305页。

饭、穿衣，时时刻刻都在运用我们的五官感觉；而当我们运用视听感官去审美的时候，比如我们看画、听音乐、读小说、欣赏大自然的山山水水……既不是为了挣钱，也不是为了果腹，而是为了寻求对美的渴望的满足，为了在对美的欣赏中获得心灵的愉悦。为了欣赏美的事物、美的艺术，人们废寝忘食。古典小说那“欲知后事，且听下回分解”引得人们穷追不舍，鲁智深打死郑屠，他会往何处去？梁山好汉三打祝家庄，最后赢了没有？林黛玉焚诗稿断痴情，又赚了多少的眼泪？凡此种种，都是审美态度。

二

文学鉴赏是读者阅读文学作品时激起的一种审美精神活动。这种精神活动的发生依赖两方面的条件：一是文学作品，这是文学鉴赏的客体；二是鉴赏者，这是文学鉴赏的主体。作为主体的人，在思想感情、生活阅历方面千差万别，因此，鉴赏过程和鉴赏引起的审美精神活动也是千差万别的。对一部作品的评价，各人有各人的标准，可以说，文学鉴赏是一种十分个性化的精神活动，所谓“一百个人有一百个哈姆莱特”。但文学作品一经发表就有其客观性，文学经典更是千千万万读者在鉴赏中挑选出来的。评价文学作品还是有其客观标准的。

好作品有优美流畅的语言。虽然文学使用的是“常规武器”——大众语言，但它一旦成为文学作品中的文学语言，就具有艺术性，与日常生活中的语言有了本质的不同。把日常生活中的语言训练成为文学语言，其难度不亚于舞蹈、音乐、美术的技能、技巧训练。语言作为工具，“易学难工”。所谓“易学”，日常生活交往语言人人都会，用来创作文学作品却绝非易事，还需要专门的训练，此所谓“难工”。

优美的文学语言具有丰富的音乐性。诗歌中表现得尤其突出。中国古代的诗歌有严格的声韵格律要求，音乐性是诗歌基本的艺术表现手段。中国的戏曲则完全是与音乐结合在一起的。在小说、散文中，成熟的作品也暗含着内在的节奏和韵律。作家运用长短句结合、平仄交替、双声叠韵的手法，使作品读起来琅琅上口，有无穷的审美享受。

优美的文学语言是极具表现力的。造型艺术、表演艺术对形象的塑造是直接的，也是局限的。一幅风景画只是大自然万千景象的一瞥，一座人物雕像也只是活动着的人物一瞬间的姿态。而语言艺术有间接造型的特点，它借助读者的想象可以从多方面揭示形象的丰富内涵，多方面地展示社会生活，能够摆脱物质材料的束缚，融合时间空间的范畴，打破外部内部的限制。凡是人的思维、想象所及的领域，语言艺术都可以自如地表现，比其他艺术形式有着更大的空间和活动自由。因此，文学作品中的词语总是超出字面的意义，在有限的文字中赋予丰富的内涵，于是有了杜甫“语不惊人誓不休”的自誓，有了苏东坡对王维“诗中有画”的赞赏，也有了贾岛“僧推月下门”还是“僧敲月下门”的苦吟。

好作品有鲜明生动的艺术形象。文学语言是用来塑造形象的，优美的文学语言总是伴随着鲜明生动的形象。文学作品塑造的形象，就像我们生活中的人那样鲜活生动，我们似乎可以触摸他们的肌肤，感受他们的呼吸。《三国演义》中的人物“三绝”——诸葛亮是“古今来贤相中第一奇人”、关羽是“古今来名将中第一奇人”、曹操是“古今来奸雄中第一奇人”，至今读来我们还啧啧称奇；“人道是金玉良缘，我却信木石前盟”，读完《红楼梦》，谁不为宝玉与黛玉的爱情悲剧一掬同情泪；读鲁迅的小说，永远会有一个拖小辫的阿 Q 留在我们的灵魂里，甩也甩不掉；走进沈从文的《边城》，你会忘不了水一般明净澄澈、诗一般美丽纯真的翠翠。

文学不仅创造了许多鲜活的人物生活在我们的精神世界里，使我们的精神世界不至于寂寞，文学还创造了许多精彩的画面长留于人类的集体记忆中，使我们生活的世界更加丰富多彩。

中国文学作品中许多场景和画面铭刻在我们民族的记忆里，至今都影响着我们的精神生活。谁都能体会李白“床前明月光，疑是地上霜。举头望明月，低头思故乡”的家国情怀；“人有悲欢离合，月有阴晴圆缺，此事古难全。但愿人长久，千里共婵娟”，苏东坡这种达观的人生态度，至今还是我们在碌碌尘世中的精神支撑；庄子“汪洋恣肆”的生花妙笔，引导我们逍遥于自由无碍、自然无恃的广阔境界；在尘嚣的世界里，我们可有陶渊明“结庐在人境，而无车马喧”的沉静？在现实的纷扰中，我们能保持“采菊东篱下，悠然见南山”的悠闲吗？没有文学的人生是贫乏的人生，拥有文学，你就拥有了古今中外别人的人生阅历，你就有了更丰富的人生体验，拥有了多彩的人生。

好作品有真挚的情感。文学作品通过对客观社会生活的反映，表达作者真挚的思想感情。这样的作品才会引起共鸣，才能感染和打动读者。王国维说真正的大诗人，“又以人类感情为其一己之感情，这种感情出自诗人自己之感，又是与人类普遍感情相通的”。这种诗人对人类深厚的爱，“俨然有释迦、基督担荷人类罪恶之意”①。因此，我们读曹雪芹的《红楼梦》，读托尔斯泰的《战争与和平》，读一切真正诗人的作品，我们都能深刻地感受到洋溢在字里行间的对人类深沉的爱。

作品不论大小，只要情感真挚就能打动人，就是好作品。“红杏枝头春意闹”，是宋代词人宋祁《玉楼春》中的一句，其中的“闹”字，生动地渲染了杏花怒放的大好春光，传递了人们踏春的无限兴致，这种兴致虽越千年，还能真切地感染我们。一句好词使一首词、使一个词人青史留名。归有光的《项脊轩志》，通过老屋几经兴衰，表现了物在人亡、三世变迁的感慨，表达了对亲人的深厚情感，读其文我们无不为之动容。归有光的散文“无意于感人，而欢愉惨恻之思，溢于言表”，也使他灰暗惨淡的人生有了光彩。

总之，一部优秀的文学作品，是作家通过优美流畅的语言，来塑造鲜明生动的形象，表达真挚的思想感情，这三者在一部好作品中是有机地统一在一起的。

文学鉴赏是一种无功利目的的审美活动。在鉴赏过程中，通过对艺术形象或艺术意境的情感体验和审美观照，实现情感价值的满足。我们对文学有太多的功利追问，有过于密切的金钱取向，什么时候能回到我们的童年，听故事的时候不会想到吃东西呢？

① 《人间词话》十八。

三

一般来说，我们阅读鉴赏文学作品，大致上是由初步的感知发展到深入的玩味，由片断的理解发展到多样而全面的欣赏。文学鉴赏的过程是一个包括感知、想象、感情、理解等多种心理功能综合的动态过程。这就是说，每一种心理因素都有自己的独特的功能，各自发挥自己的作用；同时它们又相互渗透、相互依赖、相互作用，共同组成一个完整的审美心理过程。

文学鉴赏始于对作品的语言媒介的审美感知。审美感知是对作品有个整体了解，对作品的内在意蕴有个把握，从而产生一定的愉悦感。审美感知是文学鉴赏的第一步，没有这种初级的感受，更高级的情感和想象活动就失去了基础。

同欣赏造型艺术、表演艺术和综合艺术的作品相较，欣赏文学作品，特别需要人们有较强的想象能力。因为文学作品是用语言文字符号的组合写出来的，表现为一句句话或一行行字，本身并没有形象性；然而人们在欣赏中却能产生丰富的形象感。这种形象感的产生，是根据作品所规定的“再造条件”，进行了“再造想象”的缘故。我们阅读文学作品进入“入神”状态时，我们的想象便会不自主地飞翔，读者根据作品的描绘和自己的生活经验和阅历，在头脑中把形象再现出来，获得审美享受。叶圣陶先生曾以王维的诗句“大漠孤烟直，长河落日圆”为例说明：要领会这两句诗，得睁开眼睛看，看到的只是十个文字呀。在想象中睁开眼睛来，看这十个文字所构成的一幅图画。这幅图画简单得很，景物只选四样，大漠、长河、孤烟、落日，却传出北方旷远荒凉的景象。

想象的翅膀需要情感的动力。文学鉴赏自始至终伴随着情感的活动。如果毫不动情，还叫什么鉴赏？我们看一出喜剧文学，时常为之捧腹大笑；我们看一出悲剧文学，则悲从中来，流泪不已。一部好的作品，读者读着读着，就进入了作品描绘的境界，就关心人物的命运，就感觉到人物的情绪；读抒情文学我们能体会抒情主人公的情感，读叙事文学，我们能体会所描写人物的情感和作者的情感。

在文学鉴赏中，有一个很常见的情感现象，就是共鸣。读者在阅读过程中产生了与作家相同或相似的情感体验，就是情感共鸣。共鸣产生的先决条件之一是作品本身的艺术感染力，读者的审美经验和心理也是产生共鸣不可缺少的条件。据著名演员陈强回忆，1940 年，他在延安演出《白毛女》时，愤怒的观众涌上舞台，高呼口号，要求政府枪毙黄世仁。又有一个例子，一个老太婆观看《哈姆莱特》的演出，当看到最后决斗一场时，竟情不自禁地高喊：“当心呀，那把剑是上了毒药的！”这些典型事例，都说明了在审美活动中，特别是在欣赏艺术美的过程中，欣赏者往往会产生共鸣。文学艺术就是通过这种共鸣现象才吸引了广大欣赏者，抓住了他们的心，从而潜移默化地寓教于乐，发挥艺术的社会功能。余光中的《乡愁》，用了一组想象的画面来表现他浓浓的恋乡情结：在诗人笔下，乡愁外化成具体可感的邮票、船票、坟墓和海峡，读来感人肺腑，那种缠绵忧伤而又哀婉清丽的文字，令人深深共鸣。

在感受、想象、情感的过程中，文学鉴赏还伴随审美理解。文学鉴赏只有进入理性认识阶段，才能真正把握对象。在实际的理解过程中，不同读者对同一形象又存在着不同的判断。文学作品的意义是读者不断发现、理解构成的，是读者个人再创造的结果。审美活动中的“理解”，可以作种种猜测与解释，并不具有确定性。比如鲁迅先生的《阿Q正传》刚一发表，在社会上引起了强烈的反响，不少人“疑心象是写自己”，同时又感到“象是写一切人”。从这里，一方面我们可以看到文学大师概括生活的惊人功力；另一方面我们还可以体会到，阿Q这一形象之中所积淀与包容的深厚的理性内容，并不是简单几句话，或某几个概念所能表述与概括得了的。

如此看来我们阅读文学作品，不是被动地被作品牵着鼻子走的，不是被动地接受作品中的一切的，我们会对整个作品表示喜欢或不喜欢，会对作品中一个个人物产生同情、崇敬、鄙视、厌恶等种种感情，会对作品所表现的作家的思想感情表示肯定或否定，会对作品的艺术形式的成败得失发表这样那样的看法。这样一来，被鉴赏者的那个作品就不再与作家创造的那个作品一模一样了，它已经过鉴赏者的加工改造，染上鉴赏者的感情色彩，渗透着鉴赏者的审美个性，变成鉴赏者和作者共同创造的一个新作品了。

鉴赏者的这种劳动，是一种创造性的劳动。它是在作家创作（初创造）基础上的“再创造”，也叫“二度创造”。但这种“再创造”并不是主观任意性的，它必须是以作品为基础、以作品提供的艺术形象为凭托的合情合理的想象活动。这种“再创造”主要受鉴赏者的生活经历、审美经验和文化修养的直接影响。如此，作品在不同的欣赏者那里就呈现出不同的面貌。同样一部《三国演义》，或论为忠义说，或以为反映三国兴亡，或道歌颂仁政，或言讴歌贤才。

综上所述，我们对文学鉴赏的内涵有了一个理解，说得简单一点，文学鉴赏就是读者通过对文学作品的具体感受、体验、欣赏和鉴别，从而获得审美享受的一种精神活动，它明显地带有某些艺术再创造的性质。

四

鉴赏绘画，必须有能明辨色彩的眼睛；鉴赏音乐，必须有能明辨音律的耳朵；要鉴赏文学作品，则必须具备一定的文学素养。文学素养主要是在文学作品阅读欣赏中培养和提高起来的。

养成阅读习惯是培养和提高文学鉴赏能力的基本途径。人有物质世界和精神世界的双重生活。人要吃饭是满足物质生活最基本的需求，只有每天吸取一定数量的养料，才能保证生命的正常运行。阅读就像吃饭一样，是精神生活的基本需求，每天都必须为我们的精神生命提供养料，才能保证精神生命的鲜活。不阅读精神生命就会枯萎，精神世界就会荒芜。一个没有精神生活的人，他的生命就没有意义。一天不阅读会有一天不吃饭的饥饿感，这是衡量我们成为文明社会一员的重要标准。

吃饭不仅是为了填饱肚子，吃要讲究营养，读书也一样要讲究营养，要有利于精神的健康。所以读书还是要有所选择。读书读什么？在浩如烟海的书籍中，我们提倡“经典阅读”。文学经典作品是世世代代的读者筛选出来的，是不同时代不同地域优秀文学作品的代表。阅读经典是与伟大作家进行交流，这种交流对培养我们的艺术素养、陶冶我们的艺术情操是一条便捷的途径。

阅读经典对我们来说存在一定困难。首先是文学样式的不同，正如王国维所说“一代有一代的文学”，每一种文学样式都经历了“始盛终衰”的过程，“楚之骚，汉之赋，六代之骈语，唐之诗，宋之词，元之曲，皆所谓一代之文学，而后世莫能继焉者也”①。生活的时代不同，地域不同，政治制度不同，文化背景不同，文学作品所反映的内容和形式都不同，必定会给现代的读者带来隔膜。而当代作品反映的当代生活，阅读起来就觉得轻松、亲切。常常会出现这样的矛盾：同学们喜欢的作品并非优秀作品，而公认的优秀作品，同学们读起来并不喜欢。这反映出我们的文学素养还不够，也就相当于我们还不具备“音乐的耳朵”，我们还不具有文学鉴赏的眼光。要破除欣赏经典作品的隔膜，还必须穿越语言、宗教、文化习俗等方面的障碍，还必须学习基本的文学理论，有文史哲方面基本知识的准备。例如，你要能欣赏中国古典文学，你就要有阅读古文的基本能力。知识是一架梯子，借助它可以翻越障碍，去领略风光无限的文学美景。

所谓“一代有一代的文学”，当代文学肯定会成为我们的阅读主体。随着印刷技术和网络技术的飞速发展，写作与出版已趋大众化。只要你愿意你就能写作，只要你愿意你就能发表作品。一方面它促进了文化的普及，写作的普及，是时代的进步；另一方面，却并不意味写作水平的提高。写作发表的泛滥，很可能使文学水平下降。书籍的时代我们有一种铅字崇拜，发表的文学都是经过层层把关才变成铅字，文章的水平有了一定的可靠性。在网络时代，写作与发表可以同时实现，写作也完全变为私人行为，作家的数量可以超过读者。在这种情况下阅读，文学的鉴赏能力就显得尤其重要。在食品丰富的时代，常常遇到垃圾食品的麻烦。在写作泛滥的时代，必须依靠自己的选择和分辨能力挑选作品。完全的时文阅读，会降低我们的文学品位，冲淡我们的艺术素养，我们每天自认为开卷有益的阅读，可能成为食痂之癖。

在阅读中应该保持一定数量的经典阅读，包括当代作品的经典阅读。为此，我们在本书中按照小说、戏剧散文、诗词的分类，选择了一部分古今中外的经典文学作品，提供给大家阅读。为了帮助大家克服阅读经典作品的障碍，邀请了在艺术教育一线的有经验的语文老师为每一篇作品撰写了鉴赏文章，旨在为同学们指引一条路径，去领悟经典文学作品的魅力，同时也分享老师们个人鉴赏文学作品的经验和感受。通过阅读培养大家对文学作品的兴趣和习惯，初步具有文学鉴赏的眼光和能力。

---

① 王国维：《宋元戏曲考·序》。

第一章

小说鉴赏

第一节　概　　述

在各式文学作品中，最普及、最流行的体裁要算小说了。小说的容量大，较少受时间、空间和篇幅的限制，可多侧面、多层次地反映生活，被誉为“生活的画卷”。同时，它使鉴赏者情不自禁地进入小说所描绘的境界中去，尽情领略“自由审美境界”，并从这里了解社会、了解历史，了解人生，从而获得精神上的种种慰藉。因此，一部好的小说，就好比向我们打开了一扇五彩生活的窗户，它既可以通向遥远的过去，通向遥远的国度，又可以开启今天和将来的崭新画卷，总是把你引入一个个似曾相识而又全新的艺术世界、美的世界。

一、小说的含义及类型

（一）小说的含义

小说一词最早见于《庄子·外物》：“饰小说以干县令，其于大达亦远矣。”这里，“小说”与“大达”进行对举，认为小说记录的是一些琐屑的言论。《汉书·艺文志》中说：“小说家者流，盖出于‘稗官’，街谈巷语、道听途说者所造也。”可见，小说在当时还没有被视为一种文体。

到唐代小说在内容上由志异志怪转向直面人生，艺术上也日臻成熟。当时的沈既济在其《任氏传》中认为小说“必能揉变化之理，察神人之际，著文章之美，传要妙之情”；同时，开始出现了有意识地写作小说这种文体的现象，正如鲁迅说的“小说亦如诗，至唐代而一变，虽尚不离于搜奇记逸，然叙述婉转，文辞华艳，与六朝之粗陈梗概者较，演进之迹甚明，而尤显者乃在是时则始有意为小说”①。至明清，人们对小说含义的理解越来越接近现代人的观点。金圣叹在《水浒传》评点中说：“《史记》是以文运事，《水浒》是因文生事。以文运事，是先有事生成如此如此，却要算计出一篇文字来，虽是史公高才，也毕竟是吃苦事；因文生事却不然，只是顺着笔性去，削高补低都由我。”这肯定了小说虚构创造的特性。张竹坡在《金瓶梅读法》中说：“做文章，不过情理二字。今做此一篇百回长文，亦只是情理二字。于一个心中讨出一个人的情理，则一个人的传得也。”这谈到了小说如何刻画典型人物的问题。苏曼殊在《小说丛话》中说：“小说者，‘今社会’之见本也。无论何种小说，其思想总不能出当时社会之范围，此殆如形之于模，影之于物也。”这说明了小说是社会现实生活的反映。这样，小说以极其旺盛的生命力，逐渐发展为一种喜闻乐见的大众艺术形式，开始堂而皇之地走进文学艺术的殿堂。

在当代，人们对小说有了一个比较通达的解释。即它是一种以塑造人物为中心，通过描叙完整的故事情节和具体的生活环境，从而深刻、形象、全方位地展现不同的社会生活的一种语言文学样式。而西方最早给小说下定义的是法国的埃神甫，他在1670年说：“凡小说均为虚构的、情节曲折的爱情故事。”后来法国批评家阿尔比·谢括利说：“小说是用散文写成的具有某种长度的虚构故事。”英国的爱·摩·福斯特在《小说面面观》中引述这个定义时，把这“某种长度”规定为5万字以上。

（二）小说的类型

小说可从不同的角度或标准划分出不同的类型。如从篇幅的长短来看有长篇小说、中篇小说、短篇小说和微型小说；从语体来看有文言小说、白话小说等；从表现手法来看有纪实小说、推理小说、意识流小说等；从内容来看有政治小说、言情小说、侦探小说、科幻小说等。此外还有多种不同的分法，这里不一一列举；以下简要介绍一下按篇幅长短来分的四种类型的小说和几种现代派小说。

1. 按篇幅长短分类的四种小说

（1）长篇小说

长篇小说篇幅长，一般都在10万字以上，且内容丰富，情节复杂，人物众多，能够在比较广阔的范围内多方面地反映一定历史时期的社会生活面貌，从而使人们深入全面地了解某一时代的精神面貌和它的主要特点。在篇章结构上，一般根据故事情节的发展，分成许多章节；篇幅特别长的，还可以分为若干卷或部、集等。《红楼梦》、《围城》、《白鹿原》、《战争与和平》、《人间喜剧》等都是长篇小说的杰作。

---

① 鲁迅：《中国小说史略·唐之传奇文（上）》，上海文艺出版社2011年版，第162页。

（2）中篇小说

3 万字到 10 万字的小说称为中篇小说。其容量大小、篇幅长短、人物多寡、情节繁简等均介于长篇小说和短篇小说之间，通常只是截取主人公一个时期或某一段生活的典型事件塑造形象，反映社会生活的某个方面。其故事情节完整，人物较少，一般只围绕一两个人物来展开；线索比较单一，矛盾斗争不如长篇小说复杂。《边城》、《祸起萧墙》、《高山下的花环》、《百万英镑》、《羊脂球》、《第六病室》等都是此类小说的代表作。

（3）短篇小说

三千字到两万字的小说称为短篇小说。这类小说往往选取和描绘富有典型意义的生活片断，着力刻画主要人物的性格特征，反映生活的某一侧面，情节简洁，人物集中，结构精巧。虽然它篇幅不太长，但可以“说明一个问题或表现比它本身广阔得多、也复杂得多的社会现象”，使读者“借一斑略知全豹”。《孔乙己》、《祝福》、《项链》、《变色龙》、《警察和赞美诗》等都是脍炙人口的短篇佳作。

（4）微型小说

微型小说又称超短篇小说、小小说、一分钟小说、一袋烟小说、袖珍小说、瞳孔小说、拇指小说、迷你小说等。它是随着时代节奏加快而出现的一种新兴小说样式。美国作家罗伯特·奥弗斯特给它下的定义是：不超过一千五百字，却要具备小说的一切要素。它篇幅微小，摄取生活的一片断、一镜头、一插曲、一瞬间，反映深刻的思想主题和社会内容。这种小说十分讲究结构的技巧，语言侧重于叙述故事，主题耐人咀嚼、富有韵味，所以有人把它看成是小说中的诗。如美国作家奥莱尔的《在柏林》，全篇虽不到 400 字，却从侧面反映出了战争给人民带来的肉体痛苦以及对人民心灵的沉重打击；其震撼力和冲击力足以使任何残酷的战争电影逊色，文字的灵魂已经超过了动作的画面；其写作的思路更是令人拍案叫绝，开始的伏笔使读者迷惘，后来的结局令读者心头一震，足以表现出文学的绝妙。

2. 现代派小说

19 世纪后期，由于资本主义危机的出现，作家们纷纷热衷于表现病态的社会和病态的事物，强调抒发直觉的幻想，探索人内心世界的“最高真实”，以具体的可感知的形式描摹抽象观念；加之，在尼采的超人哲学、弗洛伊德心理学、柏格森直觉主义、克罗齐直觉表现理论等的启迪下，现代主义文学终于走上了历史舞台。而现代派小说则是其中最重要的组成部分，它品类繁多，五花八门，现择其主要派别作简要介绍：

（1）意识流小说

意识流小说 20 世纪 20 至 40 年代流行于欧美各国，直接受弗洛伊德心理学、柏格森“心理时间”理论的影响，强调人物内心活动的自然流露，反对客观叙述，他们主张作家退出小说，让人物自己直接展现心理活动过程；多用内心独白和象征手法，打破时间顺序，让过去、现在、未来彼此颠倒、相互渗透。代表作家有法国的普鲁斯特，其长篇巨著《追忆似水年华》是意识流小说的开山之作，随后，英国乔伊斯的《尤利西斯》，伍尔夫的《墙上的斑点》、《到灯塔去》和美国作家福克纳的《喧哗与骚动》等，把意识流的手法发展得更完美。在我国新时期小说中，王蒙的《春之声》、《布礼》、《蝴蝶》等运用了意识流手法，曾受到广大读者的普遍关注。

（2）新小说派

新小说派二战后出现于法国，至20世纪60年代发展到高潮，普及欧美、日本等国。它深受现象学、存在主义、直觉主义和相对论的影响，同时西方的人类学、语言学、符号学等对其也有渗透，形成了一种开放的创作倾向。“新小说”的宣言是：一百五十年来，周围一切都在发展，而且相当迅速，小说写法怎么可能停滞不前（死水一潭）、凝固不变呢？由于新小说派的作家们探索了小说新的可能性，新的小说形式和主题，而对传统小说形式则一概否定，所以新小说派又被称为“否定派”。主要作家作品有法国罗伯·格里耶的《窥视者》、娜塔丽·萨洛特的《天象仪》、米歇尔·比托尔的《经过米兰》和克洛德·西蒙的《风》。

（3）黑色幽默

黑色幽默是现代派小说后期的主要流派，20世纪60年代发端于美国，以存在主义哲学为思想基础，兼受表现主义和荒诞派的影响，它是以丑角的冷漠、逗笑的嘲讽态度来对待现实中的一切荒谬、丑恶、残酷和阴暗等黑色的东西，把荒谬的人生看做痛苦的玩笑，即用喜剧的形式来表现悲剧的内容。黑色幽默是一种荒诞的、变态的、病态的幽默，约瑟夫·海勒是“黑色幽默”派最有代表性的作家，他的《第二十二条军规》已成为美国当代文学中的“经典性”的作品。伏尼格特的代表作《第五号屠场》和品钦的《万有引力之虹》也蜚声文坛。

（4）魔幻现实主义

魔幻现实主义20世纪60至70年代流行于拉丁美洲地区，它借助具有神奇或魔幻色彩的事物、现象或观念以及作家的夸张、荒诞等技巧反映历史和现实的方法；并侧重于暴露拉美大庄园主和军事独裁者的罪恶，思想上往往表现出对人生价值和人类存在意义的怀疑，以及因追求“自我”受挫而产生的绝望情绪。主要作家作品有墨西哥胡安·卢尔弗的《佩德罗·帕拉莫》，哥伦比亚加西亚·马尔克斯的《百年孤独》等。魔幻现实主义在我国新时期作家莫言的小说《檀香刑》、《丰乳肥臀》、《生死疲劳》中非常明显。

二、中外小说的发展历程

（一）中国小说的发展历程

中国小说的发展源远流长，但严格意义的小说，是从“有意识地作小说”的唐代开始的。在唐以前，我国小说的发展经历了一个漫长的准备期。

远古神话是我国小说的最初萌芽，我们从《左传》、《山海经》、《淮南子》等古代典籍中读到的《大禹治水》、《夸父逐日》、《精卫填海》等，不仅展现了一个个完整的故事，而且其情节大多也加入了丰富的想象，这为完整意义上小说的产生奠定了基础。

先秦诸子散文中的《邯郸学步》、《东施效颦》等寓言故事大多短小精悍，构思奇特，富于启发性，也为后世的叙事文学提供了营养。到魏晋南北朝时期，笔记体“志怪”和“志人”小说已初具小说发展的规模，人物、情节、环境、主题等小说的一些基本要素也大体具备。其中志怪小说数量最多，如《列异记》、《搜神记》、《拾遗记》等，但以干宝的《搜神记》成就最高；此书所记载的多为古代民间传说中的神奇怪异故事，在一定程度上反映了古代人民的思想感情，不但内容丰富，而且语言雅致清峻、曲尽幽情，对后世产生了重大影响。在志人小说中，当属《世说新语》影响最大，该书由刘义庆组织编写，记述自汉末到刘宋时名士贵族的遗闻轶事，主要为有关人物评论、清谈玄言和机智应对的故事，它把纪言与叙事有机地结合，语言简约含蓄，隽永传神，开创了中国小说界的先河，为后人写小说做出了巨大的贡献。

到了唐代，小说被称为传奇，开始面对现实生活并进行深入细致的描绘，不仅改变了六朝小说长期流连在神怪世界里的状况，而且摆脱了只对故事进行粗疏简单地梗概的现象；不仅自觉地从真人真事中站出来，而且注意到了对人物的细致刻画；从而小说情节更曲折完整，人物性格更加鲜明，语言的运用也日趋成熟，这些足以奠定唐传奇在我国小说史上的重要地位。唐代传奇的出现，标志着中国古代短篇小说的成熟。正如鲁迅所说的：“小说到了唐代，却起了一个大变迁。”“这在小说史上可算是一大进步。”唐传奇题材广泛，大多取材于现实生活。其中数量最多、成就最高的是描写婚姻爱情题材的作品，如《柳毅传》、《莺莺传》、《李娃传》、《霍小玉传》等；其次有讽刺批评当时社会一些现象的作品，如《枕中记》、《南柯太守传》等；还有描写政治历史题材的作品，如《高力士外传》、《长恨歌传》、《东城父老传》等；此外，描写义侠刺客题材的作品也不少，如《聂隐娘》、《红线》、《昆仑奴》、《虬髯客传》、《谢小娥传》等。

宋话本的产生，又把小说的发展推向空前的繁荣。宋话本即宋代白话小说，是民间说话艺人的创作，既具有口头文学的清新活泼的特色，又发扬了志怪、传奇等古代小说的优良传统，在思想性和艺术性上都有一定成就。因而它是中国小说史上一个重要的发展阶段。大体而言，传世宋元话本可分为三类：一是叙事粗略、文字粗糙的说话艺人的底本，如《三国志平话》等；二是以说话艺人口述故事为主要内容的记录整理本，文字通顺，描写细致，叙事周详，可能出自当时的读书人或书会先生之手，如《碾玉观音》等；三是文人依据史书、野史笔记、文言小说等改编而成的通俗故事读本，如《宣和遗事》等。

虽然宋代已出现长篇的讲史、讲经话本，但文学意味不足；真正的长篇小说则是从明代的《三国演义》、《水浒传》、《西游记》开始，其一出现就引起了人们的广泛注意，与明代后期及清代出现的《金瓶梅》、《儒林外史》、《红楼梦》等构成了我国长篇小说发展的高峰。到了中国近代，由于社会动荡不安，小说创作的整体水平不是很高，较有成就的作品有《官场现形记》、《二十年目睹之怪现状》、《孽海花》等；另外刘鹗的《老残游记》以及冯梦龙的“三言”（《喻世明言》、《警世通言》、《醒世恒言》）、凌濛初的“二拍”（《初刻拍案惊奇》、《二刻拍案惊奇》）也是值得关注的作品。

中国现代小说是五四新文化运动的产物，是随着我国新民主主义革命运动的进展而逐渐发展起来的。鲁迅是它的第一个开拓者，其《狂人日记》是我国现代文学中的第一篇白话小说。此后，他陆续发表了《孔乙己》、《药》、《阿Q正传》等，“显示了文学革命的实绩”,① 为中国现代小说的健康发展铺下了第一块基石。继鲁迅后，中国现代作家和作品层出不穷，叶绍钧的《倪焕之》被誉为中国现代文学史上第一部长篇白话小说，茅盾的《子夜》和《林家铺子》，巴金的“激流三部曲”（《家》、《春》、《秋》）和“爱情三部曲”（《雾》、《雨》、《电》），老舍的《骆驼祥子》和《四世同堂》，沈从文的《边城》，赵树理的《小二黑结婚》和《李有才板话》，丁玲的《太阳照在桑干河上》都是这一时期的重要作品。除此之外，还有郁达夫（《沉沦》）、柔石（《二月》）、萧红（《生死场》）、钱钟书（《围城》）、张天翼（《华威先生》）、路翎（《财主的女儿们》）、张爱玲（《金锁记》）、周立波（《暴风骤雨》）、孙犁（《荷花淀》）等都是这一时期的重要作家。

新中国成立后的十七年，小说界呈现一派百花齐放、百家争鸣的景象。其时的重要作家有：杜鹏程（《保卫延安》）、梁斌（《红旗谱》）、吴强（《红日》）、杨沫（《青春之歌》）、曲波（《林海雪原》）、柳青（《创业史》）、周而复（《上海的早晨》）等。这些作家的作品有着鲜明的时代特色。

“文革”结束后，当代中国进入了改革开放和社会主义建设的新时期，新时期的中国文学迎来了发展的春天。小说创作势头相当迅猛，先后出现了“伤痕小说”、“反思小说”、“改革小说”这三大潮流。刘心武的《班主任》揭开了“伤痕小说”的大幕，还有张洁的《从森林里来的孩子》、宗璞的《三生石》、丛维熙的《大墙下的红玉兰》、周克芹的《许茂和他的女儿们》等。反思小说主要有鲁彦周的《天云山传奇》、高晓声的《李顺大造屋》、古华的《芙蓉镇》、张弦的《被爱情遗忘的角落》、韩少功的《西望茅草地》、王蒙的《蝴蝶》、谌容的《人到中年》，张贤亮的《绿化树》，梁晓声的《这是一片神奇的土地》和李存葆的《高山下的花环》等。在改革小说中，主要有蒋子龙的《乔厂长上任记》、柯云路的《三千万》、张洁的《沉重的翅膀》、李国文的《花园街五号》、张炜的《古船》、贾平凹的《浮躁》、何士光的《乡场上》和路遥的《平凡的世界》等相继出现。

受西方文学思潮的影响，中国作家的文学观和内心审美结构逐渐发生变化，并开始对新的创作手法进行探索，这使新时期中国小说的创作走向多元化，出现了“寻根小说”、“现代派”小说和新写实小说等一批在艺术形式上有所探索和创新的作品。特别是莫言将魔幻现实主义与民间故事、历史与当代社会融合在一起，创作出了《红高粱》、《丰乳肥臀》、《酒国》、《生死疲劳》、《蛙》等一系列魔幻现实作品，并荣获2012年度诺贝尔文学奖；莫言是该奖项自1901年设立以来，中国本土第一位获奖作家，对中国文学发展意义重大。

① 鲁迅：《中国新文学大系·小说二集》，序，上海良友图书印刷公司1935年印行。

（二）外国小说的发展历程

欧洲小说的发展有着类似于中国的经历，最早也可以上溯到遥远的古代神话和历史传说中去。公元前12至18世纪出现的希腊神话对后世西欧文学产生了深远的影响。稍后出现的融古代神话和英雄传说于一体的荷马史诗，从结构的完整、人物的众多和想象的丰富等方面看，更是对小说艺术的发展产生过不可低估的作用。

但真正能够被称为小说的当始于中世纪的文艺复兴时期。意大利薄伽丘的《十日谈》不仅发展了当时的短篇故事，而且在概括现实、塑造人物以及描绘自然等方面有新的突破，是西方近代短篇小说的开先河之作。英国乔叟的《坎特伯雷故事集》，现实主义成就很高，其艺术表现也大大超越以前和同时代的作家，并使其成为现实主义的奠基者。这一时期，有影响的作家作品还有法国拉伯雷的《巨人传》、西班牙塞万提斯的《堂·吉诃德》等。

18世纪，西欧兴起了启蒙运动，当时的启蒙文学和英国的现实主义文学最能体现时代精神。法国作家孟德斯鸠的《波斯人信札》、卢梭的《爱弥儿》、伏尔泰的《命运》、狄德罗的《拉摩的侄儿》等都是法国启蒙运动的力作。英国作家笛福的《鲁滨孙漂流记》不仅是英国第一部现实主义的长篇小说，而且为西欧现代小说的发展起了开山作用。此外，英国亨利·菲尔丁的《汤姆·琼斯》和德国歌德的《少年维特之烦恼》也产生了广泛的影响。

19世纪中期，批判现实主义在欧洲蓬勃发展，并成为小说创作的主旋律，促使了西欧小说史上第一个高潮的真正到来。这一时期开始的现实主义文学运动，最早以法国司汤达的《红与黑》为标志。此后，涌现了一大批高水平的现实主义大作。法国雨果的《巴黎圣母院》和《悲惨世界》在这之前已经闻名遐迩，同时又出现了巴尔扎克的《人间喜剧》、福楼拜的《包法利夫人》、莫泊桑的《羊脂球》、左拉的《卢贡·马卡尔家族》等。英国这一时期的主要作品有狄更斯的《双城记》、哈代的《德伯家的苔丝》、萨克雷的《名利场》、夏洛蒂·勃朗特的《简·爱》、爱米莉·勃朗特的《呼啸山庄》、萧伯纳的《巴巴拉少校》等。俄国小说也在这一时期走向了辉煌，影响世界的作品大量涌现，有列夫·托尔斯泰的《战争与和平》、《安娜·卡列尼娜》和《复活》，果戈理的《死魂灵》，屠格涅夫的《父与子》，陀思妥耶夫斯基的《罪与罚》，契诃夫的《套中人》，车尔尼雪夫斯基的《怎么办》等。此外，美国的短篇小说创作也非常有特点，有欧·亨利的《麦琪的礼物》、《警察和赞美诗》、《最后一片叶子》，马克·吐温的《竞选州长》、《汤姆·索亚历险记》、《哈克贝利·费恩历险记》等。这些小说，无论是内容还是形式，都将小说的发展提升到了一个新的境界。

从20世纪初开始，小说分化出三大潮流。即传统的批评现实主义小说、新兴的社会主义现实小说和五花八门的现代派小说。并且三者相互影响，相互渗透。批评现实主义小说有英国劳伦斯的《查太莱夫人的情人》、高尔斯华绥的《福尔赛世家》，德国海尔曼·海塞的《草原之狼》、雷马克的《西线无战事》，奥地利茨威格的《一个陌生女人的来信》，美国杰克·伦敦的《马丁·伊登》，法国罗曼·罗兰的《约翰·克利斯朵夫》、安德烈·纪德的《伪币制造者》等。社会主义现实小说是随着俄国的十月革命的成功而到来的。高尔基的《母亲》奠定了此类小说的基础，此后还有其著名的自传体三部曲（《童年》、《在人间》、《我的大学》）。有影响的作品还有肖洛霍夫的《静静的顿河》、《被开垦的处女地》，马雅可夫斯基的《列宁》，阿·托尔斯泰的《苦难的历程》，帕斯捷尔纳克的《日瓦戈医生》，法捷耶夫的《毁灭》、《青年近卫军》，奥斯特洛夫斯基的《钢铁是怎样炼成的》等。

现代派小说的出现，与19世纪末和20世纪初产生的各种哲学思潮有着密切关系。小说家们在创作上大胆地开拓和创新，以反传统的“新手法”表现现代社会光怪陆离的现实和人们的心理。现代派小说可分为意识流小说、新小说、魔幻现实主义小说和黑色幽默小说等几个主要派别。各个流派涌现了许多优秀作品。如象征主义的代表作有英国艾略特的《荒原》，表现主义的代表作有奥地利卡夫卡的《变形记》、美国奥尼尔的《毛猿》等，存在主义代表作有法国萨特的《恶心》和加缪的《局外人》等。

三、小说构成的三个要素

关于小说构成要素的说法很不统一，韦勒克·沃伦在《文学理论》中指出：“小说的分析批评通常把小说分出三个构成部分，即情节、人物塑造和背景。”克林斯·布鲁克斯等编写的《小说鉴赏》认为：“我们一般同意称之为小说的所有作品中的三个基本要素：情节、人物和主题。”《简明不列颠百科全书》解释小说的要素又不一样，认为是由情节、人物、场景或背景、叙述方法与观点、篇幅等五个要素构成。在我国一般赞成小说三要素的说法，即人物、情节、环境，但也有五要素、六要素或八要素之说，如王蒙谈到小说的要素时就讲了八条：人物、冲突、情节、细节、意境、色调、节奏和主题。在这里我们不想做过多的论述，也很难说谁是谁非，因为人们可以从大的方面去把握，也可以从小的方面来分析，所以结果也就自然不一样了。我们同意小说由三个要素构成，即人物、情节、环境。

（一）人物：小说形象的中心

文学即人学，这充分肯定了人在文学作品中的重要地位；而小说作为广泛、细致地表现人与人生的文学样式，更是把创造人物形象作为重要的艺术使命，更为重视人物形象的完美塑造。因此，小说的核心任务就是刻画人物性格，塑造典型的人物形象，揭示社会生活的某些本质方面。俗话说：会看小说看人物，不会看小说看故事。这样人物就是小说的灵魂，一篇小说能否具有永久的魅力，就看它是否能够塑造出鲜明生动的人物形象；所以小说中的一切细节、场面、景物、气氛和情绪等，都是围绕人物展开的，作者的思想、感情，都是通过对人物的塑造来表现的；我们对小说的赏析也就要以人物为焦点，令人感动的也是鲜明、生动和独特的人物形象。

王蒙说：“一般的说，小说总是有人物的。这样说也有麻烦，因为也有例外，比如写动物的小说。”动物小说表明上看不到人物，实际上作品中的动物是人格化了的，并不是为动物而写动物，作品背后仍有人物的情感和性格，作者不过是借动物进行一种曲折的表现。即使某些纯粹描写细节或静态的场面的小说，它们也只不过是把人物因素隐性地表现出来。因此，一部成功的小说就必须有人物，或者出场，或者不出场。

克林斯·布鲁克斯等编写的《小说鉴赏》指出："几乎没有什么小说是单纯地写人给自然界的冲突的。真正震撼人心的矛盾是人与人之间发生的冲突。这是绝大多小说所取的题材。"可以看出，人物不仅是小说构成的要素之一，而且是小说艺术形象的中心。小说家们把人物作为重点研究的对象，并把他们反映到作品中来，主要通过人物之间的相互联系来表现作者对生活的理解。

人物形象的类型在不同类型的小说中，从不同的视角出发可有不同的分类。从形象塑造的角度看，小说人物可以分为以下三类：

一是雕塑式人物。雕塑人物是个性鲜明、性格复杂，具有强烈的真实性、鲜活感的人物。所谓"血肉丰满"、"神形毕肖"、"栩栩如生"、"呼之欲出"一类的评价，表达了人们对小说人物的审美理想。怎样才能使人物活生生地从小说中站立起来呢？关键还在于性格的刻画。如果人物性格在特定的情节环境中，通过大量的生活细节、人际关系纠葛的描写，得到了多维度、多侧面、多层次的充分表现；那么，他就会像雕塑一般地凸现于读者的想象之中。因为，在现实生活中，人的性格本来就是丰富、复杂的；在不同的生活境遇、情景中，又不断地变换着最突出、最醒目的特征与风貌。小说人物倘能如此，自然可以激活读者的印象和经验，产生强烈的真实感和亲切感，进而将自己的生命体验融入小说创造的艺术世界。说到底，人物性格是否鲜活、丰富、真实，最终要取决于人物与生活的距离。

二是绘画式人物。与雕塑不同，绘画只能在两维空间中展开。在小说中，如果以单调的色彩、单一的特征去表现人物，当然不可能塑造丰满的、鲜活的、立体化的形象，不能形成与生活本身相近的艺术世界，人物也只能成为平面的绘画和某种思想观念的化身。如果连单一的人物特征也不能清晰、醒目地予以表现，那么，人物就变成了一种抽象的符号。神话寓言人物和某些漫画式人物都具有鲜明的符号化倾向。例如，精卫、愚公只是人类理想的化身；东郭先生、崂山道士也只是一种性格载体或生活经验的象征。绘画人物大都通过夸张、变形和变态等手法完成艺术表现，公开地远离了现实生活，有可能产生一定的陌生感、奇异感，引发读者的感情波澜、思想震荡。

三是浮雕式人物。浮雕式人物当然是介于前二者之间的一种类型。此类人物性格结构比较简单。人物的某一种突出特征掩饰了其他性格侧面，很容易弱化人物的生机与活力。浮雕式人物既不像绘画人物那样单一且远离生活，也不像雕塑人物那样将性格营造成一个丰富、和谐的完美系统。刘备的忠厚仁义、诸葛亮的足智多谋，都通过传奇性情节得到反反复复的精雕细刻，但其他的性格侧面却未能充分地表现。所以鲁迅先生说，刘备长厚近伪、诸葛亮多智近妖。其实，鲁迅笔下的阿Q、假洋鬼子、九斤老太也应归于浮雕人物。外国小说中，吝啬的葛朗台、懒惰的奥勃洛莫夫、可笑又可敬的堂·吉诃德显然也属此类。

（二）情节：人物运动的历史

情节是小说中所表现的生活事件，也是塑造人物、刻画性格的最重要的基础和最有效的手段。阿·托尔斯泰在《什么是小小说》中认为，情节是一把能解开某种社会矛盾的钥匙。高尔基认为，情节是性格的历史。这也就是说，离开人物的情节是不可能存在的，情节本身就是人物性格和人物关系的运动过程，或者说情节就是人物性格与关系的外在表现形式。

小说的情节是作家通过分解、组合、想象而对现实生活的一种概括。完整的小说情节由开端、发展、高潮、结局几个环节构成。而小说家在完成小说创作时，出于表达的需要，在建构小说情节时又往往表现出某种程度的弹性，使其在不同风格的作品中呈现出显隐的不同。传统小说注重情节的完整性，现代小说则更多地关注人物的心理历程，而淡化情节，如王蒙的意识流小说《风筝飘带》以及昆德拉的一系列小说等。

成功的小说情节，应该具备三个最为基本的因素：一是生动，即情节的传奇性和传神性。优秀的传奇性情节将人生的理想、浪漫的情怀、成功的渴望熔铸于现实的人情世态、真实的矛盾冲突、平实的生命活动之中，创造出极具艺术感染力又能赢得读者认可的人生画卷。在《基督山伯爵》、《水浒传》等故事小说中，传奇美成为情节最夺目的光彩，文本中通过外化的动作、行为及其情境背景真实、细腻地透露出人物心灵的震颤反响，从而使人物性格的表现得以深化，形成了情节的传神美。二是丰富，即情节内蕴的丰富性。情节的内蕴是指作家寄寓于事件过程、行为、冲突、人物命运之中的生活感受与认识，也包括作家未曾意识到的同类成分。在赏析中，读者立足于自己的生活体验、审美经验，对此进行开掘、补充和再创造，使情节显示出大于思想的深刻意义，进而生成较高的典型价值。情节内蕴的丰富性以情节的现实性为基础，并借助艺术的虚构来揭示，如《西游记》、《聊斋志异》、《变形记》等作品。三是完美，即情节结构的完整性和情节进展的节奏性及其演进、组合的模式。小说情节所描绘的具体内容林林总总无限丰富，但情节的组合、传达却有基本规律和基本模式。

情节的发展和演进存在一定的规律。在这些规律的基础上，情节各部分的衔接也形成了若干较稳定的组合模式。熟悉了这些模式，便可建立起一个很实用的评判坐标，有效地提高对情节的赏析能力。以下是我们了解小说情节曲折的一些常用模式。

一是突转，即情节演进的突然转折，事件的结局、人物的命运往往由此而改变。在短篇小说中，大多由突转引发推动，所谓“柳暗花明”、“风波骤起”的情节效果正是形成与既在情理之中又在意料之外的突转。

二是悬念，它是一个不断造成读者疑惑、猜想、思索与期待的问号，它无疑是为情节高潮铺垫道路、蓄积动能的有效手段，最终结局的出现、事实真相的揭示往往给人以强烈的心灵震撼，并引起读者持久的回味、深入的反思。同时，悬念的拆解或许可形成突转并掀起高潮。

三是巧合，它是常见的情节组合方式，它应当是在必然性（包括性格逻辑与具体情境的发展趋势）基础上出现的偶合，并由此产生一定的情节效果。

四是跳移，它指在表现中调整事件过程的本然顺序和因果关联，将一些重要的环节换位重组，特别是一些缘起前提性环节的后移。既可在故事前部留下空白，以形成悬念，引发思索，又能在故事尾部补填空白，消释悬念，给读者以恍然大悟后的快意。

五是串联，它将两个或多个并无时空联系的事件组合起来，在相互对比映衬之中构建内容互补的情节，这实际上与电影蒙太奇很相近，如果两个事件的组合没有生成超越两者的第三种意蕴，这一串联就不能算成功。

六是并联，它指将两个或多个相关的事件系列组合为一个整体结构，在叙述中可以“花开两朵，各表一枝”，但两者之间存在着时离时合、互动相成的复杂关联。

优秀的艺术家在建构小说情节时，总是充分运用多种艺术方法和叙事策略，既表现出生活本身的逻辑，同时又使情节曲折生姿，跌宕起伏，产生情节的审美效果。

（三）环境：人物成长的舞台

小说作为一种时空艺术，环境是其不可或缺的要素。人物作为小说叙写的主要对象，那么，环境为人物活动提供了驰骋的舞台，并为情节的发生、发展起到重要的推动作用。

环境是小说表现的自然环境和社会背景的展示，它包括自然环境和社会环境，用高尔基的话来讲即是有“风景画”和“风俗画”的区别。

自然环境包括山川草木、风花雪月，自然环境提供了人物活动的背景，营造出小说特定的氛围。它不仅作为人物活动的空间范围存在，而且常常与小说人物的情感密切相关，《红楼梦》中，同是月夜，贾府兴盛时它是“银光雪浪……上下争辉，水天焕彩”，而贾府败落时它是“桂花树下，呜咽悠扬，吹出笛声来”。可见自然环境在小说中是人化的自然、风格化的自然、审美化的自然。

社会环境是环绕在人物周围的社会关系与民风、民俗的总和。没有一种文学样式能像小说一样，可以为读者提供完整细致的人生画卷。世界上一切有形无形的客观存在，小说都可以表现。小说可以自由酣畅地铺陈，不但表现生活的激流，还留意生活的涓涓溪流。小说在旨趣、情境、人物性格和生活关系的各个方面显得丰富多彩，具有整个世界的广大背景。

总之，小说的自然环境和社会环境都是作者现实生活审美化的对应品，都与小说人物发生这样和那样的关系，而不是孤立的客观存在。

四、小说鉴赏的方法

（一）人物的鉴赏

1. 从作者对人物的评价和介绍来把握人物

人物是小说形象的主体，而对人物的塑造不外乎是直接概叙和间接表现两种主要方式，在克林斯·布鲁克斯等编写的《小说鉴赏》中称为“概括性表现”和“戏剧性表现”两种。直接概叙是指作者直接揭示人物的身世、经历、性格、心理和神貌的一种表现，而且往往以概括叙述的形式出现。然而写人更多地运用间接表现的方式，它是对人物的内外状貌作具体形象的刻画，人物的性格特征通过其自身的行动来具体展示。间接表现人物的技巧有外貌描写、心理描写、语言描写等。因此，从作者对人物的介绍与评价这种概括性的叙述去把握人物，也就成为我们鉴赏小说人物最为直接的一个步骤。如赵树理的《小二黑结婚》中，一开头就对二诸葛和三仙姑做了这样的直接表现：

> 刘家峧有两个神仙，邻村无人不晓：一个是前庄上的二诸葛，一个是后庄上的三仙姑。二诸葛原来叫刘修德，当年做过生意，抬脚动手都要论一论阴阳八卦，看一看黄道黑道。三仙姑是后庄于福的老婆，每月初一、十五都要顶着红布摇摇摆摆装扮天神。

从这里的介绍中我们对二诸葛和三仙姑的性格就有了一个基本的了解。另外小说的叙述语言对于读者解读人物形象也很有帮助。如沈从文的《边城》以浓郁的湘西乡土气息，在理想化的牧歌情境中生动地表现了边城人民健康、优美、质朴的人性美和人情美。又如狄更斯在小说《穷人的专利权》中，运用叙述性语言，以第一人称的方式毫不夸张地记录了工人老约翰二十多年的艰辛历程。他勤劳朴实，每天工作十几个小时，二十年搞出一项工艺发明，却因为申请专利权，被弄得几乎倾家荡产。语言的叙述，像一面镜子，照见英国统治机构的腐败黑暗。老人没有文化，但作家借他之口所唠叨出来的内容却能够令人深思。

2. 从人物的语言、行动、肖像和心理描写来分析人物

人物的语言、行动、肖像和心理描写是小说刻画人物的直接方法，即通过描写人物的语言、行动、外貌和心理来表现人物的思想感情和性格特征。俗话说“言为心声”，一方面，人物语言是人物思想性格的直接表白，至于作者对人物心理活动的描写，则更不用说了。另一方面，作品中人物的行动，也是人物思想性格的生动表现，同样不能忽视。鲁迅的《药》对人物的肖像描写、行动描写都非常精彩。对康大叔的肖像描写是这样的：“浑身黑色的人”，“眼光象两把刀，刺得老栓缩小了一半”，“满脸横肉”，“披一件玄色布衫，散着纽扣，用很宽的玄色腰带，胡乱捆在腰间”。只这几笔就勾勒出一个凶残、蛮横的刽子手形象。小说的行动描写也非常突出，写华老栓夫妇准备去买人血馒头。华大妈从枕头底下“掏了半天”才掏出一包洋钱，老栓接过来后“抖抖的装入衣袋”，“又在外面按了两下”，这中间的“掏”“抖抖的”“按了两下”，充分表现了华老栓夫妇的贫苦，他们的洋钱来得多么不易。小说写康大叔把馒头交给华老栓，一连用了六个动词“抢”、“扯”、“塞”、“抓”、“捏”，生动地刻画了刽子手的贪婪、凶恶和华老栓的老实、胆小。

3. 从情节的发展来透视人物

鉴赏小说时还应通过小说的情节分析来透视人物的思想及品性。林文和在《文学

鉴赏与写作》中说："小说的情节是人物活动的轨迹，是一系列有利于展示人物性格的大小事件的连贯有序的组合。"高尔基在《和青年作家谈话》中写道："情节即人物之间的联系、矛盾、同情、反感和一般的相互关系——某种性格、典型的成长和构成的历史。"事因人生，人以事显，人物形象只有在生动、复杂、完整的情节中才能得到充分的展现，小说刻画人物是在一个动态的过程中，有发展，有变化。同样，小说的鉴赏也应遵循这一规律。如果我们不了解《红楼梦》中林家家道中落、支庶不盛，林黛玉早年丧母、年少多病，就很难理解她"步步留心，时时在意"的复杂心态。契诃夫在《变色龙》中就是以"狗主人究竟是谁"为情节线索，一次又一次地变化这一情节，塑造了奥楚蔑洛夫这样善于随着狗主人身份的变化而见风使舵、媚上欺下的变色龙式的典型形象。又如《三国演义》第五十回写赤壁之战，曹操八十万大军灰飞烟灭，他在狼狈逃命时却三次仰面大笑：一笑孔明、周瑜无谋，二笑两人少智，三笑他们无能。逃脱后反仰天大恸：哭郭嘉早死，己不听其劝。这里三笑一哭，情节发展出人意料。三笑刻画出他惊魂甫定又不失常态，以笑鼓舞士气的乱世枭雄的气魄；也显示出他的刚愎自用，惨败时仍不忘显示自己的自大特点。一哭则是他败后反省，痛定思痛的心境反映，他哭的是死去的郭嘉，骂的是活着的众谋士。

4. 从人物活动的环境来解读人物

鉴赏小说时还可以透过小说描绘的环境来了解人物的活动背景，进而解读人物形象的社会意义。茅盾指出，作品中的环境描写，不论是社会环境或自然环境，都不是可有可无的装饰品，而是密切联系着人物的思想和行为。环境不仅是人物生长的土壤和表演活动的舞台，而且是人物创造的对象和结果——人物在典型环境中活动，受到典型环境制约，同时对典型环境发生反作用，进而希望改造环境。因而把两者联系起来分析，有助于了解并掌握人物的身份、性格和思想，能够更加清楚地看到人物形象的社会深刻性。如《红楼梦》写几位贵妇人的居室。贾母位尊，因而"住上房"，"配上大箱、大柜、大桌子、大床，果然威武"；王夫人的正内室"轩昂壮丽"，突出其主持荣国府的地位；邢夫人居住的"正房厢庑游廊，悉皆小巧别致"，显出了屈居人下的身份；凤姐住处则色彩鲜艳、富丽堂皇得近乎浮靡，既表现了她媚俗而张扬的个性，又显示出她深受贾母宠爱的特殊地位。这些描写鲜明地体现出了人物的身份、地位、性格、气质。读《孔乙己》中交代的环境——清末江南的咸亨酒店，实际上它是当时黑暗的半封建半殖民地社会的缩影：科举未废除，贫富悬殊，阶级对立，人与人之间关系冷漠，正是这样的社会造成了孔乙己精神上的麻木不仁、迂腐不堪，以及生活上的好喝懒做。

（二）情节的鉴赏

1. 理清线索，把握情节的来龙去脉

一般而言，故事情节从发生到结局，前后是有着某种内部联系的，这种内部联系也是贯穿整个作品中的情节线索。我们在鉴赏小说情节时，只要找到这条贯穿整个作品的线索，情节的来龙去脉就容易把握了。需要注意的是，在小说等叙事文学作品中，情节线索并不是指我们一般而言的什么时间线索、空间转换线索等，而是指作品里的基本矛盾冲突所构成的情节发展线索。在《小二黑结婚》中，以小二黑、小芹为代表的渴望婚姻自由的新一代农民与以二诸葛、三仙姑和金旺兄弟为代表的封建势力的矛盾冲突，就是贯穿这篇小说的情节线索，作品中所有事态的发展都是围绕这一基本矛盾冲突来展开的。明白了这一点，整个情节的发生发展也就理清了。由此也可以看得出，寻找小说等叙事作品的情节线索，一般来说，就是寻找构成作品主要内容围绕主人公的基本矛盾冲突。也有一些内容比较复杂的作品，除了主线以外还有副线。通过几条线索彼此更迭，相互交织，可以反映更广阔的社会生活。《红楼梦》以贾、史、王、薛四大家族的盛衰兴败作为全书的总纲，同时还安排了三条重要的情节线索：一是以贾宝玉、林黛玉为代表的封建叛逆者与以贾政等为代表的封建卫道者的矛盾斗争，这是主线。再就是以晴雯、鸳鸯为代表的被压迫奴隶与以贾政、贾母等为代表的封建统治阶级的矛盾以及封建统治阶级内部的争权夺利、钩心斗角，这是两条副线。整部作品就是以这样几组基本矛盾为重要线索而织成一幅庞大的网。小说情节的鉴赏，如能抓住情节线索，把握其来龙去脉，将有助于我们在分析作品时统观大局，全面地把握作品的意图。

2. 以事见人，透视人物的性格特点

小说情节的发展和人物性格的塑造应相一致，而且二者相互依存。人物性格和人物关系所构成的矛盾冲突决定着情节的发展，情节的发展又是人物性格成长所构成的历史。所以，小说情节的鉴赏应把人物性格和情节联系起来分析。《孔乙已》中孔乙已到酒店喝酒，周围的人对他嘲笑，与他争辩的情节，正是要表现他偷窃、迂腐的坏毛病；孔乙已教“我”写“茴”字的四种写法和分豆给孩子们吃的情节，则又是表现他的自傲和善良的性格；孔乙已被举人家打折腿后爬着到酒店喝酒，又谎称腿是跌断的情节，则表现了他受欺凌的悲惨命运和好面子的弱点。小说就是通过这一系列的情节描写来完成对孔乙已复杂性格的刻画的。阅读鉴赏时一定要逐一分析，挖掘情节的意义。

3. 见微知著，涵蓄细节的内在意义

作品的情节是由若干个场面构成的，而场面又由很多的细节组成，几乎可以这样说，没有细节描写，就没有小说。这是因为细节是构成小说艺术形象的最小的细胞，小说中的人物形象之间的差异往往就在那些细枝末节之上，小说的生动之处，也常常就是那些富有特征的典型的细节描写。从这点上说，分析场面和细节是鉴赏情节的进一步深入，同时也只有这样的情节鉴赏才显得具体、充分和中肯。于细微之处挖性格，显示个性是描写的宗旨，而显示个性的重要手段就是细节描写。具有典型意义的细节描写往往可以深度地表现人物的精神面貌和性格特征。凡读过吴敬梓的《儒林外史》的人，有谁会忘记作者关于严监生临死前的那段极具讽刺的细节描写呢？在展开老地主严监生“临终”这一情节时，作者这样写道：

严监生喉咙里，痰响得一进一出，一声不倒一声的，总不得断气，还把手从被单里拿出来，伸着两个指头，大侄子走上前来问道：“二叔，你莫不是还有两个亲人未曾见面?”他把头摇了两三摇。二侄子走上前问道：“二叔，莫不是还有两笔银子在那里，不曾吩咐明白?”他把两眼睁的滴溜圆，把头又狠摇了几摇，越发摇得紧了，奶妈抱着哥子插口道："老爷子想是因为两位舅爷不在跟前，故此记念。"他听了这话，把眼闭着摇头，那手只是指着不动。赵氏慌忙揩揩眼泪，走近上前道："爷，别人说的都不相干，只有我晓得你的意思！你是为那灯盏里点的是两茎灯草，不放心，恐费了油。我如今挑掉一茎就是了。"说罢，忙走去挑掉一茎。众人看严监生时，点一点头，把手垂下，登时就没了气。

个中原因直到小老婆赵氏说破，挑掉了一根灯草后，他才"点一点头，把手垂下，登时没了气"。一个家里钱过万贯，米烂成仓，仆童成群的人，却因为灯盏里点着两根灯草，恐费了油而不肯断气。其吝啬程度之深，实在令人瞠目结舌。我们在分析严监生的形象时，只要抓住了"伸"、"摇"、"睁"、"狠摇"、"指"、"点一点"等精彩的行动细节，把握这些细微差别，就不难挖出他的典型的性格特征——悭吝成癖，至死不改。

4. 品味技巧，领会情节的艺术匠心

小说情节的生动曲折、波澜起伏和扣人心弦，应该说是所有优秀小说的显著特点。什么地方是伏笔，什么地方是照应，什么地方是有助于塑造人物的精彩描写，哪些地方是游离于情节之外、荒诞不经的"噱头"等，都要细细加以赏析。例如《项链》作者为了突出主题，为主人公设计了一个从逆境到顺境，然后再坠入逆境的曲折经历。起初，玛蒂尔德在婚姻上失意，似乎使她陷入了逆境。但教育部长举办舞会的请帖，给她打开了希望之门。舞服和首饰的解决，使她更接近成功。舞会上大出风头，眼看踏上成功之路。不料，丢失了项链，使她再次坠入了厄运。鉴赏这样的情节，我们不仅要注意情节本身的变化，还要注意发掘情节所喻示着的主题意义，同时，又要注意作者在组织情节时所显现出的胸有全豹、高屋建瓴的艺术特点。

（三）环境的鉴赏

1. 分析环境对主题思想的暗示

环境描写不管它的直接作用如何，最终是为表现作品主题服务的。明末文学家王夫之曾说："一切景语皆情语"，即一切描写景物的文字都在于写作者之情意。所以，我们鉴赏小说，就应注意从环境的描写中揣摩作品的主旨。在更多的情况下，环境描写可能主要是为展示人物的行动和命运以及刻画人物的性格创造必要的条件，提供生动的衬景，但同时也是以间接的形式表现主题。如《药》中关于社会环境的描写。写刑场上围观杀人的场面，那些"颈项都伸得很长，仿佛许多鸭，被无形的手捏住了的，向上提着"的看客；写茶馆里那些为革命者挨打叫好，认为革命者鲜血被吃是好事的茶客；由这些人组成了社会背景。又如点油灯、用洋钱、士兵衣服上的大白圈、上坟摆菜饭化纸钱等，都渲染了那个时代特有的气息。

2. 分析环境对人物形象的烘托

小说环境，不论是社会环境还是自然环境，与小说人物的思想与行动均有着密切的联系，而且因为小说是以写人为中心，环境描写对人物形象的烘托始终是最为基本的任务。鉴赏小说的环境描写，必须要注意把握环境与人物的关系，努力发掘它深刻的思想意义。环境描写对人物的烘托可以是正面的，也可以是反面的，前者叫正衬，后者叫反衬。如《药》中关于自然环境的描写。小说开头写“乌蓝”的天、“青白”的光、“灰白”的路，渲染了冷峭、阴森的气氛；小说最后写“分外寒冷”的天气、“支支起立”的枯草、“愈颤愈细，细到没有”的声音和“铁铸一般站着”的乌鸦，突出了悲凉、阴冷的基调。小说写华老栓买人血馒头后，“太阳也出来了；在他面前，显出一条大道，直到他家中”，不仅写出了老栓的心情，而且通过反衬，使后来小栓的死显得更加凄凉。

3. 分析环境对小说氛围的创造

小说感染读者的一个重要因素，是作家特别注意创造一种特有的小说氛围，而创造小说氛围的主要手段就是通过环境描写的渲染和创造来加强的。鲁迅小说《药》的开头是：“秋天的后半夜，月亮下去了，太阳还没有出，只剩下一片乌蓝的天；除了夜游的东西，什么都睡着。”在华老栓为儿子买“药”走在街上时：“街上黑沉沉的一无所有，只有一条灰白的路，看得分明。”这样的自然环境给人以死气沉沉、非常压抑的感觉，使人感受不出一点生命的活动。联系小说的时代背景，我们还会进一步感受到1907年革命者秋瑾被害后的那种沉寂冷肃的氛围。当然，把握小说环境描写的氛围，其目的仍然在于更好地理解主题，理解人物。

4. 分析环境对小说情节的推动

因为小说以写人物为中心，而人物与环境的紧密关系又导致特定的环境可使人物产生某种相应的行为动机，从而推动故事情节向前发展。在反映更为广阔、复杂的社会生活的小说中，环境是人物命运形成和演变的客观条件和原因，特别是西方批判现实主义小说，更是强调“这一个”环境中的人，强调环境对人物及情节的影响和决定作用，因而环境在小说中的这种推动作用会更加明显。如《林教头风雪山神庙》中对风雪的描写，作者从不同角度写风雪：有正面描写，有侧面描写，还通过人物的动作、感觉写风雪，既写出了大雪的气势，也衬托出了林冲这个落难英雄的处境。同时作者也以风雪的变化层层推动故事情节的发展。正因为风大雪紧，草厅才会被摇振、压倒；正因为草厅被压倒，林冲才会到山神庙安身；正因为在山神庙安身，林冲才会暗中听到陆谦三人的讲话，从而促使林冲杀敌报仇，走上反抗的道路。

第二节 名篇选读

俞伯牙摔琴谢知音[1]

浪说曾分鲍叔金，谁人辨得伯牙琴？
于今交道奸如鬼，湖海空悬一片心。

古来论交情至厚，莫如管鲍。管是管夷吾，鲍是鲍叔牙。他两个同为商贾，得利均分。时管夷吾多取其利，叔牙不以为贪，知其贫也。后来管夷吾被囚，叔牙脱之，荐为齐相。这样朋友，才是个真正相知。这相知有几样名色：恩德相结者，谓之知己；腹心相照者，谓之知心；声气相求者，谓之知音。总来叫做相知。今日听在下说一桩俞伯牙的故事。列位看官们，要听者，洗耳而听；不要听者，各随尊便。正是：

知音说与知音听，不是知音不与谈。

话说春秋战国时，有一名公，姓俞名瑞，字伯牙，楚国郢都②人氏，即今湖广荆州府之地也。那俞伯牙身虽楚人，官星却落于晋国，仕至上大夫之位。因奉晋主之命，来楚国修聘。伯牙讨这个差使，一来，是个大才，不辱君命；二来，就便省视乡里，一举两得。当时从陆路至于郢都，朝见了楚王，致了晋主之命。楚王设宴款待，十分相敬。那郢都乃是桑梓之地，少不得去看一看坟墓，会一会亲友。然虽如此，各事其主，君命在身，不敢迟留。公事已毕，拜辞楚王。楚王赠以黄金采缎，高车驷马。伯牙离楚一十二年，思想故国江山之胜，欲得恣情观览，要打从水路大宽转而回。乃假奏楚王道："臣不幸有犬马之疾，不胜车马驰骤。乞假臣舟楫，以便医药。"楚王准奏，命水师拨大船二只，一正一副。正船单坐晋国来使，副船安顿仆从行李。都是兰桡画桨，锦帐高帆，甚是齐整。群臣直送至江头而别。

只因览胜探奇，不顾山遥水远。

伯牙是个风流才子，那江山之胜，正投其怀。张一片风帆，凌千层碧浪，看不尽遥山叠翠，远水澄清。不一日，行至汉阳江口。时当八月十五日，中秋之夜。偶

① 选自徐福祥、徐建一主编：《家庭藏书集锦》，之四，《中国文学》（二），红旗出版社出品。
② 郢（yǐng）都：楚国的都城，在今湖北江陵县北。

然风狂浪涌，大雨如注，舟楫不能前进，泊于山崖之下。不多时，风恬浪静，雨止云开，现出一轮明月。那雨后之月，其光倍常。伯牙在船舱中，独坐无聊，命童子焚香炉内：“待我抚琴一操，以遣情怀。”童子焚香罢，捧琴囊置于案间。

伯牙开囊取琴，调弦转轸，弹出一曲。曲犹未终，指下“刮喇”的一声响，琴弦断了一根。伯牙大惊，叫童子去问船头：“这住船所在是甚么去处？”船头答道：“偶因风雨，停泊于山脚之下。虽然有些草树，并无人家。”伯牙惊讶，想道：“是荒山了。若是城郭村庄，或有聪明好学之人，盗听吾琴，所以琴声忽变，有弦断之异。这荒山下，那得有听琴之人？哦，我知道了，想是有仇家差来刺客；不然，或是贼盗伺候更深，登舟劫我财物。”叫左右：“与我上崖搜检一番：不在柳阴深处，定在芦苇丛中。”

左右领命，唤齐众人，正欲搭跳上崖。忽听岸上有人答应道：“舟中大人，不必见疑。小子并非奸盗之流，乃樵夫也。因打柴归晚，值骤雨狂风，雨具不能遮蔽，潜身岩畔。闻君雅操，少住听琴。”伯牙大笑道：“山中打柴之人，也敢称‘听琴’二字！此言未知真伪，我也不计较了。左右的，叫他去罢。”那人不去，在崖上高声说道：“大人出言谬矣！岂不闻：‘十室之邑，必有忠信。’‘门内有君子，门外君子至。’大人若欺负山野中没有听琴之人，这夜静更深，荒崖下也不该有抚琴之客了。”伯牙见他出言不俗，或者真是个听琴的，亦未可知。止住左右不要罗唣①，走近舱门，回嗔作喜的问道：“崖上那位君子，既是听琴，站立多时，可知道我适才所弹何曲？”那人道：“小子若不知，却也不来听琴了。方才大人所弹，乃孔仲尼叹颜回，谱入琴声。其词云：‘可惜颜回命蚤亡，教人思想鬓如霜。只因陋巷箪瓢乐，’——到这一句，就绝了琴弦，不曾抚出第四句来。小子也还记得：——‘留得贤名万古扬。’”

伯牙闻言，大喜道：“先生果非俗士，隔崖窎远，难以问答。”命左右：“掌跳，看扶手，请那位先生登舟细讲。”左右掌跳，此人上船，果然是个樵夫。头戴箬②笠，身披蓑衣，手持尖担，腰插板斧，脚踏芒鞋。手下人那知言谈好歹，见是樵夫，下眼相看：“咄，那樵夫！下舱去，见我老爷叩头。问你甚么言语，小心答应。官尊着哩！”樵夫却是个有意思的，道：“列位不须粗鲁，待我解衣相见。”除了斗笠，头上是青布包巾；脱了蓑衣，身上是蓝布衫儿；搭膊拴腰，露出布裩下截。那时不慌不忙，将蓑衣、斗笠、尖担、板斧，俱安放舱门之外。脱下芒鞋，躧去泥水，重复穿上，步入舱来。官舱内公座上灯烛辉煌。樵夫长揖而不跪，道：“大人施礼了。”俞伯牙是晋国大臣，眼界中那有两接的布衣？下来还礼，恐失了官体，既请下船，又不好叱他回去。伯牙没奈何，微微举手道：“贤友免礼罢。”叫童子看坐的。童子取一张杌③坐儿置于下席。伯牙全无客礼，把嘴向樵夫一努道：“你且坐

① 罗唣（zào）：吵闹寻事。
② 箬（ruò）：箬竹，竹的一种，茎高三四尺，叶子宽而大，叶子可编制器物或竹笠。
③ 杌（wù）：矮小的座凳。

了。”你我之称，怠慢可知。那樵夫亦不谦让，俨然坐下。伯牙见他不告而坐，微有嗔怪之意。因此不问姓名，亦不呼手下人看茶。

默坐多时，怪而问之:“适才崖上听琴的就是你么?”樵夫答言:“不敢。”伯牙道:“我且问你，既来听琴，必知琴之出处。此琴何人所造？抚他有甚好处?”正问之时，船头来禀话，风色顺了，月明如画，可以开船。”伯牙分付:“且慢些!”樵夫道：“承大人下问，小子若讲话絮烦，恐担误顺风行舟。”伯牙笑道:“惟恐你不知琴理。若讲得有理，就不做官，亦非大事，何况行路之迟速乎!”樵夫道:“既如此，小子方敢僭①谈。此琴乃伏羲氏②所琢，见五星之精，飞坠梧桐，凤皇来仪。凤乃百鸟之王，非竹实不食，非梧桐不栖，非醴泉不饮。伏羲以知梧桐乃树中之良材，夺造化之精气，堪为雅乐，令人伐之。其树高三丈三尺，按三十三天之数，截为三段，分天、地、人三才。取上一段叩之，其声太清，以其过轻而废之；取下一段叩之，其声太浊，以其过重而废之；取中一段叩之，其声清浊相济，轻重相兼。送长流水中，浸七十二日，按七十二候之数。取起阴干，选良时吉日，用高手匠人刘子奇斫成乐器。此乃瑶池之乐，故名瑶琴。长三尺六寸一分，按周天三百六十一度。前阔八寸，按八节；后阔四寸，按四时；厚二寸，按两仪。有金童头、玉女腰、仙人背、龙池、凤沼、玉轸、金徽。那徽有十二，按十二月；又有一中徽，按闰月。先是五条弦在上，外按五行金木水火土，内按五音宫商角徵羽。尧、舜时操五弦琴，歌《南风》诗，天下大治。后因周文王被囚于羑里，吊子伯邑考，添弦一根，清幽哀怨，谓之文弦。后武王伐纣，前歌后舞，添弦一根，激烈发扬，谓之武弦。先是宫商角徵羽五弦，后加二弦，称为文武七弦琴。此琴有六忌、七不弹、八绝。何为六忌?

一忌大寒，二忌大暑，三忌大风，四忌大雨，五忌迅雷，六忌大雪。

何为七不弹?

闻丧者不弹，奏乐不弹，事冗不弹，不净身不弹，衣冠不整不弹，不焚香不弹，不遇知音者不弹。何为八绝？总之清奇幽雅，悲壮悠长。此琴抚到尽美尽善之处，啸虎闻而不吼，哀猿听而不啼。乃雅乐之好处也。”

伯牙听见他对答如流，犹恐是记问之学，又想道:“就是记问之学，也亏他了。我再试他一试。”此时已不似在先你我之称了。又问道:“足下既知乐理，当时孔仲尼鼓琴于室中，颜回自外入。闻琴中有幽沉之声，疑有贪杀之意，怪而问之。仲尼曰：‘吾适鼓琴，见猫方捕鼠，欲其得之，又恐其失之。此贪杀之意，遂露于丝桐。’始知圣门音乐之理，入于微妙。假如下官抚琴，心中有所思念，足下能闻而知之否?”樵夫道:“《毛诗》云：‘他人有心，予忖度之。’大人试抚弄一过，小子

---

① 僭（jiàn）：旧时指地位在下的冒用地位在上的名义或礼仪、器物。这里是谦虚的说法，意指自己超越本分。

② 伏羲（xī）氏：姓风氏，是上古的一位睿智的首领，也是上古的“三皇”之一。传说中，他为人民做了许多有意义的事情。他指导臣民制造工具，结网打鱼，投矛狩猎，也开创了人类历史上通过劳动主动获取食物的新纪元。

任心猜度。若猜不着时，大人休得见罪。”

伯牙将断弦重整，沉思半晌。其意在于高山，抚琴一弄。樵夫赞道：“美哉，洋洋乎！大人之意，在高山也。”伯牙不答，又凝神一会，将琴再鼓。其意在于流水。樵夫又赞道：“美哉，汤汤乎！志在流水。”只两句，道着了伯牙的心事。伯牙大惊，推琴而起，与子期施宾主之礼，连呼：“失敬失敬！石中有美玉之藏。若以衣貌取人，岂不误了天下贤士！先生高名雅姓？”樵夫欠身而答：“小子姓钟名徽，贱字子期。”伯牙拱手道：“是钟子期先生。”子期转问：“大人高姓？荣任何所？”伯牙道：“下官俞瑞，仕于晋朝，因修聘上国而来。”子期道：“原来是伯牙大人。”

伯牙推子期坐于客位，自己主席相陪，命童子点茶。茶罢，又命童子取酒共酌。伯牙道：“借此攀话，休嫌简亵。”子期称：“不敢。”童子取过瑶琴，二人入席饮酒。伯牙开言又问：“先生声口是楚人了，但不知尊居何处？”子期道：“离此不远，地名马安山集贤村，便是荒居。”伯牙点头道：“好个集贤村！”又问：“道艺何为？”子期道：“也就是打柴为生。”伯牙微笑道：“子期先生，下官也不该僭言，似先生这等抱负，何不求取功名，立身于廊庙，垂名于竹帛，却乃赍志林泉，混迹樵牧，与草木同朽。窃为先生不取也。”子期道：“实不相瞒，舍间上有年迈二亲，下无手足相辅。采樵度日，以尽父母之余年，虽位为三公之尊，不忍易我一口之养也。”伯牙道：“如此大孝，一发难得。”二人杯酒酬酢①了一会。子期宠辱无惊，伯牙愈加爱重。又问子期：“青春多少？”子期道：“虚度二十有七。”伯牙道：“下官年长一旬。子期若不见弃，结为兄弟相称，不负知音契友。”子期笑道：“大人差矣！大人乃上国名公，钟徽乃穷乡贱子，怎敢仰扳，有辱俯就！”伯牙道：“相识满天下，知心能几人？下官碌碌风尘，得与高贤结契，实乃生平之万幸。若以富贵贫贱为嫌，觑俞瑞为何等人乎！”遂命童子重添炉火，再爇名香，就船舱中与子期顶礼八拜。伯牙年长为兄，子期为弟。今后兄弟相称，生死不负。拜罢，复命取暖酒再酌。子期让伯牙上坐，伯牙从其言。换了杯箸，子期下席。兄弟相称，彼此谈心叙话。正是：

合意客来心不厌，知音人听话偏长。

谈论正浓，不觉月淡星稀，东方发白。船上水手都起身收拾篷索，整备开船。子期起身告辞。伯牙捧一杯酒递与子期，把子期之手叹道：“贤弟，我与你相见何太迟，相别何太早！”子期闻言，不觉泪珠滴于杯中。子期一饮而尽，斟酒回敬伯牙。二人各有眷恋不舍之意。伯牙道：“愚兄余情不尽，意欲曲延贤弟同行数日，未知可否？”子期道：“小弟非不欲相从。怎奈二亲年老，‘父母在，不远游。’”伯牙道：“既是二位尊人在堂，回去告过二亲，到晋阳来看愚兄一看，这就是‘游必有方’了。”子期道：“小弟不敢轻诺而寡信。许了贤兄，就当践约。万一禀命于二亲，二亲不允，使仁兄悬望于数千里之外，小弟之罪更大矣。”伯牙道：“贤弟真所

---

① 酬酢（chóuzuò）：主客相互敬酒。酬，向客人敬酒；酢，向主人敬酒。泛指应酬。

谓至诚君子。也罢，明年还是我来看贤弟。”子期道:“仁兄明岁何时到此？小弟好伺候尊驾。”伯牙屈指道:“昨夜是中秋节，今日天明，是八月十六日了。贤弟，我来仍在仲秋中五六日奉访。若过了中旬，迟到季秋月分，就是爽信，不为君子。”叫童子:“分付记室，将钟贤弟所居地名及相会的日期，登写在日记簿上。”子期道:“既如此，小弟来年仲秋中五六日准在江边侍立拱候，不敢有误。天色已明，小弟告辞了。”伯牙道:“贤弟且住。”命童子取黄金二笏①不用封帖，双手捧定道:“贤弟，些须薄礼，权为二位尊人甘后之费。斯文骨肉，勿得嫌轻。”子期不敢谦让，即时收下。再拜告别，含泪出舱，取尖担挑了蓑衣斗笠，插板斧于腰间，掌跳搭扶手上崖。伯牙直送至船头，各各洒泪而别。

不题子期回家之事。再说俞伯牙点鼓开船，一路江山之胜，无心观览，心心念念，只想着知音之人。又行了几日，舍舟登岸。经过之地，知是晋国上大夫，不敢轻慢，安排车马相送。直至晋阳，回覆了晋主。不在话下。

光阴迅速，过了秋冬，不觉春去夏来。伯牙心怀子期，无日忘之。想着中秋节近，奏过晋主，给假还乡。晋主依允。伯牙收拾行装，仍打大宽转，从水路而行。下船之后，分付水手，但是湾泊所在，就来通报地名。事有偶然，刚刚八月十五夜，水手禀覆：此去马安山不远。伯牙依稀还认得去年泊船相会子期之处。分付水手将船湾泊，水底抛锚，崖边钉橛②。其夜晴明，船舱内一线月光，射进朱帘。伯牙命童子将帘卷起，步出舱门，立于船头之上，仰观斗柄。水底天心，万顷茫然，照如白昼。思想去岁与知己相逢，雨止月明，今夜重来，又值良夜。他约定江边相候，如何全无踪影，莫非爽信？又等了一会，想道:“我理会得了：江边来往船只颇多，我今日所驾的，不是去年之船了，吾弟急切如何认得？去岁我原为抚琴惊动知音，今夜仍将瑶琴抚弄一曲。吾弟闻之，必来相见。”命童子取琴卓安放船头，焚香设座。伯牙开囊，调弦转轸，才泛音律，商弦中有哀怨之声。伯牙停琴不操:“呀！商弦哀声凄切，吾弟必遭忧在家。去岁曾言父母年高，若非父丧，必是母亡。他为人至孝，事有轻重，宁失信于我，不肯失礼于亲，所以不来也。来日天明，我亲上崖探望。”叫童子收拾琴卓，下舱就寝。

伯牙一夜不睡，真个巴明不明，盼晓不晓。看看月移帘影，日出山头。伯牙起来梳洗整衣，命童子携琴相随。又取黄金十镒③带去，“倘吾弟居丧，可为赙礼。”踹跳登崖，行于樵径，约莫十数里，出一谷口。伯牙站住。童子禀道:“老爷为何不行?”伯牙道:“山分南北，路列东西。从山谷出来，两头都是大路，都去得，知道那一路往集贤村去？等个识路之人，问明了他，方才可行。”伯牙就石上少憩。童儿退立于后。

---

① 笏（hù）：原指古代君臣在朝廷上相见时手中所拿的狭长板子，由玉或象牙制成，上面可以记事。这里应该指计量单位。

② 橛（jué）：短木桩。

③ 镒（yì）：古代的重量单位，合二十两（一说二十四两）。

不多时，左手官路上有一老叟，髯垂玉线，发挽银丝，箬冠野服，左手举藤杖，右手携竹篮，徐步而来。伯牙起身整衣，向前施礼。那老者不慌不忙，将右手竹篮轻轻放下，双手举藤杖还礼，道："先生有何见教？"伯牙道："请问两头路，那一条路往集贤村去的？"老者道："那两头路，就是两个集贤村。左手是上集贤村，右手是下集贤村。通衢三十里官道。先生从谷出来，正当其半。东去十五里，西去也是十五里。不知先生要往那一个集贤村？"伯牙默默无言，暗想道："吾弟是个聪明人，怎么说话这等糊涂！相会之日，你知道此间有两个集贤村，或上或下，就该说个明白了。"伯牙却才沈吟。那老者道："先生这等吟想，一定那说路的，不曾分上下，总说了个集贤村，教先生没处抓寻了。"伯牙道："便是。"老者道："两个集贤村中，有一二十家庄户，大抵都是隐遁避世之辈。老夫在这山里，多住了几年，正是'土居三十载，无有不亲人'。这些庄户，不是舍亲，就是敝友。先生到集贤村必是访友。只说先生所访之友，姓甚名谁，老夫就知他住处了。"伯牙道："学生要往钟家庄去。"老者闻钟家庄三字，一双昏花眼内，扑簌簌掉下泪来，道："先生别家可去，若说钟家庄，不必去了。"伯牙惊问："却是为何？"老者道："先生到钟家庄，要访何人？"伯牙道："要访子期。"老者闻言，放声大哭道："子期钟徽，乃吾儿也。去年八月十五采樵归晚，遇晋国上大夫俞伯牙先生。讲论之间，意气相投，临行赠黄金二笏。吾儿买书攻读，老拙无才，不曾禁止。旦则采樵负重，暮则诵读辛勤，心力耗废，染成怯疾，数月之间，已亡故了！"伯牙闻言，五内崩裂，泪如涌泉，大叫一声，傍山崖跌倒，昏绝于地。钟公用手搀扶，回顾小童道："此位先生是谁？"小童低低附耳道："就是俞伯牙老爷。"钟公道："元来是吾儿好友。"扶起伯牙苏醒。伯牙坐于地下，口吐痰涎，双手捶胸，恸哭不已，道："贤弟呵！我昨夜泊舟，还说你爽信，岂知已为泉下之鬼！你有才无寿了！"钟公拭泪相劝。

伯牙哭罢起来，重与钟公施礼。不敢呼老丈，称为老伯，以见通家兄弟之意。伯牙道："老伯，令郎还是停柩在家，还是出瘗郊外了？"钟公道："一言难尽。亡儿临终，老夫与拙荆坐于卧榻之前。亡儿遗语嘱付道：'修短由天，儿生前不能尽人子事亲之道，死后乞葬于马安山江边。与晋大夫俞伯牙有约，欲践前言耳。'老夫不负亡儿临终之言。适才先生来的小路之右，一丘新土，即吾儿钟徽之冢。今日是百日之忌，老夫提一陌纸钱，往坟前烧化。何期与先生相遇！"伯牙道："既如此，奉陪老伯，就坟前一拜。"命小童代太公提了竹篮。钟公策杖引路，伯牙随后，小童跟定，复进谷口。果见一丘新土，在于路左。伯牙整衣下拜："贤弟，在世为人聪明，死后为神灵应。愚兄此一拜，诚永别矣！"拜罢，放声又哭。惊动山前山后山左山右黎民百姓，不问行的住的，远的近的，闻得朝中大臣来祭钟子期，回绕坟前，争先观看。伯牙却不曾摆得祭礼，无以为情。命童子把瑶琴取出囊来，放于祭石台上，盘膝坐于坟前，挥泪两行，抚琴一操。那些看者，闻琴韵铿锵，鼓掌大笑而散。伯牙问："老伯，下官抚琴，吊令郎贤弟，悲不能已，众人为何而笑？"钟公道："乡野之人，不知音律。闻琴声以为取乐之具，故此长笑。"伯牙道："原来如此。老伯可知所奏何曲？"钟公道："老夫幼年也颇习，如今年迈，五官半废，模糊不懂久矣。”伯牙道:“这就是下官随心应手一曲短歌以吊令郎者，口诵于老伯听之。”钟公道:“老夫愿闻。”伯牙诵云：

忆昔去年春，江边曾会君。今日重来访，不见知音人；但见一抔土，惨然伤我心。伤心伤心复伤心，不忍泪珠纷。来欢去何苦，江畔起愁云。子期子期兮，你我千金义。历尽天涯无足语，此曲终兮不复弹，三尺瑶琴为君死！

伯牙于衣夹间取出解手刀，割断琴弦；双手举琴，向祭石台上用力一摔，摔得玉珍抛残，金徽零乱。钟公大惊，问道:“先生为何摔碎此琴?”伯牙道：

摔碎瑶琴凤尾寒，子期不在对谁弹！
春风满面皆朋友，欲觅知音难上难。

钟公道:“原来如此，可怜可怜！”伯牙道:“老伯高居，端的在上集贤村，还是下集贤村?”钟公道:“荒居在上集贤村第八家就是。先生如今又问他怎的?”伯牙道:“下官伤感在心，下敢随老伯登堂了。随身带得有黄金二镒，一半代令郎甘旨之奉，一半买几亩祭田，为令郎春秋扫墓之费。待下官回本朝时，上表告归林下。那时却到上集贤村，迎接老伯与老伯母同到寒家，以尽天年。吾即子期，子期即吾也。老伯勿以下官为外人相嫌。”说罢，命小童取出黄金，亲手递与钟公，哭拜于地。钟公答拜。盘桓半晌而别。

这回书，题作《俞伯牙摔琴谢知音》。后人有诗赞云：

势利交怀势利心，斯文谁复念知音。
伯牙不作钟期逝，千古令人说破琴。

赏析

冯梦龙（1574—1646 年），字犹龙，因其作品丰富，别号、笔名、化名繁多。吴县籍长洲（今江苏苏州市）人。明代晚年通俗文学大家。冯梦龙从小受过正统的儒家思想教育，同时他又广泛涉猎稗官野史，众采博取，一定程度上冲破正统教育的束缚和局限，大大地开阔了视野。由于仕途不得意，他转入青楼酒馆，过着放荡不羁的生活，有机会了解下层人民的生活和思想。他不惜冒着种种非议和磨难，广泛收集整理乃至模仿创作大量通俗文学作品。目前可以确认是他编著创作的作品有五十多种，其中通俗文学作品就占四十多种，一千多万字。主要作品有短篇白话小说《警世通言》、《醒世恒言》、《喻世明言》三种，合称“三言”。“三言”中每个短篇小说集各四十篇，共一百二十篇。“三言”是冯梦龙对流行的说唱艺术进行的润色、改编和创作，它标志着古代白话小说整理创作高潮的到来，也直接影响了凌濛初的“二拍”的产生。“二拍”是凌濛初《初刻拍案惊奇》和《二刻拍案惊奇》的合称。“三言”、“二拍”是晚明市民文学的代表作，是晚明文学中最引人注目的艺术奇葩。

《俞伯牙摔琴谢知音》选自《警世通言》，通过一个历史故事的陈述，说明知音难得和真挚友情的珍贵。

晚明社会随着商业和手工业的发展，都市繁荣，由商人、小贩、作坊主、工匠等构成的市民阶层，成为城市生活的主体。“三言”、“二拍”主要反映的是市民阶层的生活，表达的是市民阶层的思想观念。《俞伯牙摔琴谢知音》讲述的虽然是春秋战国时的故事，反映的却是市民阶层人们希望相互扶持、患难与共的思想感情，体现的是市民侠义、互助、信守诺言的做人道德。

晚明社会是封建社会的末期，也是社会生活最黑暗、最腐败的时期。士大夫中盛行纵情恣肆地享受声色之乐，形成了骄奢淫逸的社会风气。道德沦丧，追名逐利，人情淡薄，到了登峰造极的地步。作为下层市民阶层的商人、小贩、作坊主、工匠等，他们赖以生存的产业，特别需要诚信和相互帮助，而当时的社会状况都是“于今交道奸如鬼，湖海空悬一片心”，“势利交怀势利心，斯文谁复念知音”。在这种险恶的社会环境中生存，这些市民阶层的小人物随时都可能遭到灭顶之灾。于是通过他们自己的口头文学创作，借助一个历史故事，歌颂伯牙与子期之间超越等级、超越功利的纯真友谊，表达了市民阶层对当时社会风气的不满，对善良、纯朴的人际关系的渴求。“知音”即是人世间的“相知”，作者赞扬的“声气相求”的知音，也就是人的高尚情操的相互欣赏、相互理解、相互交融。作者为了表现这种高尚情操的纯洁和可贵，让两位主人翁的心灵穿越等级与功利而发生碰撞，达到相知、相悦的境界。俞伯牙“仕至上大夫之位”，“因奉晋主之命，来楚国修聘”，钟子期却是以砍柴为生的山野樵夫，用今天的话说，一个是部长级的高官，一个是普通农民，他们怎么会一见相知，产生一段刻骨铭心的友情呢？

俞伯牙为宦多年，当然养成了高高在上的“官体”，不说他的“黄金采缎，高车驷马”、“兰桡画桨，锦帐高帆”，只说初见子期，“伯牙全无客礼，把嘴向樵夫一努道：‘你且坐了。’你我之称，怠慢可知”。但是，在伯牙的“官体”中却藏着未泯灭的良知，有一方未被尘世污染的净土。在“碌碌风尘”中，“相识满天下”，却求不到一个“知音”，这不能不说是他人生的最大遗憾。只有琴寄托着他的“情怀”，他的“思念”。而这份“情怀”和“思念”，在人海中找不到相知，于是只能在荒郊野外，“抚琴一操，以遣情怀”，对象不是人，而是山上清风，江中明月。可见伯牙对人间失望到何等程度，也可知他渴求“知音”到了多么热切的程度。不想，山野之中却遇见了“听琴”的钟子期。子期虽是樵夫，却居住在集贤村。从子期不卑不亢的礼数，到深厚的“听琴”素养，我们可以推测子期受到过良好的教育与熏陶，集贤村住的是一班有德行、有学问的隐士。如果说伯牙居“庙堂之高”，却未丧赤子之心，难能可贵；而子期处“江湖之远”，在山水之中陶冶了自己的高尚情操，却是自然的造化。两颗有着高尚情操的心灵，偶然相遇，一定会迸出相知、相悦的火花。音乐只是连接他们心灵的桥梁。“伯牙将断弦重整，沉思半晌。其意在于高山，抚琴一弄。樵夫赞道：‘美哉，洋洋乎！大人之意，在高山也。’伯牙不答，又凝神一会，将琴再鼓。其意在于流水。樵夫又赞道：‘美哉，汤汤乎！志在流水。’只两句，道着了伯牙的心事。”子期之前，伯牙的“心事”也许一辈子没被人理解过，于是尘垢在心灵的等级观念、势利想法顷刻坍塌，只剩下高山流水般的人间真情在两颗心灵间流淌。伯牙“相识满天下”，知音却只有子期一人。伯牙找到了寄托，找到了温暖，找到了归宿。所以我们可以理解，当他失去子期，失去知音，失去相知，会有那么刻骨铭心的疼痛。子期用死信守着自己的承诺，这使伯牙更感到了这份真情的可贵。可悲的是，当伯牙“盘膝坐于坟前，挥泪两行，抚琴一操”，“那些看者，闻琴韵铿锵，鼓掌大笑而散”。这些“看者”即是世俗社会的缩影，面对众多的“看者”，才有了伯牙痛苦的追问:“众人为何而笑?”才有了伯牙摔琴的悲愤，才有了对人世间无奈的感叹:“摔碎瑶琴凤尾寒，子期不在对谁弹！春风满面皆朋友，欲觅知音难上难。”

“人生得一知己足矣，斯世当以同怀视之”，鲁迅先生曾用此联赠送瞿秋白，引秋白为人间知己。看来，今人与古人有着同样的情怀。今天，我们读一读伯牙与子期的故事，听一听高山流水的音乐，会让我们浮躁的心沉静下来，想一想，我们“满面春风”的朋友中，有没有真正的“知音”。

思考与练习

1. 根据故事情节分析俞伯牙摔琴的原因。
2. 试分析钟子期这一人物形象。
3. 从这篇小说中你能得到什么样的人生启示？试简要谈谈。

红楼梦（节选）①

曹雪芹

话说宝玉见了贾政，回至房中，更觉头昏脑闷，懒待动弹，连饭也没吃，便昏沉睡去。仍旧延医诊治，服药不效，索性连人也认不明白了。大家扶着他坐起来，还是象个好人。

一连闹了几天，那日恰是回九之期②，若不过去，薛姨妈脸上过不去，若说去呢，宝玉这般光景。贾母明知是为黛玉而起，欲要告诉明白，又恐气急生变。宝钗是新媳妇，又难劝慰，必得姨妈过来才好。若不回九，姨妈嗔怪。便与王夫人凤姐商议道："我看宝玉竟是魂不守舍，起动是不怕的。用两乘小轿叫人扶着从园里过去，应了回九的吉期，以后请姨妈过来安慰宝钗，咱们一心一意的调治宝玉，可不两全？"王夫人答应了，即刻预备。幸亏宝钗是新媳妇，宝玉是个疯傻的，由人掇弄过去了。宝钗也明知其事，心里只怨母亲办得糊涂，事已至此，不肯多言。独有薛姨妈看见宝玉这般光景，心里懊悔，只得草草完事。

到家，宝玉越加沉重，次日连起坐都不能了。日重一日，甚至汤水不进。薛姨妈等忙了手脚，各处遍请名医，皆不识病源。只有城外破寺中住着个穷医，姓毕，别号知庵的，诊得病源是悲喜激射，冷暖失调，饮食失时，忧忿滞中③，正气壅闭：此内伤外感之症。于是度量用药，至晚服了，二更后果然省些人事，便要水喝。贾母王夫人等才放了心，请了薛姨妈带了宝钗都到贾母那里暂且歇息。

宝玉片时清楚，自料难保，见诸人散后，房中只有袭人，因唤袭人至跟前，拉着手哭道："我问你，宝姐姐怎么来的？我记得老爷给我娶了林妹妹过来，怎么被宝姐姐赶了去了？他为什么霸占住在这里？我要说呢，又恐怕得罪了他。你们听见林妹妹哭得怎么样了？"

袭人不敢明说，只得说道："林姑娘病着呢。"宝玉又道："我瞧瞧他去。"说着，要起来。岂知连日饮食不进，身子那能动转，便哭道："我要死了！我有一句心里的话，只求你回明老太太：横竖林妹妹也是要死的，我如今也不能保。两处两个病人都要死的，死了越发难张罗。不如腾一处空房子，趁早将我同林妹妹两个抬在那里，活着也好一处医治伏侍，死了也好一处停放。你依我这话，不枉了几年的情

---

① 选自徐福祥、徐建一主编：《家庭藏书集锦》1.0版，之四，《中国文学》（二），红旗出版社出品。

② 回九：又称"住九"、"回门"。旧俗，新娘在婚后第九天，由新郎陪同回娘家，娘家需设宴款待，一般当天即返。回九之期，如新郎不陪同新娘去岳家，便是对岳父母的不敬。

③ 忧忿滞中：中医指忧愁愤懑滞郁在胸中。

分。”袭人听了这些话，便哭的哽嗓气噎。

宝钗恰好同了莺儿过来，也听见了，便说道：“你放着病不保养，何苦说这些不吉利的话。老太太才安慰了些，你又生出事来。老太太一生疼你一个，如今八十多岁的人了，虽不图你的封诰①，将来你成了人，老太太也看着乐一天，也不枉了老人家的苦心。太太更是不必说了，一生的心血精神，抚养了你这一个儿子，若是半途死了，太太将来怎么样呢。我虽是命薄，也不至于此。据此三件看来，你便要死，那天也不容你死的，所以你是不得死的。只管安稳着，养个四五天后，风邪散了，太和正气一足，自然这些邪病都没有了。”宝玉听了，竟是无言可答，半晌方才嘻嘻的笑道：“你是好些时不和我说话了，这会子说这些大道理的话给谁听？”

宝钗听了这话，便又说道：“实告诉你说罢，那两日你不知人事的时候，林妹妹已经亡故了。”宝玉忽然坐起来，大声诧异道：“果真死了吗？”宝钗道：“果真死了。岂有红口白舌咒人死的呢。老太太，太太知道你姐妹和睦，你听见他死了自然你也要死，所以不肯告诉你。”宝玉听了，不禁放声大哭，倒在床上。

忽然眼前漆黑，辨不出方向，心中正自恍惚，只见眼前好象有人走来，宝玉茫然问道：“借问此是何处？”那人道：“此阴司泉路。你寿未终，何故至此？”宝玉道：“适闻有一故人已死，遂寻访至此，不觉迷途。”那人道：“故人是谁？”宝玉道：“姑苏林黛玉。”那人冷笑道：“林黛玉生不同人，死不同鬼，无魂无魄，何处寻访！凡人魂魄，聚而成形，散而为气，生前聚之，死则散焉。常人尚无可寻访，何况林黛玉呢。汝快回去罢。”宝玉听了，呆了半晌道：“既云死者散也，又如何有这个阴司呢？”那人冷笑道：“那阴司说有便有，说无就无。皆为世俗溺于生死之说，设言以警世，便道上天深怒愚人，或不守分安常，或生禄未终自行夭折，或嗜淫欲尚气逞凶无故自陨者，特设此地狱，囚其魂魄，受无边的苦，以偿生前之罪。汝寻黛玉，是无故自陷也。且黛玉已归太虚幻境，汝若有心寻访，潜心修养，自然有时相见。如不安生，即以自行夭折之罪囚禁阴司，除父母外，欲图一见黛玉，终不能矣。”那人说毕，袖中取出一石，向宝玉心口掷来。宝玉听了这话 ，又被这石子打着心窝，吓的即欲回家，只恨迷了道路。

正在踌躇，忽听那边有人唤他。回首看时，不是别人，正是贾母，王夫人，宝钗，袭人等围绕哭泣叫着。自己仍旧躺在床上。见案上红灯，窗前皓月，依然锦绣丛中，繁华世界。定神一想，原来竟是一场大梦。浑身冷汗，觉得心内清爽。仔细一想，真正无可奈何，不过长叹数声而已。

宝钗早知黛玉已死，因贾母等不许众人告诉宝玉知道，恐添病难治。自己却深知宝玉之病实因黛玉而起，失玉次之，故趁势说明，使其一痛决绝，神魂归一，庶可疗治。贾母王夫人等不知宝钗的用意，深怪他造次。后来见宝玉醒了过来，方才放心。立即到外书房请了毕大夫进来诊视。那大夫进来诊了脉，便道：“奇怪，这回脉气沉静，神安郁散，明日进调理的药，就可以望好了。”说着出去。众人各自安

---

① 封诰（gào）：社会风评佳，会遇褒赏、表彰等利于名誉之事。

心散去。

袭人起初深怨宝钗不该告诉，惟是口中不好说出。莺儿背地也说宝钗道："姑娘忒①性急了。"宝钗道："你知道什么好歹，横竖有我呢。"那宝钗任人诽谤，并不介意，只窥察宝玉心病，暗下针砭。

一日，宝玉渐觉神志安定，虽一时想起黛玉，尚有糊涂。更有袭人缓缓的将"老爷选定的宝姑娘为人和厚，嫌林姑娘秉性古怪，原恐早夭；老太太恐你不知好歹。病中着急，所以叫雪雁过来哄你"的话时常劝解。宝玉终是心酸落泪。欲待寻死，又想着梦中之言，又恐老太太、太太生气，又不能撩开。又想黛玉已死，宝钗又是第一等人物，方信金石姻缘有定，自己也解了好些。

宝钗看来不妨大事，于是自己心也安了，只在贾母王夫人等前尽行过家庭之礼后，便设法以释宝玉之忧。宝玉虽不能时常坐起，亦常见宝钗坐在床前，禁不住生来旧病。宝钗每以正言劝解，以"养身要紧，你我既为夫妇，岂在一时"之语安慰他。那宝玉心里虽不顺遂，无奈日里贾母王夫人及薛姨妈等轮流相伴，夜间宝钗独去安寝，贾母又派人服侍，只得安心静养。又见宝钗举动温柔，也就渐渐的将爱慕黛玉的心肠略移在宝钗身上，此是后话。

却说宝玉成家的那一日，黛玉白日已昏晕过去，却心头口中一丝微气不断，把个李纨和紫鹃哭的死去活来。到了晚间，黛玉却又缓过来了，微微睁开眼，似有要水要汤的光景。此时雪雁已去，只有紫鹃和李纨在旁。紫鹃便端了一盏桂圆汤和的梨汁，用小银匙灌了两三匙。黛玉闭着眼静养了一会子，觉得心里似明似暗的。此时李纨见黛玉略缓，明知是回光反照的光景，却料着还有一半天耐头，自己回到稻香村料理了一回事情。

这里黛玉睁开眼一看，只有紫鹃和奶妈并几个小丫头在那里，便一手攥了紫鹃的手，使着劲说道："我是不中用的人了。你伏侍我几年，我原指望咱们两个总在一处。不想我——"说着，又喘了一会子，闭了眼歇着。紫鹃见他攥着不肯松手，自己也不敢挪动，看他的光景比早半天好些，只当还可以回转，听了这话，又寒了半截。半天，黛玉又说道："妹妹，我这里并没亲人。我的身子是干净的，你好歹叫他们送我回去。"说到这里，又闭了眼不言语了。那手却渐渐紧了，喘成一处，只是出气大入气小，已经促疾的很了。

紫鹃忙了，连忙叫人请李纨。可巧探春来了。紫鹃见了，忙悄悄的说道："三姑娘，瞧瞧林姑娘罢。"说着，泪如雨下。探春过来，摸了摸黛玉的手已经凉了，连目光也都散了。探春紫鹃正哭着叫人端水来给黛玉擦洗，李纨赶忙进来了。三个人才见了，不及说话。刚擦着，猛听黛玉直声叫道："宝玉，宝玉，你好——"说到"好"字，便浑身冷汗，不作声了。紫鹃等急忙扶住，那汗愈出，身子便渐渐的冷了。探春李纨叫人乱着拢头穿衣，只见黛玉两眼一翻，呜呼，"香魂一缕随风散，愁绪三更入梦遥！"

---

① 忒（tuī）：太。

当时黛玉气绝，正是宝玉娶宝钗的这个时辰。紫鹃等都大哭起来。李纨探春想他素日的可疼，今日更加可怜，也便伤心痛哭。因潇湘馆离新房子甚远，所以那边并没听见。一时大家痛哭了一阵，只听得远远一阵音乐之声，侧耳一听，却又没有了。探春李纨走出院外再听时，惟有竹梢风动，月影移墙，好不凄凉冷淡！一时叫了林之孝家的过来，将黛玉停放毕，派人看守，等明早去回凤姐。

凤姐因见贾母王夫人等忙乱，贾政起身，又为宝玉昏愦更甚，正在着急异常之时，若是又将黛玉的凶信一回，恐贾母王夫人愁苦交加，急出病来，只得亲自到园。到了潇湘馆内，也不免哭了一场。见了李纨探春，知道诸事齐备，便说："很好。只是刚才你们为什么不言语，叫我着急？"探春道："刚才送老爷，怎么说呢。"凤姐道："还倒是你们两个可怜他些。这么着，我还得那边去招呼那个冤家呢。但是这件事好累坠，若是今日不回，使不得；若回了，恐怕老太太搁不住。"李纨道："你去见机行事，得回再回方好。"凤姐点头，忙忙的去了。

凤姐到了宝玉那里，听见大夫说不妨事，贾母王夫人略觉放心，凤姐便背了宝玉，缓缓的将黛玉的事回明了。贾母王夫人听得都唬了一大跳。贾母眼泪交流说道："是我弄坏了他了。但只是这个丫头也忒傻气！"说着，便要到园里去哭他一场，又惦记着宝玉，两头难顾。王夫人等含悲共劝贾母不必过去，"老太太身子要紧。"贾母无奈，只得叫王夫人自去。又说："你替我告诉他的阴灵：'并不是我忍心不来送你，只为有个亲疏 。你是我的外孙女儿，是亲的了，若与宝玉比起来，可是宝玉比你更亲些。倘宝玉有些不好，我怎么见他父亲呢。'"说着，又哭起来。

王夫人劝道："林姑娘是老太太最疼的，但只寿夭有定。如今已经死了，无可尽心，只是葬礼上要上等的发送。一则可以少尽咱们的心，二则就是姑太太和外甥女儿的阴灵儿，也可以少安了。"贾母听到这里，越发痛哭起来。凤姐恐怕老人家伤感太过，明仗着宝玉心中不甚明白，便偷偷的使人来撒个谎儿哄老太太道："宝玉那里找老太太呢。"贾母听见，才止住泪问道："不是又有什么缘故？"凤姐陪笑道："没什么缘故，他大约是想老太太的意思。"贾母连忙扶了珍珠儿，凤姐也跟着过来。

走至半路，正遇王夫人过来，一一回明了贾母。贾母自然又是哀痛的，只因要到宝玉那边，只得忍泪含悲的说道："既这么着，我也不过去了。由你们办罢，我看着心里也难受，只别委屈了他就是了。"王夫人凤姐一一答应了。贾母才过宝玉这边来，见了宝玉，因问："你做什么找我？"宝玉笑道："我昨日晚上看见林妹妹来了，他说要回南去。我想没人留的住，还得老太太给我留一留他。"贾母听着，说："使得，只管放心罢。"袭人因扶宝玉躺下。

贾母出来到宝钗这边来。那时宝钗尚未回九，所以每每见了人倒有些含羞之意。这一天见贾母满面泪痕，递了茶，贾母叫他坐下。宝钗侧身陪着坐了，才问道："听得林妹妹病了，不知他可好些了？"贾母听了这话，那眼泪止不住流下来，因说道："我的儿，我告诉你，你可别告诉宝玉。都是因你林妹妹，才叫你受了多少委屈。你如今作媳妇了 ，我才告诉你。这如今你林妹妹没了两三天了，就是娶你的那个时辰死的。如今宝玉这一番病还是为着这个，你们先都在园子里，自然也都是明白的。”宝钗把脸飞红了，想到黛玉之死，又不免落下泪来。贾母又说了一回话去了。自此宝钗千回万转，想了一个主意，只不肯造次，所以过了回九才想出这个法子来。如今果然好些，然后大家说话才不至似前留神。

独是宝玉虽然病势一天好似一天，他的痴心总不能解，必要亲去哭他一场。贾母等知他病未除根，不许他胡思乱想，怎奈他郁闷难堪，病多反复。倒是大夫看出心病，索性叫他开散了，再用药调理，倒可好得快些。宝玉听说，立刻要往潇湘馆来。贾母等只得叫人抬了竹椅子过来，扶宝玉坐上。贾母王夫人即便先行。到了潇湘馆内，一见黛玉灵柩①，贾母已哭得泪干气绝。凤姐等再三劝住。王夫人也哭了一场。李纨便请贾母王夫人在里间歇着，犹自落泪。

宝玉一到，想起未病之先来到这里，今日屋在人亡，不禁嚎啕大哭。想起从前何等亲密，今日死别，怎不更加伤感。众人原恐宝玉病后过哀，都来解劝，宝玉已经哭得死去活来，大家搀扶歇息。其余随来的，如宝钗，俱极痛哭。独是宝玉必要叫紫鹃来见，问明姑娘临死有何话说。紫鹃本来深恨宝玉，见如此，心里已回过来些，又见贾母王夫人都在这里，不敢洒落宝玉，便将林姑娘怎么复病，怎么烧毁帕子，焚化诗稿，并将临死说的话，一一的都告诉了。宝玉又哭得气噎喉干。探春趁便又将黛玉临终嘱咐带柩回南的话也说了一遍。贾母王夫人又哭起来。多亏凤姐能言劝慰，略略止些，便请贾母等回去。宝玉那里肯舍，无奈贾母逼着，只得勉强回房。

贾母有了年纪的人，打从宝玉病起，日夜不宁，今又大痛一阵，已觉头晕身热。虽是不放心惦着宝玉，却也挣扎不住，回到自己房中睡下。王夫人更加心痛难禁，也便回去，派了彩云帮着袭人照应，并说：“宝玉若再悲戚，速来告诉我们。”宝钗是知宝玉一时必不能舍，也不相劝，只用讽刺的话说他。宝玉倒恐宝钗多心，也便饮泣收心。歇了一夜，倒也安稳。明日一早，众人都来瞧他，但觉气虚身弱，心病倒觉去了几分。于是加意调养，渐渐的好起来。贾母幸不成病，惟是王夫人心痛未痊。那日薛姨妈过来探望，看见宝玉精神略好，也就放心，暂且住下。

一日，贾母特请薛姨妈过去商量说：“宝玉的命都亏姨太太救的，如今想来不妨了，独委屈了你的姑娘。如今宝玉调养百日，身体复旧，又过了姑娘的功服，正好圆房。要求姨太太作主，另择个上好的吉日。”薛姨妈便道：“老太太主意很好，何必问我。宝丫头虽生的粗笨，心里却还是极明白的。他的情性老太太素日是知道的。但愿他们两口儿言和意顺。从此老太太也省好些心，我姐姐也安慰些，我也放了心了。老太太便定个日子。还通知亲戚不用呢？”贾母道：“宝玉和你们姑娘生来第一件大事，况且费了多少周折，如今才得安逸，必要大家热闹几天。亲戚都要请的。一来酬愿，二则咱们吃杯喜酒，也不枉我老人家操了好些心。”

薛姨妈听说，自然也是喜欢的，便将要办妆奁的话也说了一番。贾母道：“咱

---

① 柩（jiù）：装着尸体的棺材。

们亲上做亲，我想也不必这些。若说动用的，他屋里已经满了 。必定宝丫头他心爱的要你几件，姨太太就拿了来。我看宝丫头也不是多心的人，不比的我那外孙女儿的脾气，所以他不得长寿。”说着，连薛姨妈也便落泪。恰好凤姐进来，笑道：“老太太姑妈又想着什么了?”薛姨妈道:“我和老太太说起你林妹妹来，所以伤心。”凤姐笑道:“老太太和姑妈且别伤心，我刚才听了个笑话儿来了，意思说给老太太和姑妈听。”贾母拭了拭眼泪，微笑道:“你又不知要编派谁呢，你说来我和姨太太听听 。说不笑我们可不依。”只见那凤姐未从张口，先用两只手比着，笑弯了腰了。

赏析

曹雪芹（1715—1763 年），中国清代小说家，字梦阮，号雪芹，又号芹圃、芹溪，祖籍辽阳。其先世原是汉族，后为满洲正白旗包衣（家奴）。

曹雪芹的曾祖父曹玺、祖父曹寅、父辈的曹顒和曹頫相继担任江宁织造达 60 余年之久，颇受康熙帝宠信。曹雪芹在富贵荣华中长大。雍正初年，由于封建统治阶级内部斗争的牵连，曹家遭受多次打击，曹頫被革职入狱，家产抄没，举家迁回北京，家道从此日渐衰微。这一转折，使曹雪芹深感世态炎凉，更清醒地认识了封建社会制度的实质。从此他远离官场，无视权贵，生活一贫如洗。曹雪芹的这段不同寻常的经历，对他创作《红楼梦》产生了重要的影响。于是，他把荣、宁贵族生活的描写，熔铸在《红楼梦》深刻的艺术形象创造里。他以坚韧不拔的毅力专心致志地从事小说《红楼梦》的写作和修订，披阅 10 载，增删 5 次，写出了这部把中国古典小说创作推向巅峰的文学巨著。《红楼梦》以其丰富的内容、曲折的情节、深刻的思想认识、精湛的艺术手法成为中国古典小说中伟大的现实主义作品。

《红楼梦》以贾、史、王、薛四大家族为背景，以贾宝玉、林黛玉、薛宝钗之间的恋爱婚姻悲剧为主线，描写了以贾家为代表的四大家族的兴衰，揭示了封建大家庭的各种错综复杂的矛盾，表现了封建的婚姻、道德、文化、教育的腐朽、堕落，塑造了一系列贵族、平民以及奴隶出身的女子的悲剧形象，展示了极其广阔的封建社会晚期现实生活图景，曲折地反映了封建社会必然走向崩溃的历史命运。作品还歌颂了贵族的叛逆精神和违背封建礼教的爱情，体现出追求个性自由的初步的民主主义思想，并深刻而全面地揭示了贾、林、薛之间爱情婚姻悲剧的社会根源。但由于历史的局限，作者在写出封建大家族没落的同时，也流露出惋惜和感伤的情绪，蒙有一层宿命论和虚无主义的色彩。

贾宝玉是小说的中心人物。作为荣国府嫡派子孙，他聪明灵秀，是贾氏家族寄予厚望的继承人。但是贾宝玉也是一个精神叛逆的典型，他的思想性格促使他与家庭格格不入。其性格的核心是平等待人、尊重个性，在他心里，人只有真假、善恶、美丑的划分，他憎恶和蔑视世俗男性，亲近和尊重处于被压迫地位的女性。与此相连，他憎恶自己出身的家庭，爱慕和亲近那些与他品性、情趣相投而出身、地位寒微的人物。然而宝玉虽然认识到了男性社会的黑暗与丑陋，但他却无力也无意去改变，而是选择了逃避，沉浸在少女世界的纯洁之中。寻寻觅觅，宝玉也只找到了一个知音，那就是林黛玉。他们都一样地有叛逆的思想，在志同道合的基础上，他们相爱了。对宝玉来说，他和黛玉之间的美好爱情显然是他对现实失望之后唯一向往和追求的。爱不爱谁，宝玉坚持了自己的选择；但是，娶谁做妻子，宝玉自己是一点权力也没有的，一切决定于父母之命。而宝玉性格中的逃避和软弱决定了他不可能用实际行动去反抗贾府统治者的安排，他所深恶痛绝的，正是他所仰赖的。于是，悲剧不可避免地发生了。

林黛玉是一个比贾宝玉更多一些悲剧色彩的艺术典型。她出生在一个已经衰微的封建家庭。她的草木之性决定了她的超凡脱俗，“心较比干多一窍”。因父母相继去世，不得不寄居在声势显赫的荣国府里。在贾府生活“步步留心，时时在意，不肯轻易多说一句话，多行一步路，唯恐被人耻笑了他去”。然而寄人篱下的黛玉却生性孤傲，天真率直，爱恨分明，言行举止间并不掩饰自己的喜怒好恶。对环境的势利与恶劣，使她自矜自重，警惕戒备；用直率与锋芒保卫自我的纯洁，免受轻贱和玷辱。在这个冷漠的环境中，宝玉是她唯一的精神寄托，她执著而强烈地向宝玉要求彼此知心、忠于自我的严肃专一的爱情。但两人的恋爱注定是一个悲剧，因为它违背了“父母之命、媒妁之言”的封建婚姻制度，恋爱的叛逆思想内核又与整个封建主义相冲突，触及封建家庭的根本利益，毫无调和余地，连支持他们的贾母也无可奈何。终于，林黛玉怀抱纯洁的爱和对环境的怨愤永远地离开了尘世，实现了她的誓言:“质本洁来还洁去。”寻求爱情而能得其所爱，这是黛玉在冷酷的人世上得到的唯一安慰；得其所爱而不能共偕连理，这是黛玉在贾府中的不幸命运；预感爱情有始无终（第三十二回）而又一往情深地去爱，则是黛玉心志坚定、执著追求自主生活的体现。总之，黛玉是一个生于悲剧时代而又具有悲剧性格的悲剧人物。她“孤傲自许，目下无尘”，同周围的环境表现出明显的不合拍，贾府里除了宝玉这个知己，是很少有人喜欢她的。“一年三百六十日，风刀霜剑严相逼”，“质本洁来还洁去，不教污淖陷渠沟”，一首《葬花词》写尽了周遭环境的污秽。

薛宝钗是一个特殊的悲剧人物。她出生在一个豪富的皇商家庭，照理说，她“德言工貌”样样俱全，才智也出众，是封建淑女的典范。但她的性格本质与林黛玉截然不同，黛玉一心追求美好丰富的精神生活，而宝钗却牢牢把握着现实的利益，孜孜以求的是富贵荣华。薛家母子三人在贾家长期住下的用意是要实现薛宝钗与贾宝玉的金玉良缘。然而所谓的“金玉良缘”对她和宝玉来说，只是一杯没有爱情的苦酒。尽管薛宝钗能恪尽妇道，像传说中的孟光那样“举案齐眉”，几近完美，但贾宝玉仍不能忘情于悲凄而逝的林黛玉，最后怀着不平之意撒手出家，薛宝钗也不免在孤寂冷落中抱恨终身。薛宝钗的悲剧很难引起人们的同情，却自有其发人深省之处。

“空对着山中高士晶莹雪，终不忘世外仙姝寂寞林”，这是《红楼梦》为宝、黛、钗三人的爱情婚姻关系所写的最后结局。在这个悲剧中，没有哪一方是赢家。黛玉之泪尽而逝，宝玉之出家，宝钗之守寡，固然有其性格中的悲剧因素，然而我们知道，爱情中是没有对错之分的，宝、黛、钗都是才华横溢、纯朴可爱的人，造成这一悲剧的，难道能说仅仅是性格的原因吗？归根结底，无论是叛逆的宝玉、黛玉，还是精明世故的宝钗，在封建社会里，他们都不能自主地选择自己的生活方式，无力替自己做主。只不过宝黛的毁灭是叛逆者的悲剧，宝钗的毁灭则是殉道者的悲剧。然而，他们都是封建婚姻制度的牺牲品。

通过宝、黛、钗三人的爱情婚姻悲剧，我们可以看到，在封建社会，无论是像宝、黛一样叛逆，还是像宝钗一样顺从，结局都是一样的悲惨。透过这个爱情婚姻悲剧，我们也了解到，在封建社会，悲剧不仅存在于社会底层的平民、家仆之间，也存在于贵族中。如宝玉这个贵族公子尚且不能把握自己的爱情婚姻，遑论其他人呢？这就是说，在封建社会里，悲剧是无所不在的，而悲剧的根源就是罪恶的封建制度。

曹雪芹所写的《红楼梦》是一部反映封建社会生活的大悲剧，生活在贾府的人都逃脱不了悲剧的命运，只是悲剧的内涵各有不同。宝、黛、钗三人的爱情婚姻悲剧则是《红楼梦》全书最大的悲剧，造成这一悲剧的根本原因是罪恶的封建宗法制度和封建礼教婚姻制度。因此，说到底，宝、黛、钗三人的爱情婚姻悲剧是一个社会悲剧。

思考与练习

1. 试论《红楼梦》对封建贵族大家庭没落的描写及其意义。
2. 试论宝、黛、钗的爱情婚姻悲剧。
3. 分析林黛玉的人物形象及性格特点。

奔　月①

鲁　迅

一

聪明的牲口确乎知道人意，刚刚望见宅门，那马便立刻放缓脚步了，并且和它背上的主人同时垂了头，一步一顿，像捣米一样。

暮霭笼罩了大宅，邻屋上都腾起浓黑的炊烟，已经是晚饭时候。家将们听得马蹄声，早已迎了出来，都在宅门外垂着手直挺挺地站着。羿②在垃圾堆边懒懒地下了马，家将们便接过缰绳和鞭子去。他刚要跨进大门，低头看看挂在腰间的满壶的簇新的箭和网里的三匹乌老鸦和一匹射碎了的小麻雀，心里就非常踌躕。但到底硬着头皮，大踏步走进去了；箭在壶里豁朗豁朗地响着。

刚到内院，他便见嫦娥③在圆窗里探了一探头。他知道她眼睛快，一定早瞧见那几匹乌鸦的了，不觉一吓，脚步登时也一停，——但只得往里走。使女们都迎出来，给他卸了弓箭，解下网兜。他仿佛觉得她们都在苦笑。

"太太……。"他擦过手脸，走进内房去，一面叫。

嫦娥正在看着圆窗外的暮天，慢慢回过头来，似理不理的向他看了一眼，没有答应。

这种情形，羿倒久已习惯的了，至少已有一年多。他仍旧走近去，坐在对面的铺着脱毛的旧豹皮的木榻上，搔着头皮，支支梧梧地说——

"今天的运气仍旧不见佳，还是只有乌鸦……。"

"哼！"嫦娥将柳眉一扬，忽然站起来，风似的往外走，嘴里咕噜着，"又是乌鸦的炸酱面，又是乌鸦的炸酱面！你去问问去，谁家是一年到头只吃乌鸦肉的炸酱面的？我真不知道是走了什么运，竟嫁到这里来，整年的就吃乌鸦的炸酱面！"

"太太，"羿赶紧也站起，跟在后面，低声说，"不过今天倒还好，另外还射了

---

① 本篇最初发表于1927年1月25日北京《莽原》半月刊第2卷第2期。

② 羿：亦称夷羿，我国古代传说中善射的英雄。据古书记载，帝喾时有羿，尧时和夏代太康时也有羿，他们都以善射著称，而事迹又往往混为一人。《尚书·五子之歌》唐代孔颖达疏引贾逵等人的话，以为"'羿'是善射之号，非复人之名字"；这样，传说中的羿大概是集古代许多善射者的事迹于一身的人物。

③ 嫦娥：古代神话中人物。关于嫦娥奔月的神话，据《淮南子·览冥训》："羿请不死之药于西王母，娥窃以奔月。"高诱注："娥，羿妻。羿请不死之药于西王母，未及服之；娥盗食之，得仙，奔入月中，为月精也。"

一匹麻雀，可以给你做菜的。女辛①!”他大声地叫使女，“你把那一匹麻雀拿过来请太太看!”

野味已经拿到厨房里去了，女辛便跑去挑出来，两手捧着，送在嫦娥的眼前。

“哼!”她瞥了一眼，慢慢地伸手一捏，不高兴地说，“一团糟！不是全都粉碎了么？肉在那里?”

“是的，”羿很惶恐，“射碎的。我的弓太强，箭头太大了。”

“你不能用小一点的箭头的么?”

“我没有小的。自从我射封豕长蛇②……。”

“这是封豕长蛇么?”她说着，一面回转头去对着女辛道，“放一碗汤罢!”便又退回房里去了。

只有羿呆呆地留在堂屋里，靠壁坐下，听着厨房里柴草爆炸的声音。他回忆半年的封豕是多么大，远远望去就像一坐小土冈，如果那时不去射杀它，留到现在，足可以吃半年，又何用天天愁饭菜。还有长蛇，也可以做羹喝……。

女乙来点灯了，对面墙上挂着的彤弓，彤矢，卢弓，卢矢，弩机,③ 长剑，短剑，便都在昏暗的灯光中出现。羿看了一眼，就低了头，叹一口气；只见女辛搬进夜饭来，放在中间的案上，左边是五大碗白面；右边两大碗，一碗汤；中央是一大碗乌鸦肉做的炸酱。

羿吃着炸酱面，自己觉得确也不好吃；偷眼去看嫦娥，她炸酱是看也不看，只用汤泡了面，吃了半碗，又放下了。他觉得她脸上仿佛比往常黄瘦些，生怕她生了病。

到二更时，她似乎和气一些了，默坐在床沿上喝水。羿就坐在旁边的木榻上，手摩着脱毛的旧豹皮。

“唉，”他和蔼地说，“这西山的文豹，还是我们结婚以前射得的，那时多么好看，全体黄金光。”他于是回想当年的食物，熊是只吃四个掌，驼留峰，其余的就都赏给使女和家将们。后来大动物射完了，就吃野猪兔山鸡；射法又高强，要多少有多少。“唉，”他不觉叹息，“我的箭法真太巧妙了，竟射得遍地精光。那时谁料到只剩下乌鸦做菜……”

“哼。”嫦娥微微一笑。

“今天总还要算运气的，”羿也高兴起来，“居然猎到一只麻雀。这是远绕了三十里路才找到的。”

“你不能走得更远一点的么?!”

“对。太太。我也这样想。明天我想起得早些。倘若你醒得早，那就叫醒我。

---

① 女辛：商王以十干（天干）为庙号，王室以外，也有用十干为名的；这里的女辛以及下面的女乙、女庚等，都是作者虚拟的人名。

② 羿射封豕长蛇的传说，据《淮南子·本经训》:“尧之时……封豨、修蛇皆为民害。尧乃使羿……断修蛇于洞庭，禽封豨于桑林。”封豨，大野猪；修蛇，长蛇。

③ 彤弓彤矢：红色的弓和矢。卢弓卢矢，黑色的弓和矢。弩机，是弩上发矢的机括，一称弩牙。

我准备再远走五十里，看看可有些麞子兔子。……但是，怕也难。当我射封豕长蛇的时候，野兽是那么多。你还该记得罢，丈母的门前就常有黑熊走过，叫我去射了好几回……”

“是么？”嫦娥似乎不大记得。

“谁料到现在竟至于精光的呢。想起来，真不知道将来怎么过日子。我呢，倒不要紧，只要将那道士送给我的金丹吃下去，就会飞升。但是我第一先得替你打算，……所以我决计明天再走得远一点……”

“哼。”嫦娥已经喝完水，慢慢躺下，合上眼睛了。

残膏的灯火照着残妆，粉有些褪了，眼圈显得微黄，眉毛的黛色也仿佛两边不一样。但嘴唇依然红得如火；虽然并不笑，颊上也还有浅浅的酒窝。

“唉唉，这样的人，我就整年地只给她吃乌鸦的炸酱面……”羿想着，觉得惭愧，两颊连耳根都热起来。

二

过了一夜就是第二天。

羿忽然睁开眼睛，只见一道阳光斜射在西壁上，知道时候不早了；看看嫦娥，兀自摊开了四肢沉睡着。他悄悄地披上衣服，爬下豹皮榻，躄出堂前，一面洗脸，一面叫女庚去吩咐王升备马。

他因为事情忙，是早就废止了朝食①的；女乙将五个炊饼，五株葱和一包辣酱都放在网兜里，并弓箭一齐替他系在腰间。他将腰带紧了一紧，轻轻地跨出堂外面，一面告诉那正从对面进来的女庚道——

“我今天打算到远地方去寻食物去，回来也许晚一些。看太太醒后，用过早点心，有些高兴的时候，你便去禀告，说晚饭请她等一等，对不起得很。记得么？你说：对不起得很。”

他快步出门，跨上马，将站班的家将们扔在脑后，不一会便跑出村庄了。前面是天天走熟的高粱田，他毫不注意，早知道什么也没有的。加上两鞭，一径飞奔前去，一气就跑了六十里上下，望见前面有一簇很茂盛的树林，马也喘气不迭，浑身流汗，自然慢下去了。大约又走了十多里，这才接近树林，然而满眼是胡蜂，粉蝶，蚂蚁，蚱蜢，那里有一点禽兽的踪迹。他望见这一块新地方时，本以为至少总可以有一两匹狐儿兔儿的，现在才知道又是梦想。他只得绕出树林，看那后面却又是碧绿的高粱田，远处散点着几间小小的土屋。风和日暖，鸦雀无声。

“倒楣！”他尽量地大叫了一声，出出闷气。

但再前行了十多步，他即刻心花怒放了，远远地望见一间土屋外面的平地上，的确停着一匹飞禽，一步一啄，像是很大的鸽子。他慌忙拈弓搭箭，引满弦，将手

① 废止朝食：过去有一些人为了“健康不老”，提倡节食。蒋维乔曾据日本美岛近一郎的著作“辑述”而成《废止朝食论》一书，于1915年6月由上海商务印书馆出版。

一放，那箭便流星般出去了。

这是无须迟疑的，向来有发必中；他只要策马跟着箭路飞跑前去，便可以拾得猎物。谁知道他将要临近，却已有一个老婆子捧着带箭的大鸽子，大声嚷着，正对着他的马头抢过来。

“你是谁哪？怎么把我家的顶好的黑母鸡射死了？你的手怎的有这么闲哪？……”

羿的心不觉跳了一跳，赶紧勒住马。

“阿呀！鸡么？我只道是一只鹁鸪。”他惶恐地说。

“瞎了你的眼睛！看你也有四十多岁了罢。”

“是的。老太太。我去年就有四十五岁了①。”

“你真是枉长白大！连母鸡也不认识，会当作鹁鸪！你究竟是谁哪？”

“我就是夷羿。”他说着，看看自己所射的箭，是正贯了母鸡的心，当然死了，末后的两个字便说得不大响亮；一面从马上跨下来。

“夷羿？……谁呢？我不知道。”她看着他的脸，说。

“有些人是一听就知道的。尧爷的时候，我曾经射死过几匹野猪，几条蛇……”

---

① 这里“去年就有四十五岁了”的话以及下文好几处，都与当时高长虹诽谤鲁迅的事件有关。高长虹，山西盂县人，狂飙社主要成员之一，是当时一个思想上带有虚无主义和无政府主义色彩的青年作者。他在1924年12月认识鲁迅后，曾得到鲁迅很多指导和帮助；他的第一本创作散文和诗的合集《心的探险》，即由鲁迅选辑并编入《乌合丛书》。鲁迅在1925年编辑《莽原》周刊时，他是该刊经常的撰稿者之一；但至1926年下半年，他借口《莽原》半月刊的编者韦素园（当时鲁迅已离开北京到厦门大学任教，《莽原》自1926年起改为半月刊）压下了向培良的一篇稿子，即对韦素园等进行人身攻击，并对鲁迅表示不满；但另一方面他又利用鲁迅的名字进行招摇撞骗，如登在当年八月《新女性》月刊上的狂飙社（他和向培良等所组织的文艺团体）广告中，即冒称他们曾与鲁迅合办《莽原》，合编《乌合丛书》等，并暗示读者好像鲁迅也参与他们的所谓“狂飙运动”。鲁迅当时曾发表《所谓“思想界先驱者”鲁迅启事》（后收入《华盖集续编》），揭穿了这一骗局；高长虹即进而攻击鲁迅，在他所写的《走到出版界》中不断地对鲁迅进行诽谤。这篇小说写于高长虹诽谤鲁迅的时候，其中逢蒙这个形象就含有高长虹的影子。鲁迅在1927年1月11日给许广平的信中提到这篇作品时说：“那时就做了一篇小说，和他（按指高长虹）开了一些小玩笑。”（见《两地书·一一二》）小说中有些对话也是摘取高长虹所写《走到出版界》中的文句略加改动而成。如这里的“去年就有四十五岁了”以及下文的“若以老人自居，是思想的堕落”等语，都引自其中的一篇《1925北京出版界形势指掌图》：“须知年龄尊卑，是乃祖乃父们的因袭思想，在新的时代是最大的阻碍物。鲁迅去年不过四十五岁……如自谓老人，是精神的堕落！”又如下文“你真是白来了一百多回”，也是针对高长虹在这篇《指掌图》中自称与鲁迅“会面不只百次”的话而说的。“即以其人之道，反诸其人之身”，是引自其中的《公理与正义的谈话》：“正义：我深望彼等觉悟，但恐不容易吧！公理：我即以其人之道反诸其人之身。”还有，“你打了丧钟”，是引自其中的《时代的命运》：“鲁迅先生已不着言语而敲了旧时代的丧钟。”“有人说老爷还是一个战士”，“有时看去简直好像艺术家”，也是从《指掌图》中引来：“他（指鲁迅）所给与我的印象，实以此一短促的时期（指1924年末）为最清新，彼此时实为一真正的艺术家的面目，过此以往，则递降而至一不很高明而却奋勇的战士的面目。”（《走到出版界》是高长虹在他所主编的《狂飙》周刊上连续发表的零星批评文字的总题，后来出版单行本）

“哈哈，骗子！那是逢蒙①老爷和别人合伙射死的。也许有你在内罢；但你倒说是你自己了，好不识羞！”

“阿阿，老太太。逢蒙那人，不过近几年时常到我那里来走走，我并没有和他合伙，全不相干的。”

“说谎。近来常有人说，我一月就听到四五回。”

“那也好。我们且谈正经事罢。这鸡怎么办呢？”

“赔。这是我家最好的母鸡，天天生蛋。你得赔我两柄锄头，三个纺锤。”

“老太太，你瞧我这模样，是不耕不织的，那里来的锄头和纺锤。我身边又没有钱，只有五个炊饼，倒是白面做的，就拿来赔了你的鸡，还添上五株葱和一包甜辣酱。你以为怎样？……”他一只手去网兜里掏炊饼，伸出那一只手去取鸡。

老婆子看见白面的炊饼，倒有些愿意了，但是定要十五个。磋商的结果，好容易才定为十个，约好至迟明天正午送到，就用那射鸡的箭作抵押。羿这时才放了心，将死鸡塞进网兜里，跨上鞍鞒，回马就走，虽然肚饿，心里却很喜欢，他们不喝鸡汤实在已经有一年多了。

他绕出树林时，还是下午，于是赶紧加鞭向家里走；但是马力乏了，刚到走惯的高粱田近旁，已是黄昏时候。只见对面远处有人影子一闪，接着就有一枝箭忽地向他飞来。②

羿并不勒住马，任它跑着，一面却也拈弓搭箭，只一发，只听得铮的一声，箭尖正触着箭尖，在空中发出几点火花，两枝箭便向上挤成一个“人”字，又翻身落在地上了。第一箭刚刚相触，两面立刻又来了第二箭，还是铮的一声，相触在半空中。那样地射了九箭，羿的箭都用尽了；但他这时已经看清逢蒙得意地站在对面，却还有一枝箭搭在弦上正在瞄准他的咽喉。

“哈哈，我以为他早到海边摸鱼去了，原来还在这些地方干这些勾当，怪不得那老婆子有那些话……”羿想。

那时快，对面是弓如满月，箭似流星。飕的一声，径向羿的咽喉飞过来。也许是瞄准差了一点了，却正中了他的嘴；一个筋斗，他带箭掉下马去了，马也就站住。

逢蒙见羿已死，便慢慢地踱过来，微笑着去看他的死脸，当作喝一杯胜利的白干。

刚在定睛看时，只见羿张开眼，忽然直坐起来。

---

① 逢蒙：我国古代善射的人，相传他是羿的弟子。《吴越春秋·勾践阴谋外传》：“黄帝之后，楚有弧父……习用弓矢，所射无脱；以其道传于羿，羿传逢蒙。”

② 逢蒙射羿的故事，在《孟子·离娄》中有如下的记载：“逢蒙学射于羿，尽羿之道；思天下惟羿为愈己，于是杀羿。”又《列子·汤问》有关于飞卫的故事：“（飞卫）学射于甘蝇……纪昌者，又学射于飞卫……纪昌既尽卫之术，计天下之敌己者，一人而已；乃谋杀飞卫。相遇于野，二人交射，中路矢锋相触而坠于地，而尘不扬。飞卫之矢先穷，纪昌遗一矢，既发，飞卫以棘刺之端扞（捍）之而无差焉。”

“你真是白来了一百多回。”他吐出箭，笑着说，“难道连我的‘啮镞法’① 都没有知道么？这怎么行。你闹这些小玩艺儿是不行的，偷去的拳头打不死本人，要自己练练才好。”

“即以其人之道，反诸其人之身……”胜者低声说。

“哈哈哈！”他一面大笑，一面站了起来，“又是引经据典。但这些话你只可以哄哄老婆子，本人面前捣什么鬼？俺向来就只是打猎，没有弄过你似的剪径的玩艺儿……。”他说着，又看看网兜里的母鸡，倒并没有压坏，便跨上马，径自走了。

“……你打了丧钟！……”远远地还送来叫骂。

“真不料有这样没出息。青青年纪，倒学会了诅咒，怪不得那老婆子会那么相信他。”羿想着，不觉在马上绝望地摇了摇头。

三

还没有走完高粱田，天色已经昏黑；蓝的空中现出明星来，长庚在西方格外灿烂。马只能认着白色的田塍走，而且早已筋疲力竭，自然走得更慢了。幸而月亮却在天际渐渐吐出银白的清辉。

“讨厌！”羿听到自己的肚子里骨碌骨碌地响了一阵，便在马上焦躁了起来。“偏是谋生忙，便偏是多碰到些无聊事，白费工夫！”他将两腿在马肚子上一磕，催它快走，但马却只将后半身一扭，照旧地慢腾腾。

“嫦娥一定生气了，你看今天多么晚。”他想。“说不定要装怎样的脸给我看哩。但幸而有这一只小母鸡，可以引她高兴。我只要说：太太，这是我来回跑了二百里路才找来的。不，不好，这话似乎太逞能。”

他望见人家的灯火已在前面，一高兴便不再想下去了。马也不待鞭策，自然飞奔。圆的雪白的月亮照着前途，凉风吹脸，真是比大猎回来时还有趣。

马自然而然地停在垃圾堆边；羿一看，仿佛觉得异样，不知怎地似乎家里乱毵毵。迎出来的也只有一个赵富。

“怎的？王升呢？”他奇怪地问。

“王升到姚家找太太去了。”

“什么？太太到姚家去了么？”羿还呆坐在马上，问。

“喳……”他一面答应着，一面去接马缰和马鞭。

羿这才爬下马来，跨进门，想了一想，又回过头去问道——

“不是等不迭了，自己上饭馆去了么？”

“喳。三个饭馆，小的都去问过了，没有在。”

羿低了头，想着，往里面走，三个使女都惶惑地聚在堂前。他便很诧异，大声

---

① “啮镞法”《太平御览》卷三五〇引有《列子》的如下记载：“飞卫学射于甘蝇，诸法并善，唯啮法不教。卫密将矢以射蝇，蝇啮得镞矢射卫，卫绕树而走，矢亦绕树而射。”（今本《列子》无此文。）

的问道——

“你们都在家么？姚家，太太一个人不是向来不去的么？”

她们不回答，只看看他的脸，便来给他解下弓袋和箭壶和装着小母鸡的网兜。羿忽然心惊肉跳起来，觉得嫦娥是因为气忿寻了短见了，便叫女庚去叫赵富来，要他到后园的池里树上去看一遍。但他一跨进房，便知道这推测是不确的了：房里也很乱，衣箱是开着，向床里一看，首先就看出失少了首饰箱。他这时正如头上淋了一盆冷水，金珠自然不算什么，然而那道士送给他的仙药，也就放在这首饰箱里的。

羿转了两个圆圈，才看见王升站在门外面。

“回老爷，”王升说，“太太没有到姚家去；他们今天也不打牌。”

羿看了他一眼，不开口。王升就退出去了。

“老爷叫？……”赵富上来，问。

羿将头一摇，又用手一挥，叫他也退出去。

羿又在房里转了几个圈子，走到堂前，坐下，仰头看着对面壁上的彤弓，彤矢，卢弓，卢矢，弩机，长剑，短剑，想了些时，才问那呆立在下面的使女们道——

“太太是什么时候不见的？”

“掌灯时候就不看见了，”女乙说，“可是谁也没见她走出去。”

“你们可见太太吃了那箱里的药没有？”

“那倒没有见。但她下午要我倒水喝是有的。”

羿急得站了起来，他似乎觉得，自己一个人被留在地上了。

“你们看见有什么向天上飞升的么？”他问。

“哦！”女辛想了一想，大悟似的说，“我点了灯出去的时候，的确看见一个黑影向这边飞去的，但我那时万想不到是太太……。”于是她的脸色苍白了。

“一定是了！”羿在膝上一拍，即刻站起，走出屋外去，回头问着女辛道，“那边？”

女辛用手一指，他跟着看去时，只见那边是一轮雪白的圆月，挂在空中，其中还隐约现出楼台，树木；当他还是孩子时候祖母讲给他听的月宫中的美景，他依稀记得起来了。他对着浮游在碧海里似的月亮，觉得自己的身子非常沉重。

他忽然愤怒了。从愤怒里又发了杀机，圆睁着眼睛，大声向使女们叱咤道——

“拿我的射日弓来！和三枝箭！”

女乙和女庚从堂屋中央取下那强大的弓，拂去尘埃，并三枝长箭都交在他手里。

他一手拈弓，一手捏着三枝箭，都搭上去，拉了一个满弓，正对着月亮。身子是岩石一般挺立着，眼光直射，闪闪如岩下电①，须发开张飘动，像黑色火，这一

---

① 闪闪如岩下电：语出《世说新语·容止》，王衍称裴楷“双眸闪闪若岩下电”。

瞬息，使人仿佛想见他当年射日①的雄姿。

飕的一声，——只一声，已经连发了三枝箭，刚发便搭，一搭又发，眼睛不及看清那手法，耳朵也不及分别那声音。本来对面是虽然受了三枝箭，应该都聚在一处的，因为箭箭相衔，不差丝发。但他为必中起见，这时却将手微微一动，使箭到时分成三点，有三个伤。

使女们发一声喊，大家都看见月亮只一抖，以为要掉下来了，——但却还是安然地悬着，发出和悦的更大的光辉，似乎毫无伤损。

“呔！”羿仰天大喝一声，看了片刻；然而月亮不理他。他前进三步，月亮便退了三步；他退三步，月亮却又照数前进了。

他们都默着，各人看各人的脸。

羿懒懒地将射日弓靠在堂门上，走进屋里去。使女们也一齐跟着他。

“唉，”羿坐下，叹一口气，“那么，你们的太太就永远一个人快乐了。她竟忍心撇了我独自飞升？莫非看得我老起来了？但她上月还说：并不算老，若以老人自居，是思想的堕落。”

“这一定不是的。”女乙说，“有人说老爷还是一个战士。”

“有时看去简直好像艺术家。”女辛说。

“放屁！——不过乌老鸦的炸酱面确也不好吃，难怪她忍不住……。”

“那豹皮褥子脱毛的地方，我去剪一点靠墙的脚上的皮来补一补罢，怪不好看的。”女辛就往房里走。

“且慢，”羿说着，想了一想，“那倒不忙。我实在饿极了，还是赶快去做一盘辣子鸡，烙五斤饼来，给我吃了好睡觉。明天再去找那道士要一服仙药，吃了追上去罢。女庚，你去吩咐王升，叫他量四升白豆喂马！”

一九二六年十二月作

赏析

鲁迅（1881—1936 年），原名周樟寿，字豫山，后改名周树人，字豫才，浙江绍兴人。中国思想家和革命家、中国新文学的奠基人。他一生著作宏富，是中国现代小说、杂文的开山祖，成就极为可观，对中国现代文学影响深远。

鲁迅少年时代在家塾学习诗书经传，喜欢野史杂录和民间绘画艺术。1898 年就读于洋务派创办的南京江南水师学堂，数月后重考入江南陆师学堂附设的路矿学堂，开始接触新学。

1902 年到日本留学，4 月入弘文学院，1904 年 4 月结业，6 月入仙台医学专门学

① 射日：《淮南子·本经训》：“尧之时，十日并出，焦禾稼，杀草木，而民无所食。……尧乃使羿……上射十日。”高诱注：“十日并出，羿射去九。”

校。这一时期开始参加各种民族、民主革命活动，广泛涉猎西方近代科学文艺书刊。最早的一篇译述文章《斯巴达之魂》前半部分1903年6月发表于在日本出版的《浙江潮》第5期（后半部分载于第9期）；同年在东京出版了第一本翻译科幻小说《月界旅行》。

1906年弃医学文，希望以文艺改造国民精神。筹办文艺杂志《新生》，未果，转而在《河南》杂志上发表《人之历史》、《摩罗诗力说》、《文化偏执论》等重要论文。与周作人合译《域外小说集》第一集，1909年出版。

1909年夏回国，先后在杭州浙江两级师范和绍兴府中学堂任教。辛亥革命后任绍兴师范学校校长。1911年用文言写了第一篇小说《怀旧》，思想特色和艺术风格都与后来小说相同，捷克学者普实克认为它是“中国现代文学的先声”。

1912年2月应蔡元培之邀，赴南京教育部任职，后随教育部迁往北京。1918年5月开始以“鲁迅”为笔名在《新青年》上发表第一篇现代白话小说《狂人日记》。此后3年间陆续在《新青年》上发表小说、新诗、杂文、译文50余篇，并参与《新青年》编务。1920年8月被聘为北京大学、北京高等师范学校文科讲师。1921年12月至次年初，最重要的代表作《阿Q正传》在《晨报副刊》连载。1923年，第一本短篇小说集《呐喊》出版。1926年出版《彷徨》。从1927年到1936年，创作了历史小说集《故事新编》中的大部分作品。

除了小说，鲁迅还写了很多具有独特风格的杂文，以《随感录》为代表，1918年起在《新青年》上发表。1925年出版杂文集《热风》。此后几乎每年都有杂感集问世。

20世纪20年代中期，参与创办《莽原》周刊、《语丝》周刊和文学社团末名社。1927年初到广州中山大学任文学系主任兼教务主任。1927年8月到厦门大学任教授。同年10月抵上海，从此定居上海，专事写作。1928年与郁达夫创办《奔流》杂志。1930年，中国左翼作家联盟成立，他是发起人之一，也是主要领导人，曾先后主编《萌芽》、《前哨》、《十字街头》、《译文》等重要文学期刊。

1936年10月19日因积劳和肺病在上海逝世，终年55岁。上海上万名民众自发举行公祭、送葬，葬于虹桥万国公墓。1956年，鲁迅遗体移葬虹口公园，毛泽东为重建的鲁迅墓题字。

鲁迅从文的30年间，共有“述著29种，250余万言”，为我们留下了珍贵的文化遗产。他的小说、散文、诗歌、杂文共数10篇（首）被选入中、小学语文课本。小说《祝福》、《阿Q正传》、《药》等先后被改编成电影。

《奔月》的题材来自后羿射日、嫦娥奔月的神话故事。小说表现了主人公羿在他的“英雄时代”过去之后遇到的意外变故：这个为民除害的英雄在射下九个太阳，射死封豕长蛇和各种害物之后，妻子嫦娥因不耐清苦飞升离去，弟子逢蒙又怀着卑劣欲望暗害自己。现在的他不仅处境艰苦、心情寂寞，英雄无用武之地，而且人们也早已忘记了他，老婆子甚至骂他是“骗子”。但他并不灰心失望，他拿起弓箭来射月亮，还准备服仙丹追上月宫。这是一个坚韧战斗的英雄形象。作者刻画了羿这个英雄由于亲近者的叛离所引起的愤怒和伤感，以掩抑不住的深情赞颂了羿的正直勇武、战斗不息的英雄性格，同时也冷峻诙谐地刻画了他在特定遭遇中孤独寂寞的心境。与此同时，作品也谴责了贪图安乐的嫦娥和忘恩负义的逢蒙。

虽然《奔月》的故事情节源于中国古籍，但主旨还是在于抒发作者强烈的现实感受。羿和嫦娥的故事只不过是生发作者生活感受的“躯壳”。鲁迅以熔古铸今的方式创造艺术形象，用富有嘲讽意味的幽默笔调剥去了历史人物的传统荣誉，使他们脚踏实地地回到今天的世界中来，使之脱离原来的历史环境，以便从新的角度来观察他们，也对社会现实起揭露和讽刺的作用。《奔月》是鲁迅经历了“女师大学潮”、“五卅运动”和“三一八惨案”之后，离北京在厦门写作的。如他自己所说:“我来厦门，虽是为了暂避军阀官僚‘正人君子’们的迫害，然而小半也在休息几时，及有些准备。”他是抱着“真的猛士，将更奋然而前行”和“寻求别种方法的战斗”南下的。他需要静下来思考一些问题；而当时厦门的生活又为他提供了这样的条件。他“一个人住在厦门的石屋里，对着大海，翻着古书，四近无生人气，心里空空洞洞”。他感到“寂静浓到如酒，令人微醺”。他“听到自己的心音，四远还仿佛有无量悲哀，苦恼，零落，死灭，都杂入这寂静中，使它变成药酒，加色，加味，加香”。当时正值大革命高潮，全国都卷入了动荡变化的激流，人们都在选择自己的道路，而《奔月》所表现的正是战士的命运和战士的道路的严肃主题。作品通过对羿的遭际、心境——整天与乌鸦、麻雀为伍，小人的暗算，亲人的背离，英雄无用武之地的生动、形象的描写，曲折地反映了作者自己的现实寂寞之感，以及对新的战斗的渴望。羿虽寂寞，却并不消极退缩。羿射月的勇武形象仍不减当年，这正显示了勇士对新的战斗的寻求和渴望。在羿的形象里，渗透了鲁迅自己的生命体验，明显地有着鲁迅的热烈跳动的脉搏和心音。

思考与练习

1. 简析《奔月》的主题意蕴。
2. 分析《奔月》的艺术特色。
3. 谈谈后羿的性格特征。

倾城之恋（节选）①

张爱玲

到了家，推开了虚掩着的门，拍着翅膀飞出一群鸽子来。穿堂里满积着尘灰与鸽粪。流苏走到楼梯口，不禁叫了一声“哎呀。”二层楼上歪歪斜斜大张口躺着她新置的箱笼，也有两只顺着楼梯滚了下来，梯脚便淹没在绫罗绸缎的洪流里。流苏弯下腰来，捡起一件蜜合色衬绒旗袍，却不是她自己的东西，满是汗垢，香烟洞与贱价香水气味。她又发现了许多陌生的女人的用品，破杂志，开了盖的罐头荔枝，淋淋漓漓流着残汁，混在她的衣服一堆。这屋子里驻过兵么？——带有女人的英国兵②？去得仿佛很仓促。挨户洗劫的本地的贫农，多半没有光顾过，不然，也不会留下这一切。柳原帮着她大声唤阿栗③。末一只灰背鸽，斜刺里穿出来，掠过门洞子里的黄色的阳光，飞了出去。

阿栗是不知去向了，然而屋子里的主人们，少了她也还得活下去。他们来不及整顿房屋，先去张罗吃的，费了许多事，用高价买进一袋米。煤气的供给幸而没有断，自来水却没有。柳原拎了铅桶到山里去汲了一桶泉水，煮起饭来。以后他们每天只顾忙着吃喝与打扫房间。柳原各样粗活都来得，扫地，拖地板，帮着流苏拧绞沉重的褥单。流苏初次上灶做菜，居然带点家乡风味。因为柳原忘不了马来菜，她又学会了做油炸“沙袋”，咖喱鱼。他们对于饭食上虽然感到空前的兴趣，还是极力的撙节④着。柳原身边的港币带得不多，一有了船，他们还得设法回上海。

在劫后的香港住下去究竟不是久长之计。白天这么忙忙碌碌也就混了过去。一到了晚上，在那死的城市里，没有灯，没有人声，只有那莽莽的寒风，三个不同的音阶，“喔……呵……呜……”无穷无尽地叫唤着，这个歇了，那个又渐渐响了，三条骈行的灰色的龙，一直线地往前飞，龙身无限制地延长下去，看不见尾。“喔……呵……呜……”叫唤到后来，索性连苍龙也没有了，只是三条虚无的气，真空的桥梁，通入黑暗，通入虚空的虚空。这里是什么都完了。剩下点断墙颓垣⑤，失去记忆力的文明人在黄昏中跌跌绊绊⑥摸来摸去，像是找着点什么，其实是什么都完了。

---

① 《张爱玲典藏全集（中短篇小说：1943年作品）》，哈尔滨出版社2003年版，第83~87页。
② 英国兵：日寇侵略香港期间，驻扎香港负责防护的英国部队。
③ 阿栗：范柳原与白流苏香港寓所的佣人。
④ 撙（zǔn）节：节省开支。
⑤ 颓垣（tuí yuán）：坍塌残破的墙。
⑥ 跌跌绊绊：形容跌跌撞撞，走路不稳。

流苏拥被坐着，听着那悲凉的风。她确实知道浅水湾附近，灰砖砌的那一面墙，一定还屹然站在那里。风停了下来，像三条灰色的龙，蟠①在墙头，月光中闪着银鳞。她仿佛做梦似的，又来到墙根下，迎面来了柳原。她终于遇见了柳原。……在这动荡的世界里，钱财，地产，天长地久的一切，全不可靠了。靠得住的只有她腔子里的这口气，还有睡在她身边的这个人。她突然爬到柳原身边，隔着他的棉被，拥抱着他。他从被窝里伸出手来握住她的手。他们把彼此看得透明透亮，仅仅是一刹那的彻底的谅解，然而这一刹那够他们在一起和谐地活个十年八年。

他不过是一个自私的男子，她不过是一个自私的女人。在这兵荒马乱的时代，个人主义者是无处容身的，可是总有地方容得下一对平凡的夫妻。

有一天，他们在街上买菜，碰着萨黑荑妮公主②。萨黑荑妮黄着脸，把蓬松的辫子胡乱编了个麻花髻，身上不知从哪里借来一件青布棉袍穿着，脚下却依旧趿着印度式七宝嵌花纹皮拖鞋。她同他们热烈地握手，问他们现在住在哪里，急欲看看他们的新屋子。又注意到流苏的篮子里有去了壳的小蚝，愿意跟流苏学习烧制清蒸蚝汤。柳原顺口邀了她来吃便饭，她很高兴地跟了他们一同回去。她的英国人进了集中营，她现在住在一个熟识的，常常为她当点小差的印度巡捕家里。她有许久没有吃饱过。她唤流苏"白小姐"。柳原笑道:"这是我太太。你该向我道喜呢!"萨黑荑妮道:"真的么? 你们几时结的婚?"柳原耸耸肩道:"就在中国报上登了个启事。你知道，战争期间的婚姻，总是潦草的……"流苏没听懂他们的话。萨黑荑妮吻了他又吻了她。然而他们的饭菜毕竟是很寒苦，而且柳原声明他们也难得吃一次蚝③汤。萨黑荑妮没有再上门过。

当天他们送她出去，流苏站在门槛上，柳原立在她身后，把手掌合在她的手掌上，笑道:"我说，我们几时结婚呢?"流苏听了，一句话也没有，只低下了头，落下泪来。柳原拉住她的手道:"来来，我们今天就到报馆里去登启事。不过你也许愿意候些时，等我们回到上海，大张旗鼓的排场一下，请请亲戚们。"流苏道:"呸! 他们也配!"说着，嗤的笑了出来，往后顺势一倒，靠在他身上。柳原伸手到前面去羞她的脸道:"又是哭，又是笑!"

两人一同走进城去，走到一个峰回路转的地方，马路突然下泻，眼前只是一片空灵——淡墨色的，潮湿的天。小铁门口挑出一块洋瓷招牌，写的是:"赵祥庆牙医"。风吹得招牌上的铁钩子吱吱响，招牌背后只是那空灵的天。

柳原歇下脚来望了半晌，感到那平淡中的恐怖，突然打起寒战来，向流苏道:"现在你可该相信了:'死生契阔'，我们自己哪儿做得了主? 轰炸的时候，一个不巧——"流苏嗔道:"到了这个时候，你还说做不了主的话!"柳原笑道:"我并不是

---

① 蟠（pán）：曲折环绕。

② 萨黑荑妮公主：自称是印度克力希纳·柯兰姆帕王公的亲生女，只因王妃失宠，被赐死，她也就被放逐了，一直流浪着，不能回国。在香港依附一英国老头生活，在和平时期与范柳原有些暧昧。

③ 蚝（háo）：牡蛎。

打退堂鼓。我的意思是——”他看了看她的脸色，笑道：“不说了。不说了。”他们继续走路。柳原又道：“鬼使神差地，我们倒真的恋爱起来了！”流苏道：“你早就说过你爱我。”柳原笑道：“那不算。我们那时候太忙着谈恋爱了，哪里还有工夫恋爱？”

结婚启事在报上刊出了，徐先生徐太太赶了来道喜。流苏因为他们在围城中自顾自搬到安全地带去，不管她的死活，心中有三分不快，然而也只得笑脸相迎。柳原办了酒菜，补请了一次客。不久，港沪之间恢复了交通，他们便回上海来了。

白公馆里流苏只回去过一次，只怕人多嘴多，惹出是非来。然而麻烦是免不了的。四奶奶决定和四爷进行离婚，众人背后都派流苏的不是。流苏离了婚再嫁，竟有这样惊人的成就，难怪旁人要学她的榜样。流苏蹲在灯影里点蚊烟香。想到四奶奶，她微笑了。

柳原现在从来不跟她闹着玩了。他把他的俏皮话省下来说给旁的女人听。那是值得庆幸的好现象，表示他完全把她当做自家人看待——名正言顺的妻。然而流苏还是有点怅惘。

香港的陷落成全了她。但是在这不可理喻的世界里，谁知道什么是因，什么是果？谁知道呢，也许就因为要成全她，一个大都市倾覆了。成千上万的人死去，成千上万的人痛苦着，跟着是惊天动地的大改革……流苏并不觉得她在历史上的地位有什么微妙之点。她只是笑吟吟地站起身来，将蚊烟香盘踢到桌子底下去。

传奇里的倾国倾城的人大抵如此。

到处都是传奇，可不见得有这么圆满的收场。胡琴咿咿哑哑拉着，在万盏灯的夜晚，拉过来又拉过去，说不尽的苍凉的故事——不问也罢！

一九四三年九月

赏析

张爱玲（1921—1995年），原名张瑛，原籍河北丰润，生于上海一个没落的官宦之家，其祖父为张佩纶，外曾祖父为李鸿章。童年在北京、天津度过，1929年迁回上海。1937年毕业于上海圣玛利亚女子中学，次年考取伦敦大学，后因战事改入香港大学。1942年香港沦陷，未毕业即回上海，给英文《泰晤士报》写剧评、影评，也替德国人办的英文杂志《二十世纪》写“中国的生活与服装”一类的文章。1942年应《西风》杂志《我的生活》征文写散文《我的天才梦》得名誉奖。1943年，她的小说处女作《沉香屑》（第一、二炉香）被周瘦鹃发在《紫罗兰》杂志上，一举成名，同年发表代表作《金锁记》、《倾城之恋》等。1944年出版小说集《传记》和散文集《流言》。此后三四年是她创作的丰收期，作品多发表于《天地》、《万象》等杂志。她23岁与胡兰成结婚，抗战胜利后分手。1949年上海解放后以梁京笔名在上海《亦报》上发表小说。1950年参加上海第一届文代会。1952年移居香港，在美国新闻处工作，曾发表小说

《赤地之恋》和《秧歌》。1955年旅居美国。在美与作家赖雅结婚，后在加州大学中文研究中心从事翻译和小说考证。在美过着“隐居”生活。1995年9月8日，被发现老死于美国洛杉矶自寓，终年75岁。

一代才女张爱玲，在美国孤然离世，似乎是有意让读者忘却她，而读者却发现，竟越来越难以忘掉她。她毕竟以特有的视角，表达了独特的人生感悟。爱玲笔下的人生是中国近现代之交破落贵族的浮世悲欢，特别是男女的情爱纠葛。其主人公，多是新旧都沾边儿而又两不着地的落伍者，英雄和奸雄都没他们的份儿，而这些人又恰恰不甘寂寞，新旧权利都想要，实际上又欲退无路，欲进无力，只落得个半古半今、不中不西、非驴非马。这既是没落贵族的人生尴尬，又是一种半封建、半殖民地心态。张爱玲又何尝不是如此？她既非贵族大家闺秀，又非真正的现代女性。这是她的悲哀，又是她的优势。以至有人说:“只有张爱玲才可以同时承受灿烂夺目的喧闹与极度的孤寂。”

现代女作家有以机智聪慧见长者，有以抒发情感著称者，但是能将才与情打成一片，在作品中既深深进入又保持超脱的，张爱玲之外再无第二人。张爱玲既写纯文艺作品，也写言情小说，《金锁记》、《秧歌》等令行家击节称赏，《十八春》(《半生缘》)则能让读者大众如醉如痴，这样身跨两界、亦雅亦俗的作家，一时无二；她受的是西洋学堂的教育，但她却钟情于中国小说艺术，在创作中自觉禀承《红楼梦》、《金瓶梅》的传统，新文学作家中，走这条路子的人少而又少。

作为小说家，张爱玲确是一出发即踏上巅峰、一出手即成经典了。今天重读《倾城之恋》，把它放在五四以来任何一位“经典作家”的名著之林，只有“谁能企及”的问题而不存在“是否逊色”的问题。难怪早在50年前，傅雷就称之为“我们文坛最美的收获之一”了（见《论张爱玲的小说》)。都知道张爱玲的文字功力了得，信手拣出来的句子，在在都是随手拈来却凡人难及的。可以说，张爱玲，恐怕是曹雪芹之后，中国文学中最具有叙述魅力的一支笔了。五四以来，运用汉语白话文写作而语言技巧上乘的作家其实是不多的。不同背景的人们可以举出鲁迅、沈从文、朱自清、白先勇或者汪曾祺等，但是愈到这个世纪的末期——汉语白话文的写作历史刚刚贯穿了这个世纪，中国文学史就愈来愈难忽略她——张爱玲。张爱玲的意义，又绝非一个文字技巧、叙述魅力这么简单。

走近张爱玲，就看见到了20世纪30年代的上海，嘈杂，细碎，繁华中流淌着落败后的悲凉。那一切要逝去、快逝去、在逝去的美丽，都成了永远无法捉住的幽怨，在白四爷的胡琴上咿咿怨怨地拉着，说不出的苍凉。

《倾城之恋》无疑是众多故事中最精彩的一个。情节并不复杂：白公馆六小姐白流苏被丈夫毒打，离婚七八年，住在娘家。她的钱被哥哥们盘来盘去盘光了，反嫌她碍眼；离异的丈夫得肺病死了，哥哥们想趁机叫她去奔丧，好使她守上十几年寡有口饭吃；她的母亲，在他们姊妹口角的时候，一味地避重就轻，使她没个地方说话去。各人关在自己的小世界里，她撞破了头也撞不进去。28岁，她被自己娘家的哥哥们称为败家子、扫帚星，媒人介绍给她妹妹的对象，无意中和她跳了三支舞，家里人的怨愤，她骨头里的赌博因子，促使她去了香港，想赢得大家虎视眈眈的范柳原。

华侨子弟范柳原，33岁，庶出，且“身份一直得不到承认，父亲死后，吃了一番苦，才获得法律上的继承权，年轻的时候受了刺激，渐渐往放浪的路上走，嫖赌吃喝，样样都来，独独无意于家庭幸福”。

她想，“他是对女人说惯了谎的。她不能不当心——她是个六亲无靠的人。她只有她自己了”；她知道他——“最高的理想是一个冰清玉洁而又富于挑逗性的女人。冰清玉洁，是对于他人。挑逗，是对于自己”；因此，她拿着一个中国女人的谨慎提防以及中年女人的风情来对付他，两个人原本有些身世上的同病相怜，都不被家人所爱，都孤单得很，他当众放肆，背着人却又稳重，看她那样天真，他开始对她有一些真心，她开始有些安心，他要她懂得他，她恰好愿意去懂得，两个精刮的人没有早一步没有晚一步地谈起恋爱来，而这，和相爱，还很遥远，他们谈恋爱的时候，彼此还不是爱着的。

细细去看这样两个人，实在有些可怕——柳原看着白流苏道：“这堵墙，不知为什么使我想起地老天荒那一类的话。……有一天，我们的文明整个的毁掉了，什么都完了——烧完了，炸完了，坍完了，也许还剩下这堵墙。流苏，如果我们那时候在这堵墙根下遇见了……流苏，也许你会对我有一点真心，也许我会对你有一点真心。”分明就是在说：流苏，现在，这文明还辉煌着，世界还灿烂着，我对你没什么真心，我知道，你对我也没什么真心……两个心知肚明彼此都惟恐自己吃了亏的人，偏在那里欲盖弥彰跳舞喝茶谈着所谓的恋爱！谈情说爱者的做作，还煞有介事地表白来隐藏去，捉迷藏似的。

他大概是痴迷于彻底的中国女人，她纤细的腰身，以及尖瘦的下巴，还有她的旗袍，她的低头，她慵懒的不近情理的渺茫的美，使他甘心在香港请她吃上海菜，陪她什么都玩遍……他的调情，都是顶文雅的那种；她的讨好，也是很吃力的那种，因为要顾及到自尊，又要不失望族淑女的分寸，而他随时，可置她于死地。

她如临大敌，结果毫无动静，他在中途换了个人，她也得体得很，言语调笑，依旧如故，精明的她渐渐搞清楚：他要她，可是他不愿意娶她。情场上的惊险，岂是哭笑两个字概括得了？她克制着，不惊不喜不恼不恨地逢迎他，没有退路，于是看出悲哀的本质，他横竖是放荡的，有分寸有手段地调戏她，看她一步步败下阵来。爱情，在这里，近于原始的狩猎，她是他网中之鱼，箭下之鹿。

半夜里，他打电话来对她念中国古诗，拿婚姻是长期的卖淫来激怒她，又对着月亮向她抒情。他是孤寂的，她也是。他当着人做出狎昵的样子，使她下不了台，他拿稳了她跳不出他的掌心；她被逼得无奈，回到白公馆，直到11月底，他才买了船票再请她过去。两个精刮的人，两个始终都不肯冒失的人，这时候，才真的有一点过日子的样子，他们看中了一套房子，请了广东仆人，他给她安了家，自己就准备去英国了。接着，应该是遥遥无期的等待以及张皇失措的未来，她也恼恨这毒辣的人匆匆地聚了又散，不肯给她婚姻。

炮火轰隆，战争恰到好处地爆发，城市坍塌，他在仓皇之中去找她，她在纷乱之中抓紧了他，既矛盾，又专一，爱情在那一瞬间挤身进来：“流苏到了这个地步，反而懊悔她有柳原在身旁，一个人仿佛有了两个身体，也就蒙了双重危险。一颗子弹打不中她，还许打中他。他若是死了，若是残废了，她的处境更是不堪设想。她若是受了伤，为了怕拖累他，也只有横了心求死。就是死了，也没有孤身一个人死得干净爽利。她料着柳原也是这般想。别的她不知道，在这一刹那，她只有他，他也只有她。”这就是倾城之后的爱情，彼此顿然发现苍茫的世界只剩下对方，生死之间，情之所归，相依为命。战争之后，两个人粗糙地过起了寒苦的日子，“他们把彼此看得透明透亮，仅仅是一刹那的彻底的谅解，然而这一刹那够他们在一起和谐地活个十年八年”。他不过是一个自私的男人，她不过是一个自私的女人，原本都是精刮的不肯吃亏的人，在那兵荒马乱的时代，终成一对平凡的夫妻。

张爱玲的倾城至少有两个意思：一是香港沦陷，香港沦陷就是倾倒了的城，众所周知香港沦陷成全了范柳原与白流苏，没有香港沦陷也就谈不上倾城之恋。二是范柳原与白流苏这样传奇的爱情，两个棋逢对手的人，众目睽睽之下忙着谈恋爱，相互不停地试探，防备，讨价还价，精明计较，最后，相互感动，真的爱了起来，在那样混乱的时代，那样千疮百孔的人心里，想到执子之手与子偕老，安安稳稳地过起了一夫一妻的日子，何尝不是一笑倾城再笑倾国的传奇？

思考与练习

1. 根据课文，试归纳张爱玲的写作风格。
2. 仔细阅读课文，分析白流苏、范柳原二人的性格特点。

白鹿原（节选）①

陈忠实

二月里一个平淡宁静的早晨，春寒料峭，街巷里又响起卖罐罐馍的梆子声。马驹和骡驹听见梆子声就欢叫起来，拽着奶奶的衣襟从上房里屋走出来。白赵氏被两个孙子拽得趔趔趄趄，脸上却洋溢着慈祥温厚的笑容。两只手在衣襟下掏着铜子和麻钱。嘉轩跷出厦屋门坎，在院庭里挡住了婆孙三人的去路："妈，从今日往后，给他俩的偏食断了去。"白赵氏慈和的脸顿时沉阴下来，瞅着儿子，显然是意料不及而愣住了。嘉轩解释说："不该再吃偏食了，他俩大了。人说'财东家惯骡马，穷汉家惯娃娃'。咱们家是骡马娃娃都不兴娇惯。"白赵氏似有所悟，脸上泛出活色来，低头看看偎贴在腰上的两颗可爱的脑袋，扬起脸对儿子说："今个算是尾巴巴一回。"嘉轩仍然不改气"当断就断。算了，就从今个断起。"白赵氏把已经码到手心的铜子和麻钱又塞进大襟底下的口袋，愠怒地转过身去："你的心真硬!"马驹和骡驹窝火委屈得哭丧着脸，被奶奶拽着手快快地往上房里屋走去。

街巷里的梆子声更加频繁地敲响，干散清脆的吆喝声也愈加洪亮："罐罐儿馍——兔儿馍——石榴儿馍——卖咧——"仙草从织布机上转过头说："你去把那个卖馍客撵走，甭叫他对着门楼子吆喝了，引逗得娃们尽哭。"嘉轩反而笑说："人家在街巷里吆喝，又没有钻到咱们院子里来吆喝，凭啥撵人家？吆喝着好，吆喝得马驹骡驹听见卖馍卖糖的梆子铃鼓响，就跟听见卖辣子的吆喝一样就好了。"仙草咬着嘴唇重复一遍婆婆的话："你真心硬!"

两个孩子已经长到该当入学的年龄。这两个儿子长得十分相像，像是一个木模里倒出一个窑里烧制的两块砖头；虽然年龄相差一岁，弟弟骡驹比哥哥马驹不仅显不出低矮，而且比哥哥还要粗壮浑实。他们都像父亲嘉轩，也像死去的爷爷秉德，整个面部器官都努力鼓出来，鼓出的鼻梁儿，鼓出的嘴巴，鼓出的眼球以及鼓出的肩骨，尽管年纪小小却已显出那种以鼓出为表征的雏形底坯。随着年龄的增长，这种鼓出的脸部特征将愈来愈加突出。

白嘉轩太喜欢这两个儿子了。他往往在孩子不留意的时候专注地瞅着那器官鼓出的脸，却说不出亲热的话也做不出疼爱亲昵的表示。孩子和奶奶形影不离，日夜厮守，他几乎没有背过抱过他们，更不会像一般庄稼汉把儿子架在脖子上逛会看戏了。现在，看看儿子已经该当读书了，他就不能再撒手由奶奶给他们讲猫儿狗儿了。白嘉轩正在谋划确定给白鹿村创办一座学堂。白鹿村百余户人家，历来都是送

① 陈忠实：《白鹿原》（修订本），人民文学出版社 1993 年版，第 60 ~ 74 页。

孩子到七八里地的神禾村去念书，白嘉轩就是在那里早出晚归读了五年书。他想创办学堂不全是为了两个儿子就读方便，只是觉得现在应该由他来促成此举。学堂就设在祠堂里。那座祠堂年久失修，虽是祭祀祖宗的神圣的地方，却毕竟又是公众的官物没有谁操心，五间大厅和六间厦屋的瓦沟里落叶积垢，绿苔绣织，瓦松草长得足有二尺高；椽眼里成为麻雀产卵孵雏的理想窝巢；墙壁的泥皮剥落掉渣儿；铺地的方砖底下被老鼠掏空，砖块下陷。白嘉轩想出面把苍老的祠堂彻底翻修一新，然后在这里创办起本村的学堂来。他的名字将与祠堂和学堂一样不朽。

祠堂和村庄的历史一样悠久，却没有任何竹册片纸的典籍保存下来。搞不清这里从何年起始有人迹，说不清第一位来到这原坡挖凿头一孔窑洞或搭置第一座茅屋的始祖是谁。频频发生的灾祸不下百次把这个村庄毁灭殆尽，后来的人或许是原有的幸存者重新聚合继续繁衍。灾祸摧毁村庄摧毁历史也摧毁记忆，只有荒诞不经的传说经久不衰。泛滥的滋水河把村庄从河川一步一步推移到原坡根下，直到逼上原坡。相传有一场毁灭性的洪水发生在夜间，有幸逃到高坡上的人光着屁股坐到天亮，从红苕地里扯一把蔓子缠到腰际，遮住男女最隐秘的部位，在一片黄汤中搜摸沉入淤泥里的铁锹镢头和斧头；祠堂里那幅记载着列祖列宗显考显妣的宽大的神轴和椽于檩条，一齐被洪水冲得无影无踪，村庄的历史便形成断裂。

传说又一年二伏天降流火，大如铜盆小如豆粒的火团火球倾泻下来，房屋焚为灰烬；人和牛马猪羊犬全被烧焦，无法搭救无计逃遁自然无一幸免；祠堂里的神轴和椽子檩条又一齐化为灰烬，村庄的历史又一次成为空白。至于蝗虫成精，疫疠滋漫，已经成为小灾小祸而不值一谈了。活在今天的白鹿村的老者平静地说，这个村子的住户永远超不过二百，人口冒不过一千，如果超出便有灾祸降临。

这个村庄后来出了一位很有思想的族长，他提议把原来的侯家村（有胡家村一说）改为白鹿村，同时决定换姓。侯家（或胡家）老兄弟两个要占尽白鹿的全部吉祥，商定族长老大那一条蔓的人统归白姓。老二这一系列的子子孙孙统归鹿姓；白鹿两姓合祭一个祠堂的规矩，一直把同根同种的血缘维系到现在。据说白鹿原当时掀起了一个改换村庄名称的风潮，鹿前村、鹿后村、鹿回头村、鹿鸣村、鹿卧村、鹿噙草村、鹿角村、鹿蹄村，不一而足。一位继任的县官初来乍到，被这些以鹿命名的村庄搞得脑袋发胀，命令一律恢复原来的村名，只允许保留白鹿村和白鹿镇两个与鹿有关的名字，白鹿村的村民感到风光，更加珍惜自己的村名。

改为白姓的老大和改为鹿姓的老二在修建祠堂的当初就立下规矩，族长由长门白姓的子孙承袭下传。原是仿效官廷里皇帝传位的铁的法则，属天经地义不容置疑。老族长白秉德死后，白嘉轩顺理成章继任族长是法定的事。父亲过世后的头几年里，每逢祭日，白嘉轩跪在主祭坛位上祭祀祖宗的时候，总是由不得心里发慌尻子发松；当第七房女人仙草顺利生下头胎儿子以后，那种两头发慌发松的病症不治自愈。现在，白嘉轩怀里揣着一个修复祠堂的详细周密的计划走进了鹿子霖家的院子。

这是白鹿村乃至整个白鹿原最漂亮的一座四合院。它是鹿子霖的老太爷的杰作。那位老太爷过烂了光景讨吃要喝流逛到了西安城里，在一家饭铺先是挑水拉风箱，后来竟学成了一手烹饪绝技。一位南巡的大官路经西安吃了他烧的葫芦鸡，满心欢喜脱口赞叹："天下第一勺。"于是就发了财，于是就在白鹿村置头田地，于是就修建起白鹿原第一流的四合院。他的巨大成功启发着诱惑着一茬又一茬庄稼汉的后人，撂下钗头犁杖操起铁勺锅铲，由此掀起的学炊热历经一个世纪，白鹿原以出勺勺客闻名省城内外。然而自老太爷之后，到鹿子霖的四辈人当中，鹿家却再没有一个男人执勺弄铲，外人万万料想不到"天下第一勺"谢世时，竟然留下这样的遗嘱："我一辈子都是伺候人，顶没出息。争一口气，让人伺候你才荣耀祖宗。中一个秀才到我坟头放一串草炮，中了举人放雷子炮，中了进士……放三声铳子。"鹿子霖的父亲和他本人都没有实现老太爷的遗愿，除了雇来长工做务庄稼，均未成为让人伺候的人，尽管一代一代狗推磨儿似的居心专意供给子弟读书，却终究连在老太爷坟头放一串草炮的机运也不曾有过。老太爷的尸骨肯定早已化作泥土，他的遗言却似窖藏的烧酒愈久愈鲜。鹿子霖在儿子刚交七岁的那年正月就送他到神禾村学堂去启蒙，翻查了一夜字典才选定兆鹏作为儿子的学名，那寓意是十分殷切，也十分明朗的。二儿子兆海这年正月刚送去学堂，两个儿子每天麻麻亮就被他吼喊起来去上学。兆鹏兆海的脸冻皴了，手脚冻得淌黄水。做娘的抱怨孩子太小上学太早，鹿子霖不动摇地鼓着劲说："我等着到老太爷的坟地放铳子哩!"

……

平日在村子里割草砍柴、浮水、掏雀蛋时建立的友谊，很快又在学堂里重现，孩子们自然地围拢到猴王黑娃的周围。黑娃对这种崇拜已经没有兴趣而且失掉自信，原因是他自己也崇拜起另一个人来，那是鹿兆鹏。鹿兆鹏是从神禾村转回本村学堂的，他年龄不算最大，书却读得最高。徐先生把他叫到自己的寝室单个儿面授，已经是《中庸》了。他很随和，一双深眼睛上罩着很长很黑的眼睫毛，使人感到亲近。他的弟弟鹿兆海也是这种深眼睛和长睫毛。他爸鹿子霖，他爷鹿泰桓都是这种长条脸深眼窝长睫毛。鹿兆鹏自小在神禾村念书，黑娃难得和他接触，现在坐到相邻的两个方桌跟前，他就无法摆脱那个深眼窝里溢出的魅力。黑娃不由得在心里将鹿兆鹏兄弟和白孝文兄弟进行比较，鹿兆鹏鹿兆海兄弟使人感到亲切，甚至他们的父亲鹿子霖也使人感到亲切。鹿子霖常常在街巷里猛不防揪住黑娃头上的毛盖儿，另一只手就抓住了他裆里的那个东西，哈哈大笑着胁逼他叫叔："黑娃你崽娃子叫叔不叫？我把你这碎牛牛拔了去喂猫!"而白嘉轩大叔却总是一副凛然正经八百的神情，鼓出的眼泡皮儿总是使人联想到庙里的神像。黑娃知道白家对自家好却总是怯惧，他每天早晨和后晌割两笼青草，匆匆背进白家马号倒在铡墩旁边又匆匆离去，总怕看见白嘉轩那张神像似的脸。他坐在白家兄弟的方桌上，看看孝文孝武的脸还是联想到庙里那尊神像旁的小神童的脸，一副时刻准备着接受别人叩拜的正经相。孝文孝武念书写仿很用功，人也很灵聪，背书流利得一个栗子也不磕巴，照影格描写的大字满纸都被徐先生画上了红圈儿。黑娃已经取下一个文雅的学名叫鹿兆谦，名字是父亲求白嘉轩给取的。父亲说这娃儿野，又骚（顽皮），让他改改。白嘉轩说："他养成了谦逊的品行，就不野也不骚了。谦谦君子嘛！他在鹿姓里属兆字辈，就叫兆谦，叫起来也顺口着哩！"徐先生点名鹿兆谦背书时，黑娃竟然毫无反应，惹得娃子们哄然大笑。学生们仍然叫他黑娃，兆鹏也叫他黑娃，只有孝文孝武记住了他爸起下的名字，每唤必是兆谦。每听到孝文孝武称呼的兆谦，黑娃就觉得增加了一分对白家兄弟的敬重，正像他惧怕白嘉轩而仍不失尊敬他一样。他终于耐不住白家兄弟方桌上的寂寞，把自己的独凳挪到鹿家兄弟的方桌边去了。

他一扬手接住鹿兆鹏扔过来的东西，以为是石子，看也不看就要丢掉。鹿兆鹏喊"甭撂甭撂！"他看见一块白生生的东西，完全像沙滩上白色的石子，放在手心凉冰冰的。他问："啥东西?"鹿兆鹏说："冰糖。"黑娃捏着冰糖问："冰糖做啥用?"鹿兆鹏笑说："吃呀！"随之伸出舌头上正在含化的冰糖块儿。黑娃把冰糖丢进嘴里，呆呆地站住连动也不敢动了，那是怎样美妙的一种感觉啊：无可比拟的甜滋滋的味道使他浑身颤抖起来，竟然哇的一声哭了。鹿兆鹏吓得扭住黑娃的腮帮子，担心冰糖可能卡住了喉咙。黑娃悲哀地扭开脸，忽然跳起来说："我将来挣下钱，先买狗日的一口袋冰糖。"

隔了几天鹿兆鹏又把一块点心小心翼翼地放到黑娃的手心里说："水晶饼。比冰糖比平常的点心都好吃。"黑娃瞅着手心里的圆圆的水晶饼，酥松的白得像雪似的皮儿上缀着五个红色的俏花点儿，手心里已经落着松散的皮屑。他觉得身上又开始颤栗，而且迅速传导到全身。他咬一咬牙却把那水晶饼扔到路边的草丛里去了。鹿兆鹏惊呆了，水晶饼在他也是稀罕的吃食儿，他省下一个来让给黑娃，却遭到如此野蛮的回报。他一把揪住黑娃的衣襟："黑娃，你狗日的给我拣回来！"黑娃一伸手也揪住兆鹏的领口："财东娃，你要是每天都能拿一块水晶饼一块冰糖来孝敬我，我就给你拣起来吃了。"他随之突然气馁了瓦解了："我再也不吃你的什么饼儿什么糖了，免得我夜里做梦都在吃，醒来流一摊涎水……"鹿兆鹏松了手，似乎也颤栗了一下，就把一只手搭到黑娃肩头拥着走了。

冰糖给黑娃留下了难以磨灭的美好而又痛苦的向往和记忆，他愈来愈明晰，只有实践了他"挣钱先买一口袋冰糖"的狂言才能解除其痛苦。后来他果然得到了一个大洋铁桶装着的雪白晶亮的冰糖，那是他和他的弟兄们打劫一家杂货铺时搜到手的。弟兄们用手抓着冰糖往嘴里填往袋里装的时候，他猛然颤栗了一下，喝道："掏出来，掏出来！把吞到嘴的吐出来！"他解开裤带掏出生殖器，往那装满冰糖的洋铁桶里浇了一泡尿。

除了兆鹏的冰糖，还有徐先生拍的一顿板子也给他留下了记忆。背不过书写错了字挨徐先生的板子已不算什么耻辱，学堂里几乎找不出一个侥幸者，兆鹏兄弟孝文兄弟虽然全是好学生，也照样被板子抽打手掌，只不过次数少些而已。那天后晌，徐先生指派黑娃到河滩柳林里去砍一根柳树股儿。黑娃能被徐先生委以重任心里觉得很荣耀，又可以到柳絮吐黄的河滩里畅快一番。他看见兆鹏朝他挤眼儿，就向徐先生提出："让兆鹏一块去给我搭马架儿，柳树太高爬不上去。"徐先生应允了。他忽然觉得也应该让孝文分享一下这种幸运，就说："俺屋没有斧头，孝文家有一把，快得跟剃头刀一样。”徐先生又点头默许了。三个伙伴走出白鹿村村口，看见独庄庄场里围着一堆人，黑娃说：“那儿给牛打犊给马配驹，看看热闹去。”

他们从围墙破缺的塌口看见，一头皮毛油光乌亮的黑驴正和一匹枣红马咬仗，咬脖子咬尻子咬嘴又不像是真咬，红马和黑驴都张着嘴露出宽扁的牙齿，又吊下一串串粘稠的涎水。庄场的主人白兴儿，伸出可笑的手把枣红马拽进围栏，拴住了缰绳，黑驴跟过来钻进围栏的敞口，就跳上了枣红马的脊背。孝文惊奇地说：“看看那只手！”黑娃用眼睛禁斥了孝文一下。

白兴儿的手指，像鸭子的脚掌一样，由一层薄皮连结在一起。白兴儿的爷爷是这种手，他的儿子生下来还是这种手，人叫白连指儿。据说这连指儿最适宜做牲畜配种的事。

三个人默默地离开庄场朝河滩走去，谁也不说话。黑娃突然伸出手在兆鹏裆里抓了一把：“噢呀！硬得跟驴锅一样！”兆鹏红了脸也在黑娃裆里报复了一下：“你也一样！”他们不好意思动手试探孝文，孝文比他们都小，只是逼问：“孝文你自个说实话，硬不硬？”孝文哇的一声哭了：“硬得好难受！”

他们轻而易举地砍了一根柳树股儿，又折了一堆柔软的柳条儿，捋下皮来，用白生生的柳枝编织蚂蚱笼儿，把黑驴压着红马的令人不舒服的事忘记了。回到学堂，已经放学，徐先生又让黑娃把那根柳木棍儿用斧头削平刮光，然后接到手掂了掂说：“你三个跪下，把手伸出来！”徐先生不偏不倚，一人一板，从左边挨个儿打到右边，再从右边挨个儿打到左边。三个人谁也不招认在去河滩以前曾经到庄场看过黑驴和红马配驹儿的事，黑娃因此佩服孝文也是个硬头货。徐先生打了每人十个板子，说：“你们啥时候说了实话再起来。”就背抄着手在庭院里悠悠然踱着方步。三个人偷偷交换一下眼色，黑娃悄悄说：“咋么也没想到砍柳树股儿是为做板子。”天擦黑时，三个人的家长不约而同找到学堂，看见了一排溜儿跪在祠堂台阶下的儿子。刚直不阿的徐先生背抄着手冷着脸说：“问问你们的娃子到啥场合去了？”白鹿村三个最珍爱面子最要脸皮的人一下子气得脸孔蜡黄，手直哆嗦。随和可亲的鹿子霖率先抽了兆鹏一记耳光。这完全出乎黑娃的意料，他想绝对应该是火暴脾气的父亲先动手揍他，或者是令人敬畏的白嘉轩大叔先教训孝文……继兆鹏被连续几个耳光击倒之后，黑娃觉得自己屁股上挨了重不可负的一击就狗吃屎似的趴下了，眼前霎时一片金光又一片黑暗。

当他醒来时，已经是一个温馨的早晨，睁开眼看见了白嘉轩大叔的脸，和蔼地笑着。这是黑娃第一次看到白嘉轩大叔的笑颜，不禁奇怪起来，这张脸原来也会笑，笑起来也十分动人。母亲破例给他煮了三个荷包蛋，催他吃下。白嘉轩笑着说：“黑娃，夹上书上学去。”父亲在旁边说：“算了算了，这东西不成器不说，倒把孝文给引坏了！”白嘉轩收了笑容说：“我说让他弄个五品七品是说笑，念些书扎到肚子里却是实情，你该明白‘知书达理’这话？知书以后才能达理。”说着就抓住黑娃的手，拽着走了。黑娃无法拒绝那只粗硬有力的手，一直把他拽进学堂。那只手给他留下了复杂的难忘的记忆。

这年冬天，兆鹏兆海兄弟俩离开白鹿村，到朱先生坐馆的白鹿书院念书去了，刘谋儿赶着青骡拉着的木轮大车，车上装着被卷和一口袋面粉，鹿子霖坐在车厢里亲自送儿子去高等学馆。徐先生也来送行。兆鹏兆海恭恭敬敬地向徐先生作揖鞠躬。兆鹏跑过来抓住黑娃的手捏了捏，就上车去了。黑娃又感到一阵痛苦的颤栗，兆鹏把一块冰糖留在他的手心里了。两年之后，孝文孝武兄弟俩也坐上父亲鹿三赶着的黄牛拽着的大车到白鹿书院去了，车上照样装着铺盖卷和一口袋面粉。他送他们上路以后，就从学堂里提着独凳走出来，同徐先生深深地鞠躬，很诚恳地说："先生啥时候要砍柳树股儿，给我捎一句话就行了。"徐先生嘴巴两边的肌肉扭动了两子，没有说话。黑娃扛起独凳就走出祠堂的大门。

赏析

陈忠实，1942年生于陕西省西安市灞桥区。曾任陕西省作协主席，现为中国作家协会副主席、陕西省作协名誉主席。1965年初发表散文处女作，1979年加入中国作家协会，已出版《陈忠实小说自选集》三卷、《陈忠实文集》七卷及散文集《告别白鸽》等40余种作品。《信任》获1979年全国短篇小说奖，《渭北高原，关于一个人的记忆》获1990—1991年全国报告文学奖，长篇小说《白鹿原》获第四届茅盾文学奖（1998），在日本、韩国、越南翻译出版。曾十余次获得《当代》、《人民文学》、《长城》、《求是》、《长江文艺》等各大刊物奖。

《白鹿原》是陈忠实的代表作。据不完全统计，《白鹿原》迄今已发行逾200万册，在国内外读者中反响强烈，在文学界评价很高。著名学者范曾评价说："陈忠实先生所著白鹿原，一代奇书也，方之欧西，虽巴尔扎克、斯坦达尔，未肯轻让。"西方学者评价说："由作品的深度和小说的技巧来看，《白鹿原》肯定是大陆当代最好的小说之一，比之那些获得诺贝尔文学奖的小说并不逊色。"《白鹿原》被国家教育部列入"大学生必读"系列，被评为"百年百种优秀中国文学图书"（1900—1999），被中国出版集团列入"中国文库"系列，2008年11月入选深圳读书月组委会、深圳商报联合组织的"改革开放30年影响中国人的30本书"，2009年全文收入《中国新文学大系》出版。《白鹿原》是"30年30本书"唯一入选的中国当代长篇小说，也是《中国新文学大系》百年百卷中唯一全文入选的陕西作家长篇小说，"大系"第五辑（1976—2000）全文入选大陆和台湾作家共七部长篇小说。《白鹿原》已被改编成电影、秦腔、话剧、舞剧、连环画、雕塑等多种艺术形式，电视剧正在筹拍中。

《白鹿原》是一部渭河平原50年变迁的雄奇史诗，一轴中国农村斑斓多彩、触目惊心的长幅画卷。主人公六娶六丧，神秘的序曲预示着不祥。一个家庭两代子孙，为争夺白鹿原的统治代代争斗不已，上演了一幕幕惊心动魄的活剧；巧取风水地，恶施美人计，孝子为匪，亲翁杀媳，兄弟相煎，情人反目……大革命，日寇入侵，三年内战，白鹿原翻云覆雨，王旗变幻，家仇国恨，交错缠结，冤冤相报代代不已……古老的土地在新生的阵痛中颤栗。厚重深邃的思想内容，复杂多变的人物性格，跌宕曲折的故事情节，绚丽多彩的风土人情，形成作品鲜明的艺术特色和令人震颤的真实感。

小说的时间背景是20世纪前半期，从辛亥革命、军阀混战到三四十年代的国共斗争。从民间文化角度看，有以白嘉轩、鹿子霖为代表的宗法家族团体，有以朱先生为代表的白鹿原的精神领袖。从政治文化角度看，其社会结构有以田福贤、岳维山为代表的国民党势力，有以鹿兆鹏、白灵为代表的共产党力量，有以黑娃、大拇指为代表的土匪武装。阶级矛盾、家族纷争、人性欲望的争斗，相互交织，构成半个多世纪的“民族秘史”。小说成功地塑造了白嘉轩、鹿子霖、鹿三、朱先生这些具有深刻历史文化内涵的典型形象，成功地塑造出黑娃、白孝文、田小娥、鹿兆鹏、鹿兆海、白灵等年轻一代性格各异、追求不同、极具时代代表性的人物形象。

本选段是《白鹿原》的第五章。前面四章写了白鹿原社会生活的常态。主要情节有白嘉轩娶妻生子，换地迁坟，后来又把十多亩天字号水地都种了罂粟，白家也因此彻底变了模样，老屋得到了翻新，只有“耕读传家”的玉石匾额仍挂在门楼上。罂粟迅速泛滥成灾，滋水县令几次查禁效果都不大。朱先生来到白嘉轩家，把“耕读传家”的匾额蒙了起来，并亲自吆着牛扶着犁把白家的罂粟苗子给犁了，白嘉轩在姐夫的带动下，便把种植的罂粟给毁了。此事影响巨大，全原的罂粟十多天内被铲除干净。没想到滋水县令却没有再聘用朱先生，遍地的罂粟又重新生长了起来。

李寡妇地卖两家，引起了白嘉轩与鹿子霖的争斗。二人为了挣个面子，决定见官进行解决。鹿泰桓怕鹿家输给白家，从此不好抬头，便默许了儿子的做法。后来还是朱先生出面，一纸劝解信，了结了官司，白鹿二人在冷先生的调停下，不仅没要李寡妇的地，而且还周济了她一些粮食和银元。这事传开，影响很大，滋水县令批为“仁义白鹿村”，亲自送到了村上。第五章就是从这里开始的。

由罂粟引种成功骤然而起的财源兴旺和两个儿子相继出生带来的人丁兴旺，彻底扫除了白家母子心头的阴影和晦气。白嘉轩也终于挺直了腰杆，开始行使起一族之长的“权威”来。

在传统农村，有了子嗣便有了底气。“白嘉轩太喜欢这两个儿子了。他往往在孩子不留意的时候专注地瞅着那器官鼓出的脸，却说不出亲热的话也做不出疼爱亲昵的表示。”没有背过，也没有抱过，更不会架到脖子上，对儿子的偏食，也是“当断则断”，连母亲和妻子都觉得他“心真硬”！

他的心硬来自他那骨子里的传统道德精神，而最能表现他这种道德精神的，便是翻修祠堂、兴建学堂。本选段所写的也主要是这件事；文中穿插叙述的，是白鹿村的来历和鹿家老太爷一直未了的遗愿，为修祠堂、建学堂作铺垫。

朱先生的一段话点明了本选段的题旨：“你们翻修祠堂是善事，可那仅仅是个小小的善事；你们兴办学堂才是大善事，无量功德的大善事。祖宗该敬该祭，不敬不祭是为不孝；敬了祭了也仅只尽了一份孝心，兴办学堂才是万代子孙的大事；往后的世事靠活人不靠死人呀；靠那些还在吃奶的学步的穿烂裆裤的娃儿，得教他们识字念书晓以礼义，不定那里头有治国安邦的栋梁之材呢。你们为白鹿原的子孙办了这大的善事，我替那些有机会念书的子弟向你们一拜。”修祠堂是“继往”，建学堂却是“开来”；“开来”更重于“继往”。

修祠堂、建学堂一事，使白鹿村出现了一派空前同心协力的和谐景象。族长白嘉轩也因此更加得到村民的爱戴。

但是，这中间也有些许不和谐的音符出现：鹿子霖修学堂的心思恐怕更多是为了子孙“中秀才”、“中举人”，甚至“中进士”；白嘉轩与鹿泰桓、鹿子霖的议事也暗含着机关；最后鹿子霖也得授红绸，白、鹿二人似乎还是个平手……

白嘉轩的两个儿子也都起了学名，马驹叫白孝文，骡驹叫白孝武，他们自然坐在里边。鹿子霖的两个儿子鹿兆鹏和鹿兆海也从神禾村转回本村学堂。在白嘉轩的劝说下，鹿三让黑娃进了学堂，还有了“学名”（鹿兆谦）。黑娃天生就有反骨，性子野不喜欢读书，表现出对“仁义”的本能拒斥。他走进学堂的第一件事却是用板凳砸了徐先生的脚背；他追求自由而不受拘束，这使其在成长过程中性格就带着一种反抗因素。他读书不专心，带着兆鹏、孝文去庄场看配种；他对承袭了白嘉轩一副凛然神态的孝文、孝武敬而远之，而对比较随和亲切的鹿兆鹏倒有一种亲切感，因而耐不住白家的寂寞而跑到鹿家兄弟方桌边去，和他们在一起，他才有着平等自在的感觉。

黑娃与鹿兆鹏交往有两个精彩的细节。鹿兆鹏为了表示对他的好感，先后送给他冰糖点心和水晶饼：当黑娃把冰糖放到嘴里时，冰糖的“无可比拟的甜滋滋的味道使他浑身颤抖起来，竟然哇的一声哭了，”这种味道激起了他对美好生活的向往；他发誓：“我将来挣下钱，先买狗日的一口袋冰糖。”当鹿兆鹏送水晶饼给他吃时，被他“扔到路边的草丛里去了”，还说“我再也不吃你的什么饼儿什么糖了，免得我夜里做梦都在吃，醒来流一摊涎水……”这些都强烈地刺激着这个少年的心，给他留下难以愈合的心灵创伤，形成了他倔强不屈的个性，并且本能地与命运抗争。这些都为他后来不屈不挠的反抗埋下了伏笔。

思考与练习

1. 本文所写的是白嘉轩、鹿子霖二人第一次在白鹿村的道德舞台、政治舞台上的演出，并且共同赢得了观众（村民）的认可，为他们今后的进一步活动埋下了伏笔。仔细分析白、鹿二人性格上的差异。

2. 在隆重而简朴的开馆典礼上，朱先生用“仁义”二字概括开办学堂的宗旨，意在以传统道德来教育后代。在以改革开放、经济建设为中心的今天，我们该如何理解传统道德？

3. 私塾在我国传统教育体制中占据着重要地位，而今却绝迹了，作者为我们再现了这段古老的记忆。认真分析作者是如何渲染热闹气氛的？表现了作者怎样的态度？

安娜·卡列宁娜（节选）①

列夫·托尔斯泰（俄国）

三十一

铃响了，几个青年匆匆走过去，他们既丑陋，又无礼，但却非常注意他们给人的印象；彼得穿着号衣和长统靴，面孔呆板，一副蠢相，也穿过候车室，来送她上火车。两个大声喧哗着的男人沉默下来，当她在月台上走过他们身边的时候，其中的一个人对另外那个人低声议论了她几句，自然是些下流的话。她登上火车的高踏板，独自坐在一节空车厢的套着原先是洁白、现在却很肮脏的椅套的弹簧椅上。她的手提包放在身边，被座位的弹簧颠得一上一下。彼得带着一脸傻笑，举起他那镶着金边的帽子，在车窗跟前向她告别；一个冒失的乘务员砰的一声把门关上，并且闩上锁。一个裙子里撑着裙箍的畸形女人（安娜在想像中给那女人剥掉了衣服，看见她的残疾的形体不禁毛骨悚然起来）和一个堆着假笑的女孩子，跑下去。

"卡捷琳娜·安德列耶夫娜什么都有了，Matante！②"那小女孩喊着说。

"还是个小孩子，就已经变得怪模怪样，会装腔作势了，"安娜想。为了不看见任何人，她连忙立起身来，在空车厢对面的窗口坐下。一个肮脏的、丑陋的农民，戴着帽子，帽子下面露出一缕缕乱蓬蓬的头发，走过窗口，弯腰俯在车轮上。"这个丑陋的农民似乎很眼熟，"她想。回忆起她的梦境，她吓得浑身发抖，走到对面的门口去。乘务员打开门，放进一对夫妇来。

"夫人想出去吗？"

安娜一声不答。乘务员和进来的人们都没有注意到她那面纱下的脸上的惊惶神色。她走回她的角落里，坐下来。那对夫妇在她对面坐下来，留心地和偷偷地打量着她的服装。安娜觉得他们两夫妇都是令人憎恶的。那位丈夫请求她允许他吸支烟，他分明不是想吸烟，而是想和她攀谈。得到她的许可以后，他就用法语对她妻子谈起来，谈一些他宁可抽烟，也不大情愿谈论的无聊事情。他们装腔作势地谈着一些蠢话，只不过是为了让她听听罢了。安娜清清楚楚地看出来，他们彼此是多么厌倦，他们彼此又有多么仇视。像这样可怜的丑人儿是不能不叫人仇恨的。

听到第二遍铃响了，紧接着是一阵搬动行李、喧哗、喊叫和笑声。安娜非常明白，任何人也没有值得高兴的事情，因此这种笑声使她很痛苦，她很想堵住耳朵不

① ［俄］列夫·托尔斯泰：《安娜·卡列宁娜》，中国古籍出版社2005年版，第758～762页。
② 法语：姑姑。

听。终于第三遍铃响了，火车头拉了汽笛，发出哐啷响声，挂钩的链子猛然一牵动，那个做丈夫的在身上画了个十字。“问问他这么做是什么意思，倒是满有趣的，”安娜想，轻蔑地盯着他。她越过那妇人，凭窗远眺，望着月台上那些来送行的、仿佛朝后面滑过去的人。安娜坐的那节车厢，在铁轨接合处有规律地震荡着，轰隆轰隆地开过月台，开过一堵砖墙、一座信号房、还开过一些别的车辆；在铁轨上发出轻微的玎珰声的车轮变得又流畅又平稳了；窗户被灿烂的夕阳照着，微风轻拂着窗帘。安娜忘记了她的旅伴们；随着车厢的轻微颤动摇晃着，呼吸着新鲜空气，安娜又开始沉思起来：

“我刚才想到哪里了呢？我想到简直想像不出一种不痛苦的生活环境；我们生来就是受苦受难的，这一点我们都知道，但是却都千方百计地欺骗着自己。但是就是你看清真相的时候，你又有什么办法呢？”

“赐予人理智就是使他能够摆脱苦难，”那个太太用法语挤眉弄眼地咬着舌头说，显然很得意她这句话。

这句话仿佛回答了安娜的思想。

“摆脱苦难，”安娜心里暗暗地重复说。瞥了一眼那位面颊红润的丈夫和他的瘦骨嶙峋的妻子，她看出来那个多病的妻子觉得自己受到误解，她丈夫欺骗了她，因此使她自己起了这种念头。安娜把目光转移到他们身上，仿佛看穿了他们的来历和他们心灵的隐秘。但是这一点意思也没有，于是她又继续思索起来。

“是的，我苦恼万分，赋予我理智就是为了使我能够摆脱；因此我一定要摆脱。如果再也没有可看的，而且一切看起来都让人生厌的话，那么为什么不把蜡烛熄了呢？但是怎么办呢？为什么这个乘务员顺着栏杆跑过去？为什么下面那辆车厢里的那些年轻人在大声喊叫？为什么他们又说又笑？这全是虚伪的，全是谎话，全是欺骗，全是罪恶！……”

在火车进站的时候，安娜夹在一群乘客中间下了车，好像躲避麻风病患者一样避开他们，她站在月台上，极力回忆着她是为什么到这里来的，她打算做些什么。以前看起来可能办到的一切，现在却那样难以理解，特别是在这群闹嚷嚷的不让她安静一下的讨厌的人中间。有时脚夫们冲上来，表示愿意为她效劳；有时年轻人们从月台上走过去，鞋后跟在地上格格地响着，一边高谈阔论，一边凝视着她；有时又遇见一些给她让错了路的人。回想着如果没有回信她就打算再往下走，她拦住一个脚夫，打听有没有一个从弗龙斯基伯爵那里带了信来的车夫。

“弗龙斯基伯爵？刚刚这里还有一个从那里来的人呢。他是来接索罗金公爵夫人和她女儿的。那个车夫长得什么模样？”

她正在对那个脚夫讲话的时候，那个面色红润、神情愉快、穿着一件挂着表链的时髦蓝外套、显然很得意那么顺利就完成了使命的车夫米哈伊尔，走上来交给她一封信。她撕开信，还没有看，她的心就绞痛起来。

“很抱歉，那封信没有交到我手里。十点钟我就回来。”弗龙斯基字迹潦草地写道。

“是的，果然不出我所料！”她含着恶意的微笑自言自语。

“好，你回家去吧，”她轻轻地对米哈伊尔说。她说得很轻，因为她的心脏的急促跳动使她透不过气来。“不，我不让你折磨我了，”她想，既不是威胁他，也不是威胁她自己，而是威胁什么迫使她受苦的人，她顺着月台走过去，走过了车站。

两个在月台上踱来踱去的使女，扭过头来凝视她，大声地评论了几句她的服装。“质地是真的，”她们在议论她身上的花边。年轻人们不让她安静。他们又凝视着她的面孔，不自然地又笑又叫地走过她身边。站长走上来，问她是否要到什么地方去。一个卖克瓦斯的孩子目不转睛地盯着她。“天啊，我到哪里去呢？”她想，沿着月台越走越远了。她在月台尽头停下来。几个太太和孩子来迎接一个戴眼镜的绅士，高声谈笑着，在她走过来的时候沉默下来，紧盯着她。她加快脚步，从他们身边走到月台边上。一辆货车驶近了，月台震撼起来，她觉得自己好像又坐在火车里了。

突然间回忆起她和弗龙斯基初次相逢那一天被火车轧死的那个人，她醒悟到她该怎么办了。她迈着迅速而轻盈的步伐走下从水塔通到铁轨的台阶，直到匆匆开过来的火车那儿才停下来。她凝视着车厢下面，凝视着螺旋推进器、锁链和缓缓开来的第一节车的大铁轮，试着衡量前轮和后轮的中心点，和那个中心点正对着她的时间。

“到那里去！”她自言自语，望着投到布满砂土和煤灰的枕木上的车辆的阴影。“到那里去，投到正中间，我要惩罚他，摆脱所有的人和我自己！”

她想倒在和她拉平了的第一辆车厢的车轮中间。但是她因为从胳臂上往下取小红皮包而耽搁了，已经太晚了；中心点已经开过去。她不得不等待下一节车厢。一种仿佛她准备入浴时所体会到的心情袭上了她的心头，于是她画了个十字。这种熟悉的画十字的姿势在她心中唤起了一系列少女时代和童年时代的回忆，笼罩着一切的黑暗突然破裂了，转瞬间生命以它过去的全部辉煌的欢乐呈现在她面前。但是她目不转睛地盯着开过来的第二节车厢的车轮，车轮与车轮之间的中心点刚一和她对正了，她就抛掉红皮包，缩着脖子，两手扶着地投到车厢下面，她微微地动了一动，好像准备马上又站起来一样，扑通跪下去了。同一瞬间，一想到她在做什么，她吓得毛骨悚然。“我在哪里？我在做什么？为什么呀？”她想站起身来，把身子仰到后面去，但是什么巨大的无情的东西撞在她的头上，从她的背上碾过去了。“上帝，饶恕我的一切！”她说，感觉得无法挣扎……一个正在铁轨上干活的矮小的农民，咕噜了句什么。那枝蜡烛，她曾借着它的烛光浏览过充满了苦难、虚伪、悲哀和罪恶的书籍，比以往更加明亮地闪烁起来，为她照亮了以前笼罩在黑暗中的一切，哔剥响起来，开始昏暗下去，永远熄灭了。

赏析

列夫·托尔斯泰（1828—1910 年），19 世纪俄国最伟大的作家。出生于贵族家庭，1840 年入喀山大学，受到卢梭、孟德斯鸠等启蒙思想家的影响。1847 年退学回故乡在自己领地上作改革农奴制的尝试。1851—1854 年在高加索军队中服役并开始写作。

他的创作生涯分为三个时期。1852—1863 年是他早期文学创作时期。其成名作有自传体三部曲《童年》、《少年》、《青年》，中篇小说《一个地主的早晨》、《哥萨克》，短篇小说《琉森》。后又创作了探讨生与死、痛苦与幸福等问题的《三死》、《家庭幸福》。

1863—1880 年为他的中期创作阶段。主要作品有长篇历史小说《战争与和平》，这是其创作历程中的第一个里程碑。1873—1877 年他经过 12 次修改，完成其第二部里程碑式的巨著《安娜·卡列宁娜》，他的小说创作的艺术已达炉火纯青之境。

1881—1910 年是托尔斯泰晚期创作时期。20 世纪 70 年代末，托尔斯泰的世界观发生巨变，写成《忏悔录》。80 年代创作有剧本《黑暗的势力》、《教育的果实》，中篇小说《魔鬼》、《伊凡·伊里奇之死》，短篇小说《舞会之后》等；特别是 1889—1899 年创作的长篇小说《复活》是他长期思想、艺术探索的总结，也是对俄国社会批判最全面、深刻、有力的一部著作，成为世界文学不朽名著之一。

托尔斯泰晚年力求过简朴的平民生活，1910 年 10 月从家中出走，11 月 7 日病逝于一个小站，享年 82 岁，一代文学巨匠走完其人生旅程。

小说的情节围绕着两条平行而又紧密相连的线索展开：一条是女主人公安娜与青年军官弗龙斯基的爱情、婚姻和家庭故事；一条是托尔斯泰的自传性主人公列文的精神探索以及他和基蒂的爱情婚姻生活。整体上反映了农奴制改革后"一切都翻了一个身，一切都刚刚安排下来"的那个时代在政治、经济、道德、心理等方面的矛盾。

安娜是一个内心矛盾的贵族妇女，当她还不懂得爱情时，嫁给了虚伪、冷酷、自私自利的政府官僚卡列宁，并与他维持了八年平静而无聊的婚姻生活，她愈来愈明白她不可能从卡列宁那里得到她所渴望的爱情，她也不能爱卡列宁。在火车上她邂逅了风流倜傥的伯爵弗龙斯基。弗龙斯基的热情唤醒了安娜沉睡已久的爱情，二人产生了真爱，并在当时社会强大的舆论压力下，不顾一切地私奔。然而这种结合却没有给安娜带来真正的幸福和片刻的宁静。因为她所受的贵族生活方式所赋予她的上流社会的价值观念和道德观念在她身上是如此根深蒂固，使她陷入了一种既渴望爱情又深怀负罪感的内心矛盾中，后来，弗龙斯基承受不了社会压力开始对她表示冷淡，安娜付出了失去家庭、儿子和社会地位的高昂代价，而现在所谓真挚自由的爱情也开始要被遗弃，她内心无法获得满足和平衡。在一次争吵后安娜陷入绝望境地，一面写信发电报，一面追随弗龙斯基到了火车站。这时，她朦胧中想起他们第一次的相见以及当时一个工人被轧死的情景。这仿佛暗示了她的归宿。安娜向正在驶来的火车扑倒下去，生命的火焰熄灭了，她的痛苦也永远摆脱了。

小说通过安娜—卡列宁—弗龙斯基三人的情感纠葛展示了封建主义家庭关系的瓦解

和道德的沦丧。主人公安娜·卡列尼娜是世界文学史上最优美丰满的女性形象之一。她以内心体验的深刻与感情的强烈真挚，以蓬勃的生命力和悲剧性命运而扣人心弦，她的形象在小说中确实居于中心的位置。

安娜不仅天生丽质，光艳夺人，而且纯真、诚实、端庄、聪慧，还有一个“复杂而有诗意的内心世界”。作为一个以追求资产阶级个性解放的贵族妇女形象出现的安娜，与丈夫卡列宁的婚姻完全是因为家长之命，彼此之间并无实质的爱情。与弗龙斯基的相遇唤醒了安娜内心深处对生气蓬勃的生活和自由感情的渴望，像一个饥饿的人得到了食物一样。她要“生活”，也就是要爱情。她终于跨越了礼教的樊篱。作为已婚的端庄的妇女，要跨出这一步，需要有很大的决心和勇气。虽然在当时上流社会私通已司空见惯了，但她的勇气主要在于，不愿与淫荡无耻的贵族妇女同流合污，不愿像她们那样长期欺骗丈夫；她毅然把暧昧的关系公开。这不啻向上流社会挑战，从而不见容于上流社会，同时也受到卡列宁的残酷报复：既不答应她离婚，又不让她亲近爱子。而孤注一掷的、囿于自我的对弗龙斯基的爱又不可能得到相应的情感回应，安娜绝望了，她在临终前满含怨愤地喊出：“这全是虚伪的，全是谎话，全是欺骗，全是罪恶!”

可以说，造成安娜悲剧的直接原因是卡列宁以及他所代表的一定的社会力量。卡列宁是沙皇俄国官僚的典型，他的功名心淹没了活人的感情，他除了地位和勋章外，没有别的生活目的了。作者以深刻的憎恨揭露了卡列宁的虚伪和冷酷。安娜之死，弗龙斯基也是难辞其咎的，他是造成安娜悲剧的另一重要原因。最初他对安娜的追求只是出于满足他在社交界的虚荣心，相爱后他也并不真正了解安娜，强烈的功名心以及两人在志趣、感情性质方面的差别成了他们感情破裂的主要原因。造成安娜悲剧的还有莉季雅·伊凡诺夫娜和培脱西·特维斯卡雅以及她们所代表的社会力量。这些贵妇人们背着自己的丈夫做别人的情妇，过着非常堕落的生活，却对安娜与弗龙斯基公开的、真诚的爱情横加指责，她们侮辱、谩骂安娜，并拒绝公开接受她。这样一来，安娜一方面受到了来自整个社交界的反对和攻击，又失去了儿子；另一方面，她生活中唯一剩下的东西——与弗龙斯基的爱情又逐渐变得冷淡，她不得不走向自杀，以死向冷酷、虚伪的上流社会表示反抗。

心理分析是托尔斯泰的创作，也是本文的一个突出特点。作者善于揭示人物“心灵的辩证过程”，善于深入地刻画人物矛盾的内心世界。人物的每一个行动都有心理根据，每一个心理活动又是在一定的情境下产生的。如安娜在自杀前驱车经过街上时的心理活动：街上瞬息变换的各种外在印象不断引起她的自由联想，她不断由一种感触或回忆蓦地跳到另一种感触和回忆，她强烈激动、心烦意乱、百感交集的心境跃然纸上。作者巧妙地运用了意识流手法的跳跃性，省略了许多不必要的环节和焊接点，使得人物的思路迅速转换而又十分自然，各种思绪断断续续，此起彼伏，互不连贯而又不至于凌乱无序。这可以说是文学中的意识流的神来之笔。

托尔斯泰通过安娜的爱情、家庭悲剧寄寓了他对当时动荡的俄国社会中人的命运和伦理道德准则的思考。作者对安娜的态度是矛盾的，他同情安娜，又谴责安娜。他歌颂人的生命力，赞扬人性的合理要求；同时，他又坚决否定一切政治、社会活动（包括妇女解放运动）对改善人们命运的作用，强调母亲——妇女天职的重要性。作家世界观的矛盾构成安娜形象的复杂性。一百多年来各国作家按自己的理解把安娜搬上舞台、银幕、荧光屏。安娜这一艺术形象一直感动着不同时代、不同民族的读者，这正说明安娜这一艺术形象的生命力是不朽的。

思考与练习

1．心理分析是本文的一个突出特点，试分析安娜临死前的内心状态及变化。
2．结合作品及时代背景，分析造成安娜之死的根本原因。
3．根据自己的理解，试论安娜这一艺术形象的生命力。

老人与海（节选）①

海明威（美国）

他忍住了一切痛楚，拿出剩余的力气和丧失已久的自傲，用来对付这鱼的痛苦挣扎，于是它游到了他的身边，在他身边斯文地游着，它的嘴几乎碰着了小船的船壳板，它开始在船边游过去，身子又长，又高，又宽，银色底上有着紫色条纹，在水里看来长得无穷无尽。

老人放下钓索，一脚踩住了，把鱼叉举得尽可能地高，使出全身的力气，加上他刚才鼓起的力气，把它朝下直扎进鱼身的一边，就在大胸鳍后面一点儿的地方，这胸鳍高高地竖立着，高齐老人的胸膛。他感到那铁叉扎了进去，就把身子倚在上面，把它扎得更深一点，再用全身的重量把它压下去。

于是那鱼闹腾起来，尽管死到临头了，它仍从水中高高跳起，把它那惊人的长度和宽度，它的力量和美，全都暴露无遗。它仿佛悬在空中，就在小船中老人的头顶上空。然后，它砰的一声掉在水里，浪花溅了老人一身，溅了一船。

老人感到头晕，恶心，看不大清楚东西。然而他放松了鱼叉上的绳子，让它从他划破了皮的双手之间慢慢地溜出去，等他的眼睛好使了，他看见那鱼仰天躺着，银色的肚皮朝上。鱼叉的柄从鱼的肩部斜截出来，海水被它心脏里流出的鲜血染红了。起先，这摊血黑魆魆的，如同这一英里多深的蓝色海水中的一块礁石。然后它像云彩般扩散开来。那鱼是银色的，一动不动地随着波浪浮动着。

老人用他偶尔看得清的眼睛仔细望着。接着他把鱼叉上的绳子在船头的系缆柱上绕了两圈，然后把脑袋搁在双手上。

“让我的头脑保持清醒吧，”他靠在船头的木板上说。“我是个疲乏的老头儿。可是我杀死了这条鱼，它是我的兄弟，现在我得去干辛苦的活儿了。”

现在我得准备好套索和绳子，把它绑在船边，他想。即使我这里有两个人，把船装满了水来把它拉上船，然后把水舀掉，这条小船也绝对容不下它。我得做好一切准备，然后把拖过来，好好绑住，竖起桅杆，张起帆驶回去。

他动手把鱼拖到船边，这样可以用一根绳子穿进它的鳃，从嘴里拉出来，把它的脑袋紧绑在船头边。我想看看它，他想，碰碰它，摸摸它。它是我的财产，他想。然而我想摸摸它倒不是为了这个。我以为刚才已经碰到了它的心脏，他想。那是在我第二次握着鱼叉的柄扎进去的时候。现在得把它拖过来，牢牢绑住，用一根

① 选自徐福祥、徐建一主编：《家庭藏书集锦》，之三，《外国文学》，红旗出版社出品。

套索拴住它的尾巴，另一根拴住它的腰部，把它绑牢在这小船上。

“动手干活吧，老头儿，”他说。他喝了很少的一口水。“战斗既然结束了，就有好多辛苦的活儿要干呢。”

他抬头望望天空，然后望望船外的鱼。他仔细望望太阳。晌午才过了没多少时候，他想。而风刮起来了。这些钓索现在都用不着了。回家以后，那孩子和我要把它们捻接起来。

“过来吧，鱼，”他说。可是这鱼不过来。它反而躺在海面上翻滚着，老人只得把小船驶到它的身边。

等他跟它并拢了，并把鱼的头靠在船头边，他简直无法相信它竟这么大。他从系缆柱上解下鱼叉柄上的绳子，穿进鱼鳃，从嘴里拉出来，在它那剑似的长上颚上绕了一圈，然后穿过另一个鱼鳃，在剑嘴上绕了一圈，把这双股绳子挽了个结，紧系在船头的系缆柱上。然后他割下一截绳子，走到船梢去套住鱼尾巴。鱼已经从原来的紫银两色变成了纯银色，条纹和尾巴显出同样的淡紫色。这些条纹比一个人揸开五指的手更宽，它的眼睛看上去冷漠得象潜望镜中的反射镜，或者迎神行列中的圣徒像。

“要杀死它只有用这个办法，”老人说。他喝了水，觉得好过些了，知道自己不会垮，头脑很清醒。看样子它不止一千五百磅重，他想。也许还要重得多。如果去掉了头尾和下脚，肉有三分之二的重量，照三角钱一磅计算，该是多少？

“我需要一支铅笔来计算，”他说。“我的头脑并不清醒到这个程度啊。不过，我想那了不起的迪马吉奥今天会替我感到骄傲。我没有长骨刺。可是双手和背脊实在痛得厉害。”不知道骨刺是什么玩意儿，他想。也许我们都长着它，自己不知道。

他把鱼紧系在船头、船梢和中央的座板上。它真大，简直像在船边绑上了另一只大得多的船。他割下一段钓索，把鱼的下颌和它的长上颚扎在一起，使它的嘴不能张开，船就可以尽可能干净利落地行驶了。然后他竖起桅杆，装上那根当鱼钩用的棍子和下桁，张起带补丁的帆，船开始移动，他半躺在船梢，向西南方驶去。

他不需要罗盘来告诉他西南方在哪里。他只消凭风吹在身上的感觉和帆的动向就能知道。我还是放一根系着匙形假饵的细钓丝到水里去，钓些什么东西来吃吃吧，也可以润润嘴。可是他找不到匙形假饵，他的沙丁鱼也都腐臭了。所以他趁船经过的时候用鱼钩钩上了一簇黄色的马尾藻，把它抖抖，使里面的小虾掉在小船船板上。小虾总共有一打以上，蹦跳着，甩着脚，像沙蚤一般。老人用拇指和食指掐去它们的头，连壳带尾巴嚼着吃下去。它们很小，可是他知道它们富有营养，而且味道也好。

老人瓶中还有两口水，他吃了虾以后，喝了半口。考虑到这小船的不利条件，它行驶得可算好了，他把舵柄挟在胳肢窝里，掌着舵。他看得见鱼，他只消看看自己的双手，感觉到背脊靠在船梢上，就能知道这是确实发生的事儿，不是一场梦。有一个时期，眼看事情要告吹了，他感到非常难受，以为这也许是一场梦。等他后来看到鱼跃出水面，在落下前一动不动地悬在半空中的那一刹那，他确信此中准有什么莫大的奥秘，使他无法相信。当时他看不大清楚，尽管眼下他又像往常那样看得很清楚了。

现在他知道这鱼就在这里，他的双手和背脊都不是梦中的东西。这双手很快就会痊愈的，他想。它们出血出得很多，海水会把它们治好的。这真正的海湾中的深暗的水是世上最佳的治疗剂。我只消保持头脑清醒就行。这两只手已经尽了自己的本份，我们航行得很好。鱼闭着嘴，尾巴直上直下地竖着，我们像亲兄弟一样航行着。接着他的头脑有点儿不清楚了，他竟然想起，是它在带我回家，还是我在带它回家呢？如果我把它拖在船后，那就毫无疑问了。如果这鱼丢尽了面子，给放在这小船上，那么也不会有什么疑问。可是他们是并排地拴在一起航行的，所以老人想，只要它高兴，让它把我带回家去得了。我不过靠了诡计才比它强的，可它对我并无恶意。

他们航行得很好，老人把手浸在盐水里，努力保持头脑清醒。积云堆聚得很高，上空还有相当多的卷云，因此老人看出这风将刮上整整一夜。老人时常对鱼望望，好确定真有这么回事。这时候是第一条鲨鱼来袭击它的前一个钟点。

这条鲨鱼的出现不是偶然的。当那一大片暗红的血朝一英里深的海里下沉并扩散的时候，它从水底深处上来了。它窜上来得那么快，全然不顾一切，竟然冲破了蓝色的水面，来到了阳光里。跟着它又掉回海里，嗅到了血腥气的踪迹，就顺着小船和那鱼所走的路线游去。

有时候它迷失了那气味。但是它总会重新嗅到，或者就嗅到那么一点儿，它就飞快地使劲跟上。它是条很大的灰鲭鲨，生就一副好体格，能游得跟海里最快的鱼一般快，周身的一切都很美，除了它的上下颚。它的背部和剑鱼的一般蓝，肚子是银色的，鱼皮光滑而漂亮。它长得和剑鱼一般，除了它那张正紧闭着的大嘴，它眼下就在水面下迅速地游着，高耸的脊鳍象刀子般划破水面，一点也不抖动。在这紧闭着的双唇里面，八排牙齿全都朝里倾斜着。它们和大多数鲨鱼的不同，不是一般的金字塔形的。它们像爪子般蜷曲起来的人的手指。它们几乎跟这老人的手指一般长，两边都有刀片般锋利的快口。这种鱼生就拿海里所有的鱼当食料，它们游得那么快，那么壮健，武器齐备，以致所向无敌。它闻到了这新鲜的血腥气，此刻正加快了速度，蓝色的脊鳍划破了水面。

老人看见它在游来，看出这是条毫无畏惧而坚决为所欲为的鲨鱼。他准备好了鱼叉，系紧了绳子，一面注视着鲨鱼向前游来。绳子短了，缺了他割下用来绑鱼的那一截。老人此刻头脑清醒，正常，充满了决心，但并不抱着多少希望。光景太好了，不可能持久的，他想。他注视着鲨鱼在逼近，抽空朝那条大鱼望上一眼。这简直等于是一场梦，他想。我没法阻止它来袭击我，但是也许我能弄死它。登多索鲨①，他想。你它妈交上坏运啦。

① 原文为Dentuso，以西班牙语，意为“牙齿锋利的”，这是当地对灰鲭鲨的俗称。

鲨鱼飞速地逼近船梢，它袭击那鱼的时候，老人看见它张开了嘴，看见它那双奇异的眼睛，它咬住鱼尾巴上面一点儿的地方，牙齿咬得嘎吱嘎吱地响。鲨鱼的头露出在水面上，背部正在出水，老人听见那条大鱼的皮肉被撕裂的声音，这时候，他用鱼叉朝下猛地扎进鲨鱼的脑袋，正扎在它两眼之间的那条线和从鼻子笔直通到脑后的那条线的交叉点上。这两条线实在是并不存在的。只有那沉重、尖锐的蓝色脑袋，两只大眼睛和那嘎吱作响、吞噬一切的突出的两颚。可是那儿正是脑子的所在，老人直朝它扎去。他使出全身的力气，用糊着鲜血的双手，把一支好鱼叉向它扎去。他扎它，并不抱着希望，但是带着决心和十足的恶意。

鲨鱼翻了个身，老人看出它眼睛里已经没有生气了，跟着它又翻了个身，自行缠上了两道绳子。老人知道这鲨鱼快死了，但它还是不肯认输。它这时肚皮朝上，尾巴扑打着，两颚嘎吱作响，像一条快艇般划破水面。它的尾巴把水拍打得泛出白色，四分之三的身体露出在水面上，这时绳子给绷紧了，抖了一下，啪地断了。鲨鱼在水面上静静地躺了片刻，老人紧盯着它。然后它慢慢地沉下去了。

"它吃掉了约莫四十磅肉，"老人说出声来。它把我的鱼叉也带走了，还有那么许多绳子，他想，而且现在我这条鱼又在淌血，其他鲨鱼也会来的。

他不忍心再朝这死鱼看上一眼，因为它已经被咬得残缺不全了。鱼挨到袭击的时候，他感到就像自己挨到袭击一样。

可是我杀死了这条袭击我的鱼的鲨鱼，他想。而它是我见到过的最大的登多索鲨。天知道，我见过一些大的。

光景太好了，不可能持久的，他想。但愿这是一场梦，我根本没有钓到这条鱼，正独自躺在床上铺的旧报纸上。

"不过人不是为失败而生的，"他说。"一个人可以被毁灭，但不能给打败。"不过我很痛心，把这鱼给杀了，他想。现在倒霉的时刻要来了，可我连鱼叉也没有。这条登多索鲨是残忍、能干、强壮而聪明的。但是我比它更聪明。也许并不，他想。也许我仅仅是武器比它强。

"别想啦，老家伙，"他说出声来。"顺着这航线行驶，事到临头再对付吧。"

但是我一定要想，他想。因为我只剩下这个了。这个，还有棒球。不知道那了不起的迪马吉奥可会喜欢我那样击中它的脑子？这不是什么了不起的事儿，他想。任何人都做得到。但是，你可以为，我这双受伤的手跟骨刺一样是个很大的不利条件？我没法知道。我的脚后跟从没出过毛病，除了有一次在游水时踩着了一条海鳐鱼，被它扎了一下，小腿麻痹了，痛得真受不了。

"想点开心的事儿吧，老家伙，"他说。"每过一分钟，你就离家近一步。丢了四十磅鱼肉，你航行起来更轻快了。"

他很清楚，等他驶进了海流的中部，会发生什么事。可是眼下一点办法也没有。

"不，有办法，"他说出声来。"我可以把刀子绑在一支桨的把子上。"

于是他胳肢窝里挟着舵柄，一只脚踩住了帆脚索，就这样办了。

“行了，”他说。“我照旧是个老头儿。不过我不是没有武器的了。”

这时风刮得强劲些了，他顺利地航行着。他只顾盯着鱼的上半身，恢复了一点儿希望。

不抱希望才蠢哪，他想。再说，我认为这是一桩罪过。别想罪过了，他想。麻烦已经够多了，还想什么罪过。何况我根本不懂这个。

我根本不懂这个，也说不准我是不是相信。也许杀死这条鱼是一桩罪过。我看该是的，尽管我是为了养活自己并且给许多人吃用才这样干的。不过话得说回来，什么事都是罪过啊。别想罪过了吧。现在想它也实在太迟了，而且有些人是拿了钱来干这个的。让他们去考虑吧。你天生是个渔夫，正如那鱼天生就是一条鱼一样。圣彼德罗①是个渔夫，跟那了不起的迪马吉奥的父亲一样。

但是他喜欢去想一切他给卷在里头的事，而且因为没有书报可看，又没有收音机，他就想得很多，只顾想着罪过。你不光是为了养活自己、把鱼卖了买食品才杀死它的，他想。你杀死它是为了自尊心，因为你是个渔夫。它活着的时候你爱它，它死了你还是爱它。如果你爱它，杀死它就不是罪过。也许是更大的罪过吧？

“你想得太多了，老家伙，”他说出声来。

但是你很乐意杀死那条登多索鲨，他想。它跟你一样，靠吃活鱼维持生命。它不是食腐动物，也不象有些鲨鱼那样，只知道游来游去满足食欲。它是美丽而崇高的，见什么都不怕。

“我杀死它是为了自卫，”老人说出声来。“杀得也很利索。”

再说，他想，每样东西都杀死别的东西，不过方式不同罢了。捕鱼养活了我，同样也快把我害死了。那孩子使我活得下去，他想。我不能过分地欺骗自己。

他把身子探出船舷，从鱼身上被鲨鱼咬过的地方撕下一块肉。他咀嚼着，觉得肉质很好，味道鲜美。又坚实又多汁，像牲口的肉，不过不是红色的。一点筋也没有，他知道在市场上能卖最高的价钱。可是没有办法让它的气味不散布到水里去，老人知道糟糕透顶的时刻就快来到了。

风持续地吹着。它稍微转向东北方，他明白这表明它不会停息。老人朝前方望去，不见一丝帆影，也看不见任何一只船的船身或冒出来的烟。只有从他船头下跃起的飞鱼，向两边逃去，还有一摊摊黄色的马尾藻。他连一只鸟也看不见。

他已经航行了两个钟点，在船梢歇着，有时候从大马林鱼身上撕下一点肉来咀嚼着，努力休息，保持精力，这时他看到了两条鲨鱼中首先露面的那一条。

“Ay，”他说出声来。这个词儿是没法翻译的，也许不过是一声叫喊，就像一个人觉得钉子穿过他的双手，钉进木头时不由自主地发出的声音。

“加拉诺鲨②，”他说出声来。他看见另一个鳍在第一个的背后冒出水来，根

① 即耶稣刚开始传道时，在加利利海边所收的最早的四个门徒之一彼得。

② 原文为Galano，西班牙语，意为“豪侠、优雅”，在这里又可解作“杂色斑驳的”，也是一种鲨鱼的俗称。

据这褐色的三角形鳍和甩来甩去的尾巴，认出它们正是铲鼻鲨。它们嗅到了血腥味，很兴奋，因为饿昏了头，它们激动得一会儿迷失了臭迹，一会儿又嗅到了。可是它们始终在逼近。

老人系紧帆脚索，卡住了舵柄。然后他拿起上面绑着刀子的桨。他尽量轻地把它举起来，因为他那双手痛得不听使唤了。然后他把手张开，再轻轻捏住了桨，让双手松弛下来。他紧紧地把手合拢，让它们忍受着痛楚而不致缩回去，一面注视着鲨鱼在过来。他这时看得见它们那又宽又扁的铲子形的头，和尖端呈白色的宽阔的胸鳍。它们是可恶的鲨鱼，气味难闻，既杀害其他的鱼，也吃腐烂的死鱼，饥饿的时候，它们会咬船上的一把桨或者舵。就是这些鲨鱼，会趁海龟在水面上睡觉的时候咬掉它们的脚和鳍状肢，如果碰到饥饿的时候，也会在水里袭击人，即使这人身上并没有鱼血或黏液的腥味。

“Ay，”老人说。“加拉诺鲨。来吧，加拉诺鲨。”

它们来啦。但是它们来的方式和那条灰鲭鲨的不同。一条鲨鱼转了个身，钻到小船底下不见了，它用嘴拉扯着死鱼，老人觉得小船在晃动。另一条用它一条缝似的黄眼睛注视着老人，然后飞快地游来，半圆形的上下颚大大地张开着，朝鱼身上被咬过的地方咬去。它褐色的头顶以及脑子跟脊髓相连处的背脊上有道清清楚楚的纹路，老人把绑在桨上的刀子朝那交叉点扎进去，拔出来，再扎进这鲨鱼的黄色猫眼。鲨鱼放开了咬住的鱼，身子朝下溜，临死时还把咬下的肉吞了下去。

另一条鲨鱼正在咬啃那条鱼，弄得小船还在摇晃，老人就放松了帆脚索，让小船横过来，使鲨鱼从船底下暴露出来。他一看见鲨鱼，就从船舷上探出身子，一桨朝它戳去。他只戳在肉上，但鲨鱼的皮紧绷着，刀子几乎戳不进去。这一戳不仅震痛了他那双手，也震痛了他的肩膀。但是鲨鱼迅速地浮上来，露出了脑袋，老人趁它的鼻子伸出水面挨上那条鱼的时候，对准它扁平的脑袋正中扎去。老人拔出刀刃，朝同一地方又扎了那鲨鱼一下。它依旧紧锁着上下颚，咬住了鱼不放，老人一刀戳进它的左眼。鲨鱼还是吊在那里。

“还不够吗？”老人说着，把刀刃戳进它的脊骨和脑子之间。这时扎起来很容易，他感到它的软骨折断了。老人把桨倒过来，把刀刃插进鲨鱼的两颚之间，想把它的嘴撬开。他把刀刃一转，鲨鱼松了嘴溜开了，他说：“走吧，加拉诺鲨，溜到一英里深的水里去吧。去找你的朋友，也许那是你的妈妈吧。”

老人擦了擦刀刃，把桨放下。然后他摸到了帆脚索，张起帆来，使小船顺着原来的航线走。

“它们一定把这鱼吃掉了四分之一，而且都是上好的肉，”他说出声来。“但愿这是一场梦，我压根儿没有钓到它。我为这件事感到真抱歉，鱼啊。这把一切都搞糟啦。”他顿住了，此刻不想朝鱼望了。它流尽了血，被海水冲刷着，看上去像镜子背面镀的银色，身上的条纹依旧看得出来。

“我原不该出海这么远的，鱼啊，”他说。“对你对我都不好。我很抱歉，鱼啊。”

得了，他对自己说。去看看绑刀子的绳子，看看有没有断。然后把你的手弄好，因为还有鲨鱼要来。

“但愿有块石头可以磨磨刀，”老人检查了绑在桨把子上的刀子后说。“我原该带一块磨石来的。”你应该带来的东西多着哪，他想。但是你没有带来，老家伙啊。眼下可不是想你什么东西没有带的时候，想想你用手头现有的东西能做什么事儿吧。

“你给了我多少忠告啊，”他说出声来。“我听得厌死啦。”

他把舵柄夹在胳肢窝里，双手浸在水里，小船朝前驶去。

“天知道最后那条就鲨鱼咬掉了多少鱼肉，”他说。“这船现在可轻得多了。”他不愿去想那鱼残缺不全的肚子。他知道鲨鱼每次猛地撞上去，总要撕去一点肉，还知道鱼此刻给所有的鲨鱼留下了一道臭迹，宽得像海面上的一条公路一样。

它是条大鱼，可以供养一个人整整一冬，他想。别想这个啦。还是休息休息，把你的手弄弄好，保护这剩下的鱼肉吧。水里的血腥气这样浓，我手上的血腥气就算不上什么了。开说？这双手上出的血也不多。给割破的地方都算不上什么。出血也许能使我的左手不再抽筋。

我现在还有什么事可想？他想。什么也没有。我必须什么也不想，等待下一条鲨鱼来。但愿这真是一场梦，他想。不过谁说得准呢？也许结果会是好的。

接着来的鲨鱼是条单独的铲鼻鲨。看它的来势，就像一头猪奔向饲料槽，如果说猪能有这么大的嘴，你可以把脑袋伸进去的话。老人让它咬住了鱼，然后把桨上绑着的刀子扎进它的脑子。但是鲨鱼朝后猛地一扭，打了个滚，刀刃啪地一声断了。

老人坐定下来掌舵。他都不去看那条大鲨鱼在水里慢慢地下沉，它起先是原来那么大，然后渐渐小了，然后只剩一丁点儿了。这种情景总叫老人看得入迷。可是这会他看也不看一眼。

“我现在还有那根鱼钩，”他说。“不过它没什么用处。我还有两把桨和那个舵把和那根短棍。”

它们如今可把我打败了，他想。我太老了，不能用棍子打死鲨鱼了。但是只要我有桨和短棍和舵把，我就要试试。

他又把双手浸在水里泡着。下午渐渐过去，快近傍晚了，他除了海洋和天空，什么也看不见。空中的风比刚才大了，他指望不久就能看到陆地。

“你累乏了，老家伙，”他说。“你骨子里累乏了。”

直到快日落的时候，鲨鱼才再来袭击它。

老人看见两片褐色的鳍正顺着那鱼必然在水里留下的很宽的臭迹游来。它们竟然不用到处来回搜索这臭迹。它们笔直地并肩朝小船游来。

他刹住了舵把，系紧帆脚索，伸手到船梢下去拿棍子。它原是个桨把，是从一支断桨上锯下的，大约两英尺半长。因为它上面有个把手，他只能用一只手有效地使用，于是他就用右手好好儿攥住了它，弯着手按在上面，一面望着鲨鱼在过来。

两条都是加拉诺鲨。

我必须让第一条鲨鱼好好咬住了才打它的鼻尖，或者直朝它头顶正中打去，他想。

两条鲨鱼一起紧逼过来，他一看到离他较近的那条张开嘴直咬进那鱼的银色胁腹，就高高举起棍子，重重地打下去，砰的一声打在鲨鱼宽阔的头顶上。棍子落下去，他觉得好像打在坚韧的橡胶上。但他也感觉到坚硬的骨头，他就趁鲨鱼从那鱼身上朝下溜的当儿，再重重地朝它鼻尖上打了一下。

另一条鲨鱼刚才窜来后就走了，这时又张大了嘴扑上来。它直撞在鱼身上，闭上两颚，老人看见一块块白色的鱼肉从它嘴角漏出来。他抡起棍子朝它打去，只打中了头部，鲨鱼朝他看看，把咬在嘴里的肉一口撕下了。老人趁它溜开去把肉咽下时，又抡起棍子朝它打下去，只打中了那厚实而坚韧的橡胶般的地方。

"来吧，加拉诺鲨，"老人说。"再过来吧。"

鲨鱼冲上前来，老人趁它合上两颚时给了它一下。他结结实实地打中了它，是把棍子举得尽量高才打下去的。这一回他感到打中了脑子后部的骨头，于是朝同一部位又是一下，鲨鱼呆滞地撕下嘴里咬着的鱼肉，从鱼身边溜下去了。

老人守望着，等它再来，可是两条鲨鱼都没有露面。接着他看见其中的一条在海面上绕着圈儿游着。他没有看见另外一条的鳍。

我没法指望打死它们了，他想。我年轻力壮时能行。不过我已经把它们俩都打得受了重伤，它们中哪一条都不会觉得好过。要是我能用双手抡起一根棒球棒，我准能把第一条打死。即使现在也能行，他想。

他不愿朝那条鱼看。他知道它的半个身子已经被咬烂了。他刚才跟鲨鱼搏斗的时候，太阳已经落下去了。

"马上就要天黑了，"他说。"那时候我将看见哈瓦那的灯火。如果我往东走得太远了，我会看见一个新开辟的海滩上的灯光。"

我现在离陆地不会太远，他想。我希望没人为此担心。当然啦，只有那孩子会担心。可是我相信他一定有信心。好多老渔夫也会担心的。还有不少别的人，他想。我住在一个好镇子里啊。

他不能再跟这鱼说话了，因为它给糟蹋得太厉害了。接着他头脑里想起了一件事。

"半条鱼，"他说。"你原来是条完整的。我很抱歉，我出海太远了。我把你我都毁了。不过我们杀死了不少鲨鱼，你跟我一起，还打伤了好多条。你杀死过多少啊，好鱼？你头上长着那只长嘴，可不是白长的啊。"

他喜欢想到这条鱼，想到如果它在自由地游着，会怎样去对付一条鲨鱼。我应该砍下它这长嘴，拿来跟那些鲨鱼斗，他想。但是没有斧头，后来又弄丢了那把刀子。

但是，如果我把它砍下了，就能把它绑在桨把上，该是多好的武器啊。这样，我们就能一起跟它们斗啦。要是它们夜里来，你该怎么办？你又有什么办法？

“跟它们斗，”他说。“我要跟它们斗到死。”

但是，在眼下的黑暗里，看不见天际的反光，也看不见灯火，只有风和那稳定地拉曳着的帆，他感到说不定自己已经死了。他合上双手，摸摸掌心。这双手没有死，他只消把它们开合一下，就能感到生之痛楚。他把背脊靠在船梢上，知道自己没有死。这是他的肩膀告诉他的。

我许过愿，如果逮住了这条鱼，要念多少遍祈祷文，他想。不过我现在太累了，没法念。我还是把麻袋拿来披在肩上。

他躺在船梢掌着舵，注视着天空，等着天际的反光出现。我还有半条鱼，他想。也许我运气好，能把前半条带回去。我总该多少有点运气吧。不，他说。你出海太远了，把好运给冲掉啦。

“别傻了，”他说出声来。“保持清醒，掌好舵。你也许还有很大的好运呢。”

“要是有什么地方卖好运，我倒想买一些，”他说。

我能拿什么来买呢？他问自己。能用一支弄丢了的鱼叉、一把折断的刀子和两只受了伤的手吗？

“也许能，”他说。“你曾想拿在海上的八十四天来买它。人家也几乎把它卖给了你。”

我不能胡思乱想，他想。好运这玩意儿，来的时候有许多不同的方式，谁认得出啊？可是不管什么样的好运，我都要一点儿，要多少钱就给多少。但愿我能看到灯火的反光，他想。我的愿望太多了。但眼下的愿望就只有这个了。他竭力坐得舒服些，好好掌舵，因为感到疼痛，知道自己并没有死。

大约夜里十点的时候，他看见了城市的灯火映在天际的反光。起初只能依稀看出，就像月亮升起前天上的微光。然后一步步地清楚了，就在此刻正被越来越大的风刮得波涛汹涌的海洋的另一边。他驶进了这反光的圈子，他想，要不了多久就能驶到湾流的边缘了。

现在事情过去了，他想。它们也许还会再来袭击我。不过，一个人在黑夜里，没有武器，怎样能对付它们呢？

他这时身子僵硬、疼痛，在夜晚的寒气里，他的伤口和身上所有用力过度的地方都在发痛。我希望不必再斗了，他想。我真希望不必再斗了。

但是到了午夜，他又搏斗了，而这一回他明白搏斗也是徒劳。它们是成群袭来的，朝那鱼直扑，他只看见它们的鳍在水面上划出的一道道线，还有它们的磷光。他朝它们的头打去，听到上下颚啪地咬住的声音，还有它们在船底下咬住了鱼使船摇晃的声音。他看不清目标，只能感觉到，听到，就不顾死活地挥棍打去，他感到什么东西攫住了棍子，它就此丢了。

他把舵把从舵上猛地扭下，用它又打又砍，双手攥住了一次次朝下戳去。可是它们此刻都在前面船头边，一条接一条地窜上来，成群地一起来，咬下一块块鱼肉，当它们转身再来时，这些鱼肉在水面下发亮。

最后，有条鲨鱼朝鱼头扑来，他知道这下子可完了。他把舵把朝鲨鱼的脑袋抡去，打在它咬住厚实的鱼头的两颚上，那儿的肉咬不下来。他抡了一次，两次，又一次。他听见舵把啪的断了，就把断下的把手向鲨鱼扎去。他感到它扎了进去，知道它很尖利，就再把它扎进去。鲨鱼松了嘴，一翻身就走了。这是前来的这群鲨鱼中最末的一条。它们再也没有什么可吃的了。

老人这时简直喘不过气来，觉得嘴里有股怪味儿。这味儿带着铜腥气，甜滋滋的，他一时害怕起来。但是这味儿并不太浓。

他朝海里啐了一口说："把它吃了，加拉诺鲨。做个梦吧，梦见你杀了一个人。"

他明白他如今终于给打败了，没法补救了，就回到船梢，发现舵把那锯齿形的断头还可以安在舵的狭槽里，让他用来掌舵。他把麻袋在肩头围围好，使小船顺着航线驶去。航行得很轻松，他什么念头都没有，什么感觉也没有。他此刻超脱了这一切，只顾尽可能出色而明智地把小船驶回他家乡的港口。夜里有些鲨鱼来咬这死鱼的残骸，就像人从饭桌上捡面包屑吃一样。老人不去理睬它们，除了掌舵以外他什么都不理睬。他只留意到船舷边没有什么沉重的东西，小船这时驶来多么轻松，多么出色。

船还是好好的，他想。它是完好的，没受一点儿损伤，除了那个舵把。那是容易更换的。

赏析

欧内斯·米勒尔·海明威（1899—1961年），美国小说家，1899年出生于芝加哥附近的一个医生家庭，1954年获得诺贝尔文学奖。曾参加第一次世界大战，后改做记者，并以记者身份参加了第二次世界大战和西班牙内战。晚年患多种疾病，精神抑郁，1961年自杀。

海明威喜欢以斗牛士、猎人、拳击手、流浪者、渔夫作为自己描写的对象，在许多作品里表现他们捍卫个人荣誉与尊严，为了生存而与厄运斗争，即使失败了，也依然保持优雅风度的"硬汉子"精神。

海明威的小说在语言上具有圣经式的简洁风格，他使用简练、冷峻的语言，正是为了达到余韵深远的效果，用他自己的话说，"冰山在海里移动很是庄严雄伟，这是因为它只有八分之一露在水面上"。

海明威早期的长篇小说《太阳照样升起》（1927年）、《永别了，武器》（1927年），成为表现美国"迷惘的一代"的主要代表作。第二次世界大战后，海明威进入创作晚期，其代表作《老人与海》由于描写了人在"充满暴力与死亡的现实世界中"表现出来的勇气而获1954年的诺贝尔文学奖。

古巴老渔夫桑地亚哥在连续84天没有捕到鱼的情况下，终于独自钓上了一条大马林鱼，但是这条鱼实在太大，把他的小船在海上拖了三天才筋疲力尽，被老人杀死绑在小船的一边。老人在归程中一再遭到鲨鱼的袭击。在与鲨鱼进行殊死搏斗之后，大马林鱼还是被鲨鱼吃光了，老人最后拖回家的是一副光秃秃的鱼骨架。

这部小说是根据一位古巴渔夫的真实经历创作的，以摄像机般的写实手法记录了桑地亚哥老人捕鱼的全过程。塑造了一个在重压下仍然保持优雅风度，在精神上永远不可战胜的老人形象，这部小说创下了人类出版史上一个空前绝后的纪录——48 小时售出 530 万册，作品在当年就获得普利策奖，两年后又获得了诺贝尔奖。

小说中老人说:“人不是为失败而生的”，“一个人可以被毁灭，但不能给打败。”这就是《老人与海》想揭示的哲理，无可否认，只要是人都会有缺陷，当一个人承认了这个缺陷，并努力去战胜它而不是去屈从它的时候，无论他能否最终战胜自身的这个缺陷，他都是一个胜利者，因为他已经战胜了自己对缺陷的妥协。

《老人与海》是一则有着多层寓意的小说，其中人物具有各自的象征意义。正是这种蕴涵其中的丰富的象征意义构成了它巨大的艺术魅力，从而也确立了海明威在世界文学史上的独特地位。小说中的象征意义得益于“冰山原则”的运用，简洁的文字具有普遍的代表性和广阔的想象空间，使事物间有联系，与读者产生共鸣；在清晰而煽情的文风中，象征的寓意如同海底深处的冰山，它蕴涵的内容只能由读者以自己的触角去探索、去想象。总的来说，海明威通过“冰山原则”的运用，用一系列精确、简练的文字对人物的行为进行描绘，让人有一种身临其境的感觉；通过象征手法的运用，赋予了文中的每一样事物以灵魂，使他们既优美又传神，二者相辅相成，恰到好处。在描绘了一幅人与自然优美、和谐画面的同时，也把他本人的文风淋漓尽致地表达了出来。

人性是强悍的，人类本身有自己的限度。但正是有了老渔夫这样的人，一次又一次地向限度挑战，超越它，这个限度才一次次扩大，一次次把更大的挑战摆在了人类面前。在这个意义上，老渔夫桑地亚哥，这样的英雄，不管他们的挑战是成功还是失败，都是我们永远值得我们敬重的，因为，他带给我们的是人类最为高贵的自信——人并不是为失败而生的，一个人可以被毁灭，但不能给打败。

《老人与海》之所以令人百看不厌，我想就在于那个足以领衔人类闪光品性的、永不屈服的、表里如一的勇敢者的形象感染了读者，令人顶礼膜拜。桑地亚哥的海上奋斗的描写正是人生的写照，不论成功与否，我们都应该坦然面对，以开放的心看生活，生活便是多姿多彩的。

思考与练习

1. 谈谈海明威对世界文坛的影响。
2. 从桑地亚哥老人身上，可以看到什么可贵的品质？

城　　堡（节选）①

【奥地利】卡夫卡

K抵达的时候，天已经很晚了。村子被厚厚的积雪覆盖着。城堡山笼罩在雾霭和夜色中毫无踪影，也没有一丝灯光显示巨大城堡的存在。K久久站立在由大路通向村子的木桥上，仰望着似乎虚无缥缈的空间。

之后，他去找住处。客栈里的人还没有睡，店主对晚来的客人深感意外和困惑，虽然没有空房，但他还是愿意让K睡在店堂里的草垫子上。K同意了。有几个庄稼人还坐在那儿喝啤酒，但是K不想和任何人交谈，便自己到顶楼上拿来草垫子，在火炉旁边躺下。这里挺暖和，庄稼人不言不语，他用疲惫的眼光还打量他们一会，然后就睡着了。

可是，没过多久，他便被人吵醒了。一个年轻人，穿着像城里人，长着一张演员般的脸，细眼睛，浓眉毛，正和店主一起站在他身边。庄稼人还在那里，有几个把椅子转过来，以便看得听得更清楚一些。年轻人因为叫醒K而彬彬有礼地表示歉意，自称是城堡总管的儿子，接着说："本村隶属城堡，在此地居住或过夜就等于在城堡里居住或过夜。未经伯爵许可，谁也不得在此居住或过夜。可是您并没有获得伯爵的批准，至少您并未出示这样的证明。"

K抬身半坐半躺，用手理理头发，抬头看着他们说："我这是走错路闯进哪个村子了？这儿有一座城堡吗？"

"当然啰，"年轻人慢慢吞吞地说，这时店堂里的人都不以为然地对K摇头，"是西西伯爵老爷的城堡。"

"在这儿过夜一定要有许可证吗？"K问道，仿佛想要肯定自己刚才听到的通知也许是做梦。

"一定要有许可证"，年轻人答道，并伸出胳膊向店主和客人问，"难道就可以不要许可证吗？"语气里含有对K的强烈讥讽。

"那么，我就得去弄一张来啰，"K打着呵欠说，一边推开身子上的毯子，像是想要起来的样子。

"向谁去申请呀？"年轻人问。

"向伯爵老爷呀。"K说，"只能这样做啦。"

"现在深更半夜去向伯爵老爷申请许可证？"年轻人倒退一步，喊道。

"这样做不行吗？"K冷静地问道。"那您干吗把我叫醒？"

---

① 节选自卡夫卡：《城堡》，高年生译，人民文学出版社2006年版。

这一来年轻人火了。“流氓习气！”他嚷道。“我要求您尊重伯爵的官府！我叫醒您，是通知您必须立即离开伯爵的领地。”

“别再做戏啦，”K说得非常轻，躺下盖上毯子。“您有点儿过分啦，年轻人，明天我还会提到您这种态度的。只要我需要证人，店主和那儿的几位先生都可以作证。不过，还是让我来告诉您吧，我是伯爵请来的土地测量员。我的助手明天带着仪器乘着马车来。我不想放过在雪地里步行的机会，可惜走错了好几次路，所以才来得这么晚。在领教您的教训之前，我自己就知道现在去城堡报到已经太迟了，因此我只好在这儿将就住一夜。可是您——说得婉转一些——却不客气地把我吵醒了。我话说完了。先生们，晚安。”说罢，K向火炉转过身去。“土地测量员？”他还听见背后有人犹豫不决地问，接着便是一片沉寂。但是那个年轻人一会儿就恢复了自信，把嗓门儿压低，表示顾及K在睡觉，不过声音还是高得能让他听清楚，他对店主说：“我要打电话去问。”什么，这个乡下小客栈还有电话？真是一应俱全。个别的事情使K感到意外，不过总的来说并不出他所料。电话机几乎就在他头顶上，刚才他昏昏欲睡，没有看到。现在年轻人要打电话，无论如何也不可能不惊动正在睡觉的K，问题仅仅是K是否让他打电话；K决定让他打。不过这样一来装睡也就没意思了，于是他翻过身来仰卧着。他看见那几个庄稼人战战兢兢地靠拢在一起窃窃私语；来了一位土地测量员，这可不是一件小事。厨房门打开了，女店主站在门口，她那庞大的身躯把整个门洞都堵住了。店主踮着脚尖向她走去，告诉她发生了什么事情。现在电话中的对话开始了。城堡总管已经就寝，不过一位副总管——几位副总管之一——弗里茨先生还在那儿。自称施瓦采的年轻人向他报告发现了K，一个三十多岁的男子，衣衫不整，正安静地睡在一个草垫子上，用一个小小的旅行背包当枕头，手边放着一根多节的手杖。他自然对此人产生怀疑，由于店主显然疏忽职守，他，施瓦采，就有责任来查究此事。他叫醒了这个人，盘问了他，并忠于职守地警告他要把他驱逐出伯爵领地，可是K对此却不以为然，最后情况表明，也许他有道理，因为他声称自己是伯爵老爷请的土地测量员。当然，核实这种说法至少是例行公事，因此施瓦采请求弗里茨先生问一问中央办公厅，是否真有这么一个土地测量员要来，并将查询结果立刻用电话告知。

之后，屋子里静悄悄的，弗里茨在那边查询，年轻人在这边等候回音。K仍像刚才一样，甚至没有翻一下身，似乎满不在乎，只是睁大眼睛在发愣。施瓦采的报告混合着恶意和审慎，使K对城堡中甚至像施瓦采这种小人物也轻而易举地掌握的某种外交修养有所了解。而且他们那么勤于职守；中央办公厅有人值夜班。显然很快就来了回音，因为弗里茨已经打电话来了。不过他的答复似乎非常简短，因此施瓦采马上气呼呼地扔下听筒。“我早就说过！”他叫道。“什么土地测量员！连个影子都没有。一个卑鄙的、撒谎的流浪汉，说不定还更糟。”有片刻之久，K以为所有人——施瓦采、庄稼人、店主和女主人——都会向他扑来。为了至少能躲过第一次冲击，他完全钻到被窝儿里去了。这时电话铃又响了。在K听来，铃声似乎特别响亮。他慢慢地又伸出头来。虽然这次电话不大可能又涉及K，但是所有人都停顿下来，施瓦采又拿起听筒。对方说了一大通以后，他低声说："是弄错了吗？我真为难。主任亲自打了电话？真稀奇，真稀奇。我该如何向土地测量员先生解释呢？"

K竖起耳朵听。如此说来，城堡已经任命他为土地测量员了。一方面这对他并不利，因为事实表明，城堡里的人已经掌握他的一切必要情况，权衡了力量对比，欣然开始这场斗争。可是另一方面对他也有利，因为这证明——按照他的看法——他们低估了他，他将会有更多的自由，超过他一开始所能希望的。如果他们以为用承认他的土地测量员身份这种确实棋高一着的做法就能永远使他惊慌失措，那他们就错了；这使他感到有一点不寒而栗，仅此而已。

K挥了挥手叫正怯生生地向他走来的施瓦采走开；大家敦促他搬到店主的房间去住，他也拒绝了，只是从店主手里接受一杯安眠酒，从老板娘手里接过一只脸盆、一块肥皂和一条毛巾。他甚至根本不用提出让大家离开店堂的要求，因为所有的人都转过脸，争先恐后地跑出去了，生怕他第二天还能认出他们来。灯熄了，他终于得到安宁。他酣睡到第二天早晨，连老鼠在他身边跑过一两次也没有把他吵醒。

早餐后店主告诉他，早餐以及他的全部伙食费都由城堡支付。他本想马上进村，但店主——想到其昨天的表现，K到目前为止只限于跟他说最必要的话——含着默默的请求老是围着他转，他对店主产生了恻隐之心，便让他坐在自己身边一会儿。

"我还不认识伯爵，"K说，"据说他对活儿干得好的付给优厚的报酬，是不是？像我这样远离老婆孩子的人，都想挣些钱带回家去。"

"先生不必为这担心，没有人埋怨工钱挣得少的。"

"唔，"K说。"我并不是胆小怕事的人，就是对伯爵也会说出我的意见，不过和和气气地同老爷们把事情解决，当然就更好了。"

店主面对着K坐在窗台边上，不敢坐在比较舒适的地方，他那双棕色的大眼睛流露出焦虑的神色，自始至终盯着K。起初他挤到K的身边，而现在似乎又巴不得跑开。他是否害怕K向他打听伯爵的情况？他是害怕他认为是"老爷"的K不可靠吗？K必须转移他的注意力。他看了看钟，说道："我的助手快到了，你能给他们在这儿安排住处吗？"

"当然，先生，"他说，"不过他们难道不跟你一起住在城堡里吗？"

难道他这么乐意放走客人，特别是K，一定要把他送进城堡去住？

"这还没有定下来，"K说，"我得先了解人家要我干什么工作。如果比方说要我在这儿山下工作，那么住在这儿下面也就更好一些。我也怕山上城堡里的生活不合我心意。我总愿意自由自在。"

"你不了解城堡，"店主低声说。

"当然，"K说，"不应当过早下判断。目前我所知道的城堡情况仅仅是他们那儿懂得怎样挑选合适的土地测量员。也许那儿还有别的长处吧，"他站起来想摆脱正心神不定咬着嘴唇的店主。要得到此人的信任并非易事。

K走出去时，墙上有一幅放在深色镜框里的黑不溜秋的人像引起他的注意。他在他的铺位上睡觉时就已看到，但由于距离远看不清是什么，以为木框里的原画已被取走，只看得见一块黑色底板。现在可以看清楚，这确实是一幅画像，是一个年约半百的男人的半身像。他的头低垂到胸前，低得连眼睛也几乎看不见，又高又大的前额和大鹰钩鼻子似乎重得使头抬不起来。由于脑袋的姿势，他脸上的大胡子被下巴压住，再往下才又分散开来，左手张开放在浓密的头发里，但是无法再把脑袋撑起来。“这是谁?”K问。“是伯爵吗?”K站在画像前，根本不回头看店主。“不，”店主说，“他是城堡总管。”“城堡有一个漂亮的总管，千真万确，”K说，“可惜他生了一个那么没有教养的儿子。”“不，”店主说，他把K拉近一点，悄悄地对他说。“施瓦采昨天言过其实，他的父亲只是个副总管，而且还是职位最低的一个。”此刻K觉得店主像个孩子。“这小子!”K笑道。但店主没有跟着笑，而是说:“他的父亲势力也不小呢。”“滚开!”K说。“你认为谁都是有权有势的。我是不是也有权有势?”“不，”他胆怯又认真地说，“我并不认为你有权有势。”“你的眼力还真不错，”K说，“私下里说，我确实不是有势力的人，因此我尊重有势力的人或许并不亚于你，只是我没有你那么老实，不大愿意承认这一点而已。”说罢，K在店主的面颊上轻轻拍了一下，想安慰安慰他，让自己表现得更友善些。这时店主果真微微一笑。他其实还很年轻，娇嫩的脸蛋几乎没有胡子。他怎么会娶一个块头大、年纪大的老婆呢?从旁边一个窥视孔里能看到她正手忙脚乱地在厨房里干活。不过K现在不想再追问他了，不想把终究引出的微笑吓跑。因此，他就仅仅再向他示意，叫他把门打开，接着就走出屋去迎接冬天明朗的早晨。

赏析

《城堡》是奥地利小说家弗兰茨·卡夫卡生命中最后一部长篇小说，凝结了他的生命体验与哲学思想。他与普鲁斯特和乔伊斯并称为西方现代派小说的三大祖师。卡夫卡的文学成就主要在小说方面，重要的作品有短篇《判决》、《变形记》、《乡村医生》、《饥饿艺术家》，长篇《美国》、《审判》和《城堡》。

《城堡》以表现主义的手法描绘了一个怪诞而生动的世界，这是一个难以想象的人类生存空间，其人物和故事令读者瞠目结舌但又无从质疑其真实性。文章第一段便直接地、不动声色地把小说中恒对立的双方引现出来。“K抵达的时候，天已经很晚了。村子被厚厚的积雪覆盖着。城堡山笼罩在雾霭和夜色中毫无踪影，也没有一丝灯光显示巨大城堡的存在。K久久站立在由大路通向村子的木桥上，仰望着似乎虚无缥缈的空间。”黑暗中的城堡仍旧显得庞大、神秘不可见。黑暗中的K在城堡山的映衬下或许只剩下比夜色更为黑暗的点，单薄、渺小、行动毕露。一出场城堡与K间就横亘着无可逾越的鸿沟。

这部作品与歌德的“谁不停地努力奋斗，我们便可以解救他”的格言是相似的。K

为进入城堡，设计出一个周密、细致、复杂的“攻城计划”，并进行了一系列常人难以想象的艰辛探索。然而迎接他的是次次溃不成军惨败的痛苦。他每次的付出都毫无收获，他每次的希望都在顷刻间崩塌。可是，强大的不可战胜的信仰意志支撑着他。他从未向自己身处的悲哀的逆境妥协，更是自始至终从未绝望过，他绞尽脑汁、夜以继日地思索到底如何才能到达那神秘、怪异甚至可恶的城堡。城堡对 K 产生使他无法抗拒的吸引力，以至他毕生的理想就是去揭开城堡的面纱，一探究竟。他忠执于自己的理想并为此而活。命运却对 K 开了个冰冷的玩笑，他努力一生也终没有靠近那看似近在眼前触手可得的城堡，他被城堡拒绝、忽略，直至到死。为何 K 费尽周折，付出生命的代价仍无法接近城堡？为何坚不可摧的意志以及无尽的努力仍无法帮助 K 落实一个滴水不漏的计划？就 K 而言，首先，他树立人生目标，并为实现此目标而不懈奋斗，这无可厚非。其次，“攻城计划”的周密严谨性有效保证了他在实现目标时所采取的方法途径的正确性。因此，K 的失败不可归结于他自身的惰性即付出或努力不够。

卡夫卡是灵魂的笔者。他对待写作的态度智慧、谦谨、执拗、挑剔。他为确切还原出时光、记忆、人物、梦靥或者故事等在某一瞬间单独或者交叉撞击在内心的感觉而写作，为确切复制出他所遇见和预见某种生命个体的生存状况而写作，为了从自己满意的创作中获得那纯粹的珍异闪耀的快感而写作。作者一字一墨如同静物素描那般细致入微地刻画出每个人物每瞬间微妙的表情，每个场景中不同个体的每次情绪起伏，读者仿佛在欣赏一场被放慢速度播放的单调乏味但却引人入胜的电影。

《城堡》所传达的人生观是悲观了一点儿。尽管社会很黑暗，但我们需要像 K 这样的人。永不妥协、永不放弃，这是人类社会进步的动力。“一个民族需要几个仰望星空的人。”人类更需要有人喊出“上帝死了”的宏声。别忘了我们的潘多拉盒子里还有希望。

思考与练习

1. 卡夫卡小说的艺术特色是什么？
2. 分析 K 这个人物的性格特征，解读 K 的溃败和痛苦的根源在哪里？
3. 本文主题是开放的，具有多义性，请谈谈你的理解。

第二章

戏剧鉴赏

第一节 概　　述

一、戏剧是什么？

在浩如烟海的艺术宝库中，戏剧毫无疑问地占有十分重要的地位，千百年来，多少人在剧场中扼腕色飞，如痴如醉；更有甚者，跑到舞台上去殴打表演坏人的演员——只是因为这个演员扮演的坏人正是自己心目中最仇恨的恶人。这种事件，中外演剧史上均不乏其例。

戏剧既然有这么大的魅力，那么它的定义是什么呢？古往今来，已经有了很多种不同的说法，古希腊的大学问家亚里士多德在谈到戏剧时说：悲剧是对严肃、完整、有一定长度的行动的模仿。通常的说法，戏剧是由演员在舞台上，以模拟性动作，以动人的情感，当着观众，展示人生中的矛盾和冲突的过程，从而表现出戏剧人物的内心波澜，展现其性格特征，充分体现整个剧目的人文内涵。《辞海》中有关“戏剧”的条目是这样写的：戏剧是由演员扮演角色，在舞台上当众表演故事情节的一种艺术。

戏剧与叙事文学有所不同，戏剧是直观性与过程性相结合的一种艺术样式，叙事文学则不具备直观性。小说家笔下的人物，是一定要通过语言来交代其外貌模样的，而戏剧则用不着，角色往台上一站，外貌、形体、服饰甚至气质立即呈现在观赏者面前。中国传统戏曲则由人物的脸谱就可直接分辨出忠、奸、善、恶来。戏剧也省略了背景和环境的交代，舞台上的布景、灯光可以很直接地把这些展示出来。叙事文学的载体是文字，而戏剧的载体是舞台，是演员把人物的行动按照实际发生时的样子，具体、生动、直接地演示出来，并且多方面地展示角色的行动和情感状态。

由于戏剧艺术受时空的限制，因而在人物形象的塑造方面就具有与小说中人物形象塑造不同的特点：

（1）在戏剧作品中，人物性格必须突出地表现性格的主要方面。戏剧作品不可能像中长篇小说那样对人物作面面俱到、精雕细琢的刻画和描绘。戏剧中的人物要求形象鲜明，能一下子给观众具体、深刻的印象，如俄狄浦斯王的坚毅、倔强及在不可抗拒的命运面前所迸发出来的那种亲情；哈姆莱特的谨慎和优柔寡断；达尔弗夫的伪善；蘩漪的像火一样可以烧毁一切的热情，爱得深、恨得也狠；阿庆嫂在对敌斗争中表现出来的沉着、机敏，等等，这些人物形象的塑造都极鲜明地突出了他们性格的主要方面。这并不是说戏剧人物性格简单，而是说许多性格的展示并不需要通过文字，只需看演员的表演就可以体会出来。

（2）戏剧中的人物感情色彩更为强烈。戏剧中的人物要在很短的时间内给予观众感情上的冲击和影响，那就首先要求人物有鲜明的态度和强烈的感情。如在歌剧《白毛女》中，喜儿在父亲被迫害致死、自己又惨遭蹂躏时爆发出强烈的仇恨；在京剧《白蛇传》中，白娘子为了捍卫自己的爱情，不顾身怀六甲也要与强大的敌对势力作殊死抗争。一出戏只有具备强烈的感情色彩，才能抓住观众的注意力，才能激发观众的感情，产生使人哭、使人笑、使人悲伤、使人欢乐的巨大感染力。

戏剧常常被称作“综合艺术”，这无疑是正确的。但是，两种以上艺术成分的综合，构成一种新的艺术形式，并不仅指戏剧一种。电影、电视均具有比戏剧多得多的综合成分。那么戏剧存在的基本条件是什么呢？它和其他艺术形式有什么最根本的区别呢？

也许有人会说，剧本剧本，一剧之本，它是戏剧的基本条件。作为综合艺术来说，的确，剧本是重要的，但在探讨戏剧艺术的特质时，应该肯定的是，没有表演艺术就没有戏剧。每种艺术成分只有与表演艺术相联系，才能成为戏剧艺术中有机的组成部分。剧本虽然很重要，但唐、宋的参军戏就没有剧本；近代的文明戏很多只有一张幕表贴在墙上，这种幕表戏也没有本子；外国有意大利的即兴喜剧，都必须承认他们是戏剧。至于布景，中国的旧戏曲没有布景，古代希腊的戏剧也没有布景，现代戏中也有一些不用布景的。音乐在戏曲中自然是离不开的，话剧中就不一定非有不可，有的作者和导演就不主张用音乐，而是充分发挥演员精湛的演技。可见在戏剧这个综合艺术中，并非各种艺术成分都得齐备，也可以有这一种没有那一种，那么，究竟什么才是戏剧区别于其他综合艺术的特质呢？

为了研究戏剧的本质，波兰的一位著名的导演格洛托夫斯基做了一个“贫困戏剧”（又叫做“穷干戏剧”）的试验。这是一个剥茧抽丝式的试验，戏剧需要导演吗？那就把导演去掉；戏剧需要音乐吗？那就把音乐去掉；戏剧需要舞台美术吗？那就把舞台美术去掉；戏剧需要服装吗？那就把服装去掉；戏剧需要化妆吗？那就把化妆去掉。经过他的这个试验，最后，戏剧只剩下演员和观众这两者的活生生的交流不可以去掉。这就是说，戏剧的本质特征是演员和观众的活生生的交流。而在某种特殊情况下，剧本可以没有，演员照样可以进行即兴表演；舞台也不一定是正式的，演员进行艺术活动的地方往往就成了舞台，因此，有人演，有人看，这是戏剧存在的两大基本条件。电影、电视虽然同属于综合艺术，但是，电影、电视被人们称之为“罐头艺术”，它最大的遗憾就是缺少与观众的活生生的交流。电影、电视中演员表演的好坏，与观众反应的热烈程度之间没有什么影响。

我们研究戏剧的本质，并不是说戏剧就不需要其他艺术的帮衬了。戏剧是通过演员表演故事来反映社会生活中的各种冲突的艺术，是以表演艺术为中心的文学、音乐、舞蹈、舞台美术等艺术的综合。按表演形式可分为话剧、戏曲、歌剧、舞剧等。在西方，戏剧一般指话剧；在我国，戏剧是戏曲、话剧、歌剧等样式的总称。

戏剧文学一般就是指剧本，过去也称脚本，是戏剧演出时所依据的本子。剧本是戏剧中的文学成分，是戏剧表演的基础。但是，一代有一代之戏剧，明代的戏曲理论家王骥德曾明确指出戏曲声腔三十年一变，所以有一些古代戏剧（戏曲），如《牡丹亭》、《长生殿》等鸿篇巨制，现在除了少数几折可以继续演出之外，绝大多数只是因为它绝美的文字作为文学作品而流传着，英国的大剧作家莎士比亚的有些剧目现在也无法在舞台上演出，而只能成为人们阅读欣赏的对象。

二、外国戏剧

世界上有三大古老戏剧文化。

世界上有很多国家有自己的民族戏剧，但是仔细考察起来，却只有三大源流：一个是古希腊的戏剧；一个是古印度的梵剧；一个是中国戏曲。古希腊的戏剧虽然现在它本身已经不存在，但整个欧洲文化中的戏剧基本上都是由它演化、派生出来的，到了今天，形成了一支独立的戏剧文化系统，影响遍及全世界。印度的梵剧现在也成了陈迹，但它对东南亚各国产生了一定的影响，现今尚存在的东南亚各国的民族歌舞，其中也包括戏剧性的歌舞，都或多或少受了印度梵剧的影响，而形成一个文化系统。中国戏曲是现在世界上唯一还“活着”的古老戏剧，它不仅仍在我们这个十几亿人口的国家之内繁荣滋长，而且对于东南亚各国如日本、朝鲜、越南的戏剧都起着较大的影响，并形成了一个独立的戏剧文化系统。

世界上这三大古老戏剧文化系统，发源、生长、衍变于不同的历史时代、不同的社会条件之下，它们各有各的黄金时代，也各有各的衰微中落的过程。它们各自的历史都是十分壮观的。下面将古希腊戏剧与印度梵剧作一个极其简略的介绍（中国戏曲我们将另作专题描述）。

古希腊戏剧产生于公元前6世纪后期，是从酒神祭祀的仪式中衍变出来的。悲剧的产生比喜剧略早，二者的演出都带着全民的节日活动性质。戏剧在希腊产生的年代，正是希腊社会兴旺发达的时代。就在这时候，希腊接连出了三大悲剧家——埃斯库罗斯、索福克勒斯和欧里庇德斯，此外，还有一位大喜剧家阿里士多芬。可以说，希腊的戏剧一产生就登上了它繁荣的高峰。这是公元前 5 世纪到 4 世纪间的事。但是，好景不长，于公元前 431 年开始的一场历时 27 年的战争，使得希腊戏剧的繁荣时代一去不复返了。

印度戏剧的起源和年代，至今还很难说清楚，只能说其最初是来源于祀神的民间表演。这种表演非常古老，大约在原始时代就已经有了。正式作为戏剧出现大约在公元前后之间，现在保存下来最早的剧本是公元 1—2 世纪的佛教作家马鸣的佛经故事，大约在公元 2 世纪出现了戏剧理论著作《舞论》，在这同时或稍后出现了剧作家首陀罗迦，他的作品《小泥车》还完整地保存至今。大约在公元 4—5 世纪，产生了举世闻名的大戏剧家迦梨陀娑。他最有名的剧本是《沙恭达罗》；这一时期也是梵剧最光辉的时代。此后，陆续出现过一些剧作和戏剧理论著作，只是超不过前期的高峰了。到了 10 世纪以后，梵文文学和梵剧就逐渐没落了。到了近代，除了还保存着若干剧本之外，梵剧演出的传统早已中断。今天印度的剧场演出早已没有梵剧，也不知道古代的梵剧是如何演出的了。

前面我们已经粗略地讲述了古希腊戏剧和印度梵剧，但是，不可忽视的是，外国戏剧中有影响的还包括欧美戏剧。追根溯源，欧美戏剧可上溯到公元前四五百年的古希腊时期，当时人们出于娱神的目的，在酒神庆典中演出悲剧，后来喜剧也加入进来，这就形成了人类历史上戏剧艺术最早的辉煌时期。就流传至今的古希腊悲剧而言，那的确是后人难以企及的范本。在戏剧产生之初，剧本与演出几乎同时产生，那种祭神仪式中主祭与从众的关系，则慢慢演变为演员与观众的关系，因此，仪式性一直是戏剧的一个重要特点。但是，戏剧之所以成为艺术，还在于它来源于生活而与实际生活存在着本质的不同，它不是生活的原生态的东西，而是人们在特定的地点以特定的人物模仿和反映生活的方式。比如一个国王的加冕典礼、一个公主的豪华婚礼、一次大型的宗族祭祀活动，虽然也具有仪式性特点，包含了戏剧性因素，但因为这些不是模仿与反映生活的产物，而是生活的真实内容，缺乏戏剧的本质属性，因此还不能算是戏剧。戏剧与现实之间的区别在于，现实中发生的事情是不可逆转的，而在戏剧里它可以重新开始，重新模拟。从古希腊时期开始，戏剧就分出了两大类型，即悲剧和喜剧。

亚里士多德认为，悲剧给人的感受是悲悯和恐惧，而喜剧给人的感受则是滑稽与可笑。两种不同的艺术类型，分别满足人们两种不同的情绪表达的需要。悲剧往往表现人的境遇从好到坏的变化过程，主人公由于受到主、客观条件的制约，愿望和追求难以实现，而在真与假、美与丑、善与恶的对立冲突中，主人公遭遇了他不应该遭遇的厄运，最后多以死亡或失败结束，因此造成了美的事物或有价值的事物的毁灭，从而使整个过程具有了象征意义和严肃、庄重、崇高的意味，使人们产生怜悯和恐惧杂糅的悲壮情绪，这便是悲剧，像古希腊索福克勒斯的《俄狄浦斯王》、欧里庇德斯的《美狄亚》，英国莎士比亚的《哈姆莱特》、《李尔王》。戏剧的第二大类型是喜剧，喜剧是民间娱乐目的的体现，它不拘一格、表现灵活，往往通过内容与形式、动机与效果、主观与客观的矛盾，展示出人与事物滑稽、荒唐和可笑的一面，通过巧合、误会、夸张、变形等手法，引人发笑，并用笑声嘲弄、贬抑、揭露和否定假、恶、丑的东西，如莫里哀的《伪君子》、《吝啬鬼》，果戈理的《钦差大臣》，就是喜剧天地中引得无数后人仰慕的典范。

三、中国戏剧

中国的戏曲艺术具有悠久的历史和深厚的传统。中国戏曲的起源很早，在原始时代的歌舞中就已经萌芽了；但它发育成长的过程却很缓慢，经过汉、唐直到宋、金即12世纪的末期才算形成。中国戏曲的渊源可以追溯到秦、汉时期的乐舞、俳优、百戏。唐代更有了较大的发展，出现了歌舞戏和参军戏，“戏”和“曲”进一步融会，表演形式也更为多样。宋、金时期，戏曲艺术真正趋于成熟，宋杂剧和金院本都能演出完整的故事，剧中角色也较前增多，初步形成了我国戏曲表演分行当的体系。

与希腊和印度相比，我国成熟戏剧的出现是最迟的，大约在12世纪。这时希腊和印度戏剧的黄金时代早已过去。我国戏剧名家辈出的时代是13世纪，即元杂剧鼎盛的时代。这一时期，关（汉卿）、马（致远）、郑（光祖）、白（朴）、王（实甫）几乎同时和相继出现，涌现出《窦娥冤》、《梧桐雨》、《西厢记》等一大批经典名著。在南方的传奇也产生了《荆》（《荆钗记》）、《刘》（《刘知远白兔记》）、《拜》（《拜月亭》）、《杀》（《杀狗记》）以及《琵琶记》等一批名剧。和希腊、印度不同的是，在这个高潮之后，中国戏剧还不断地出现新的戏曲繁荣时代，例如明朝嘉靖到清代初年昆曲的作家、谱曲家、名演员接连不断地出现，而且人数众多，其中特别突出的就有汤显祖、洪昇、孔尚任等，涌现出《牡丹亭》、《桃花扇》、《长生殿》等一批名剧。此后，近代地方戏兴起，一直到今天，戏曲的繁荣兴旺可谓有增无减，而且名家辈出，梅兰芳就是现代蜚声世界的著名演员。

戏曲是中国传统的戏剧形式的总称。据不完全统计，我国各地有三百多个剧种，其中包括全国性的剧种如京剧，也包括地方戏如川剧、秦腔、河北梆子、豫剧、越剧、黄梅戏、湖南花鼓戏等。

中国戏曲艺术，作为戏剧艺术的一个组成部分，既具有戏剧的共同特征，又因其独特的表现手段和独有的审美特征，从而有别于其他戏剧形式。尤其是戏曲艺术深深植根于中华民族传统文化，具有鲜明的民族特色，将表现审美意境作为最高的艺术追求，属于一种表现性与体验性相结合的综合艺术。中国戏曲艺术以其特有的艺术风格在世界戏剧艺术中独树一帜，中华民族传统文化对其影响是极为深刻的。仅举中国戏曲在形式美上“以一求多”与西方戏剧“以多见一”之间的比较和区别，便可看出其中端倪。由于中国传统文化中，“道生一，一生二，二生三，三生万物”的巨大影响，中国戏曲艺术形式美的基本特征是以“一”为起点，如戏曲的角色行当上是“一行多用”（生、旦、净、丑），表演动作上是“一式多用”（唱、念、做、打），戏曲声腔与音乐上是“一曲多用”（基本曲牌），舞台布景上是“一景多用”（如一桌两椅），服饰脸谱上是“一服多用”，等等。此外，在表演艺术上，还有

"一人千面（一套程式、万千性格）"、"一曲百情"、"一步千态"、"一笑百媚"等，充分体现在传统文化影响下，中国戏曲"以一求多"的美学追求。

古典戏曲是我国传统文化的集中体现。作为长期农业社会的产物，中国戏曲深受儒家文化、民俗文化乃至宗教文化的深刻影响；与此同时，又深刻地折射出中国传统艺术精神与美学追求；并以鲜明的艺术特色在世界戏剧舞台上独树一帜，具有浓郁的民族特色和独特的艺术魅力。

中国戏剧除了传统戏曲之外，还有不可忽视的另外几个品种，即话剧、歌剧及现代戏曲等。话剧、歌剧都是舶来品，是我们向外国学习借鉴而来的两种艺术形式。但是，无论是剧本创作还是在表演、导演方面都赋予了浓厚的中国特色，如话剧《雷雨》、《日出》、《原野》、《茶馆》、《龙须沟》，等等；歌剧《白毛女》、《江姐》、《洪湖赤卫队》，等等；现代戏曲如《白蛇传》，革命现代戏曲《沙家浜》、《智取威虎山》、《红灯记》，等等。自2002年以来，国家实施舞台艺术精品工程，又涌现出一批精彩的剧目。这些剧目不光是受到中国观众的喜爱，而且在出国演出时也受到世界各国人民的青睐。

当今世界的戏剧就演剧而言，分为四大体系，这就是斯坦尼斯拉夫斯基（苏联）体系、布莱希特（德国）体系、梅兰芳（中国）体系、现代和后现代派体系。

戏剧鉴赏只是戏剧文学的一部分，我们在欣赏的时候，应当比看小说、诗歌更多地调动自己的主观能动性，充分发挥自己的想象力、联想力。要像清代戏剧家李渔所说的那样，"身代梨园"，设身处地地想象人物在舞台上所处的情境和动作，才能更好地理解剧本、欣赏剧本。

第二节 名篇选读

窦娥冤（节选）①

关汉卿

第 四 折

（窦天章冠带引丑张千、祇从上②，诗云:）独立空堂思黯然，高峰月出满林烟；非关有事人难睡，自是惊魂夜不眠。老夫窦天章是也。自离了我那端云孩儿，可早十六年光景。老夫自到京师，一举及第，官拜参知政事③。只因老夫廉能清正，节操坚刚，谢圣恩可怜，加老夫两淮提刑肃政廉访使之职④。随处审囚刷卷，体察滥官污吏，容老夫先斩后奏。老夫一喜一悲：喜呵，老夫身居台省⑤，职掌刑名⑥，势剑金牌⑦，威权万里；悲呵，有端云孩儿，七岁上与了蔡婆婆为儿媳妇，老夫自得官之后，使人往楚州问蔡婆婆家，他邻里街坊道，自当年蔡婆婆不知搬在那里去了，至今音信皆无。老夫为端云孩儿，啼哭的眼目昏花，忧愁的须发斑白。今日来到这淮南地面，不知这楚州为何三年不雨？老夫今在这州厅安歇。张千，说与那州中大小属官，今日免参⑧，明日早见。（张千向古门云:）一应大小属官，今日免参，明日早见。（窦天章云:）张千，说与那六房吏典⑨，但有合刷照文卷，都将来，待老夫灯下看几宗 波。（张千送文卷科。）（窦天章云:）张千，你与我掌上灯。你每都辛苦了，自去歇息罢。我唤你便来，不唤你休来。（张千点灯，同祇

① 选自《中国古代文学作品选》第五分册。

② 冠带：官员的装束。丑：戏剧角色。张千：宋元戏曲小说中常用的公差名字。祇（zhī）从：随从。

③ 参知政事：元代官职名，属行中书省，为行省的副长官。

④ 提刑肃政廉访使：元代官职名。全国各道都设这个官职，掌纠察该道官吏的善恶、政治得失、狱刑等。加：提升。这里是指用“参知政事”的官衔，实任提刑肃政廉访使这个职务。

⑤ 台省：指御史台、中书省，元代政府机构。“廉访使”一职属御史台，“参知政事”一职属行中书省（见《元史·百官志》），所以窦自称“身居台省”。

⑥ 刑名：指对刑事案件的审判、裁决权。

⑦ 势剑：封建社会中皇帝发给官员可以直接杀人的剑，俗称“尚方宝剑”。金牌：元代皇帝发给官员的令牌，表示不同等级的职务和地位。

⑧ 参：封建社会中下级官吏按一定礼节拜见上级官员叫“参”。

⑨ 六房吏典：元代各级地方政权的组织，一般按照吏、户、礼、兵、刑、工六种门类，分设各房，总称“六房”。吏典：指各房的主管人。

从下。）（窦天章云：）我将这文卷看几宗咱。"一起犯人窦娥，将毒药致死公公。……"我才看头一宗文卷，就与老夫同姓；这药死公公的罪名，犯在十恶不赦①，俺同姓之人也有不畏法度的。这是问结了的文书②，不看他罢；我将这文卷压在底下，别看一宗咱。（做打呵欠科，云：）不觉的一阵昏沉上来，皆因老夫年纪高大，鞍马劳困之故。待我搭伏定书案③，歇息些儿咱（做睡科，魂旦上，唱：）

【双调新水令】我每日哭啼啼守住望乡台④，急煎煎把仇人等待，慢吞吞昏地里走，足律律旋风中来⑤，则被这雾锁云埋，撺掇的鬼魂快⑥。

（魂旦望科，云：）门神户尉不放我进去⑦。我是廉访使窦天章女孩儿，因我屈死，父亲不知，特来托一梦与他咱。（唱：）

【沉醉东风】我是那提刑的女孩，须不比现世的妖怪，怎不容我到灯影前，却拦截在门桯外⑧，（做叫科，云：）我那爷爷呵！（唱：）枉自有势剑金牌，把俺这屈死三年的腐骨骸，怎脱离无边苦海！

（做入见哭科，窦天章亦哭科，云：）端云孩儿，你在那里？（魂旦虚下⑨。）（窦天章做醒科，云：）好是奇怪也！老夫才合眼去，梦见端云孩儿，恰便似来我跟前一般；如今在那里？我且再看这文卷咱。（魂旦上做弄灯科。）（窦天章云：）奇怪，我正要看文卷，怎生这灯忽明忽灭的？张千也睡着了，我自己剔灯咱。〔做剔灯，魂旦翻文卷科。窦天章云：〕我剔的这灯明了也，再看几宗文卷。"一起犯人窦娥，药死公公。……"（做疑怪科，云：）这一宗文卷，我为头看过，压在文卷底下，怎生又在这上头？这几时问结了的，还压在底下，我别看一 宗文卷波。（魂旦再弄灯科，窦天章云：）怎么这灯又是半明半暗的？我再剔灯咱。（做剔灯，魂旦再翻文卷科。）（窦天章云：）我剔这灯明了，我另拿一宗文卷看咱。"一起犯人窦娥，药死公公。……"呸！好是奇怪！我才将这文书分明压在底下，刚剔了这灯，怎生又翻在面上？莫不是楚州后厅里有鬼么？便无鬼呵，这桩事必有冤枉。将这文卷再压在底下，待我另看一宗如何？（魂旦又弄灯科。窦天章云：）怎生这灯又不明了？敢有鬼弄这灯？我再剔一剔去。（做剔灯科。魂旦上，做撞见科。窦天章举剑击桌科，云：）呸！我说有鬼！兀那鬼魂，老夫是朝廷钦差带牌走马肃政

---

① 十恶不赦：元代刑律规定十桩大罪"不孝、不睦、谋反、谋叛、大逆、恶逆、不义、内乱、不道、大不敬"（见《元典章》）为不赦之罪。

② 问结了：已结案。

③ 搭伏定：趴着。

④ 望乡台：封建迷信，阴间有座"望乡台"，人死之后，魂灵来到这里，可见阳世间自己家中的情况。

⑤ 足律律：形容疾速旋转的样子。

⑥ 撺掇（cuān duo）：怂恿，催促。

⑦ 门神户尉：封建迷信习俗，过年时大门上贴上或画上神像，左边的叫"门丞"，右边的叫"户尉"，总称"门神"，认为它们可以阻挡鬼邪，不让其进门。

⑧ 门桯（tīng）：门槛。

⑨ 虚下：戏曲术语，演员向观众，表示下场。

廉访使①，你向前来，一剑挥为两段。张千，亏你也睡的着，快起来，有鬼有鬼。兀的不吓杀老夫也！（魂旦唱:）

【乔牌儿】 则见他疑心儿胡乱猜，听了我这哭声儿转惊骇。哎，你个窦天章直恁的威风大，且受窦娥这一拜。

（窦天章云:）兀那鬼魂，你道窦天章是你父亲，“受你孩儿窦娥拜”，你敢错认了也？我的女儿叫做端云，七岁上与了蔡婆婆为媳妇。你是窦娥，名字差了，怎生是我女孩儿？（魂旦云:）父亲，你将我与了蔡婆婆家，改名做窦娥了也。（窦天章云:）你便是端云孩儿？我不问你别的，这药死公公是你不是？（魂旦云:）是你孩儿来。（窦天章云:）噤声②！你这小妮子，老夫为你啼哭的眼也花了，忧愁的头也白了，你划地犯下十恶大罪，受了典刑！我今日官居台省，职掌刑名，来此两淮审囚刷卷，体察滥官污吏；你是亲生之女，老夫将你不治，怎治他人？我当初将你嫁与他家呵，要你三从四德：三从者，在家从父，出嫁从夫，夫死从子；四德者，事公姑，敬夫主，和妯娌，睦街坊。今三从四德全无，划地犯了十恶大罪。我窦家三辈无犯法之男，五世无再婚之女；到今日被你辱没祖宗世德③，又连累我的清名。你快与我细吐真情，不要虚言支对。若说的有半釐差错，牒发你城隍祠内④，着你永世不得人身，罚在阴山永为饿鬼⑤。（魂旦云:）父亲停嗔息怒，暂罢狼虎之威，听你孩儿慢慢的说一遍咱。我三岁上亡了母亲，七岁上离了父亲，你将我送与蔡婆婆做儿媳妇。至十七岁与夫配合，才得两年，不幸儿夫亡化，和俺婆婆守寡。这山阳县南门外有个赛卢医，他少俺婆婆二十两银子。俺婆婆去取讨，被他赚到郊外，要将婆婆勒死；不想撞见张驴儿父子两个，救了俺婆婆性命。那张驴儿知道我家有个守寡的媳妇，便道:“你婆儿媳妇既无丈夫，不若招我父子两个。”俺婆婆初也不肯；那张驴儿道:“你若不肯，我依旧勒死你。”俺婆婆惧怕，不得已含糊许了。只得将他父子两个领到家中，养他过世。有张驴儿数次调戏你女孩儿，我坚执不从。那一日俺婆婆身子不快，想羊肚儿汤吃，你孩儿安排了汤。适值张驴儿父子两个问病，道:“将汤来我尝一尝。”说:“汤便好，只少些盐醋。”赚的我去取盐醋，他就暗地里下了毒药。实指望药杀俺婆婆，要强迫我成亲。不想俺婆婆偶然发呕，不要汤吃，却让与老张吃，随即七窍流血药死了。张驴儿便道:“窦娥药死了俺老子，你要官休？要私休？”我便道:“怎生是官休？怎生是私休？”他道:“要官休，告到官司，你与俺老子偿命；若私休，你便我做老婆。”你孩儿便道:“好马不鞴双鞍，烈女不更二夫。我至死不与你做媳妇，我情愿和你见官去。”他将你孩儿拖到官中，受尽三推六问，吊拷绷扒⑥，便打死孩儿，也不肯认。怎当州官见你

① 带牌走马：指带有皇帝给的“金牌”，巡查各地。
② 噤（jìn）声：住口。
③ 辱没：污辱了。世德：世代相传的德行。
④ 牒（dié）发：用公文解送。牒：公文。
⑤ 阴山：封建迷信，阴间有一座阴山，寒冷无食，有罪的鬼魂，被囚禁在此受罪。
⑥ 吊拷：吊起来拷打。绷扒：也作“绑扒”，宋元时的一种刑罚，这里泛指各种毒刑。

孩儿不认，便要拷打俺婆婆；我怕婆婆年老，受刑不起，只得屈认了。因此押赴法场，将我典刑。你孩儿对天发下三桩誓愿：第一桩，要丈二白练挂在旗铃上，若系冤枉，刀过头落，一腔热血休滴在地下，都飞在白练上；第二桩，现今三伏天道，下三尺瑞雪，遮掩你孩儿尸首；第三桩，着他楚州大旱三年。果然血飞上白练，六月下雪，三年不雨，都是为你孩儿来。（诗云：）不告官司只告天，心中怨气口难言。防他老母遭刑宪，情愿无辞认罪愆。三尺琼花骸骨掩①，一腔热血练旗悬，岂独霜飞邹衍屈，今朝方表窦娥冤。（唱：）

【雁儿落】你看这文卷曾到来不到来，则我这冤枉要忍耐如何耐？我不肯顺他人，倒着赴法场；我不肯辱祖上，倒把我残生坏。

【得胜令】呀，今日个搭伏定摄魂台②，一灵儿怨哀哀③。父亲也，你现掌着刑名事，亲蒙圣主差，端详这文册，那厮乱纲常当合败，便万剐了乔才④，还道报冤仇不畅怀。

（窦天章做泣科，云：）哎！我那屈死的儿，则被你痛杀我也！我且问你：这楚州三年不雨，可真个是为你来？（魂旦云：）是为你孩儿来。（窦天章云：）有这等事！到来朝我与你做主。（诗云：）白头亲苦痛哀哉，屈杀了你个青春女孩。只恐怕天明了，你且回去，到来日我将文卷改正明白。（魂旦暂下。）（窦天章云：）呀！天色明了也。张千，我昨日看几宗文卷，中间有一鬼魂来诉冤枉。我唤你好几次，你再也不应，直恁的好睡那。（张千云：）我小人两个鼻子孔一夜不曾闭，并不听见女鬼诉什么冤状。也不曾听见相公呼唤（窦天章做叱科，云：）嗯！今早升厅坐衙，张千，喝撺厢者。（张千做么喝科，云：）在衙人马平安！抬书案⑤！（禀云：）州官见。（外扮州官人参科。）（张千云：）该房吏典见。（丑扮吏人参见科。）（窦天章问云：）你这楚州一郡，三年不雨，是为着何来？（州官云：）这个是天道亢旱，楚州百姓之灾，小官等不知其罪。（窦天章做怒云：）你等不知罪么！那山阳县有用毒药谋死公公犯妇窦娥，他问斩之时曾发愿道："若是果有冤枉，着你楚州三年不雨，寸草不生。"可有这件事来？（州官云：）这罪是前升任桃州守问成的，现有文卷。（窦天章云：）这等糊突的官也着他升去！你是继他任的，三年之中可曾祭这冤妇么？（州官云：）此犯系十恶大罪，元不曾有祠，所以不曾祭得。（窦天章云：）昔日汉朝有一孝妇守寡，其姑自缢身死，其姑女告孝妇杀姑，东海太守将孝妇斩了。只为一妇含冤，致令三年不雨。后于公治狱，仿佛见孝妇抱卷哭于厅前。于公将文卷改正，亲祭孝妇之墓，天乃大雨。今日你楚州大旱，岂不正与

---

① 琼花：此处指雪。

② 摄魂台：封建迷信，勾取魂灵的地方。

③ 一灵儿：指游魂。

④ 万剐（guǎ）：封建社会中一种酷刑，把人身上的肉一片一片地割下来。乔才：骂人的话，无赖、混蛋。

⑤ "在衙"句：是封建社会中官员升堂坐衙时，衙役们照例吆喝的话。

此事相类？张千，分付该房佥牌下山阳县①，着拘张驴儿、赛卢医、蔡婆婆一起人犯，火速解审，毋得违误片刻者。（张千云：）理会得。（下。）（丑扮解子押张驴儿、蔡婆同张千上，禀云：）山阳县解到审犯听点。（窦天章云：）张驴儿。（张驴儿云：）有。（窦天章云：）蔡婆婆。（蔡婆婆云：）有。（窦天章云：）怎么赛卢医是紧要人犯不到？（解子云：）赛卢医三年前在逃，一面着广捕批缉拿去了②，待获日解审。（窦天章云：）张驴儿，那蔡婆婆是你后母么？（张驴儿云：）母亲好冒认的？委实是。（窦天章云：）这药死你父亲的毒药，卷上不见有合药的人，是那个的毒药？（张驴儿云：）是窦娥自合就的毒药。（窦天章云：）这毒药必有一个卖药的医铺。想窦娥是个少年寡妇，那里讨这药来。张驴儿，敢是你合的毒药么？（张驴儿云：）若是小人合的毒药，不药别人，倒药死自家老子？（窦天章云：）我那屈死的儿哧，这一节是紧要公案，你不自折辩③，怎得一个明白？你如今冤魂却在那里？（魂旦上，云：）张驴儿，这药不是你合的，是那个合的？（张驴儿做怕科，云：）有鬼有鬼，撮盐入水，太上老君，急急如律令，敕④。（魂旦云：）张驴儿，你当日下毒药在羊肚儿汤里，本意药死俺婆婆，要逼勒我做浑家。不想俺婆婆不吃，让与你父亲吃，被药死了。你今日还敢赖哩！（唱：）

【川拨棹】猛见了你这吃敲材⑤，我只问你毒药从何处来？你本意待暗里栽排⑥，要逼勒我和谐，倒把你亲爷毒害，怎教咱替你耽罪责！（魂旦做打张驴儿科。）（张驴儿做避科，云：）太上老君，急急如律令，敕。大人说这毒药必有个卖毒药的医铺，若寻得这卖药的人来和小人折对⑦，死也无词。（丑扮解子解赛卢医上，云：）山阳县续解到犯人一名赛卢医。（张千喝云：）当面。（窦天章云：）你三年前要勒死蔡婆婆，赖他银子，这事怎么说？（赛卢医叩头哭科，云：）小的要赖蔡婆婆银子的情是有的，当被两个汉子救了，那婆婆并不曾死。（窦天章云：）这两个汉子你认的他叫做什么名姓？（赛卢医云：）小的认便认得，慌忙之际，可不曾问他名姓。（窦天章云：）现有一个在阶下，你去认来。（赛卢医做下认科，云：）这个是蔡婆婆。（指张驴儿云：）想必这毒药事发了。（上云：）是这一个。容小的诉禀：当日要勒死蔡婆婆时，正遇见他爷儿两个救了那蔡婆婆去。过得几日，他到小的铺中讨服毒药，小的是念佛吃斋人，不敢做昧心的事，说道："铺中只有官料药，并无什么毒药。"他就睁着眼道："你昨日在郊外要勒死蔡婆婆，我拖你见官

---

① 佥牌：签牌。

② 着广捕批缉拿：下通缉命令、文书到处捉拿犯人。

③ 折辩：分辩。

④ 撮盐入水：成语，立刻消失的意思。太上老君：道教崇拜的偶像。急急：迅速。如律令：原是公文末尾的例行用语，要对方按照律令办。敕（chì）：命令。"有鬼有鬼"三句是道士装神弄鬼时念的咒语。

⑤ 吃敲材：俗语，犹如讲"挨刀货"。

⑥ 栽排：阴谋安排害人。

⑦ 折对：对证。

去。”小的一生最怕的是见官，只得将一服毒药与了他去。小的见他生相是个恶的，一定要拿这药去药死了人，久后败露，必然连累，小的一向逃在涿州地方，卖些老鼠药。刚刚是老鼠被药杀了好几个，药死人的药，其实再也不曾合（魂旦唱:）

【七弟兄】 你只为赖财，放乖，要当灾。（带云:）这毒药呵，（唱:）原来是你赛卢医出卖，张驴儿买，没来由填做我犯由牌，到今日官去衙门在。

（窦天章云:）带那蔡婆婆上来。我看你也六十外人了，家中又是有钱钞的，如何又嫁了老张，做出这等事来？（蔡婆婆云:）老妇人因为他爷儿两个救了我的性命，收留他在家养膳过世；那张驴儿常说要将他老子接脚进来，老妇人并不曾许他（窦天章云:）这等说，你那媳妇就不该认做药死公公了。（魂旦云:）当日问官要打俺婆婆，我怕他年老受刑不起，因此咱认做药死公公，委实是屈招个！（唱:）

【梅花酒】 你道是咱不该这招状供写的明白，本一点孝顺的心怀，倒做了惹祸的胚胎。我只道官吏每还覆勘，怎将咱屈斩首在长街！第一要素旗枪鲜血洒，第二要三尺雪将死尸埋，第三要三年旱示天灾，咱誓愿委实大。

【收江南】 呀，这的是衙门从古向南开，就中无个不冤哉！痛杀我娇姿弱体闭泉台，早三年以外，则落的悠悠流恨似长淮。

（窦天章云:）端云儿也，你这冤枉我已尽知，你且回去。待我将这一起人犯并原问官吏另行定罪，改日做个水陆道场，超度你生天便了。（魂旦拜科，唱:）

【鸳鸯煞尾】 从今后把金牌势剑从头摆，将滥官污吏都杀坏，与天子分忧，万民除害。

（云:）我可忘了一件，爹爹，俺婆婆年纪高大，无人侍养，你可收恤家中，替你孩儿尽养生送死之礼，我便九泉之下，可也瞑目。（窦天章云:）好孝顺的儿也！（魂旦唱:）嘱付你爹爹，收养我奶奶。可怜他无妇无儿，谁管顾年衰迈！再将那文卷舒开，（带云:）爹爹也，把我窦娥名下，（唱:）屈死的于伏罪名儿改。（下。）（窦天章云:）唤那蔡婆婆上来，你可认的我么？（蔡婆婆云:）老妇人眼花了，不认的。（窦天章云:）我便是窦天章。适才的鬼魂，便是我屈死的女孩儿端云。你这一行人听我下断：张驴儿毒杀亲爷，奸占寡妇，合拟凌迟，押赴市曹中，钉上木驴，剐一百二十刀处死。升任州守桃杌，并该房吏典，刑名违错，各杖一百，永不叙用。赛卢医不合赖钱，勒死平民；又不合修合毒药，致伤人命，发烟障地面，永远充军。蔡婆婆我家收养，窦娥罪改正明白。（词云:）莫道我念亡女与他灭罪消愆，也只可怜见楚州郡大旱三年。昔于公曾表白东海孝妇，果然是感召得灵雨如泉。岂可便推诿道天灾代有，竟不想人之意感应通天。今日个将文卷重行改正，方显的王家法不使民冤。

赏析

关汉卿，号已斋叟，金末元初大都（现在北京市）人，元代杂剧的代表作家，与郑光祖、白朴、马致远一同被称为“元曲四大家”，并居“元曲四大家”之首。生卒年不详。他一生“不屑仕进”，生活在底层人民中间。他是一位熟悉舞台艺术的戏曲家，既是编剧，又能登台演出。他的戏曲作品题材广泛，大多暴露了封建统治的黑暗腐败，表现了古代人民特别是青年妇女的苦难遭遇和反抗斗争，人物性格鲜明，结构完整，情节生动，语言本色而精练，对元杂剧和后来戏曲的发展有很大影响。关汉卿的作品主要有《窦娥冤》、《救风尘》、《望江亭》、《单刀会》等，其中《窦娥冤》被称为世界十大悲剧之一。1838 年《窦娥冤》就有英译本流传海外，1958 年，世界和平理事会把关汉卿与达·芬奇等同列为世界文化名人。关汉卿的戏剧语言，被称为本色派之首。

《窦娥冤》是一部学术界公认的、特征鲜明的悲剧杰作。王国维说：“其最有悲剧之性质者，则如关汉卿之《窦娥冤》，纪君祥之《赵氏孤儿》。剧中虽有恶人交构其间，而其蹈汤赴火者，仍出于其主人翁之意志，即列之于世界大悲剧中，亦无愧色也。”确实，较之西方悲剧，《窦娥冤》有其独到的风采。

首先，窦娥的形象塑造出了一种东方式的伟大。

诚然，西方的“悲剧英雄”能给人以强烈的精神震撼，或令人肃然起敬，或叫人扼腕长叹。如奥德赛、李尔王、哈姆莱特等都是高大魁梧的英雄人物，他们是让人顶礼膜拜的一类，即使他们魂魄散去，总叫人崇拜得无与伦比。这是一种英雄文化，是一种峻拔的崇高。

但是你能说窦娥她不是“悲剧英雄”？她的挣扎、抗争只不过是一件道具或一种陪衬，没有展现个人生命的伟大与悲壮？

不是！肯定不是！

当厚脸诞皮、无耻下流的张驴儿父子强行逼婚时，婆婆无原则地妥协了，畏怯了，可窦娥却立场鲜明，毫不屈服，断然宣称“我并然不要女婿”；张驴儿欲强行拉窦娥拜堂，弱小的窦娥不甘受欺凌，果敢地将他推倒在地，决不任由恶人摆布，勇敢地反抗恶势力，这难道是小女子的行为？

张驴儿为了得到窦娥，误害了自己父亲；又为了得到窦娥，反诬窦娥，想以此来吓住窦娥，让她屈服。可是，当张驴儿摆出“官休”、“私休”的两种选择时，窦娥毫不犹豫地选择了“官休”。在公堂上，纤弱的窦娥“捱千般打拷，万种凌逼，一杖下，一道血，一层皮”，她宁死不屈。在绑赴刑场的路上，信奉礼教的她此时对天地神明、对封建统治，进行了强烈而激愤的指控和责骂，发出了猛烈的抨击和抗议。

为了申冤，窦娥的鬼魂不得不在大白天闯入公堂，与凶手对质，并痛打恶棍，大长了正义力量的志气，大灭了邪恶势力的威风。读至此处，我们难道只会停留于思考这个素衣的女子是一个有形无体、有魂无魄的鬼魂？难道我们不更想到她是一个有血有肉、有情有义、有骨有节、无畏无惧的可敬女子吗？

窦娥以自己的言行诉说着对黑暗现实的不满，以自己的柔弱之躯与贪官污吏、地痞流氓斗争着，即使肉体不存在了，仍要化作鬼魂来完成自己的斗争，证明自己的清白，无言地控诉对官吏的失望、对无赖的痛恨，这是何等的伟女子？

其次，《窦娥冤》的貌似喜剧性的结局更具悲剧性，这是关汉卿的大手笔。

死而为鬼的窦娥以超现实力量冲破了种种羁绊，以反抗者的姿态重新出现，她在昏雾旋风中奔走，历尽了艰难，终于伸张了正义，严惩了凶手，还了自己一个清白，并将婆婆托付于父亲，了了“所有的”心愿。

西方悲剧亦不乏浪漫主义手法的运用，但即使是鬼魂的出现，也只是作为一个道具，他们并不替人去完成斗争或复仇的任务，于是有人说，西方的悲剧更悲，而《窦娥冤》中“悲剧的严肃与沉重悲壮被喜剧性结局轻松地冲淡化解了”。

但我们细究关大师对“鬼魂申冤”这一情节的安排，你会发现，《窦娥冤》的“严肃与沉重悲壮”才是最让人喘不过气来的，窒息之感汹涌而上。弱女子窦娥并不是英勇的哈姆莱特，她无法在生前为自己复仇，那么，窦娥的亲身父亲窦天章能为屈死的女儿申冤吗？

窦天章是一个所谓的“清官”，因“廉能清正，节操坚刚”被朝廷委以提刑肃政廉访使之职，“随处审囚刷卷，体察滥官污吏”。

窦娥的冤案正好由她的父亲办理，按人之常情，为自己女儿平冤，按理应易如反掌，相当顺利；而事实上，平冤一事颇费周折，这不得不引人深思了。

窦天章正在重审楚州案件，看到头一宗文卷：“一起犯人窦娥，将毒药致死公公。”便说：“这药死公公的罪名，犯在十恶不赦，俺同姓之人也有不畏法度的。”没调查便主观而武断地认为是十恶不赦之罪，还认为“这是问结了的文书，不看也罢，我将这文卷压在底下，别看一宗咱”。

所谓“清官”顿时露馅，这位自称“廉能”的朝廷命官，原来也是个敷衍了事、草率脓包的庸官，还能依赖“清官”主动替窦娥申冤吗？那无异于与虎谋皮！

善良的窦娥怕吓着父亲，以托梦的方式去提醒窦天章，用魔力反复提醒父亲重查自己的案宗，这位“清官”却无丝毫办案的警觉。

迫于无奈，鬼魂相见，窦天章不是询问其原由，而是残忍地威胁：“兀那鬼魂……你向前来，一剑挥为两段。”

窦娥鬼魂只好与父亲相认。此时的窦天章全不问父女多年的离别之情事，而首先质问：“这药死公公是你不是？”窦娥回道：“是你孩儿来。”窦天章没再下问，便不问青红皂白地发表了一通“三从四德”的迂腐之论，随心所欲地下断语：“我窦家三辈无犯法之男，五世无再婚之女；到今日被你辱没祖宗世德，又连累我的清名。你快与我细吐真情，不要虚言支对。若说的有半釐差错，牒发你城隍祠内，着你永世不得人身，罚在阴山永为饿鬼。”看似公正，实乃无情，蛮横而冷酷的态度使观众欲摔书以表愤慨。

在听了女儿的哭诉后，窦天章才决定重查案情，重审凶犯。在审案过程中，面对狡猾诡辩的凶徒张驴儿，这位廉访使软弱无力、束手无策、昏庸无能，眼看屈死的窦娥就要冤沉大海了！

“我那屈死的儿哝，这一节是紧要公案，你不自折辩，怎得一个明白？你如今冤魂却在那里？”窦天章在无奈之下只好乞求女儿的亡魂前来对质，屈死的冤魂仍无法清宁，还得为自己的命运奔波，最后只能靠自己的力量才能让凶犯伏法！

只有鬼魂才能替自己申冤，这让人觉得何其的可悲、可恨！这种“喜剧性结局”

是不是较之悲剧性结局更让人痛彻心扉？

窦娥的鬼魂愤怒地控诉了封建统治者的虚伪性：“本一点孝顺的心怀，倒做了惹祸的胚胎。我只道官吏每还覆勘，怎将咱屈斩首在长街！”“这的是衙门从古向南开，就中无个不冤哉！”百姓的忧恨难剪难断！

元代还有多少的冤案存在呢？从无名氏的《陈州粜米》中，我们看到饥饿的农民被皇帝赐给贪官的紫金槌活活打死；从《盆儿鬼》中，我们看到小商贩的惨遭杀害；李行道的《灰阑记》更是展示了“祖传七辈是科举人家”子女的天大冤枉……

如此众多的冤狱能依凭“清官”来主持正义吗？从《窦娥冤》中可窥一斑，即使是在其父的主持下辩冤，尚是如此艰难，若不是窦娥冤魂的面对面的斗争，其冤案哪有昭雪之日？

窦天章替窦娥平冤，惩罚了凶犯，从而平了愤，解了恨，复了仇。那么此种仰仗“清官”断狱平冤的“大团圆”的“欢乐的尾巴”，难道让你感受到了喜剧气氛？绝不可能有！我们不仅丝毫欢喜不了，反而更是揪心的难受，更是同情、怜悯窦娥之辈！

诚如乔治·桑塔耶纳在《美感》中所说：“崇高不靠灾难的表现。假如灾难的表现似乎是崇高感所不可缺少的，它只是作为这种道德反应的一个条件才是不可缺少的。”

《窦娥冤》的理想化结局是天真激烈的，又是老练和谐的。它震撼人心，又让人沉静。关汉卿说：“你便是落了我的牙，歪了我的口，瘸了我的腿，折了我的手，天赐与我这几般呆候症，尚兀自不肯休。”《窦娥冤》是值得为其如痴如醉、爱不释卷、消得人憔悴的！

思考与练习

1. 结合《窦娥冤》全文，分析窦娥的性格特点。
2. 从《窦娥冤》第四折的戏剧性结局赏析其悲剧性色彩。

桃花扇（节选）①

孔尚任

第七出 却奁（片段）

【园林好】（末）正芬芳桃香李香，都题在宫纱扇上；怕遇着狂风吹荡，须紧紧袖中藏，须紧紧袖中藏。

（末看旦介）你看香君上头之后，更觉艳丽了。（向生介）世兄有福，消此尤物。（生）香君天姿国色，今日插了几朵珠翠，穿了一套绮罗，十分花貌，又添二分，果然可爱。（小旦）这都亏了杨老爷帮衬哩。

【江儿水】送到缠头锦，百宝箱，珠围翠绕流苏帐，银烛笼纱通宵亮，金杯劝酒合席唱。今日又早早来看，恰似亲生自养，赔了妆奁，又早敲门来望。

（旦）俺看杨老爷，虽是马督抚至亲，却也拮据作客，为何轻掷金钱，来填烟花之窟？在奴家受之有愧，在老爷施之无名；今日问个明白，以便图报。（生）香君问得有理，小弟与杨兄萍水相交，昨日承情太厚，也觉不安。（末）既蒙问及，小弟只得实告了。这些妆奁酒席，约费二百余金，皆出怀宁之手。（生）那个怀宁？（末）曾做过光禄的阮圆海。（生）是那皖人阮大铖么？（末）正是。（生）他为何这样周旋？（末）不过欲纳交足下之意。

【五供养】（末）羡你风流雅望，东洛才名，西汉文章。逢迎随处有，争看坐车郎。秦淮妙处，暂寻个佳人相傍，也要些鸳鸯被、芙蓉妆；你道是谁的，是那南邻大阮，嫁衣全忙。

（生）阮圆老原是敝年伯，小弟鄙其为人，绝之已久。他今日无故用情，令人不解。（末）圆老有一段苦衷，欲见白於足下。（生）请教。（末）圆老当日曾游赵梦白之门，原是吾辈。后来结交魏党，只为救护东林，不料魏党一败，东林反与之水火。近日复社诸生，倡论攻击，大肆殴辱，岂非操同室之戈乎？圆老故交虽多，因其形迹可疑，亦无人代为分辩。每日向天大哭，说道："同类相残，伤心惨目，非河南侯君，不能救我。"所以今日谆谆纳交。（生）原来如此，俺看圆海情辞迫切，亦觉可怜。就便真是魏党，悔过来归，亦不可绝之太甚，况罪有可原乎。定生、次尾，皆我至交，明日相见，即为分解。（末）果然如此，吾党之幸也。（旦怒介）官人是何说话，阮大铖趋附权奸，廉耻丧尽；妇人女子，无不唾骂。他人攻之，官人救之，官人自处於何等也？

① 选自《中国古典文学读本丛书》，人民文学出版社1984年版，第53～55、148～150页。

【川拨棹】 不思想，把话儿轻易讲。要与他消释灾殃，要与他消释灾殃，也隄防旁人短长。官人之意，不过因他助俺妆奁，便要徇私废公；那知道这几件钗钏衣裙，原放不到我香君眼里。（拔簪脱衣介）脱裙衫，穷不妨；布荆人，名自香。

（末）阿呀！香君气性，忒也刚烈。（小旦）把好好东西，都丢一地，可惜，可惜！（拾介）（生）好，好，好！这等见识，我倒不如，真乃侯生畏友也。（向末介）老兄休怪，弟非不领教，但恐为女子所笑耳。

【前腔】（生）平康巷，他能将名节讲；偏是咱学校朝堂，偏是咱学校朝堂，混贤奸不问青黄。那些社友平日重俺侯生者，也只为这点义气；我若依附奸邪，那时群起来攻，自救不暇，焉能救人乎。节和名，非泛常；重和轻，须审详。

（末）圆老一段好意，也还不可激烈。（生）我虽至愚，亦不肯从井救人。（末）既然如此，小弟告辞了。（生）这些箱笼，原是阮家之物，香君不用，留之无益，还求取去罢。（末）正是"多情反被无情恼，乘兴而来兴尽还。"（下）（旦恼介）（生看旦介）俺看香君天姿国色，摘了几朵珠翠，脱去一套绮罗，十分容貌，又添十分，更觉可爱。（小旦）虽如此说，舍了许多东西，倒底可惜。

【尾声】 金珠到手轻轻放，惯成了娇痴模样，辜负俺辛勤做老娘。

（生）些须东西，何足挂念，小生照样赔来。（小旦）这等才好。

（小旦）花钱粉钞费商量，（旦）裙布钗荆也不妨，

（生）只有湘君能解佩，（旦）风标不学世时妆。

第二十二出　守楼（片段）

（小旦、末、杂作上楼介）（末唤介）香君睡下不曾？（旦上）有甚紧事，一片吵闹。（小旦）你还不知么？（旦见末介）想是杨老爷要来听歌。（小旦）还说甚么歌不歌哩。

【剔银灯】 忙忙的来交聘礼，凶凶的强夺歌妓；对着面一时难回避，执着名别人谁替。（旦惊介）唬杀奴也！又是那个天杀的？（小旦）还是田仰，又借着相府的势力，硬来娶你。堪悲，青楼薄命，一霎时杨花乱吹。

（小旦向末介）杨老爷从来疼俺母子，为何下这毒手？（末）不干我事，那马瑶草知你拒绝田仰，动了大怒，差一班恶仆登门强娶。下官怕你受气，特为护你而来。（小旦）这等多谢了，还求老爷始终救解。（末）依我说三百财礼，也不算吃亏；香君嫁个漕抚，也不算失所；你有多大本事，能敌他两家势力？（小旦思介）杨老爷说的有理，看这局面，拗不去了。孩儿趁早收拾下楼罢！（旦怒介）妈妈说那里话来！当日杨老爷作媒，妈妈主婚，把奴嫁与侯郎，满堂宾客，谁没看见。现收着定盟之物。（急向内取出扇介）这首定情诗，杨老爷都看过，难道忘了不成？

【摊破锦地花】 案齐眉，他是我终身倚，盟誓怎移。宫纱扇现有诗题，万种恩情，一夜夫妻。（末）那侯郎避祸逃走，不知去向；设若三年不归，你也只顾等他么？（旦）便等他三年；便等他十年；便等他一百年；只不嫁田仰。（末）呵呀！好性气，又像摘翠脱衣骂阮圆海的那番光景了。（旦）可又来，阮、田同是魏党，

阮家妆奁尚且不受，倒去跟着田仰么？（内喊介）夜已深了，快些上轿，还要赶到船上去哩。（小旦劝介）傻丫头！嫁到田府，少不了你的吃穿哩。（旦）呸！我立志守节，岂在温饱。忍寒饥，决不下这翠楼梯。

（小旦）事到今日，也顾不得他了。（叫介）杨老爷放下财礼，大家帮他梳头穿衣。（小旦替梳头，末替穿衣介）（旦持扇前后乱打介）（末）好厉害，一柄诗扇，倒像一把防身的利剑。（小旦）草草妆完，抱他下楼罢。（末抱介）（旦哭介）奴家就死不下此楼。（倒地撞头晕卧介）（小旦惊介）呵呀！我儿甦醒，竟把花容，碰了个稀烂。

（末指扇介）你看血喷满地，连这诗扇都溅坏了。（拾扇付杂介）（小旦唤介）保儿，扶起香君，且到卧房安歇罢。（杂扶旦下）（内喊介）夜已三更了，诓去银子，不打发上轿；我们要上楼拿人哩。（末向楼下介）管家略等一等；他母子难舍，其实可怜的。（小旦急介）孩儿碰坏，外边声声要人，这怎么处？（末）那宰相势力，你是知道的，这番羞了他去，你母子不要性命了。（小旦怕介）求杨老爷救俺则个。（末）没奈何，且寻个权宜之法罢！（小旦）有何权宜之法？（末）娼家从良，原是好事，况且嫁与田府，不少吃穿，香君既没造化，你倒替他享受去罢。（小旦急介）这断不能。一时一霎，叫我如何舍得。（末怒介）明日早来拿人，看你舍得舍不得。（小旦呆介）也罢！叫香君守着楼，我去走一遭儿。（想介）不好，不好，只怕有人认得。（末）我说你是香君，谁能辨别。（小旦）既是这等，少不得又妆新人了。（忙打扮完介）（向内叫介）香君我儿，好好将息，我替你去了。（又嘱介）三百两银子，替我收好，不要花费了。（末扶小旦下楼介）

【麻婆子】（小旦）下楼下楼三更夜，红灯满路辉；出户出户寒风起，看花未必归。（小生、外打灯抬轿上）好，好，新人出来了，快请上轿。（小旦别末介）别过杨老爷罢。（末）前途保重，后会有期。（小旦）老爷今晚且宿院中，照管孩儿。（末）自然。（小旦上轿介）萧郎从此路人窥，侯门再出岂容易。（行介）舍了笙歌队，今夜伴阿谁。

（俱下）（末笑介）贞丽从良，香君守节，雪了阮兄之恨，全了马舅之威！将李代桃，一举四得，倒也是个妙计。（叹介）只是母子分别，未免伤心。

匆匆夜去替蛾眉，一曲歌同易水悲；
燕子楼中人卧病，灯昏被冷有谁知。

赏析

孔尚任（1648—1718 年），字聘之，又字季重，号东塘，又号岸堂，自称云亭山人，山东曲阜人，孔子第六十四世孙。《桃花扇》是他历经近十载、三易其稿而写成的反映南明王朝兴衰的传奇。此剧一出，孔氏即誉满文坛，“王公荐绅，莫不借钞，时有纸贵之势”。时人以之与洪昇的《长生殿》并论，称“南洪北孔”。所作除《桃花扇》外，还有传奇《小忽雷》（与顾天石合撰）以及《湖海集》。

在大明江山风雨飘摇的危急时刻，一对才子佳人结合了。一个是风流倜傥的复社名士侯方域，一个是色艺双绝的秦淮名妓李香君。在那样一个“清流”与“浊流”斗得你死我活的年代，注定了他们的爱情是多灾多难的。新婚第一天，一个黑影就横在两人中间，阉党余孽阮大铖为讨好结交有政治声望的侯方域，竟经他人之手送来了奁资。出人意料的是出身卑微的李香君毅然退回了这份有政治目的的馈赠，由此也与阮结下了冤仇。阮大铖时刻准备着报复。在那样一个兵荒马乱的年代，报复的机会当然很多。当侯方域劝说左良玉部队敛迹安定之时，投靠了督抚马士英的阮大铖就乘机诬告侯勾结左良玉，香君果断地劝侯方域外出躲避。才新婚又别离，侯方域泪别香君匆匆投奔史可法。对香君却奁耿耿于怀的阮大铖乘侯离开香君之际又威逼她给漕抚田仰作妾，香君宁死不从，当着前来抢婚的人以头撞地，斑斑血迹溅在二人的爱情信物诗扇上，目睹此景的友人杨龙友将血迹勾画成朵朵桃花，遂成一把“桃花扇”。香君托艺人苏昆生携此扇找寻侯方域。后侯生被捕入狱，香君被迫成了宫中歌妓。明亡以后，二人才分别从狱中、宫中逃出，后在南京栖霞山白云庵不期而遇。人虽在然家国已亡，他们也不想再续温柔旧梦了，二人双双出家。被撕碎的桃花扇成了二人爱情悲剧的见证。

“桃花扇底看南朝”，这绝非一场简单的才子佳人恋爱戏，而是有着复杂政治背景的历史剧。抛开剧本本身蕴含的厚重的历史政治色彩，我们来看一看这位让人读后久久不能释怀的奇女子李香君。这个“妙龄绝色，平康第一”的美貌女子，“上头之后，更觉艳丽了”，是爱情让她出落得更加楚楚动人。新婚燕尔，盛妆丽服的香君是那么美，杨龙友说她“天姿国色”、“十分花貌，又添二分”；没想到除却那些绮罗珠翠的香君更美，侯方域说她“十分容貌，又添十分”，真是一个越看越美的姑娘。香君让人惊奇之处并非她的这种容貌气质之美，更在于她的思想非一般女子所及，甚至超出了像她的爱人侯方域这样的社会精英。香君的思想不同于常人的地方在于不论是处于温柔富贵之乡还是处于水深火热的劫难中都能深明大义，这种深明大义的清醒头脑让她能战胜感情和金钱。古来重情的女子并不鲜见：王宝钏出身于富豪之家，但为爱情她可以苦守寒窑十八个春秋；杜十娘也是花中魁首，在心上人背叛爱情后她义无反顾地先弃万金，后弃生命。这些女子的所作所为无不为后人称叹。李香君也同样重情，为了坚守爱情，她可以以头撞地，血溅诗扇。前后两者相比较，似乎没有区别。但仔细琢磨，两者却不相同。王宝钏苦等十八年是她坚信心上人有让她苦尽甘来的那么一天，杜十娘风尘数载攒下万金是为了赎得一个自由之身，二人的目的相同，都是为了夫妻的团圆美满、小家庭的安康幸福。而香君的重情是先出于一个“义”字，“却奁”正是她义烈个性的第一次闪光。你看，当浮沉在爱河中的侯方域忘乎所以之时，她却头脑清醒，警惕地向杨龙友提出：“为何轻掷金钱，来填烟花之窟？”杨龙友不得已实情相告，侯方域准备徇私退缩，李香君则勃然变色。她当众质问侯方域：“阮大铖趋附权奸，廉耻丧尽；妇人女子，无不唾骂。他人攻之，官人救之，官人自处于何等也？”跟着，她摘下珠翠，脱去绮罗，豁啷一声，把阮大铖送来的妆奁丢满一地。在大是大非面前，香君的言行非一般女子所及，连男儿也自愧不如。正是这个“义”字，让香君能在各个紧要关头，一而再、再而三地放射出义烈的光芒。我们先是惊异于《却奁》中香君的头脑清醒，是非分明，在后面的《守楼》中，香君的举动更令人惊叹：面对抢婚的群凶，她誓死不从，手持诗扇，前敲后打，最后以头撞地，“竟把花容，碰了个稀烂”。从表面上看，她是用行动捍卫爱情，她强调的“名节”，实际上是不肯与阉党同流合污。因为她知道阮大铖、田仰同是魏党余孽，“阮家妆奁尚且不受，倒去跟着田仰么”，一句话正道出了实质。这种宁为玉碎不为瓦全的气概，实在让男儿也汗颜。当她有机会面对权奸，喷发出心中怒火时，她要控诉的却不是个人失去幸福自由的苦难，而是权奸的祸国殃民的勾当，于是有了《骂筵》中对马士英、阮大铖的放声大骂。在那样危险的场合，她能置个人生死于不顾，将国家大义置于儿女私情之上，这是何等崇高的精神境界！怎能不让我们感到无比惊奇！

香君的这种义烈是一种目光远大，将个人命运与国家命运紧密相连的真知灼见，这种胆识是王宝钏、杜十娘所不能企及的。香君虽然生长在妓院，但从小就已经不知不觉地受到正面“清流”和反面“浊流”斗争的影响。题赠她诗篇的张天如、夏彝仲都是东林领袖，那些人和香君的假母李贞丽素有交情，常在她家来往，平日的言行无形中影响了她，使她的思想有别于其他女子。香君固然爱侯方域的“雄姿英秀”，更重要的是清流名节。她对侯的倾慕，从“东林伯仲，俺青楼皆知敬重”中可见一斑，可见她是先了解侯方域的为人品行，然后才对他一往情深的。正因为如此，当她看到侯方域政治上有所动摇，准备“徇私废公”时，才会勃然变色，道义战胜了感情。一个女子能做到这点，也难怪被复社名士的侯方域称为“畏友”，被陈定生称为“老社嫂”，连吴次尾也说“香君却奁一事，只怕复社朋友，还让一筹”。

几百年后的今天，我们回味李香君，能让人思考些什么呢？

思考与练习

1.“借离合之情，写兴亡之感”是《桃花扇》写作的主旨，对此你怎样理解？

2. 课后阅读《桃花扇》全文，重点阅读第七出《却奁》、第二十二出《守楼》、第二十四出《骂筵》，说一说这三出戏中李香君的形象。

白毛女（节选）

延安鲁迅艺术文学院集体创作

贺敬之、丁毅执笔
马可、张鲁、瞿维、焕之、向隅、陈紫、刘炽作曲

想要逼死我，
瞎了你眼窝！
舀不干的水，
扑不灭的火！
我不死，我要活！
我要报仇，我要活！（向万山丛中，急急跑下）
雷暴雨来了，
雷暴雨来了，
雷暴雨来了，
雷——暴——雨——来了——！
天昏地又暗，
响雷又打闪；
天昏地又暗，
响雷又打闪……
狂风遍地起，
白毛仙姑下了山！

〔大雷大闪。

〔“白毛仙姑”——喜儿，灰白的头发披散着，在暴风雨中奔上。

喜　儿　（唱第五十六曲）

恨是高山仇是海，
路断星灭我等待。
冤魂不散人不死，
雷暴翻天我又来！

〔又一阵急雷大雨。

（接唱第五十七曲）

闪电呵！撕开了黑云头，
响雷呵！劈开了天河口！
你可知道我有千重恨？

你可知道我有万重仇?
山洞里苦熬三年整,
我受苦受罪白了头。
我吃的是树根野果、庙里的供献,
苦撑苦熬天天盼——
老天爷睁眼哪,
我——要——报——仇!(向奶奶庙方向走下)

〔雷声更响更紧。

大河的流水呀要记清,
我的冤仇要你作证。
喜儿怎么变成这模样?
为什么问你你不作声?
难道是劈雷闪电你发了抖?
难道你耳聋眼瞎照不见我身影?
我,我,我身上发了白……
为什么把人逼成鬼?
问天问地都不应!

(白)鬼?说我是鬼?……好!

(唱)我就是鬼!
我是屈死的鬼!
我是冤死的鬼!
我是不死的鬼!

(白,向黄世仁奔去方向)我要咬你们!我要掐你们!我要撕你们哪!

(唱)呵!(疯狂般地向暴风雨中奔去)

王大春　(持枪向喜儿)你是人是鬼?快说!

大　锁　快说,是人是鬼?

王大春　说,不说我就打死你!

喜　儿　(仇恨激起,狠狠地)我……

王大春　说!说了我就饶了你!

喜　儿　(唱第七十曲)

我……我……(忽然如爆发一般)
我是人,
我是人!——
我有血肉,我有心,
为什么说我不是人?

王大春　你是哪儿的?

喜　儿　（接唱）

高山底下苦水河，
我家就在杨格庄。

王大春、大锁　（一惊）那你怎么到这儿来的？

喜　儿　（白）你们黄家害的我！
（接唱）

你们害死了我的爹，
大春哥又叫你们逼出门。
哼！要害我死我偏不死，
来到这山洞安下身。
熬过了一天我石头上面划一道——
划不尽我的千重冤，万重恨，
万恨千仇，千仇万恨，
划到我的骨头——记在我的心！
呵，呵……（痛哭失声）
（白）哼！你们当是我死了吗？你们，你们想错啦！
哈哈哈哈……
烈火呵，你们扑不灭，
大树呵，你们砍不断根！

王大春、大锁　到底你叫什么名字？

喜　儿　（接唱）

我就是山上的大树，野地的火，
我就是喜儿呵——不死的人！

王大春、大锁　（愕然，怔住）呵?!……

喜　儿　好！到这会你们又来啦，我给你们拼啦！
（疯狂般地向王大春、大锁扑去）
〔王大春、大锁不知所措。手中的火把燃烧着。

喜　儿　（看见在火把的光亮照耀下的王大春的面孔）呵？你？你？（认出王大春，意外地）你是大春?!（昏倒）
〔王大春、大锁急赶上前，仔细察看。

王大春　（如在梦中）是……是喜儿！（半晌，不知所措。忽见她手臂上的伤痕）呵？……（取毛巾为她扎伤，感伤莫名，轻轻地叫着）喜儿……

大　锁　喜儿！
〔天渐渐明了，听见鸟鸣，洞外朝阳灿烂。
（幕内合唱第七十一曲）

太阳出来了，太阳出来了。
太阳光芒万丈，万丈光芒。

上下几千年，
受苦又受难，
今天看见出了太阳，
赶走万重黑暗！
我们的喜儿哪里去了？
离开我们三四年，
今天呵——
我们要把荒山踏破，
我们要把野洞劈开，
要把喜儿救出来，
救出来！

赏析

贺敬之，山东省峄县人，1924年出生在一个贫苦农民家庭。少年时代在亲友的资助下读过小学和师范。抗日战争爆发后，他流亡到湖北、四川，读中学，参加抗日救亡运动，并开始学习写作诗歌和散文。由于受到党的报刊和进步书籍的影响，他向往着革命圣地，于1940年到延安参加了革命，入鲁迅艺术学院文学系学习。次年加入了中国共产党。这个时期的作品均收入后来出版的诗集《乡村之歌》中，1945年，在毛泽东的《在延安文艺座谈会上的讲话》指引下，与丁毅合作创作了歌剧《白毛女》。解放战争时期，写了秧歌剧《秦洛正》、诗集《朝阳花开》。新中国成立以后，被选为中国作家协会理事，戏剧家协会理事，任《剧本》和《诗刊》编委。1956—1965年，创作了《回延安》、《放声歌唱》、《三门峡歌》、《东风万里》、《雷锋之歌》等著名诗篇，其中政治抒情诗《放声歌唱》和《雷锋之歌》是标志作者创作取得新成就的代表作。粉碎“四人帮”以后，发表了长诗《中国的十月》和《八一之歌》。曾任文化部副部长、中共中央宣传部副部长。

马可（1918—1976年），作曲家、音乐学家。江苏徐州人。早年在河南大学化学系学习，参加学生救亡运动时，已经表现出对音乐的兴趣和才能。1937年抗日战争爆发后，先后参加河南抗敌后援会演剧三队、国民政府军委政治部抗敌演剧十队，负责歌咏指挥和音乐创作。1939年赴延安，在鲁迅艺术学院音乐系工作。解放战争时期随“鲁艺”赴东北解放区从事音乐工作。新中国成立后，先后在中央戏剧学院歌剧系、戏曲研究院音乐研究所、中国音乐学院、中国歌剧舞剧院及《人民音乐》编辑部等单位担任领导工作。创作音乐作品500多首。代表作有《吕梁山大合唱》（1939年）、秧歌剧《夫妻识字》（1944年）、歌曲《南泥湾》（1943年）、《我们是民主青年》（1946年）、《咱们工人有力量》（1948年）和管弦乐《陕北组曲》（1949年）等。1945年参加歌剧《白毛女》的创作，是主要作曲者之一。1953年创作了歌剧《小二黑结婚》，另撰有《在新歌剧探索的道路上》（1954年）、《新歌剧与旧传统》。

《白毛女》展现了一幅旧中国血泪斑斑的画图——封建地主阶级对农民在经济上的残酷剥削，在精神和人身上的种种摧残，从而揭示出一条颠扑不破的真理：只有共产党和共产党领导下的革命武装力量，才能够推翻帝国主义、官僚资本主义、封建主义三座大山，将包括农民群众在内的劳苦大众从黑暗的苦难中解放出来。作品通过喜儿提炼出一个具有深远历史内涵和普遍社会意义的主题：旧社会把人逼成“鬼”，新社会把“鬼”变成人。

这一深刻而鲜明的主题，是通过典型的艺术形象塑造和呈现出来的。喜儿是全剧的主要人物，也是剧作家着力塑造的一个普通农民反抗者的形象，她风雨中生，苦水里长，虽饱经苦难，仍不改天真活泼的本性；虽家贫如洗，但热爱生活，憧憬未来。年三十晚上，“家里过年的东西什么也没有”，当她爹带回两斤白面、二尺红头绳，暂时能躲开逼债的“大鬼”、“小鬼”，与相依为命的爹爹过个大年，她感到非常的心满意足了。但是，这样苦撑苦熬的生活愿望，顷刻之间也破灭了；除夕之夜，爹爹被逼死；大年初一，她又被抢到了黄世仁家；接踵而来的是黄母的非人虐待……三更之后，夜深人静，竟又遭到黄世仁的奸污。蒙受了奇耻大辱的喜儿，萌发了自尽了结的念头，她悲愤极度地呼喊出：“哪！刀杀我，斧砍我，你不该这么糟蹋我！”“爹呀！爹呀！我要跟你去啦……”在张二婶的帮助下，遇救后的喜儿决心为复仇活下去，当张二婶揭穿黄世仁的欺骗嘴脸时，她仇恨填膺地诉说着：“我不可能再像我爹那样……杀鸡还要蹬踏他几下子哪。二婶子，咱还是个人哪！我就是死也要咬他们几口，问问他们的心怎么就这么黑啊?!”这时，站在我们面前的不再是一个逆来顺受的弱女子，而是在残酷的磨难中，积蓄着复仇的火焰。而当黄母诬陷她“败坏黄家的门风”时，她终于爆发了：“是你有罪！是你儿子有罪!”“你们黄家老老少少、男男女女没有一个是好人！……”敢于与恶势力面对面地抗争了，而这倔强抗争的性格，正是在历经千难万劫之后形成的。

想要逼死我，
瞎了你眼窝！
舀不干的水，
扑不灭的火！
我不死，我要活！
我要报仇，我要活！

她在逃出黄家之后，躲过了黄世仁的追赶，亡命于茫茫荒野之中时，发出了这样的誓言！

从这直白无华却字字千钧的誓言中，我们领略到了一个矢志不移的反抗者的精神力量！

求生的愿望、复仇的决心，使她敢于面对艰难的生存环境，风餐露宿，忍辱负重，年复一年地顽强地活下来，头发也变白了……

雷暴雨过后，“白毛仙姑——喜儿，灰白的头发披散着，在暴风雨中奔上”。原是到庙里来寻找供奉充饥呐，不料与躲避风雨的冤家对头黄世仁相遇了，这时的喜儿："怒火突起，直扑黄世仁等，并把手里所拿供献香果向黄世仁等掷去，如长嗥般地'呵——！''鬼？说我是鬼？……好！……我要掐你们！我要撕你们哪！'"这惊天地、泣鬼神的呼喊让喜儿那无以名状的悲愤得到了宣泄，她那矢志不移的复仇女神的艺术形象震撼着善良人们的心灵！

三年过去了，杨格庄解放了，大春回来了，她与亲人在山洞中重逢了，太阳出来了！重获新生的喜儿，在斗争大会上，用血与泪对黄世仁、对万恶的旧社会进行了控诉，吐尽了苦水，新的生活从此展现在我们的主人公面前。

"形象是歌剧主题及其哲理内涵的负载者、阐释者和体现者，也就是说，歌剧主题的意义在一般情况下是通过形象的完成过程来揭示的。"①《白毛女》正是通过喜儿这一艺术形象的精雕细琢，把旧中国统治下苦难深重的广大农民（特别是农村妇女）遭遇的悲惨命运层层剥落，阐释了"旧社会把人逼成'鬼'，新社会把'鬼'变成人"这一主题。

剧作家笔下的杨白劳，可以说是那个时代贫苦农民群众的一个缩影；他们辛勤地劳动在这片土地上，不但没换来温饱，得到的却是永远还不清的"阎王债"！当他被哄骗到黄家，被逼着在卖身文书上按下手印以后，他也只能呼唤着："老天啊，杀人的老天啊！"在喝卤水自尽之前，杨白劳看着灯喃喃地自语："捻儿点完了。油也没了。（灯灭）灯也灭了。（轻呼）喜儿！"寥寥几句独白，留给我们以无尽的思考。他也曾想过要和他们拼，但他最终明白了县长、财主、狗腿、衙役是一张张大网，"哪里有我的路一条"？

赵老汉是剧中的另一个农民形象，他坚信"这世道该有个'讲究'啦"！他一出场几句独白："哎！富家主儿过年乐也乐死啦，穷人过年苦也苦死啦！老杨哥出去躲帐七八天了，也该回来啦。我打上四两烧酒，到他家喝上两盅，心里有话呱啦他一顿，也算是过个穷年。"生动地勾勒出一个豁达开朗的北方汉子的气质。而当他向大春与喜儿说起当年遇到的红军时，简直把他们里里外外描述得红透了，并意味深长地深思着："嗯，……九九归一，有一天，九九归一，到了关老爷磨刀的那一天，红军还会回来的。"也是他在大春打了穆仁智而被追赶时，直截了当地指引大春奔西北走，"西北上有活路"。最终他的愿望实现了，当年的红军回来了，他也成了农会的骨干。

对黄世仁、穆仁智两个反面人物罪恶嘴脸的刻画，也可说是入木三分。如穆仁智提着写有"积善堂黄"的灯笼唱着："我有四件宝贝身边藏，一支香来一支枪，一个拐子一个筐，见了东家就烧香，见了佃户就放枪，能拐就拐，能诳就诳。"活脱脱一个奴才、帮凶相。黄世仁在逼迫杨白劳按下手印以后，得意地说出："杀不了穷汉，当不了富汉。弄不了杨白劳，就得不到喜儿。"

《白毛女》的故事源于晋察冀边区河北阜平一带流传的一个民间故事，属人民群众的口头创作，带有浓厚的传奇色彩。1943年，诗人邵子南由前方返延安时，带回了这

① 居其宏：《歌剧美学论纲》，安徽文艺出版社2003年版。

个故事，并写出以破除迷信、发动群众为主题的剧本。后经鲁艺工作团集体讨论，重新进行结构并深化了主题。

作者以现实主义的笔调，描绘了主人公的悲剧命运；又以浪漫主义和革命理想主义的手法，对原始素材的内涵加以深层的挖掘，无情地揭示了那个时代的阶级矛盾；更以壮美的情怀、高昂的格调，歌颂“太阳出来了，太阳出来了。太阳光芒万丈，万丈光芒。上下几千年，受苦又受难，今天看见出了太阳”的美好景象。

在文学语言上有其独特的风格，剧中的独白、对白淳朴自然，与人物性格非常贴切，乡土气息非常浓厚，是艺术化了的北方农村朴素生动的口语。歌词形象而又凝练，诗的语言，歌的音韵，流畅和谐，琅琅上口，不少唱段用比喻、对偶、排比等修辞手法，诗意盎然，节奏明快。如第四幕第一场《恨是高山仇是海》，喜儿唱道：

闪电呵！撕开了黑云头，
响雷呵！劈开了天河口！
你可知道我有千重恨？
你可知道我有万重仇？
……
大河的流水呀要记清，
我的冤仇要你作证。
喜儿怎么变成这模样？
为什么问你你不作声？
难道是劈雷闪电你发了抖？
难道你耳聋眼瞎照不见我身影？
我，我，我身上发了白……
为什么把人逼成鬼？
问天问地都不应！
(白）鬼？说我是鬼？……好！
我就是鬼！
我是屈死的鬼！
我是冤死的鬼！
我是不死的鬼！

剧作者把电闪雷鸣、狂风暴雨、大河流水聚集笔端，渲染出一个暴风雨之夜的典型环境，以这些平淡的自然现象作为展开丰富想象的翅膀，用雄浑的笔力揭示出喜儿的巨大悲愤。想象独特，诗味隽永，铺陈简洁而富于层次，符合人物的性格又紧扣主题。

白蛇传（节选）①

田 汉

第十四场 断 桥

〔杭州西湖边。

〔白素贞狼狈逃上。

白素贞 （唱西皮倒板）

杀出了金山寺怒如烈火！

（哭头）狠心的官人哪！

〔小青追上，寻觅白娘子，姐妹重见，相抱而哭。

白素贞 （唱西皮散板）

法海贼无故起风波。

官人不该辜负我，

害得素贞受折磨。（跌下）

小　青 （扶问）姐姐怎么样了？

白素贞 腹中疼痛，寸步难行，如何是好？

小　青 想是就要分娩了，且到前面桥边，少坐片时，再想良策吧。

白素贞 事到如今，只好如此。

〔小青扶白素贞前行，眺望湖上。

白素贞 （惆怅地）青妹，这不是断桥么？

小　青 （望）正是。

白素贞 哎呀！断桥哇！想当日与许郎雨中相见，也曾路过此桥，于今桥未曾断，素贞我，却已柔肠寸断了哇！（唱西皮摇板）

西子湖依旧是当时一样，

看断桥桥未断却寸断了柔肠。

鱼水情山海誓全然不想，

不由人咬银牙埋怨许郎。

小　青 这样负心之人，小青早就劝姐姐舍弃了他，姐姐不听。于今害得姐姐有孕之身，这样颠沛流离，有家难奔，有国难投，俺小青若再见许仙之面，定饶不了他！

① 选自《田汉戏曲选》，湖南人民出版社1981年版，第249～258页。

白素贞 为姐也深恨许郎薄情无义。只是细想起来，此事也只怪那法海从中离间，以致如此。

小 青 虽然法海不好，也是许仙不该忘了前情，听信他的挑拨。

白素贞 许郎疑惧于我也是常情，还是那法海不好。

小 青 咳，到了今天你还这样向着他，你的苦还没受够么，姐姐？

白素贞 青妹啊！（唱西皮散板）

我与他对双星发下誓愿，
夫妻们相信赖各不猜嫌。

小 青 （唱前腔）

贤姐姐虽然是真心不变，
那许仙已不是当时的许仙。（愤然抽出剑）
叫天下负心人吃我一剑！

许 仙 （内叫）走啊！

〔许仙急上。

许 仙 （唱前腔）

风神一阵到家园。
一路上只把贤妻念，

（急瞥见素贞与小青，惊喜）呀！（唱前腔）

却见她花憔柳悴断桥边！
小青儿腰挎三尺剑，
圆睁杏眼怒冲天！
怪不得她把许仙怨，
我害得她姐妹不周全。
不顾生死把贤妻见，

娘子！

白素贞 （惊叫）官人！

小 青 （同时）许仙，你来得好！（打许仙，拔剑）

〔许仙逃，小青追下。

白素贞 青儿！（颠仆追）青儿！（下）

〔许仙逃上。

许 仙 （唱前腔）

吓坏了钱塘小许仙。

小 青 哪里走？（再追许仙。圆场）

白素贞 （追叫）青儿不可！青儿不可！

〔小青亮剑。

许 仙 （跪抖）娘子救命，娘子救命哪！

白素贞 （一面护许仙，无限怨愤地）怎么你、你、你、你今日也要为妻救命么？

你、你、你——（唱西皮垛板）

你忍心将我伤，
端阳佳节劝雄黄；
你忍心将我诳，
才对双星盟誓愿，
又随法海入禅堂；
你忍心叫我断肠，
平日恩情且不讲，
怎不念我腹中怀有小儿郎？
你忍心见我败亡，
可怜我与神将刀对枪，
只杀得我筋疲力尽头晕目眩腹痛不可当，
你袖手旁观在山岗。
手摸胸膛你想一想，
有何面目来见妻房？

许 仙 娘子！（唱西皮散板）

耳听得寺外声喧嚷，
心念贤妻泪千行。
几次要闯出文殊院，
法海不许我见妻房。

小 青 既然法海不许你来见小姐，从镇江到此，千里迢迢，你今天是怎样来的？

许 仙 只因……

小 青 （不等许仙说完，急风暴雨地）是不是法海派你来追赶我们姐妹来了？这样负心之人，待我杀了他！

许 仙 哪有此事！娘子听我说，娘子听我说！

白素贞 （对小青）且听他说些什么。

小 青 （愤指许仙）讲！

许 仙 娘子，青姐，娘子啊！（唱西皮垛板）

那一日来到大江边，
法海劝我去逃禅。
先只想拜佛早回转，
文殊院粉墙高似天。
听鱼磬，只把贤妻念，

贤妻啊！

那几夜何曾得安眠？
贤妻金山将我探，
咫尺天涯见无缘。

法海与你来交战，
卑人心中似箭穿。
小沙弥，行方便，
放我下山访婵娟。
谁知又被法海见，
一阵风吹我返家园，
得与贤妻见一面，
纵死黄泉心也甜。

小　青　呸！（唱西皮散板）
既是常把小姐念，
你为何轻易听谗言？
小姐与法海来交战，
你为何站在秃驴一边？
秃驴若不将你遣，
怎肯送你返家园？
花言巧语将谁骗？
无义的人儿吃我的龙泉！（举剑）

白素贞　（急拦住小青）青妹！（唱南梆子倒板）
小青妹且慢举龙泉宝剑，
（向许仙）冤家啊！（转梆子清板）
许郎夫你莫要怕细听我言：
你妻原不是凡间女，
妻本是峨眉山一蛇仙。

〔小青见她吐出真情，急来止住她，白娘子不顾。

白素贞（唱）　只为思凡把山下，
与青儿来到西湖边。
风雨湖中识郎面，
我爱你深情惓惓丰度翩翩，
我爱你常把娘亲念，
我爱你自食其力受人怜。
红楼交颈春无限，
怎知道良缘是孽缘。
到镇江，你离乡远，
我助你卖药学前贤。
端阳酒后你命悬一线，
我为你仙山盗草受尽了颠连。
纵然是异类我待你情非浅，

腹内还有你许门的香烟。
你不该病好良心变！
上了法海无底船。（转二六）
妻盼你回家你不见，
哪一夜不等你到五更天？
可怜我枕上泪珠都湿遍，
可怜我鸳鸯梦醒只把愁添。（转快板）
寻你来到金山寺院，
只为夫妻再团圆。
若非青儿她拚死战，
我腹中的娇儿也命难全。
莫怪青儿她变了脸，
冤家啊！（接唱）
谁的是谁的非你问问心间哪？

小　青　（向许仙）好，许仙，我小姐已然把真情实话都对你说了。你快找你那法海师父去吧。（向白素贞）姐姐，我们走。

许　仙　娘子，青姐，娘子啊！

白素贞　青妹听他说。

许　仙　（唱反西皮）
娘子把真情说一遍，
一桩桩往事涌上我的心间：
风雨西湖初见面，
双双卖药到大江边，
端阳节我不该把酒劝，
只害得贤妻受苦我也吓倒在床前。
多亏你灵山盗草不辞远，
才救得卑人一命还。
那一日金山去还愿，
法海他劝我断“孽缘”。
我在金山不能回转，
可怜你每夜等我到五更天。
寻我来到金山寺院，
那顾得有孕之身受颠连。
才知道娘子你情真爱重心良善，
受千辛忍万苦为的是许仙。
娘子啊！
你纵然是异类我也心不变。

小　青　（走过来抓住许仙）许仙！（唱西皮散板）
　　许官人好一片蜜语甜言！
你这负心之人只顾你一人自在，哪里知道小姐的苦楚！
白素贞　青儿，官人于今他知道了。
小　青　怎见得他知道了？（甩开许仙）姐姐啊！（唱西皮散板）
　　贤姐姐你为人心肠忒软，
　　怎知道男儿汉他变化万千。
许　仙　娘子，青姐！（唱前腔）
　　许仙再把心肠变，
　　三尺青锋尸不全。
白素贞　喂呀！（扶起许仙，相抱而哭）
小　青　呀！（唱前腔）
　　他夫妻依旧是多情眷，
　　看将来难免要再受熬煎。
　　倒不如辞姐姐天涯走远……
（凄然一拜）姐姐，多多保重，小青拜别了。
白素贞　（急拦住）青妹！（唱西皮垛板）
　　我与你患难交何出此言！
　　不见我怀胎儿就要分娩，
　　不见我流离在道路边；
　　你忍心叫为姐单丝独线……
青妹！……（痛哭）
小　青　（急慰）姐姐不要如此。（唱前腔）
　　小青我与姐姐血肉相连。
　　下山时姐妹们发下誓愿，
　　同生死共患难不相弃捐。
　　但愿得产麟儿母子康健，
　　但愿得那许……
白素贞　（哭）喂呀。
〔许仙愧悔低头。
小　青　（为着她挚爱的师姐只得宽恕许仙，唱前腔）
　　但愿得我姑爷爱定情坚。
　　倘若是贤姐姐再受欺骗，
　　这三尺无情剑誓报仇冤。
许　仙　青姐！（唱西皮散板）
　　千熬百炼真金显，
　　娘子深情动地天，
　　青姐但把心头展，
　　许仙永不负婵娟。

白素贞　许郎，你我夫妻哪里安身？

许　仙　就到我姐丈家中安身如何？

白素贞　也好，此去不可提起金山之事。

许　仙　那是自然。

白素贞　青妹来呀！（扶小青，唱前腔）

难得是患难中一家重见，
学燕儿衔泥土重整家园。
小青妹扶为姐清波门转。（回望湖上）
猛回头避雨处风景依然。

〔同向左侧下。

赏析

田汉（1898—1968 年），湖南长沙人，字寿昌，曾用笔名伯鸿、陈瑜、汉仙等。1916 年赴日留学，1921 年与郭沫若、成仿吾组织创造社。1927 年在上海艺术大学任教并被选为校长。在此期间创作了《获虎之夜》、《名优之死》等大量话剧。

1930 年加入中国左翼作家联盟，1932 年加入中国共产党。抗战后，积极救亡。创作有话剧《卢沟桥》、《江汉渔歌》、《岳飞》、《丽人行》等。同时还与聂耳、冼星海、张曙等合作创作了大量歌曲，其创作的《义勇军进行曲》后来成为新中国国歌。

中华人民共和国成立后历任政务院文化教育委员会委员、文化部戏曲改进局局长、全国文联副主席等职。创作了《关汉卿》、《文成公主》、《白蛇传》、《谢瑶环》等。在历史剧的创作与改编方面达到了新的高度。“文革”中遭迫害，病死狱中。

《白蛇传》是田汉根据民间传说创编的。剧情梗概是这样的：钱塘许仙，路过西湖遇雨，与白蛇、青蛇幻化之二少女同舟；白、许互生爱慕，许将雨伞借白，订期造访，遂成婚配。白素贞（白蛇）与许仙婚后，为济世救人开设药铺，遣小青（青蛇）去盗钱塘县库银；库神守库，小青力败库神，盗银而归。金山寺僧法海，嫉妒许仙与白素贞结婚；暗地告诉许仙白是蛇妖所变，唆使许于端阳节劝白饮雄黄酒，白现原形，许惊死。白乃潜入昆仑山，盗取灵芝仙草，与鹤鹿二童格斗，幸南极仙翁见怜，赠以灵芝，救活许仙。许上金山进香，多日不还。白偕小青到金山寺，恳请法海放回许仙，法海不允；白乃聚集水族，水漫金山，法海也召来天兵天将。白因有孕，体力不支，败至断桥，腹痛难行。许仙赶来，小青恨许负心，拔剑要斩；白因夫妻情深，极力为许辩解，许仙也一再谢罪，三人和好如初，同投许姐丈家安身。许仙与白素贞投住姐丈家，白生一子；法海于婴儿弥月之期，将白摄入金钵，压入雷峰塔下。小青击败塔神，雷峰塔倒，救出了白素贞。

白素贞是个美丽、善良的女子。她热烈而纯真地爱着许仙，为了他，她在镇江夫妻卖药，惨淡经营，救死扶伤；为了他，她冒着生命危险到仙山盗取灵芝，救得许仙一命；为了他，她在哀求法海不应之后，不顾有孕之身，不畏强敌，奋然率水族与法海的天兵天将作殊死搏斗，即使败退，直到产后被金钵罩住，压在雷峰塔下，她也无怨无悔，决不屈服。她对许仙的爱与对法海恶势力的恨有机地交织在一起。恨得愈深，也就爱得愈真。在白素贞的身上，集中体现了中国妇女美丽善良、温柔体贴、敢爱敢恨、不畏强暴的美德，强烈地表现了中国妇女追求自由幸福的不可征服的意志，以及她们英勇无畏的富于自我牺牲的精神。可以说她就是中国妇女真善美的化身。

许仙善良敦厚，追求爱情，向往幸福，既有无私的爱，又有自我保存的欲望，有着较强的内心矛盾。一方面，他是善良的，游湖借伞，治病救人，可见一斑；另一方面，他又是动摇的，当法海挑拨时，他将信将疑，为了自我保护，端午节劝娘子喝雄黄酒，使现原形，又拜法海为师，害得白素贞为之奔走、苦寻、力斗。但后来，当他认清了法海的真面目，毅然与白、青一起反抗以法海为代表的恶势力。这个人物的处理是颇有艺术性的。如果完全不动摇，就不会有这爱情悲剧，如果动摇到底，则不仅毁了许仙，也毁了白娘子。

小青是个与白娘子的美丽相衬托、相影响的形象。她与白娘子一样美丽善良。她对朋友是忠诚的，而且是始终如一的。白素贞与许仙相爱，她从心底里高兴、祝福。白素贞遇难，她挺身而出，不顾个人安危。而她对敌人、对法海一类的恶势力则是水火不容，斗争到底。她的嫉恶如仇、为朋友拔刀相助的侠肝义胆是值得称道的。当许仙动摇时，她觉得许仙背叛了白娘子，她快言快语，拔剑相向。这里，自然也表露了小青姑娘的直率、侠义和不够沉着。最后，白娘子被镇雷峰塔下。小青再度修行，力斩恶魔，终于战胜邪恶，救出白娘子。可以说，她是忠诚、坚贞的典型。

法海是坚决和白娘子作对的矛盾的一方，是封建邪恶势力的典型代表。一方面他势力强大，法力高深；另一方面又伪善伪仁。他嫉恨许白的相亲相爱，极力阻挠，表面上装出关心许仙、普度众生的菩萨心肠，骨子里却干着扼杀美好事物、毁灭爱情的勾当。作者刻画得越生动，揭示得越深刻，白娘子的斗争就更严酷、更艰巨，爱情悲剧就更沉痛。

剧本的构思是相当巧妙的。没有矛盾冲突就没有戏，此剧的矛盾冲突也是展示得非常充分的。主题当然是歌颂自由、歌颂爱情、歌颂正义、反抗强暴、谴责邪恶的。白娘子与法海之间的矛盾是尖锐的、不可调和的。两者的斗争越激烈，揭示的内涵也越深刻，舞台也越有表现力，人物形象就更生动、更有血有肉。而白娘子的痴情、许仙的动摇、小青的误会又构成了其内部的小矛盾。这些使得整个戏剧避免了平板而变得戏中有戏。

断桥一折正是这戏中戏。作者巧妙地安排了许仙与白素贞、小青在断桥重逢，但此时与游湖时情景迥然不同。过去互见善良、两情相悦的鸳鸯桥如今竟是伤心地！素贞与小青战败而逃，已是狼狈，更兼白娘子有孕在身，即将分娩，受此颠连，自是苦不堪言。许仙急切想见娘子，得风神相助，在此重逢，既惊喜不已，又羞愧难当，相思之苦，离家之恨，猜疑之愧全都涌上心头。“纵死也要把贤妻见”，再次表现了许仙的真情挚爱，也表现了他对伤害白、青姐妹的愧悔。小青由拔刀相向、愤然欲走而终至患难与共，形象更加生动而丰满。三人之间由误解而和好的戏剧冲突过程，寄寓了作者的美好愿望，也为雷峰塔倒，小青大胜，救出白素贞这个颇具浪漫主义神话色彩的结尾做了精心的铺垫准备。

思考与练习

1. 有感情地朗读唱词，体味戏词的明白晓畅、节奏感强、音韵优美、内涵丰富的特点。

2. 试写一段文字，谈谈你对小青的看法。

获虎之夜（独幕话剧）

田 汉

时 间 辛亥革命后某年的一个冬夜

地 点 长沙东乡仙姑岭边一山村

人 物

魏福生——富裕的猎户。

魏黄氏——魏福生妻。

莲姑——魏福生独生女。

祖母——莲姑的祖母。

李东阳——邻人，甲长。

何维贵——李的亲戚，农夫。

黄大傻——莲姑表兄。

屠大、周三、李二——魏家所雇的长工

布 景 魏福生家的“火房”（即乡下人饭后的休息室，客人来时的应接室，冬夜一家人围炉向火处）。

〔开幕时魏福生坐炉旁吸水烟。其母老态龙钟坐在草围椅上吸旱烟。福生之妻正泡茶。莲姑，十八九岁，山家装束而不掩其美，将泡好的茶用盘子托着先奉其祖母，次奉其父，然后走出“火房”送给她家的佣工们。魏福生目送其女出去，对其妻低语。

魏福生 莲儿嫁到陈家里去不取第一也要取第二，他家那样多的媳妇，我都看见过，就人物来讲，很少及得我们孩子的。

魏黄氏 （感着一种母亲的夸耀）前几天罗大先生也这样说呢。费去了好多心血总算替她挣了这点点陪奁。要不然，单只模样儿好，陪奁太少也还是要遭妯娌们看不起的。

魏福生 也当感谢仙姑娘娘，难得这几年运道还好，新近又一连打了两只虎。不然，事情哪有这样顺手？

魏黄氏 （因而想起）铳装好了没有？

魏福生 装好了，还没有上线。等再晚一点，把线上好，今晚准不会落空的。

魏黄氏 只要再打到一只，莲儿又可以多添一样嫁妆了。我还想替她到城里去买一幅锦缎被面和一个绣花帐檐子。没有多少日子就要过门了，不赶快办，怕来不及。

魏福生　若是再打到了一只大点儿的，也不必抬到城里去请赏了，就把皮剥下来替莲儿做一床褥子，倒也显得我们猎户人家的本色。我打第一只虎的时候，就有这个意思。莲儿，你……莲儿怎么不进来？

魏黄氏　（微笑）八成是听得说她的事，不好意思，回到自己房里去了吧。

魏福生　她这一向还好，从前她真是不听话，几乎把我气死了。

魏黄氏　我也何尝不气，只是听得她晚上那样哭，我又是恨，又是可怜她……到底是我身上的肉啊。（想了想）那颠子还在庙里吗？

魏福生　唔。还在庙里，还住在戏台下面。本想把他驱逐出境，可是地方上见他年纪轻，少爹没娘的，也并不为非作歹，都不肯赶他，我也不好把我的意思说出来。

魏黄氏　真是这些时候也没有见他打我们门口走过了。

魏福生　大约是挨了我那一次打，就不敢再来了。那种颠子单骂他一两句，他是不怕的。

祖　母　颠子也真可怜啊。你骂他一两句，要他以后别来了不就够了，打他做什么呢？

魏福生　你老人家哪里晓得，那孩子看去好像颠颠傻傻的，对莲儿可一点也不傻。起初我让他跟莲儿一块儿玩，不大管他，后来长大了，还天天来找莲儿，莲儿仿佛也离不开他，我才晓得坏了。那时颠子的娘刚死不久，我荐他到田家墩王家看牛。他说他不愿到那么远的地方去，又说他虽是无家可归了，但不愿离开仙姑岭。打那时候起，他就在庙里的戏台底下过日子。可怜也实在可怜，可一想到他害得莲儿不肯出嫁，怎么叫我不恼火！

魏黄氏　好了。现在也不必恨他了，反而叫我们给莲儿选了家好人家。

魏福生　（忽然想起）喂，前天莲儿到哪里去来？

魏黄氏　同下屋张二姑娘到拗背李大机匠家里去来。我要她送几斤虎肉给他，顺便问他那匹布织完了没有。

魏福生　以后要屠大爷送去好哪，姑娘家不要到外面跑。我仿佛看见她打那一边岭上下来的呢。

魏黄氏　你为什么问起这事？

魏福生　莲儿有好久没有出门，我怕她又跑到庙里去。

祖　母　到庙里去敬敬菩萨也不要紧啊。

魏福生　敬敬菩萨自然没有什么，就怕她又去会那颠子。

魏黄氏　有张二姑娘跟着她呢。再说，莲儿自从定了人家，早已把那颠子忘了。

魏福生　但愿那样就好。

〔此时外面有人声对语。李东阳带何维贵来访魏福生，屠大迎接他们。

屠　大　（在内）哦！李大公来了。请进。

李东阳　（在内）哦，大司务，福生在家吗？

屠　大　（在内）在火房里坐。请进。

〔屠大登场。

屠　大　客来了。（退场）

〔李东阳、何维贵登场，魏福生等起迎。

李东阳　魏老板！

魏福生　哦，甲长先生来了。请坐，请坐。这位是谁？

李东阳　这是舍亲，姓何，住在橺里。

魏福生　哦，何大哥。几时进橺来的？

何维贵　下午来的。

李东阳　他是今天下午进的。他们家几代住在垌里，难得到橺里来。他是我侄郎的哥哥。前回我到垌里去"散事"，在他家住了一晚。谈起橺里柴火怎么多，坡土怎么好，怎样晚上可以听得老虎豹子叫，又谈起你们家新近打了两只老虎，于今一只抬到城里请赏去了，还有一只关在笼子里，他们家里人都没有见过老虎，谁都想来看看。这位老哥，尤其动了意马心猿，非同我来不可。我只好带他来。

何维贵　（忽听得什么叫，忙着扯住李东阳手）嗳呀，这、这是不是虎叫？

〔魏福生同家人皆笑。

魏福生　这不是虎叫，这是后面猪圈里猪叫。

李东阳　……第二次打的老虎也抬到城里去了吗？

魏福生　抬去四五天了。

李东阳　怎么你没有去？

魏福生　我没去，要老二去了，顺便办一些货回来。我在家里还有些事情。

李东阳　那么，维贵，你来得不凑巧。你那样要看老虎，好容易到橺里来，老虎又抬走了。

魏黄氏　（一面献茶与客）真是，何大哥，你早五六天来就好了。嗳哟，没有抬走的时候看的人真多啊！抬走之后两三天还有好些人赶来看，都扑个空回去了。周家新屋的三太太从城里回，也来看虎，她靠近笼子站着，听得虎一吼，身子往后一仰，两手这样往前一拍，手上一对玉钏子，啪！全砸碎了。

何维贵　嗳呀，好凶！

李东阳　（笑了）你家捉了老虎的事，真传得远，连春华市那一边都知道了。那地方的都总太太都想来看一看呢，可惜你们急着把老虎送到城里去了。

魏福生　不要紧。今晚若是运气好，还可以打一只，就怕捉不到活的。

李东阳　为什么？又装了陷笼啦？

魏福生　不是陷笼，是抬枪，只等人静一点，就要上线呢。

李东阳　装在什么地方？

魏福生　装在后面岭上。

李东阳　那里没有人走吗？

魏福生 这么晚谁还跑那边岭上去，再说，谁都知道昨天已经发了山。

李东阳 那么恭喜你今晚上又打一只大老虎，该请我喝一杯喜酒吧。

魏福生 那自然哪。莲儿就是这几天要过门了。今晚上再打一只老虎，我一定把喜酒办得热热闹闹的，请甲长先生多喝几杯。

李东阳 哦，不错，听说莲姑娘就是这几天要出门子了。我还没有预备一点添箱的礼物哩。

魏黄氏 嗳呀，大公不要费心了。前天承大娭毑①送来了一匹布，两个被面，我们已经不敢当得很哩。

李东阳 哪里的话，正应，正应。陈家几时过礼？

魏黄氏 初一过礼。

李东阳 你们这头亲事真是门当户对，不要说在我们这门前上下，就是在全乡里也是少有的。

〔屠大登场。

屠　大 大老板，我们可以上线去了吧。

〔此时房里久已点灯。炉中柴火熊熊。

魏福生 （起视窗外）可以去了。你们得小心点啊。

屠　大 晓得。

李东阳 你们家这位屠司务真是个好人。

魏福生 哼。他做事靠得住。

魏黄氏 有一句讲一句，屠司务真是个老实人。他在我们家做了五六年长工，从来没和我们闹过半句嘴。哦……我记起来了，你们二姑娘不也要出阁了吗？

李东阳 嗯。明年三月安排把她嫁到金鸡坡侯家去。

魏黄氏 侯家！那真是好人家呀。三十几人吃茶饭，长工都请了七八个。二姑娘嫁到那样的人家真是享福啊。

李东阳 嗨，分得她有什么福享？不过可以不挨饿就是了。他家的儿媳妇是有名的不好当的：要起得早，睡得晚，纺纱绩麻。烹茶煮饭，浆衣洗裳不在讲，还得到坡里栽红薯，田里收稻子，一年到头忙得个要死，若是生了个一男半女就更麻烦了。

魏黄氏 不过这样的人家才是真正的好人家啊。越是一家人勤快，省俭，越是兴旺。

李东阳 是。我也正是取他们家这一点，才把二姑娘看到他家去的。她的娘疼爱女儿，听说侯家里是那样的人家，起初还不肯回红庚呢。

祖　母 福生，你叫胡二爷到柴屋里去弄些硬柴来。今晚若是打了老虎还有好一会耽搁呢。

魏福生 我自己去吧。（起身出门）

---

① 娭毑（āijiě），祖母。

李东阳 娭毑，你老人家真健旺得很。

祖　母 咳，讲给大公听，到底上年纪了，不像从前那样结实了啊。

何维贵 你老人家今年高寿是？

李东阳 你猜猜看。

何维贵 我看……跟我的娭毑上下年纪吧？

魏黄氏 你的娭毑有多大年纪了？

何维贵 今年七十五岁。

魏黄氏 那么比她老人家还小一岁。

李东阳 他的娭毑也健旺得很。我早几天在他家里，还见她老人家替孙子绣兜肚呢。

魏黄氏 我的娭毑眼睛不如从前了，可就是脚力好。仙姑殿那样陡的山坡，她老人家还爬得上去。

李东阳 我们后班子真不及老班子啊。

魏黄氏 是啊。

祖　母 我们算什么，没有见你的公公呢。他老人家八十岁那年，还跟后班子赌狠，推起两石谷子上山呢。

何维贵 嗳呀，好健旺！我怕都做不到。

祖　母 你们十八九岁的人，“出山虎子”，正是出劲的时候，有什么做不到。

〔**魏福生抱柴来，放在火炉弯里。**

魏福生 你们讲什么？

李东阳 我们正谈起现在这班年轻人还不及老班子有气力。

魏福生 这是实在的话。就拿我们猎户讲，现在的人哪里及得老一辈，不过器械方法比从前精巧些罢了。

何维贵 魏老板，你府上从前那两只老虎是怎样打的呢？

魏福生 说起来，也有趣得很。我们去年也打过几只，可没有今年这两只来得容易。第一只尤其是意外之财，那时我家刚做好一只陷笼，还没有抬到山上去，就把它放在猪圈后面，把门子打开，只望万一关只把小野物。不料睡到半晚，忽然听得猪圈里乱动起来，接着是几声扯锯子似的吼叫。我们赶忙爬起来，拿了猎枪，虎叉，掌起灯，望猪圈后面一看时：原来笼子里关了一只大老虎。这老虎打我们屋边经过，听得猪叫，想来吃猪，没有别的路，就打笼子里钻进来，使劲爬猪圈，机关一动，拍嗒！后面的门就关下来了。有了这次的好处，后来我们又做了一个笼子，比前一个还要巧，装在那边岭上的树乱里，四周都用树枝子盖好，只留一条进路。笼子后面放些猪羊鸡鸭之类，都捆了腿子，让它们在里面乱踢乱叫。冬天里的饿老虎，打岭上经过，听得树乱里有生物叫，还有个不钻进去的？果然第三天晚上，我们又装了一只，这就是五天前抬到城里请赏的那一只。

何维贵 打虎这样容易吗？

魏福生　哪里会都这样容易！这不过是我走运罢了。你们走过的仙姑岭左边不是有一个长坡吗？那里原先不是像现在这样的光坡，是一带深山老林。近处的人知道那里边有老虎窝，谁也不敢去砍柴，因为长远没有人砍伐，那一带林子就越长越密，深得不见天日。后来里面虎多了，常常出来侵害附近人家的牲口，到了晚上常听得有老虎吼叫，近边人家都不敢安心睡觉。后来把长坡易四聋子的儿子也咬去了。易四聋子是我们乡里有名的猎户，他们夫妇就单生这个儿子，宠得跟性命一样，一旦给虎咬去了，那还受得了？他发誓要杀尽这一坡的老虎。他有个朋友姓袁，也是个有名的猎户，人家叫他袁打铳，也愿意帮他给地方除害。易四聋子每天背着猎枪，提着刀，到坡里找，有一天果然被他找出了一条路，照那条路走进去，就到了老虎窝。一看，母虎不在，只剩了四个小虎在窝里跳。虎窝旁边还有一堆小孩子的头腿，肉都啃没了。易四聋子不看犹可，一看见这堆骨头他又是伤心，又是冒火，一阵乱刀就将那几只小老虎都砍死在窝里。易四聋子知道母老虎一定要报复的。第二天就邀袁打铳跟许多猎户来围山。那天那母虎回来见小老虎都死了，整整吼了一夜。第二天他们围山的时候，它坐在窝里等着。……

〔忽闻许多猎犬声，

屠　大　和二三伙友从山上回来。

〔屠大、周三登场。

魏福生　装好了吗，屠大？

屠　大　全都装好了。

魏福生　山上有人走吗？

屠　大　这个时候什么人会走到那样的岭上去？

魏黄氏　屠大爷，周三爷，快来烘一烘，今晚冷得很哩。

周　三　也不怎么冷。

〔魏黄氏折些带叶的干柴，烧起熊熊的火来。屠大、周三二人烘着。

李东阳　屠大爷你的衣袖子烂得不成样子了。

魏黄氏　昨天我要他交给莲儿缝补缝补，他又不肯。

屠　大　我的衣哪里敢烦莲姑娘补呢？反正在山里干活的人别想穿一件好衣，就有件把好衣，到深山里跑个三两趟，也完了。

李东阳　我老早劝屠大爷讨一个老婆，他总不听，不然，不早有人替你缝补了？

屠　大　甲长老爷，你也得体恤民情呀。像我们这样连自己也养不活的人还能养得活老婆吗？

李东阳　话虽是这样说，老婆总是要讨的。也没有见单身汉子个个有了钱，也没有见讨了老婆的个个都饿死了。我还是替你做个媒吧。

周　三　我也替你做个媒吧。

屠　大　（笑向周三）你替我做个什么媒呀？你有什么姑子要嫁给我呢？

周　三　这姑娘你也见过的，就是后屋朱太太的大小姐。

屠　大　后屋有什么朱太太？

〔魏福生和魏黄氏早笑了。

屠　大　哦，（打周三）你这坏蛋。

魏福生　喂，屠大爷，你快去把器械安排好。等一会就要用呢。

屠　大　好。

周　三　爷你赶快替我磨刀去。

〔屠大、周三下场。

李东阳　今晚上一定又该你发财呢。

魏福生　哈哈，这些事也要靠运气。法子总得想，能不能到手可说不定。这回叫"谋事在人，成事在天"哩。

何维贵　第二天又怎么样呢，魏老板？

魏福生（突如其来，摸不着头脑）第二天？

何维贵　第二天他们去围山，捉到那只老虎没有呢？

魏福生　啊，你是说易四聋子打虎啊。对，第二天易四聋子就邀了袁打铳跟本地好几位有名的猎户去围山。易四聋子跟袁打铳奋勇当先，照着他昨天找到的那条路，一步步逼近老虎窝，等到相隔不远的时候，见那只母老虎正按着爪子等他，这真叫"仇人见面"，他举起枪，瞄准老虎头上就是一枪。老虎听得枪一响，照着枪烟，一个蹿步扑过来。易四聋子本想趁势刺它的肚子，但是来不及了，老虎扑到他的头上来了。他丢了手里的东西一把抱住母老虎的腰，把头紧紧地顶住它的咽喉，把两只脚紧紧地撑住它的后腿，任凭它怎样的摆布，他只是死命地抱着它不放。易四聋子的好朋友袁打铳，跟其他猎户们，救也不好，不救也不好。袁打铳隔得近，爬到树上，对准那老虎打了两枪，老虎打急了。等到第三枪，它就地一滚，那枪子打在易四聋子的腿上，虽然没有打中要害，但痛得他把腿一缩，头上也不由得松下来。那老虎趁这工夫大吼了一声，把易四聋子的脑袋咬了半边，几跳几蹿地就跑出去了。因为势子太凶了，猎户们谁也不敢挡它的路。袁打铳一面收拾他朋友的遗体，一面发誓除掉那只老虎，替他朋友报仇。从此以后，他就时常一个人背着枪，去找那只老虎。后来也打了好几只虎，可始终不是咬他朋友的那一只。他有一个儿子，叫友和，十四五岁了。袁打铳怕他死了之后他朋友的仇不能报，常常把母老虎的样子对友和说，要他长大了也做一个猎户，务必找到这只老虎，把它打死、祭他朋友的灵，才算孝子，因此友和心目中也常常有这么一只虎。

何维贵　他的儿子后来打到这只虎没有呢？

魏福生　你听哪。第二年春二月间，友和跟几个小朋友到枫树坡去寻惊蛰菌，这个坡里也因为林子深，没有人敢去砍柴，地下树叶子落得厚，每年结的菌子也最多。这些小孩越取越多，越多越高兴，就不顾危险往林子深处钻。正拣得高兴的时候，忽然一个小孩吓得叫也不敢叫出来，拼命地扯起他们跑。他们问："看见什么啦？"他说："有虎！"听得有虎，大家都往外跑，把取下来的菌子撒满了一地。可是跑了好一阵，却没见什么东西追出来，瞧有虎的那边林子，一点响动也没有。他们都奇怪。内中有大胆的就再跑到林子里去偷看，袁友和也是一个。一看林子里有一块小小空地，空地上坐着一只刚才吓得他们乱跑的大老虎，嘴里还咬着一块什么东西，两只眼珠鼓得有茶杯那样大，可是它不动，连哼也不哼一声，听听，好像连气息也没有。袁友和胆子最大，拣起一块小石头照那老虎头上一扔，打个正着，可它还是不动。袁友和知道世界上没有这样好脾气的老虎，一看它的头上还有一两处伤哩，心里早想起他爹爹时常对他说起的那只母老虎。他告诉那些小朋友，可是谁也不敢走近那老虎，还是友和跑过去把它一推，哗啦一声就倒了。原来那只母老虎自从咬了易四聋子，带了重伤逃出来，就藏在这林子里死了，如今只剩得皮包骨头，嘴里还衔着易四聋子的半边脑壳哩。

何维贵　那么为什么它还坐着呢？

魏福生　这就叫"虎死不倒威"嘛。后来友和回去把他老子喊来一看，果然是那只老虎。袁打铳把易四聋子那半边脑壳交给他家里跟遗体一起葬了；把老虎的皮骨祭了他的灵，才算完了他一桩心事。

〔正说到这里忽听得山上抬枪一响。

魏福生　吓！

屠　大　（在内）枪响了。大老板！我们快去吧。

李东阳　福生，你的财运真好。这次包你又打了一只大虎了。

祖　母　若真是只老虎，那么莲儿又多添一样陪奁了。

魏福生　但愿又是只老虎，不要打了一只什么小的野物，那就不值得了。

〔屠大携猎枪、虎叉之类登场。

屠　大　不会，一定是只大虎。小野物不走那条路的。

魏福生　我也这样想。

何维贵　我们也去看看吧。

魏福生　何大哥要去看看也好。

李东阳　我也同去看看。

魏福生　（对魏黄氏）你赶快去烧好一锅水，等一下有好一阵子忙呢。

魏黄氏　我早已预备好了。

周　三　（在内）喂！去呀。

魏福生　（同声）去呀。（各携器械退场）

屠　大　魏黄氏娭毑，你老人家睡去吧。

祖　母　还坐一会也好。等他们把虎抬回来再睡。又有好一阵子忙，我在这里烧烧火也是好的。

魏黄氏 啊呀，炊壶里没有水了。莲儿！

莲　姑 （在内）来了。

〔莲姑登场。

莲　姑 妈妈，什么事？

魏黄氏 你去添一壶水来。等一会儿他们回来了，要茶喝呢。

莲　姑 是。

〔莲姑携壶下场，旋即携一满壶水登场，依然把壶挂在火炉里的通火钩上。

莲　姑 妈，又打了一只老虎吗？

魏黄氏 屠大爷说一定是只老虎。别的野物，不走那条路的。再说，昨天不是发了山了吗？

祖　母 若是只虎，你爹爹不知该多喜欢。他说这次就不抬到城里去请赏了，要把皮剥了给你做一铺褥子。

魏黄氏 日子近了，你那双鞋还不赶快做好！

莲　姑 我不做。

魏黄氏 蠢孩子。你为什么不做？

莲　姑 我不要穿鞋了。

魏黄氏 蠢话！为什么不要穿鞋了？

莲　姑 我不要活了。（哭）

魏黄氏 胡说！为什么不要活了？

莲　姑 爹妈若是一定要我出嫁……

魏黄氏 你还嫌陈家里不好吗？

莲　姑 不是。

魏黄氏 嫌三少爷配不上你？

〔莲姑摇头不语。

魏黄氏 那么为什么又不愿意去了呢？

莲　姑 ……不愿意去就是不愿意去嘛。

魏黄氏 好孩子，你先前说得好好的，怎么这会子又变卦了呢？这样的终身大事岂是儿戏得的！人家已经下了定了，你又不愿意去了。就是我肯，你爹爹肯吗？就是你爹爹肯，陈家里能答应吗？你总得懂事一点，你现在也不是七八岁的小姑娘了。放着陈家这样的人家不去，你还想到什么人家去？

祖　母 是呀。像陈家那样的人家在我们乡里是选一选二的。他家里肯要你，真是你的八字好呢。你不到他家去，还想到什么更好的人家去？就是有更好的人家，他不要你也是枉然哪。

莲　姑 我什么人家也不愿意去。我在家里伺候婡毑、妈妈不好吗？

魏黄氏 你这话更蠢了。哪里有在娘边做一辈子女儿不出门子的呢？我劝你不要三心两意的了。你只赶快把鞋子做好，别的陪奁我也替你预备得有个八成了。只候你爹爹打了这只虎，替你做床虎皮褥子，还托二叔到城里买一幅绣花帐檐，锦缎被面子，就要过礼了。你刚才这些话我原晓得你是故意跟我淘气的，你要出嫁了，你妈还能把你怎样吗？只回头不要对你爹爹这样说，你爹爹若听见了这些话，你是晓得他的脾气的。

祖　母　是呀。你爹爹他若听说你不愿意，你看他会怎么样气吧。

莲　姑　我不管爹爹气不气，我只是不去就是了。

魏黄氏　好，你有本事等一下对你爹说去。我懒得跟你麻烦。我要到灶屋里去了。（下）

莲　姑　（走到祖母前）婇毑，我……

祖　母　（抚之）傻孩子，你哭什么，你的命不是比你妈、你婇毑都好吗？

莲　姑　不。婇毑，我是一条苦命。

〔隐约闻外面人声嘈杂，猎犬吠声。

祖　母　你听，你爹爹跟屠大爷他们抬虎来了。你出阁的时候又要添一样好陪奁了。你也可以早些到陈家里去享福去了。你还不到大门口去看看去。

莲　姑　不，我不要去看。我怕这个老虎。

祖　母　你又不是才看见过老虎的。怕它做什么？以前捉了活的还不怕，此刻是打死了抬回来的，更不必怕了。

莲　姑　我怎么不怕它？它是催我的命的。

母　母　瞧你，你又跟黄大傻一样地发起颠来了。

莲　姑　婇毑，是的，我是跟他一样颠的，我怕我会变成他那一样的颠子呢。

祖　母　你越说越傻了。好好的人怎么会颠？

〔人声、狗声愈近。

祖　母　好。（站起来）

〔众声嘈杂中闻甲长之声：“抬进去，抬进去。”

祖　母　你听，虎已经抬到门口来了。快去看看去。

莲　姑　不，我不要看。老虎进来，我就要出门子了。

〔人声，脚步声，猎犬吠声，已闹成一片了。

屠　大　（在内）顾三爷，你把大门推开些，推开些。魏福生（在内）堂屋里快安排一扇门板。

李东阳　（在内）你把脚好生抱着，抬进去。

祖　母　莲儿，虎抬进来了。快去看看。

莲　姑　不。我不要看。

〔人声、足步声愈近。

魏福生　（在内）抬到堂屋里去。

李东阳　（在内）不，抬到火房里去。

祖　母　你快去开门，虎要抬到火房里来了。

魏福生　（在内）何必抬到火房里去？

李东阳 （在内）天气冷，抬到火房里去吧。快去安置一下。　〔火房门开了，李二进来把左壁大竹床上的东西挪开，铺上一床棉褥，把衣服卷成一个枕头，放好。

李东阳 进来，把椅凳移开。在莲姑和她祖母的错愕中间，魏福生和屠大早半抬半抱地抬进一只“大虎”——一个十七八岁的褴褛少年。腿上打得鲜血淋漓，此时昏过去了。让他们把他尸骸般地抬起放在那大竹床上。

祖　母 怎么哪，打了人？

魏福生 有什么说的，倒楣嘛！

李东阳 你老人家快把火烧大一点。福生，你得赶快去请一个医生来。

魏福生 这时候到哪里去请医生呢？槐树屋梁六先生又上城去了。

李东阳 不，得立刻去请一个来，他伤得很重，弄出人命来不是玩的。

魏福生 屠大爷，那么你到文家文九先生那里去一趟，请他老人家务必今晚来一趟。李二爷，你也同去，好抬他的轿子。

〔屠大、李二匆匆退场。

〔魏黄氏急登场。

魏黄氏 打了人？打了谁呀？

魏福生 还有谁！还不是那个晦气。

〔魏黄氏与莲姑的眼光都转到那褴褛少年脸上。（魏福生）他晕过去了。快烧碗开水灌他一下。（忽注意到莲姑）莲儿快进去，不要呆在这里。

莲　姑 （目不转睛地望着那面色灰败的少年，似没有听得她父亲的话，旋疑其视觉有误，拭目，挨近一看）嗳呀，这不是黄大哥？黄大哥呀！（哭）

魏黄氏 当真是那孩子，怎么瘦到这样了。咳，真是想不到。

（起身，烧水去）

魏福生 不识羞的东西，他是你什么黄大哥？还不给我滚进去！

祖　母 （起视）当真是那孩子吗？

魏福生 不是那个颠子，这个时候谁还跑到岭上去送死？背时人就碰上这样的背时东西。

祖　母 伤在哪里？

魏福生 伤了大腿。只要再打上一点，这家伙就没有命了。

李东阳 现在还是危险得很，血出的太多。我们走近他的时候还以为是只虎，仔细一看才知道是他在那里乱滚。

魏福生 他伤的那样重，见了我还跟我道恭喜呢。这个混账东西！

祖　母 快替他收血。把他喊转来。可怜这孩子已经是个颠子了，不要又弄成个残疾。

魏福生 （伏在少年腿边作法收血）工程太大了，不容易收。我去叫下屋李待诏来。甲长先生，请你替我招呼一下，我去一下就来。

李东阳 可以。你去。这里我招呼。

魏福生 谢谢你，甲长先生。(下去了)

莲　姑 (等他父亲走后，挨近少年身边，寻着伤处）哦呀，伤的这么重！（摸一手的血）出这样多的血！嗳呀，怎么得了！（哭。忽悟哭也无益，急起身进房）

〔闻撕布声。

李东阳 （对何维贵）今晚领你来看老虎，想不到看了这样一只虎。你先回去吧。我要等一下才能走。（送何维贵到门口）你出大门一直走，走到那株大樟树那里拐弯，进那个长坡，就看见我的家了。你看得见吗？拿个火把去吧。

何维贵 不消得，我看得见。

周　三 我带何大哥去好哪。我还要顺便到一下李家新屋，问他们家要些药来。他们有云南白药。

李东阳 那更好了。你对大娭毑说，我等一下就回来。

〔何维贵、李东阳退场。

〔莲姑携白布和棉花一卷登场，就黄大傻侧坐。替他洗去血迹绷裹伤处，少年略转侧，微带呻吟之声。

莲　姑 （细声呼少年）黄大哥，黄大哥！

黄大傻 （呻吟声中隐约吐出一种痛苦的答声）唔。

李东阳 壶里的水开了。快灌点开水。

〔魏黄氏冲一碗开水，俟略冷，端到黄大傻身边。

祖　母 拿支筷子挑开他的口，徐徐灌下。

李东阳 好了，肚子里有点转动了。

祖　母 咳，这也是一种星数。

莲　姑 （微呼之）黄大哥，黄大哥。

黄大傻 （声音略大）唔。嗳哟。

祖　母 可怜的孩子，这一阵子他痛晕了呢。

黄大傻 （呻吟中杂着梦呓）嗳哟，莲姑娘，痛啊。

魏黄氏 这孩子这样痛，还没有忘记莲儿呢！

莲　姑 （抚之）黄大哥。

黄大傻 （睁开眼四望）哦呀。我怎么在这里？我怎么睡在这里？

李东阳 你刚才在山上被抬枪打了，我们把你抬到这来的。这会子清醒了一点没有？

黄大傻 好了一点。哦呀，李大公。哦呀，姑母，姑娭毑，莲姑娘。

莲　姑 娘，我怎么刚才在山上看见你？我当我还倒在山上呢，嗳哟。（拭目）莲姑娘，我们不是在做梦吗？

莲　姑 黄大哥，不是做梦啊，是真的。你睡在我们家火房里的竹床上。

黄大傻 是真的？……我没想到今晚能再见你啊，莲姐！听说你要出嫁了。听说就是这几天要过门了。我想来跟你道喜，又没有胆子进这张门。我只想，只想到你出阁那天，陈家一定要招些叫化子来打旗子的。那时候我就去讨一面旗子打了，算是我跟你道喜。是，是哪一天？日子已经定了没有？

莲　姑　黄大哥……（哭不可抑）

〔魏福生急上。

魏福生　李待诏不在家，找了一个空，血止了一点没有？

李东阳　止了一点。

莲　姑　娘替他裹好了。

魏福生　（见莲姑）莲儿还不进去。进去！

莲　姑　〔莲姑踌躇。

魏福生　还不进去，你这不识羞的东西！

莲　姑　爹爹，我今晚要看护他一晚。女儿这一辈子只求爹爹这一件事。

魏福生　他是你什么人？为什么要你看护他？他受了伤，我自然要想法子替他诊好的，不要你过问。你还不替我滚进去！

李东阳　福生，让她招呼一下何妨呢？病人总得姑娘们招呼好些。

魏福生　甲长先生，你不大晓得这个情形。……我是决不让我女儿看护他的。第一，我就不知道他这样晚为什么要跑到那样的岭上去送死？

李东阳　心里不大明白的人，总是这样的。

魏福生　不。你说他傻吗，他有时候说出话来一点也不傻。我真不懂他为什么老寻着我们家吵。

黄大傻　姑爹，以后我再也不要你老人家操心了。再也不到你老人家府上来了。今晚上是最末一次。真没想到今晚上又能到你老人家府上来的，更没有想到会真像受了重伤的野兽一样，倒在我小时睡过的这张竹床上。我只想能在后山上隐隐约约地看得见这屋子里的灯光就够了。

魏福生　你为什么今晚要来看我们家的灯光？

黄大傻　不止今晚啊，姑爹，除了上两晚之外，我差不多每晚都来的。自从在庙里戏台下面安身以来，我每晚都是这样的。哪怕是刮风下雨的晚上都没有间断过。我只要一望见这家里的灯光，我就像见了亲人一样，把苦楚都忘记了。

祖　母　咳！没有爹娘的孩子真是可怜啊。

魏福生　你既然这样想到我家来，何不好好对我说呢？

黄大傻　姑爹，我晓得我就是好好地求你老人家，你老人家也不会要我到你家里来的。我是挨过你老人家的打骂的呀！

魏福生　我打你骂你，都是愿你学好。谁叫你那样不听话呢？我要你学木匠，你不去；要你学裁缝，你也不去；你偏要在这近边讨饭，我怎么不恨呢？

黄大傻　是的。我宁愿在这近边讨饭，我宁愿一个人睡在戏台底下，我不愿离开这个地方。哪怕你老人家通知团上要把我这个无家可归的孩子驱逐出境，我也不愿离开这个地方。

魏福生 我是怕你不务正业，才要驱逐你的呀。假如你是学好的，我何至如此？

黄大傻 嗨！穷孩子总是要被人家驱逐的。我讲好了替上屋张家看牛，你老人家硬叫张大公辞退了我。哪里是怕我不务正业，无非害怕我接近莲姑娘罢了。

魏福生 你们听！我早知道他是装疯卖傻的。

黄大傻 姑爹，我实在是个傻子，我明晓得没有爱莲姑娘的份儿，我偏舍不得她，我怎么不是个傻子呢？我跟莲姑娘从小就在一块儿。那时我家里还好，你老人家还带玩带笑地说过，将来这两个孩子倒是好一对。那时我们小孩子心里也早已模模糊糊地有这个意思了。后来我爹不幸去世，家里亏空不少，你老人家已经冷了一大半。及至我妈妈也死了，家里又遭了火烛，几亩地卖光，还不够还债的，我读书的机会自然没有了。学手艺吗，也全由别人作主；今天要我学裁缝，我不愿意，逃出来，挨了一顿打骂，又拉我去学木匠。…… 我那时候早已晓得莲姑娘不是我的了。我去学木匠那天早晨，想找莲姑娘说几句话，都被你老人家禁止了。我只怨自己的命苦，几次想打断这个念头，可是怎么样也打不断。上屋里陈八先生可怜我，叫我同他到城里去学生意。我想这或者可以帮助我忘记莲姑娘，可是我同他走到离城不远的湖迹渡，我还是一个人折回来了。我不能忘记莲姑娘，我不能离开莲姑娘所住的地方。多亏仙姑庙的王道人可怜我，许我在庙里的戏台下面安身，我时常帮他做些杂事，碰上我讨不到饭的时候，他也把些吃剩的斋饭给我吃，我就是这样过了一年多的日子。

莲　姑 （哭）啊，大哥！

黄大傻 一个没有爹娘、没有兄弟、没有亲戚朋友的孩子，白天里还不怎样，到了晚上独自一个人睡在庙前的戏台底下，真是凄凉得可怕呀！烧起火来，只照着自己一个人的影子；唱歌，哭，只听得自己一个人的声音。我才晓得世界上顶可怕的不是豺狼虎豹，也不是鬼，是寂寞！

莲　姑 （泣更哀）大哥！

黄大傻 我寂寞得没有法子。到了太阳落山，鸟儿都回到窠里去了的时候，就独自一个人挨到这后山上，望这个屋子里的灯光，尤其是莲姑娘窗上的灯光，看见了她的窗子上的灯光，就好像我还是五六年前在爹妈身边做幸福的孩子，每天到这边山上喊莲妹出来同玩的时候一样。尤其是下细雨的晚上，那窗子上的灯光打远处望起来是那样朦朦胧胧的，就像秋天里我捉了许多萤火虫，莲妹把它装在蛋壳里。我一面呆看，一面痴想，身上给雨点打的透湿也不觉得，直等灯光熄了，莲妹睡了，我才回到戏台底下。

莲　姑 （啜泣）啊，大哥！

祖　母 可怜的孩子，那不会着凉吗？

黄大傻 没爹少娘的孩子谁管他着不着凉呢！寂寞比病还要可怕，我只要减少我心里的寂寞，什么也顾不得了。一年多的风霜饥饿，身体早已不成了；这几天又得上了一点寒热，所以有两个晚上没有看这边窗上的灯光了。我怕到我爹妈膝下去的时候不远了，又听说莲姑娘就是这几天要出嫁，所以我今晚又走到这边山上来，想再望望我两晚没有望见的，或许以后永远望不见的灯光，不想刚到山上便绊着药绳，挨了这一枪。……我只望那一枪把我打死了倒好，免得再受苦了，没想到还能活着见莲姑娘一面，我挨这一枪也值得，死也死得过了。

莲　姑　啊，大哥！

祖　母　可怜的孩子，不想他这样爱着莲儿。

魏黄氏　可怜病得这样子又受了这样重的伤。他的娘若在世，不知怎样的伤心呢！

莲　姑　（抚着黄大傻的手）大哥，你好好睡。我今晚招呼你。

黄大傻　（欣慰极了）啊，谢谢。

魏福生　（暴怒地）不能！莲儿，快进去，这里有我招呼，不要你管。你已经是陈家里的人，你怎么好看护他？陈家听见了成什么话！

莲　姑　我怎么是陈家里的人了？

魏福生　我把你许给陈家了，你就是陈家的人了。

莲　姑　我把自己许给了黄大哥，我就是黄家的人了！

魏福生　什么话！你敢顶嘴？你这不懂事的东西！（见莲姑还握着黄大傻的手）你还不放手，替我滚起进去！你想要招打？

莲　姑　你老人家打死我，我也不放手。

魏福生　（改用慈父的口吻）莲儿，仔细想想吧，爹不是因为爱你才把你许给陈家的吗？爹辛苦半辈子，只有你这一个女儿，不想把你随便给人家。好容易千挑万选地才攀上了陈家这门亲。陈家起先嫌我们猎户出身，后来看得你人物还不错，才应允了。只望你心满意足地到陈家去，生下一男半女，回门来喊我一声外公，也算我没有儿子的人的福分。不想你这不懂事的东西存心跟我为难，可是后来你妈再三劝你，你不是已经回心转意，亲口答应了吗？……

魏黄氏　是呀，莲儿你自己答应了的呀。

莲　姑　爹逼得我没有法子，只好权时答应了。原想找个机会跟黄大哥商量，在过门以前逃跑的。

魏福生　唔，你居然想逃跑！

莲　姑　想逃跑。我老早就想逃跑，只是没有机会。第一次打了老虎，到我家看的人很多，我就想趁那时候逃。刚走到半山碰了屠大爷，我只好回来。后来过门的日子越近，你老人家越不肯叫我出去。前几天借着送虎肉才同张二姑娘到仙姑殿去了一回。因为有二姑娘跟着我，不好问人，没有找着黄大哥。

魏福生　找着他呢？

莲　姑　找着他，我就约个日子同他跑。

魏黄氏 你们安排跑到哪里去?

莲 姑 跑到城里去。

魏福生 找谁?

莲 姑 找张大姐介绍我到纱厂做工去。

魏福生 唔。

莲 姑 没有想到我没有找着他，他倒先到我家来了。像受了重伤的老虎似的抬到我们家来了。身体瘦成这个样子，腿上还打一个大洞。……流了这许多血。黄大哥，可怜的黄大哥，我是再也不离开你的了。死，活，我都不离开你!

魏福生 我偏要你离开他。偏不许你们在一块……你这不孝的东西!（猛力想扯开他们的手，但他们抓死不放）

莲 姑 爹!

祖 母 （同时）福生!

李东阳 （同时）福生! 你——

魏黄氏 （同时）嗳呀，莲儿，你放手吧。

莲 姑 不。我死也不放。世界上没有人能拆开我们的手!

魏福生 我能够!（暴怒如雷，猛力扯开他们的手，拖着莲姑往房里走）你这畜生，不要脸的畜生，不打你如何晓得厉害!（拖进房里）

〔台上闻扑打声，抗争声。“哼! 你还强嘴不? 你还发疯不? 你还喊黄大哥不? 你还要气死我不?”每问一句，打一下。

大 家 （同时）福生，福生，嗳呀，不要打!（皆拥到后房去）〔台上只剩黄大傻一人，尸骸似的倒在竹床上，闻里面打莲姑声，旧病新创一齐爆发。

黄大傻 嗳呀，我再不能受了。（忍痛回顾，强起，取床边猎刀）莲姑娘，我先你一步吧。（自刺其胸而死）

〔里面魏福生“你还不听话不? 你还要喊黄大哥不? 你做陈家里的人不?”之声与竹鞭响声，哀呼“黄大哥”之声益烈，劝解者、号哭者的声音伴奏之。

——幕徐闭

赏析

作者田汉（1898—1968 年），湖南长沙人，字寿昌，曾用笔名伯鸿、陈瑜、漱人、汉仙等。1916 年随舅父去日本东京高等师范英文系学习，后参加少年中国学会。1920 年出版与郭沫若、宗白华的通信《三叶集》。1921 年与郭沫若、成仿吾、郁达夫等组织创造社。1922 年回国后与妻子易漱瑜创办《南国半月刊》，继而组织南国电影剧社从事话剧创作和演出活动。此时期创作的话剧《咖啡店之一夜》、《获虎之夜》、《苏州夜话》等都充满浪漫主义气息。1927 年在上海艺术大学任教并被选为校长，此时与欧阳予倩、周信芳等举办艺术鱼龙会，会上演出他的剧作《名优之死》获得成功。同年冬成立南国社及南园艺术学院，1928—1929 年率南国社先后在上海、杭州、南京、无锡各地举行话剧公演和其他艺术活动，推动了中国话剧的发展。同时期他也创作了大量剧本。

1930 年加入"左联"，写下了著名的《我们的自己批判》，创作从浪漫主义转向现实主义。同年南国社被国民党查封。1932 年加入中国共产党，任左翼戏剧家联盟党团书记等职，此时创作了《年夜饭》、《乱钟》、《顾正红之死》等剧。他还与聂耳、冼星海、张曙等合作创作了大量歌曲，其中《毕业歌》、《义勇军进行曲》等都曾广泛流传，《义勇军进行曲》后来成为新中国的国歌。同时他与夏衍、阳翰笙等参加艺华影片公司，编写拍摄了许多电影。1935 年创作的剧本《回春之曲》是以浪漫主义与现实主义相结合来表现人民抗战决心的作品。同年被国民党逮捕，经营救出狱。

抗战开始，立刻参加集体创作话剧《芦沟桥》，参加上海文化界救亡协会。后到武汉参加抗战宣传工作。1939 年后在桂林主编《戏剧春秋》月刊，此时对京剧、汉剧、湘剧等戏曲进行了改革，写了大量以反侵略为内容的戏曲剧本，有《江汉渔歌》、《岳飞》等。1944 年与欧阳予倩等在桂林组织了西南戏剧展览会。抗战胜利后回到上海，创作了剧本《丽人行》、《忆江南》等。1948 年转入华北解放区。中华人民共和国成立后历任中央人民政府政务院文化教育委员会委员、文化部戏曲改进局局长、艺术事业管理局局长、中国剧协主席和党组书记、全国文联副主席等职，创作了话剧《关汉卿》、《文成公主》并整理戏曲《白蛇传》、《谢瑶环》等，在历史剧的创作和改编方面达到了新的高度。"文革"中惨遭迫害，病死狱中。

《获虎之夜》描述了辛亥革命后的一年冬天，长沙东乡仙姑岭边的一个乡山猎户魏福生把独生女儿莲姑许配给了富户陈家的三少爷。村里人人都称赞这门门当户对的亲事，魏福生全家也沉浸在一片喜悦之中，唯独莲姑心中郁郁寡欢。原来莲姑自己并不愿意这门亲事，因为她一直钟情于她的表哥黄大傻。莲姑和黄大傻表兄妹俩从小一起长大，青梅竹马，两小无猜，彼此间逐渐产生了真挚的爱情。魏福生早先也曾向黄家亲口许下了这门儿女亲事。不料，后来黄大傻的父母不幸相继去世，接着又惨遭一场火灾。结果，黄家一贫如洗，黄大傻也沦落为一个寄人篱下的孤儿。家徒四壁的黄大傻令魏福生冷眼相看，他不想再让自己美貌的女儿嫁给一个一无所有的人。魏福生以给黄大傻找活儿为借口，把黄大傻推荐到其他村子去放牛，好让黄大傻离莲姑远远的。但是黄大傻却不愿离开莲姑而执意要留在仙姑岭。魏福生一怒之下，将黄大傻大骂了一通，并轰赶出门。

从此黄大傻只好住在仙姑庙里的戏台下面，整日靠乞讨为生。为了中断女儿对黄大傻的感情，魏福生独断专行，把莲姑许给了陈家。在父亲的再三逼迫下，莲姑只好口头应允了。面对迫在眉睫的婚期，莲姑一直想找机会约黄大傻一起出逃，两人到城里去寻找新的生活，可是没有成功。眼看着女儿的婚期一日日临近，魏福生想给女儿再添一床虎皮褥子做嫁妆，以显示猎户人家的本色。因此，在莲姑出嫁的前夕，魏福生让自己家的长工在后山岭上安装好猎虎的抬枪。其实，不久前，魏福生就凭借着好运气打到了两只老虎。这件事传遍了村里村外，许多人都跑到魏家来看虎。甲长李东阳的外村亲戚何维贵也因听说这件事而想来看虎。于是，这一天晚上，便让甲长陪同着一起来到了魏福生家。到了魏家后，他们才得知，魏家为给女儿筹办嫁妆，已先后将那两只老虎送进城里去请赏了。但是，当他们知道魏福生又准备猎虎时，便兴致勃勃地留了下来，与魏家人一起盼望着获虎时刻的到来。正当魏福生在火房里绘声绘色地向何维贵讲起易四聋子打虎的故事的时候，山上的抬枪忽然响了。大家一片欢喜，以为又打到了一只老虎，都纷纷跑去现场观看。不一会儿，大家就七手八脚地把“猎物“抬进了魏家。没想到，抬进来的并不是什么老虎，而是受了重伤的黄大傻。原来，黄大傻自从被魏福生打骂了一通之后，再也不敢进魏家的大门。他因为思念莲姑，只好每晚上后山，遥望莲姑屋里的灯光，直到灯灭才离去。这天晚上，却不巧在上山的路上踩中了魏家为猎虎而安装的抬枪。当黄大傻从昏迷中醒来时，他发现自己躺在了魏家的火房里。他向莲姑倾诉了自己的心声，莲姑也向黄大傻吐露了自己的真情。看着生命垂危的黄大傻，莲姑十分心痛，她握着黄大傻的手，执意要在黄大傻身边看护一晚上。但是，魏福生坚决不同意，强行拆散了他们，并把莲姑拖进后房里毒打。众人皆拥进后房里去劝阻。叫骂声和竹鞭声一阵阵传来，黄大傻不堪忍受，于是他拿起了床边的猎刀，刺胸而死。而后房里莲姑的抗争声越来越烈……

《获虎之夜》是田汉先生 1922 年创作的一幕独幕剧，在戏剧界享有很高的声誉。剧本比较成功地塑造了莲姑、黄大傻这对向往自由幸福，争取合理权利的男女青年的形象。莲姑是作品的女主角，也是作品中最有亮色的人物。她善良、坚强、勇敢，敢于大胆地追求婚姻自主和个性解放。她不愿意嫁到高门大户的陈家去，是因为她已把心悄悄地许给了贫穷的表兄黄大傻。当她见到黄大傻因思念自己而身受重伤后，不顾父亲的阻挠，一定要好好看护黄大傻。当父亲反对时，她公然告诉父亲，她早就和黄大傻相恋，并打算和他一起逃跑。当父亲愤怒地告诉她“我把你许给陈家了，你就是陈家的人了”的时候，她勇敢地告诉父亲：“我把自己许给了黄大哥，我就是黄家的人了。”面对父亲的威逼，她勇敢地宣布：“世界上没有人能拆开我们的手。”表现出了蔑视父权，蔑视封建传统思想，勇于追求婚姻自主的进步意识。流浪汉黄大傻对爱情的追求也非常执著，但是由于贫富悬殊，封建势力的强大，他对莲姑的爱情最后还是以悲剧结局。黄大傻最后以自杀结束自己的生命，表示了对封建传统势力的大胆反抗，对纯真爱情的忠贞。作品通过塑造莲姑和黄大傻这一对勇敢追求爱情的青年，向人们展示了在青年一代身上有着强烈的反封建思想，它是一股不可扼制的进步力量。

贫穷与困苦是一锋利刃，它不仅无情地割裂着黄大傻赖以生存的生活空间，而且深深刺痛着标示着人之为人的尊严和感情，他只能在梦里寻找安慰，但却因梦境而时时悲哀。在躁动的暗夜里，黄大傻终成“寂寞”的旅人。“寂寞”对于他来说是双重的：“肉”的“寂寞”和“灵”的“寂寞”。而后者的无序递增尤令人恐惧，这是一个敏感孤傲、有压抑—叛逆倾向的诗人对自我认知的生命价值的不断探寻过程中必然出现的情绪，具有强烈的时代表征感。

思考与练习

1. 由《获虎之夜》谈谈对田汉戏剧的启蒙主义思想的认识。
2. 《获虎之夜》魏福生说易四聋子打虎的故事，在剧中的作用是什么？

哈姆莱特（节选）①

莎士比亚

第一幕 第二场

国王 ……

来，我的侄儿哈姆莱特，我的孩子——

哈姆莱特 （旁白）超乎寻常的亲族，漠不相干的路人。

国王 为什么愁云依旧笼罩在你的身上？

哈姆莱特 不，陛下；我已经在太阳里晒得太久了。

王后 好哈姆莱特，抛开你阴郁的神气吧，对丹麦王应该和颜悦色一点；不要老是垂下了眼皮，在泥土之中找寻你的高贵的父亲。你知道这是一件很普通的事情，活着的人谁都要死去，从生活踏进永久的宁静。

哈姆莱特 嗯，母亲，这是一件很普通的事情。

王后 既然是很普通的，那么你为什么瞧上去好像老是这样郁郁于心呢？

哈姆莱特 好像，母亲！不，是这样就是这样，我不知道什么"好像"不"好像"。好妈妈，我的墨黑的外套、礼俗上规定的丧服、难以吐出来的叹气、像滚滚江流一样的眼泪、悲苦沮丧的脸色，以及一切仪式、外表和忧伤的流露，都不能表示出我的真实的情绪。这些才真是给人瞧的，因为谁也可以做作成这种样子。它们不过是悲哀的装饰和衣服；可是我的郁结的心事却是无法表现出来的。

国王 哈姆莱特，你这样孝思不匮，原是你天性中纯笃过人之处；可是你要知道，你的父亲也曾失去过一个父亲，那失去的父亲自己也失去过父亲；那后死的儿子为了尽他的孝道，必须有一个时期服丧守制，然而固执不变的哀伤，却是一种逆天悖理的愚行，不是堂堂男子所应有的举动；它表现出一个不肯安于天命的意志，一个经不起艰难痛苦的心，一个缺少忍耐的头脑和一个简单愚昧的理性。既然我们知道那是无可避免的事，无论谁都要遭遇到同样的经验，那么我们为什么要这样固执地把它介介于怀呢？嘿！那是对上天的罪戾，对死者的罪戾，也是违反人情的罪戾；在理智上它是完全荒谬的，因为从第一个死了的父亲起，直到今天死去的最后一个父亲为止，理智永远在呼喊，"这是无可避免的。"我请你抛弃了这种无益的悲伤，把我当作你的父亲；因为我要让全世界

① 选自徐福祥、徐建一主编：《家庭藏书集锦》，之三，《外国文学》，红旗出版社。

知道，你是王位的直接的继承者，我要给你的尊荣和恩宠，不亚于一个最慈爱的父亲之于他的儿子。至于你要回到威登堡去继续求学的意思，那是完全违反我们的愿望的；请你听从我的劝告，不要离开这里，在朝廷上领袖群臣，做我们最亲近的国亲和王子，使我们因为每天能看见你而感到欢欣。

王后 不要让你母亲的祈求全归无用，哈姆莱特；请你不要离开我们，不要到威登堡去。

哈姆莱特 我将要勉力服从您的意志，母亲。

国王 啊，那才是一句有孝心的答复；你将在丹麦享有和我同等的尊荣。御妻，来。哈姆莱特这一种自动的顺从使我非常高兴；为了表示庆祝，今天丹麦王每一次举杯祝饮的时候，都要放一响高入云霄的祝炮，让上天应和着地上的雷鸣，发出欢乐的回声。来。（除哈姆莱特外均下。）

哈姆莱特 啊，但愿这一个太坚实的肉体会融解、消散，化成一堆露水！或者那永生的真神未曾制定禁止自杀的律法！上帝啊！上帝啊！人世间的一切在我看来是多么可厌、陈腐、乏味而无聊！哼！哼！那是一个荒芜不治的花园，长满了恶毒的莠草。想不到居然会有这种事情！刚死了两个月！不，两个月还不满！这样好的一个国王，比起当前这个来，简直是天神和丑怪；这样爱我的母亲，甚至于不愿让天风吹痛了她的脸。天地呀！我必须记着吗？嘿，她会偎倚在他的身旁，好像吃了美味的食物，格外促进了食欲一般；可是，只有一个月的时间，我不能再想下去了！脆弱啊，你的名字就是女人！短短的一个月以前，她哭得像个泪人儿似的，送我那可怜的父亲下葬；她在送葬的时候所穿的那双鞋子还没有破旧，她就，她就——上帝啊！一头没有理性的畜生也要悲伤得长久一些——她就嫁给我的叔父，我的父亲的弟弟，可是他一点不像我的父亲，正像我一点不像赫剌克勒斯一样。只有一个月的时间，她那流着虚伪之泪的眼睛还没有消去红肿，她就嫁了人了。啊，罪恶的匆促，这样迫不及待地钻进了乱伦的衾被！那不是好事，也不会有好结果；可是碎了吧，我的心，因为我必须噤住我的嘴！

第二幕　第二场

哈姆莱特 人类是一件多么了不得的杰作！多么高贵的理性！多么伟大的力量！多么优美的仪表！多么文雅的举动！在行为上多么像一个天使！在智慧上多么像一个天神！宇宙的精华！万物的灵长！可是在我看来，这一个泥土塑成的生命算得了什么？人类不能使我发生兴趣；不，女人也不能使我发生兴趣，虽然从你现在的微笑之中，我可以看到你在这样想。

第三幕　第一场

哈姆莱特 生存还是毁灭，这是一个值得考虑的问题；默然忍受命运的暴虐的毒箭，或是挺身反抗人世的无涯的苦难，通过斗争把它们扫清，这两种行为，哪一种更高贵？死了；睡着了；什么都完了；要是在这一种睡眠之中，我们心头的创痛，以及其他无数血肉之躯所不能避免的打击，都可以从此消失，那正是我们求之不得的结局。死了；睡着了；睡着了也许还会做梦；嗯，阻碍就在这儿：因为当我们摆脱了这一具朽腐的皮囊以后，在那死的睡眠里，究竟将要做些什么梦，那不能不使我们踌躇顾虑。人们甘心久困于患难之中，也就是为了这个缘故；谁愿意忍受人世的鞭挞和讥嘲、压迫者的凌辱、傲慢者的冷眼、被轻蔑的爱情的惨痛、法律的迁延、官吏的横暴和费尽辛勤所换来的小人的鄙视，要是他只要用一柄小小的刀子，就可以清算他自己的一生？谁愿意负着这样的重担，在烦劳的生命的压迫下呻吟流汗，倘不是因为惧怕不可知的死后，惧怕那从来不曾有一个旅人回来过的神秘之国，是它迷惑了我们的意志，使我们宁愿忍受目前的磨折，不敢向我们所不知道的痛苦飞去？这样，重重的顾虑使我们全变成了懦夫，决心的赤热的光彩，被审慎的思维盖上了一层灰色，伟大的事业在这一种考虑之下，也会逆流而退，失去了行动的意义。且慢！美丽的奥菲利娅！——女神，在你的祈祷之中，不要忘记替我忏悔我的罪孽。

第四幕　第三场

国王　啊，哈姆莱特，波洛涅斯呢？

哈姆莱特　吃饭去了。

国王　吃饭去了！在什么地方？

哈姆莱特　不是在他吃饭的地方，是在人家吃他的地方；有一群精明的蛆虫正在他身上大吃特吃哩。蛆虫是全世界最大的饕餮家；我们喂肥了各种牲畜给自己受用，再喂肥了自己去给蛆虫受用。胖胖的国王跟瘦瘦的乞丐是一个桌子上两道不同的菜；不过是这么一回事。

国王　唉！唉！

哈姆莱特　一个人可以拿一条吃过一个国王的蛆虫去钓鱼，再吃那吃过那条蛆虫的鱼。

国王　你这句话是什么意思？

哈姆莱特　没有什么意思，我不过指点你一个国王可以在一个乞丐的脏腑里作一番巡礼。

国王　波洛涅斯呢？

哈姆莱特　在天上；你差人到那边去找他吧。要是你的使者在天上找不到他，那么你可以自己到另外一个所在去找他。可是你们在这一个月里要是找不到他的话，你们只要跑上走廊的阶石，也就可以闻到他的气味了。

国王　（向若干侍从）到走廊里去找一找。

哈姆莱特　他一定会恭候你们。（侍从等下。）

国王　哈姆莱特，你干出这种事来，使我非常痛心。由于我很关心你的安全，你必须火速离开国境；所以快去自己预备预备。船已经整装待发，风势也很顺利，同行的人都在等着你，一切都已经准备好向英国出发。

哈姆莱特 到英国去！

国王 是的，哈姆莱特。

哈姆莱特 好。

国王 要是你明白我的用意，你应该知道这是为了你的好处。

哈姆莱特 我看见一个明白你的用意的天使。可是来，到英国去！再会，亲爱的母亲！

国王 我是你慈爱的父亲，哈姆莱特。

哈姆莱特 我的母亲。父亲和母亲是夫妇两个，夫妇是一体之亲；所以再会吧，我的母亲！来，到英国去！（下。）

国王 跟在他后面，劝诱他赶快上船，不要耽误；我要叫他今晚离开国境。去！和这件事有关的一切公文要件，都已经密封停当了。请你们赶快一点。（罗森格兰兹、吉尔登斯吞下。）英格兰王啊，丹麦的宝剑在你的国土上还留着鲜明的创痕，你向我们纳款输诚的敬礼至今未减，要是你畏惧我的威力，重视我的友谊，你就不能忽视我的意旨；我已经在公函里要求你把哈姆莱特立即处死，照着我的意思做吧，英格兰王，因为他像是我深入膏肓的痼疾，一定要借你的手把我医好。我必须知道他已经不在人世，我的脸上才会浮起笑容。（下。）

赏析

莎士比亚（1564—1616 年），英国文艺复兴时期伟大的戏剧家和诗人，马克思称他为“人类最伟大的戏剧天才”，同时代剧作家本·琼生称誉他是“时代的灵魂”，说他“不属于一个时代，而属于所有的世纪”。他出生于英国中部的斯特拉福镇的一个富裕市民家庭，曾在当地的文法学校教书，从小对戏剧感兴趣，接触到古罗马的诗歌和戏剧。后因家庭破产，前往伦敦谋生。当过剧院杂役，后成了演员和剧院股东。随着生活经验的丰富，他开始了戏剧创作。他一生创作了 37 部剧本、2 首长诗和 154 首十四行诗。

莎士比亚的作品主要分为历史剧、喜剧、悲剧和传奇剧几大类。他的历史剧反映了资产阶级开明君主与封建割据势力的矛盾，表达了新兴资产阶级要求掌握和巩固政权的愿望，符合时代发展的趋势。他的喜剧则把笔触深入到现实生活的土壤之中，发掘世俗生活的意义，赞美爱情和人的力量，这不啻是对中世纪宗教神学宣扬的禁欲主义和蒙昧主义的重重一击。他的悲剧，以其深邃的洞察力，通过不同人物的相互作用，揭示出人文主义思想与社会现实之间不可调和的矛盾，《哈姆莱特》是莎士比亚悲剧作品中最著名的一部。他的传奇剧则以宽恕与和解为最重要的思想特征，属于他晚期的创作。

《哈姆莱特》写于 1601 年，即欧洲文艺复兴运动晚期，是一部充满着对人的关注的作品，它以强烈的戏剧冲突形式，集中揭示了文艺复兴时代人的许多重要品质，让我们看到了具有这些品质的新人物与传统社会的激烈冲突，透过这一冲突，我们能够把握这部作品深刻的思想价值和动人的艺术魅力。

（1）这部戏剧讲的是丹麦王子哈姆莱特为了替父复仇，重整丹麦乾坤，而与弑君篡位的新国王，即父亲的弟弟、自己的叔叔、母亲的继任丈夫克罗迪斯同归于尽的悲剧故事。

这个复仇故事早被人搬上舞台，莎士比亚以此为据进行创造，赋予了它崭新的时代意义，使读者或观众从发生于中世纪的丹麦的这个故事中，窥见出作者当时所处的英国的社会现实。在剧中，作者精心塑造的哈姆莱特这个文学典型，是世界文学人物形象画廊中一位里程碑式的人物，具有十分突出的时代特征。作为一名前途似锦的青年王子，他在德国威登堡大学留学期间受到了人文主义思想的熏陶，有了新思想、新观念、新理想。整部作品散发出强烈的人文主义思想光芒，其中一段有关“人”的宏论，最能集中体现哈姆莱特这个人物形象的核心品质。他说:“人类是一件多么了不得的杰作！多么高贵的理性！多么伟大的力量！多么优美的仪表！多么文雅的举动！在行为上多么像一个天使！在智慧上多么像一个天神！宇宙的精华！万物的灵长!”如雷贯耳，掷地有声，深沉而激越，睿智而明慧，这是一个思想者对自我和人类悠远而凝重的思索，一个不苟流俗的精神勇士对美好理想热烈而执著的追求。哈姆莱特这一振聋发聩的内心表达，不仅奠定了他思想性格的基础，而且影响着剧情的构建、发展和结局。

哈姆莱特的这段宏论，是有感于中世纪对人精神摧残的现实而发的。瑞士布克哈特有一段关于中世纪人的精神特征的独到见解，对我们有所启迪。他说，在中世纪，人的意识的两个方面——内心自省和外部观察都一样——一直处在一层共同的纱幕下，处于睡眠或半醒状态。这层纱幕是由信仰、幻想和幼稚的偏见织成的，透过它向外看，世界和历史都罩上了一层奇怪的色彩。这“共同的纱幕”和“奇怪的色彩”是指宗教神学世界观。中世纪是政教合一的时代，统治者要控制人就得控制人的精神，清除人的精神世界中一切与宗教神学相悖的东西，使人处于睡眠或半醒状态。清醒的人类不利于他们统治的稳固，所以，用神这把利剑斩断人与理智、理想、意志、情感乃至欲望的一切联系，使人成为神的附庸、宗教的奴仆，就成为当时统治者一定要做的一件大事。哈姆莱特对着这样的社会现实，毫无顾忌地呼唤，歌颂人的智慧、人的美德、人的理想和人的伟大，无疑是对中世纪宗教神学对人的贬低、对人性的扼杀和摧残的大胆反叛，这十分有助于理想、意志、情感乃至欲望这些原本属于人的精神的东西重新回归人类，从而使人从宗教神学的精神桎梏的束缚之中解放出来。

通过哈姆莱特这段激越的内心宣泄，我们看到了中世纪末期站立起来的，有如“天使”、“天神”般高贵，具有“宇宙的精华”和“万物的灵长”特征的高大的人类，哈姆莱特就是其代表。他倾情表达出的那具有“时代灵魂”的声音，对于正在壮大的资产阶级为实现改造社会的理想而与封建势力进行的斗争，具有重要的价值导向作用。它鼓舞他们用理性去思考问题，用理想去支配行动，用情感去关注社会，用欲望去激发生命力——一句话，自主地拥有自己的精神世界。

哈姆莱特这个典型的文学形象昭示出这样的意义：人要做自己意志的主人，不做外力的奴仆和物质的微臣；人要有宏大的理想、博大的胸怀和高尚的品德，而不要鼠目寸光、胸襟狭窄、趋炎附势；人应该有勇敢的精神，哪怕遇到“狂暴命运矢石交攻”也不能退缩，不应该听凭邪恶势力任意摆布而逆来顺受；人应该真实地表达自己的意见，要喊出正义的声音，而不应该黑白不分，是非不明……这些浓缩了的人文主义精神，并不为那个权力至上、精神贬值的社会所容，怀着做明君理想的哈姆莱特，必然与干着弑君、篡位、夺嫂勾当的克罗迪斯发生正面碰撞，产生激烈的矛盾冲突，由此显示出人文主义思想对改造人和社会的巨大的意义，竖起一面时代的镜子。

（2）利用激烈的戏剧冲突来安排剧情，构建情节和塑造人物，是这部作品在艺术表现方面的重要特点。.

首先，赋予戏剧冲突双方的代表人物以品格上的巨大差异，为戏剧冲突奠定内在基础。任何事物都是由矛盾构成的，差异是形成矛盾的前提。剧中不同人物思想性格及品格的差异是构成戏剧冲突的先决条件。莎士比亚让主要人物的品格形成两个极端：把人类的美德给予哈姆莱特，让他具有真诚、正直、善良、感情充沛、胸襟坦荡、富有社会责任感等优秀品德，堪称“宇宙的精华”、“万物的灵长”，代表光明、正义和进步；而把人类的丑陋给予克罗迪斯，使他具有虚伪、贪婪、阴毒、狡诈、野心勃勃、卑鄙下流等恶劣品性，代表黑暗、邪恶和倒退。哈姆莱特的真、善、美和克罗迪斯的假、丑、恶构成截然对立的品格两极，就为强烈的戏剧冲突埋下了伏笔。试想，一个有思想、有理想、有智慧、品德高尚的青年王子怎会屈服于恶魔统治着的现实？同样，一个权势显赫、品性恶劣的最高集权者哪能容忍光明、正义和进步的东西在他控制的国家存在？品格的巨大差异促使斗争双方相互抵触、相互对抗。哈姆莱特和克罗迪斯都会在各自品格的支配下，做出符合自己思想性格和剧情需要的动作。例如，为父复仇、重整乾坤、杀死叔父这个大胆行动，就是哈姆莱特在社会责任感和崇高理想支配下的必然结果。而克罗迪斯杀兄、夺嫂、篡国的罪恶行径的发生，很大程度上是由他恶劣的品性决定的。由此可见，主要人物品格的巨大差异，有利于戏剧冲突的跌宕起伏，有利于情节过程的复杂多变，也有利于人物形象的生动活泼。

其次，赋予戏剧冲突双方以力量上的巨大差异，为剧情发展提供强大的动力。主要人物的品格差异还只构成戏剧冲突的可能，要使其成为现实，还必须造成冲突双方力量的悬殊。就像水位的差异形成水的流动，气压的差异形成风的运动一样，戏剧冲突双方力量的巨大差异及双方力量的此消彼长，一定会形成一股巨大的情节推动力，使戏剧冲突摇曳多姿，扣人心弦。在这部悲剧中，莎士比亚就是这样做的，例如将代表光明、正义和进步的正面人物哈姆莱特置于弱势地位，让他失去先王这一重要的力量之基，失去母亲这一力量之源，得不到多数大臣和朋友的支持，也得不到人民的依靠，几乎成了一个孤军奋战的英雄；相反，却将代表黑暗、邪恶和倒退的反派人物克罗迪斯置于强势地位，使他拥有国家政权、占有嫂嫂和社会财富，得到多数大臣的支持，是一个地位显赫、一呼百应的最高集权者。这种让正面人物精神上强大而物质力量弱小，反派人物精神上虚弱而物质力量强大的不对称安排，势必导致两类人物行动趋势的对抗性，即：精神上强大而物质力量弱小的哈姆莱特，必然走着一条顶住强大压力、扩大生存空间，积蓄自身力量，改变冲突态势的道路，并实行与此相关的行为，他的“装疯”是以退为进，麻痹敌人；“戏中戏”是在寻找敌人的弱点；“英国之险”则是一次大胆的反击。这些动作的逐步推进过程，实际是削弱克罗迪斯的力量，加强自身力量，为复仇作准备的过程，是哈姆莱特由弱逐渐变强的过程。在这一过程中，哈姆莱特的内在因素也在变化：忧伤让位于坚强，犹豫让位于果断，懦弱让位于勇敢，家事成为国事，个人复仇上升为社会责任，哈姆莱特的形象因此变得更加生动、丰富、饱满和立体化。同样出于这种力量配置的考虑，精神上虚弱而物质力量强大的克罗迪斯面对敌手力量的增长，不得不以十倍的狡诈和百倍的疯狂压缩其生存的空间，从精神和肉体上摧毁这个“时代的灵魂”。例如，劝哈姆莱特不去德国继续留学，意在割断其与人文主义思想的联系，使其失去精神支柱；派哈姆莱特出使英国，目的是借英王之手置他于死地。总之，这种力量安排加深了戏剧冲突的复杂与激烈程度，使剧情悬念迭起，极富感染力。

再次，戏剧把哈姆莱特置于非此即彼的两难抉择之中，将他逼入困境，备受煎熬，以产生改变剧情发展方向的人物动作，为戏剧冲突注入爆发力。例如，哈姆莱特回丹麦后，没过一天舒坦平静的日子，很快就陷入理想与现实的激烈碰撞之中。那是怎样的现实？家庭，父死母嫁、恋人自杀；国家，政权易手、乱贼当道、民怨沸腾、社会黑暗。那又是怎样的理想？在先王英明地执掌国家政权和人文主义的光辉照耀下，丹麦会变好。一看到这种现实，他就痛苦、忧郁、愤怒和绝望，只能“郁郁于心”、“悲苦沮丧”；但一想到心中的理想，他就兴奋、振作，有了希望，却也自责，愤然自问：我是懦夫吗？这声自问，是哈姆莱特准备采取解决难题、跨越障碍、挣脱困境行动的一个信号，也是产生要改变矛盾冲突态势的一种愿望流露，这表明他已下定决心继续坚持理想。

但是，坚持理想，绝非易事。现实是如此黑暗，邪恶势力是如此强大，自身力量又是如此弱小。于是，哈姆莱特又陷入了“生存还是毁灭”的生死攸关的两难抉择之中。“毁灭”，就是不与邪恶势力同流合污，以死抗争，以生命殉理想，很像我国伟人屈原；“生存”则是以生命为代价为父复仇，重整丹麦乾坤，这符合人文主义的价值取向。在生与死的面前，他跨越了“毁灭”的障碍，战胜了懦夫的自我。他嘱咐恋人：“在你的祈祷之中，不要忘记替我忏悔我的罪孽。”经过内心激烈斗争，找到了以生命去实现理想的行动路线的哈姆莱特，获得了多么强大的力量，戏剧冲突因此高潮迭起，这正是“沧海横流，方显英雄本色”！

莎士比亚对悲剧《哈姆莱特》独具匠心的艺术创造，不仅表现在戏剧冲突的精心构建上，还表现了他非凡的语言表现力。关于这个方面，我们只用已有的定论来作概括，并结束本文：“悲剧《哈姆莱特》语言丰富多彩，具有个性化，形象化特征，有韵文，也有散文，像诗剧，又像话剧，但终究是诗剧，语言亦庄亦谐，亦文亦白，对后世戏剧创作影响极其深远。莎士比亚是世界文学史上杰出的语言大师。”

思考与练习

1. 为什么说莎士比亚“不属于一个时代，而属于所有的世纪”？
2. 悲剧《哈姆莱特》的思想价值体现在哪些方面？
3. 作者是怎样塑造哈姆莱特这个人物形象的？

骑马下海的人①

约翰·沁孤

人物：

毛利亚——一位老妇人

巴特里——她的儿子

伽特林——她的女儿

诺　那——她的小女儿

其他男女数人

〔布景：爱尔兰西方的一个海岛。

〔一家小厨房，有渔网，油布，纺车等等，壁上倚放新色木板数张。

〔伽特林，二十岁光景的姑娘，做好了点心，把柴放进灶旁的烘炉里，然后洗了手，坐在纺车旁纺起线来。

〔诺那，一位年轻的姑娘，伸头进门窥视。

诺　那　（低声地）妈妈往哪里去了？

伽特林　她睡下了呢，怪可怜的，能够睡熟的时候，睡下也好。

〔诺那轻轻地走入厨房来，从她的肩帔下取出一个包裹。

伽特林　（迅速地纺着车）你拿的是什么呀？

诺　那　是那年轻的牧师刚才送来的。是一件衬衫和一只平针打的毛线袜子，说是从一位在冬内格尔淹死了的人的身上脱下来的。

〔伽特林突然把纺车停下，倾听。

诺　那　我们应当看看这到底是不是米海尔哥哥的，妈妈是时常要走到海边去看的。

伽特林　这怎么会是米海尔的呢？诺那！他怎么能走得那么远？那到极北去了。

诺　那　年轻的牧师说这样的事是有的。他说："假如这是米海尔的，那么你们可以告诉妈妈，他是托上帝的福，已经安葬了。假如不是他的，那就千万不要提起，因为妈妈会伤心，会把身子搞坏呢。"

〔诺那半掩着的门被一阵狂风吹开。

伽特林　（焦急地望出去）你问过牧师没有，巴特里弟弟今天要去格尔威去赶马

① 中国戏剧家协会湖南分会选编：《外国独幕剧选》，湖南人民出版社1980年版，第199～213页。

市，他到底阻挡他不呢？

诺　那　牧师说：“我不阻挡他，但你们也不要害怕。你们的妈妈会给他祈祷个通夜的，我们全能的上帝不会是她孤凄得……连一个儿子也不剩的！”

伽特林　诺那，挨近白崖一带，海里不是很有风浪吗？

诺　那　倒还好，不十分凶。不过西风很大，假使潮头调到逆风的时候，浪会更大起来的呢。（她提着包裹走到桌边）我可以打开来么？

伽特林　妈妈会醒来的呢，我们还没看完的时候，她会走进来的。（走到桌边来）我们怕要很费些时候，并且我们还会哭起来的。

诺　那　（走到内门去倾听）她在床上翻身了。她立刻就会出来。

伽特林　把桶子拿来，等我把它放到炭楼上，那她便不会注意到。潮头一转的时候，她或许会到海边去，看哥哥的尸首会不会从东方漂来。

〔两人把扶梯靠上烟囱，伽特林爬了几步上去，把包裹放在炭楼里。

〔毛利亚从内室走出。

毛利亚　（望着伽特林，不平地说）你今天使了一天一夜的炭还不够吗？

伽特林　还只要一会儿，饼子就会烘好了。（把炭放下）潮头一转，巴特里是要到孔涅马拉的，他得吃了才去。

〔诺那拾起炭，丢在烘炉四周。

毛利亚　（在火旁的一只木凳上坐下）风是从西南来的，他今天不会去罢。年轻的牧师一定要阻挡他的。他今天不会去的。

诺　那　妈妈，牧师不阻挡他呢！我又听到他们说，他是一定要去的。

毛利亚　他到底在什么地方呢？

诺　那　他去打听去了，看这一礼拜内究竟还有没有第二只船开。我想他一会儿便会回来，潮头已经转向青崖，打鱼的帆船都从东方回来了。

伽特林　我好像听见有人在那大石旁边走过。

诺　那　（望出）是他回来了，他走得很匆忙。

巴特里　（走入，凄凉而沉静地说）伽特林，从前在孔涅马拉买的那一套新绳子在什么地方？

伽特林　（往下看）诺那，你拿给他罢，就挂在那白板旁边的钉子上。今天清早我把它挂起来的，因为那只黑蹄子的猪老要咬它呢！

诺　那　（把绳子递给巴特里）哥哥，是这不是？

毛利亚　巴特里呀，你顶好还是把绳子挂在木板旁边罢。（巴特里接着绳子）那是有用处的，我告诉你罢，假如米海尔的尸首，明天早晨或者后天早晨，或者这一礼拜内的哪一早晨，一打上岸来的时候，我们要靠老天爷帮助，给他掘一座深一点的坟。

巴特里　（动手整理起绳来）我没有时间多耽搁，我要骑那匹母马，我立刻就要动手。这只船一错过，要再等两三个礼拜才有呢，这一次的市口是卖马的好市口，我在下边听见人家说的。

毛利亚 他们一定要说的。假如米海尔的尸首打上来了，连做棺材的人都没有。你在孔涅马拉买的木材是上好的木材，我出了不少的价钱！

〔她回头看着地板

巴特里 他怎么会打上岸来呢？我们不是每天每天都在寻他，足足找了九天吗？这几天正吹着一阵很厉害的西南风呢！

毛利亚 他的尸首就算找不到吧，海里的风是很厉害的。昨晚上有颗星出现在月亮旁边，今晚上风是会更大的。你就算能够赚得一百匹马，或者一千匹马，但是一千匹马的价钱能够抵得上一个儿子吗？一个仅仅剩下的一个儿子吗？

巴特里 （一面做缰绳，向着伽特林说）你每天要留心到外边去看看，不要让羊跳进麦地里去。要是卖猪的贩子来的时候。只要价钱好，那只黑蹄子猪也可以卖了。

毛利亚 像她那个样子怎么能把猪卖得一个好价钱呢？

巴特里 （向伽特林说）明天清早西风假如停了，你同诺那去再捞一堆海草来烧灰。家里的事情实在难，我们从今天起要没有一个男子留在家里，剩下的一个也要出门去做事了。

毛利亚 假使今天你和他们一样也淹死在海里了，那我们才真正难呢。我怎么能够活得下去呢？还有这两个女儿，我又是快入土的人哪！

〔巴特里把缰绳放下，脱去旧的外衣，穿上一件新的法兰绒外衣。

巴特里 （向诺那）船到码头了吗？

诺　那 （向外探望）过了绿崖了，在下风篷了。

巴特里 （拿着钱包和烟草）走去上船要费半点钟功夫，我是隔两天就回来的，或许三天，风太大时说不定会要四天。

毛利亚 （转向火炉边去，把披巾蒙在头上）你全不听老人的话，不是太过分了吗？我这样叫你不要去。

伽特林 到海里去正是年轻人的性命呢！老人家说到一件事情，唠唠叨叨地尽管说，谁个肯听呢？

巴特里 （拿着缰绳）我要快些走了。我骑那匹枣骝马，那匹灰色的小马我牵着一起去……好，你们请了。

〔巴特里走出。

毛利亚 （看见他走出门时叫出）啊，他走了，老天爷么，我是不会再见到他的了。啊，他走了，只等天一黑下来，我在这世上便要成为没有一个儿子的孤苦人了。

伽特林 老母亲，你为什么不说句吉利话？他在回头看呢！你老母亲就不能在背后咒人，我们家里人不是已经很不吉利了吗？你还要说这样不好听的话给他听！

〔毛利亚拿起火钳来，无端地拨着火，没有回头。

诺　那　（转向母亲）饼子还没有烧好，便把火拨开了。

伽特林　（叫出）啊，救命的菩萨，诺那呀，我们忘记叫他吃饼子呢！（他走到炉旁来）

诺　那　他要走到天黑的，那他会饿坏了的！他从上半天便没有吃过东西。

伽特林　（把烘饼自炉中取出）他一定会饿坏的。老人家只管讲，把我们都讲昏了。

〔毛利亚坐在凳上前后动摇。

伽特林　（切了些面包，用包袱包好，交给毛利亚）妈妈，你快到那泉水边去，等他过路的时候你交给他罢。你看见他的时候，再不要说不吉利的话了。你向他说一句"一路平安"，让他在路上心里也好过些。

毛利亚　（拿着面包）我还可以赶得上他吗？

伽特林　你赶快去好了。

毛利亚　（摇摇晃晃地立起来）要我走路实在是难。

伽特林　诺那，你拿跟拐杖给妈妈吧！不然她会在那大石头上绊一跤的。

诺　那　哪根拐杖呢？

伽特林　米海尔从孔涅拉马买来的那一根。

毛利亚　（拿着诺那给她的拐杖）世界上是老人给他们的儿孙留些东西死去的。我们家里，嗳，却是年轻人给老年人留些东西先死去了。（她慢慢走出去）

〔诺那走到梯子旁边来。

伽特林　诺那，你等一下，她说不定会很快回来的。啊，真是可怜，她那样衰弱了，我们不知道她会怎样……

诺　那　她走过了那小树堆子没有？

伽特林　（望外）她走过了。好，你快把那包裹扔下来，我们不晓得她几时会转来的。

诺　那　（把包裹从阁楼上取出）那个牧师说，他明天要来，假如是米海尔的，他叫我们去对他说一声。

伽特林　（接过包裹）他说过没有，这是怎么找着的？

诺　那　（走下来）他说："有两个走私的酒贩子在鸡没有叫的时候，划着船出海。他们划到那北面黑崖的时候，船桨划着了尸首。"

伽特林　（想要把包裹解开）诺那，拿一把小刀来，绳子被盐水泡胀了，有个死结，你就解一个礼拜也解不开。

诺　那　（给她一把小刀）我听说东内格尔是很远很远的哪！

伽特林　（割着绳子）是的。从前有一个人来过——就是卖这把刀给我们的——他说，要到东内格尔去，你从那外边的崖石走起，要走七天。

诺　那　如果从海上漂去，不知道要多少时候？

〔伽特林解开包裹，取出衬衫一件，袜子一只。

〔两人热心地检视。

伽特林　（低声）啊，诺那呀！这要说是米海尔的，不是很难讲吗？

诺　那　我把挂着的他的衬衫来比一下，看看究竟是不是一样法兰绒。（她在室隅所挂着的许多衣服中寻找）没有他的呢！伽特林，拿到什么地方去了？

伽特林　怕是巴特里今早穿去了，因为他的衬衫被盐水浸透了。（向室隅指出）那儿有只袖子是一样的料子做的。你拿给我，我看一看就知道了。

〔诺那拿来给她，两人比较法兰绒。

伽特林　诺那，料子是一样的，不过这种料子在格尔威的店里可以买得出好几百码，米海尔会穿，别人也会穿。可不是吗？

诺　那　（取袜子来数针数，叫出）伽特林呀，是米海尔的！是米海尔的！啊，妈妈晓得了会怎样地伤心呀！巴特里又到海上去了。

伽特林　（把袜子取到手里）是一只平针打的毛线袜子。

诺　那　这样的袜子我打了三双，这是第二双的一只。我打的是六十针，随后减少了四针。

伽特林　（数针数）针数是对的。（叫出）啊，诺那呀，你想，这怎么好过呢？他的尸首漂到那样远远的北方去了，除掉在海上飞着的妖婆，没有人哭过他。

诺　那　（把身子转了一个半圆，把两手伸到那衬衣上）他是那样有名的船手，有名的渔户，他除掉这件衬衫和这只平针打的毛线袜子，就一点也没有剩下什么，这不是很伤心的事吗？

伽特林　（停了一会）诺那，不是妈妈回来了吗？你听，路上好像有些声音。

诺　那　（望外面）是她呢，伽特林，她走到门口了。

伽特林　我们赶快藏起来的好，别等她进来看见。她去祝福了巴特里回来，心里也许会好过些。巴特里还在海上的时候，我们不要说听见了什么消息。

诺　那　（帮助伽特林收拾包裹）我们把它藏在这只角落里。〔两人将包裹塞入烟囱角上的一个穴孔里。

〔伽特林又走去纺线。

诺　那　我哭过，她看得出吗？

伽特林　你把背朝着门口吧，那边灯光照不见你。

〔诺那坐在烟囱角上，背朝着门口。

〔毛利亚十分缓慢地走进屋里，没有看她的女儿们，走到火炉那边她的凳子去。面包的包裹依然还在手里。两位女儿面面相觑，诺那指着那面包的包裹。

伽特林　（纺了一下车）妈妈，你没有把面包给他吗？

〔毛利亚开始啜泣起来，没有回头。

伽特林　你看见他骑马过去没有？

〔毛利亚接着在哭。

伽特林 （有些不耐烦）啊，我的老人家，已经过了的事情你总是这样哭，你还是爽爽快快地告诉我们，你到底看见了什么？你对我们说了不是更好些吗？我再问你，你究竟看见巴特里没有？

毛利亚 （声息很低弱的）从今天起，我的肝脏疼断了……

伽特林 你看见巴特里没有？

毛利亚 啊，我看见那顶可怕的东西了！

伽特林 （离开纺车，望出）嗳，对你老人家真是没办法！他骑着马刚好才走到那绿崖呢，那灰色的小马是跟在后面的。

毛利亚 （吃了一惊，披巾便从头上掉了下来，现出她的白色的乱发，声音有些惊惴）那跟在后面的灰色的小马儿……

伽特林 （走到火炉旁来）你到底是怎么的？

毛利亚 （说得十分缓慢）古时候勃莱德·多罗看见过死人在手里抱着孩子的，我也看见那顶害怕的东西了。

伽特林 哎呀！

诺　那

〔两人蹲到炉旁的老母亲面前。

诺　那 妈妈你说罢，你看见了什么？

毛利亚 我走到那泉水边上去，站在那儿暗暗祈祷了一回。巴特里随后便来了，他骑在那枣骊的母马上，后边跟着那灰色的小马儿。（她举起两手来，好像要在她的眼前遮开什么的一样）诺那，……啊……真可怕！

伽特林 你看见什么？

毛利亚 我看见米海尔呢！

伽特林 （轻轻地说）老母亲，你是看不见的。你看见的不是米海尔，因为他的尸首不久才在北边找着了，托老天爷的恩惠，他已经受了安葬了。

毛利亚 （微微带些反抗）我是才看见他的，他骑着马儿在跑。巴特里在前面骑在枣骊马上。我正想说："你一路平安呀！"但好像有什么东西扼住了我的喉咙。他很快的便走过去了，他向我说："上帝保佑你！"但我总是说不出话来，我抬起头来一看，我叫了起来，在那灰色的小马儿上，我看见了米海尔——身上穿着好衣裳，脚上是新鞋子。

伽特林 （哭起来）从今天起我们是没救了。我们真是没救了。

诺　那 年轻的牧师不是说过吗？全能的上帝是不肯使你没剩着一个儿子送终的。

毛利亚 （低声，但是清晰）像牧师那样的人，他一点也不了解大海的脾气。……巴特里今天一定要送命的，你们快去叫延蒙来罢，用这木板做一副棺材，因为我也不想再活了。我的男人，我的公公，我的六个儿子……六个很齐整的儿子，我生他们的时候虽然很苦，但把他们都养大了……他们有的找着尸首了，有的没有找着尸首，但他们一个一个都丢掉了。……斯蒂芳和雪恩是丢在大风里的，他们的尸首是在金口的格莱戈里湾找着的，两个人同放在一张板子上抬回来的，同是从这个门口抬进来的。

〔她歇了一下，两个女儿吃了一惊，好像听见有什么从门口进来了一样，门在她们后面半开着。

诺　那　（低语）你听见没有，伽特林？你听见没有，那东面的吼声？

伽特林　（低语）海边上好像有人在喊。

毛里亚　（什么也没有留意，接着说）还有西卯士和他的父亲，还有我的公公，是在一天黑夜里丢了的，到太阳出来的时候，没有看见他们的一根拐杖，也没有看见他们的影子。还有拔奇，是翻了船淹死了的。那时候我抱着巴特里坐着，他还是一个小娃娃呢，睡在我的膝头上，我看见两个妇人走来，三个妇人走来，四个妇人走来，她们画着十字，一句话也没有说。我还看见，许多男人跟着她们来了，抬着一张东西，是在半张红的帆布里包着的，在滴着水——那天并没有下雨，诺那——一直到了我们的门口。

〔她又歇了一下，把两手伸出去指着门。门慢慢地推开，几位老妇人走进来了，在进口出画了十字，跪在舞台的前面，头上顶着红裙。

毛利亚　（一半失神地，对伽特林说）那是拔奇吗？还是米海儿？到底是什么？

伽特林　米海尔已经在北边找着了。他已经找着了，这儿他怎么还会来呢？

毛利亚　在海里漂流着的男子汉的死尸不知道有多少，他们怎么晓得找到的就是米海儿呢？别的人像他的也会有，在海里面死了九天，又有这样的风吹着，就是他自己的亲生的母亲怕也分别不出是什么样的人来了。

伽特林　真的是米海儿呢！因为他们从北方给我们送来了些他的衣服。

〔她伸手去拿米海儿的衣物递给毛利亚。毛利亚慢慢地站起来，接到自己的手里。

〔诺那看着外边。

诺　那　他们带着了一件东西来，在滴水，把那大崖的一段路都滴湿了。

伽特林　（向走进室内的妇人们低语）那是巴特里吗？是不是？

妇人之一　是的，是真的，他升了天了。

〔两个年轻的夫人走来，把桌子拉出。几个男人抬着巴特里的尸首进来。巴特里被放在一个平板上抬着，身上盖着一张帆布。他们把他放在桌上。

伽特林　（问妇人们）他是怎么淹死了的？

妇人之一　灰色的小马把他踢下海里去了。他是在起着大浪的白崖那边被海水打上岸来的。

〔毛利亚走过去，跪在桌子的前头。妇人们低声地哭泣，微微摇着身体。伽特林与诺那跪在脚的一头。男子们跪在门口。

毛利亚　（抬起头来，旁若无人地说）好，他们都死干净了，那海水再也不会捉弄我什么了……不管风从南方吹来也好，不管浪头是在东面打来，还是从西方打来，不管它打出多么可怕的声音，我也不用整夜不睡地哭着、祈祷着了。我也不用在冬祭后伸手不见掌的黑夜里去取圣水了！不怕那海水再怎样地让别的妇人去痛哭，我也不管了！（对诺那说）把那圣水给我呀，诺那，在那架子上还剩得有一点的。

〔诺那取圣水来给母亲。

毛利亚 （把米海尔的衣物放在巴特里的脚上，用圣水洒他的尸体）巴特里呀，并不是我没有向上帝祈祷。并不是我没有在黑夜里祷告，是你听不出我说的是什么，啊，……以后我也可以休息休息了。东祭过后，我不怕就只吃一点潮湿了的面粉，只吃得一点变臭了的死鱼，我以后尽可以休息休息，每天晚上我也可以睡得安稳一点了……

〔她又跪下去，画着十字，口中默祷着。

伽特林 （向一位老妇人说）等到太阳出来的时候，要请你和延蒙做好一副棺材。我们的老母亲买好了顶好的寿木，可怜她满以为米海尔是可以找到的。我们才烧好了些烘饼，你们可以一面吃，一面做。

老　人 你们有钉子吗？

伽特林 没有，可伦公公，我们没有想到钉子上来。

一位男人 真是奇怪，偏没有想到钉子上来。做过了好几副棺材，不是都亲眼看见过的吗？

伽特林 妈妈老了，精神已经不济了。

〔毛利亚又慢慢地站起来，在尸体旁边把米海尔的衣物摊开，把残余的圣水洒上。

诺　那 （向伽特林私语）妈妈今天真平静，米海尔淹死了的那天，她不是从这儿一直哭到泉水旁边的吗？她怕是要喜欢米海尔些吧？真想不到！

伽特林 （徐徐而明朗地）年纪老了的人做事情是容易疲倦的，她不是已经哭了九天，使得一家人都很伤心吗？

毛利亚 （把空杯倒置在桌上，把双手放在巴特里脚上）这回算一齐都完了。威灵赫赫的老天爷，请你保佑巴特里的灵魂，米海尔的灵魂，西卯士和拨奇的灵魂，斯蒂芳和雪恩的灵魂！（把头低下）老天爷么，请你也保佑我的灵魂，保佑诺那，保佑一切活在世上的人的灵魂罢！

〔妇人们的哭声渐渐高了一些，又低抑了下去。

毛利亚 （接着说）米海尔在北方安葬了，多谢老天爷的恩惠。巴特里该得有一副橡木做成的上好棺材，要埋得深一点才好。我除此而外还有什么想头呢？谁也不会永远活着的，我们也不埋怨什么了。（她又跪下来）

——幕落

赏析

约翰·沁孤（1871—1909年），爱尔兰戏剧家、诗人。出生于都柏林附近的一基督教徒地主家庭，幼年丧父。曾学音乐、爱尔兰语言和古代文化，后去德国进修音乐。

1894年开始写作。后接受叶芝劝告到爱尔兰阿兰群岛体验农村生活，日后成为他创作的源泉。他投入了以叶芝为中心的爱尔兰文艺复兴运动，创办了爱尔兰民族文学剧院（1902），后病逝都柏林。短短的创作岁月里，写出了《狭谷的阴影》、《补锅匠的婚礼》、《圣泉》、《西方世界的花花公子》、《骑马下海的人》等优秀作品。沁孤认为生活是戏剧的唯一源泉，他把真实地反映爱尔兰农民的生活作为他戏剧创作的主要任务。青年时他曾立志"要集莎士比亚、贝多芬和达尔文于一身"。在短暂的一生中，他融诗情、乐感和科学精神于戏剧创作中，终于成为爱尔兰伟大的戏剧家之一。

该剧1904年首演。剧情具有浓重的悲剧气氛。女主人公毛利亚是阿兰群岛一个渔村的老妇人，丈夫和4个儿子接连葬身大海，有传闻说海边捞起了溺死者的衬衣和袜子。毛利亚想到了出海未归的第五个儿子米海尔。身边最后一个儿子巴特里为出售马匹，又要渡海，毛利亚送走儿子后到井旁祈祷，忽见米海尔和巴特里各骑一匹马走了过来，她预感儿子们出了事。果然，她的女儿认出了死者的遗物正是米海尔的，邻居又抬回了巴特里的尸体，他是在海边骑马跌进波涛中淹死的。毛利亚欲哭无泪，说："他们都死干净了，那海水再也不会捉弄我什么。"这部作品被誉为20世纪最优秀的独幕悲剧，在构思和结构上可见希腊悲剧的影响，它歌颂人与大自然之间不屈不挠的斗争，同时表现了生存的残酷性和人对命运的不可把握。

《骑马下海的人》剧情简单，除了一些直白的台词，没有跌宕起伏的故事情节，而恰恰就是这看似简单的普通人生活的描写深深地打动了读者。剧中男人的生存困境及女性对悲痛的承受力让人震惊。这部短小的独幕剧，之所以能产生震撼人心的效果，可以说是与作者的创作意图分不开的。作者在剧中有意留下思维空间，让读者参与其中，对这些空白进行合理地填补与想象。剧中运用象征主义手法，面对无情的海洋，人类显得如此卑微，在毛利亚一家与海洋的抗争过程中，从老妇人身上，我们可以感受到源自心灵深处的爱尔兰民族的不屈不挠的精神，及面对挫折、失败时那种坦荡的胸怀。爱尔兰人民在与英国殖民者数十年的抗争过程中，誓死不屈的崇高精神在毛利亚身上可见一斑。而在剧本的结尾，作者成功烘托出了一种古希腊的悲剧气氛。

【思考和练习】

1. 试分析《骑马下海的人》的悲剧性。
2. 对毛利亚这个人物进行分析。

例外与常规[1]

贝托尔特·布莱希特

众演员：

我们马上向诸位报告，
一个剥削者和两个被剥削者
所作的一次旅行的故事。
请准确地对这些人的关系加以审察：
不陌生的事情要另眼相待，
习以为常的要当作难以解释，
即使是常规也要视之为不明不白。
就是那些细微的举动，
看来似乎简单，但也要怀疑置之！
对司空见惯的事情，
要特别问问这是否需要！
我们特意请求诸位
莫把每时每刻出现的一切都当成顺天合理的事情！
因为处在这样血污一团、颠倒混乱、胡作非为的人类被剥夺了人权的日子里，
没有任何称得上顺天合理的事情。
没有任何能够算作不可改变的东西存在今日。

1. 沙漠中赛跑

〔一个小旅行团急促地穿过沙漠。

商　人　（对他的两个同伴——向导和拿行李的苦力）赶快，你们两个懒畜牲，两天以后我们必须到达汉站，因为我们要抢先一整天的时间。（对观众）我是商人卡尔·郎格曼，要到乌尔加去签订一项专利权合同。跟着我后面走来的是我的竞争者。谁先到达那儿，谁就能够做成这笔生意。靠着我的机警，和克服一切困难的力量，还有我对待仆人又毫不留情面，所以才把到达里的一段旅途比通常所要花的时间缩短了几乎一半。糟糕的是我的竞争者也用着同样的速度前进着。（他用望远镜向后观看）你们瞧，他们又要

① 中国戏剧家协会湖南分会选编：《外国独幕剧选》，湖南人民出版社1980年版，第466～495页。

踩着我们的脚后跟了！（对向导）你为什么不赶挑夫？我就是雇你来赶他的，可是你们想用我的钱来散步。你能够想像这次旅行值多少钱吗？是的，这不是你们的钱。但是如果你要怠工的话，我就在乌尔加职业介绍所里控告你。

向 导 （对挑夫）加劲快跑。

商 人 你嗓子眼里的声调不对，你一辈子也成不了一个真正的向导的。我本该雇用一个价钱更高的仆人。他们越来越逼近我们了。打他一棍吧？我本来是不主张打人的，但现在必须打。如果我不先到达那儿，那末我就要破产了。你得坦白，你是叫你的亲兄弟来当挑夫。他是你的至亲，所以你不肯打他！我总算认识你们了！你们这些粗人！快打，否则我就解雇你！那时候你就只能吃官司了。我们就要被他们追上了！

苦 力 （对向导）打我吧，但是不要用太猛的劲。因为我想走到汉站，现在我不能使出全部的力气来。

（向导打苦力。）

（后面的叫喊声："哈罗，这是通向乌尔加的路吗？这儿有好伙伴！等等我们吧！"）

商 人 （不回答也不朝后看）见你们的鬼去吧！往前赶？我驱赶我的伙伴已有三天了，两天用咒骂，第三天用许愿，我们到了乌尔加再瞧。我的竞争者总是迈近我的脚后跟，但是第二个晚上我赶了个通宵，终于把他们丢在后面看不见了。我在第三天赶到汉站，比其他任何人都要早一天。

（他唱）

不睡觉使我创造了优势，
逼赶人使我跑到了前头，
弱者落后，强者获得成就。

2. 人迹不绝的大路到此为止

商 人 （在汉站前面）这就是汉站。感谢上帝我比其他每一个人都早到了一天。我的伙伴都筋疲力尽了。他们都在生我的气。他们不懂得创造最高纪录的意义，他们不是斗士，只是伏地爬行的下贱东西。当然，他们也不敢讲什么怪话的，因为——感谢上帝——还有警察在维护秩序。

两警察 （走来）一切正常吗，先生？您满意这条路吗？您满意您的佣人吗

商 人 一切正常。到这里四天的路我三天就赶到了。路上污浊不堪，但是我总算走完了我计划里要走的路。过了汉站以后，那边的路怎样？过去该是什么地方啦？

两警察 先生，过去是荒无人烟的亚衣沙漠。

两　人　那里能找到警察护卫队吗？

两警察　（走开）没有啦，先生。我们是您最后遇到的警察巡逻队，先生。

3. 在汉站解雇向导

向　导　自从我们在汉站与警察谈话以后我们的老板好像变了。他和我们谈话的声调完全不同了：他变得好像很够朋友似的。这与行路的速度毫无关系，因为就是在进亚衣沙漠前最后的这一站也没有歇过脚。我真不知道该怎么把累得这样半死不活的挑夫带到乌尔加去。而最使我不安的倒是老板这种友善的态度。我害怕他又在打我们的什么算盘。他总在来回踱步，不停地沉思着。一定又有新的主意，新的诡计。无论他想出的是什么点子，我和苦力都必须忍受，否则他会不付我们的工钱，说不定还会在沙漠里把我们撵走的。

商　人　（走近）拿烟丝，这是卷烟纸。为了一口烟你们会赴汤蹈火的，我真不知道为了吸烟你们会做出什么事情来。感谢上帝，我们带的足够了，我们的烟丝够在乌尔加的路上走三个来回。

向　导　（拿烟丝放在身旁）我们的烟丝？

商　人　我们还是坐下吧，我的朋友？为什么你不坐呢？这种旅途会使得两种人变得亲密起来的。但是，假如你不愿意坐当然你还是可以站你的。你们确是有你们的习惯。通常我不与你坐在一起，而你也不会和挑夫坐在一起的。这是一种差别，世界就建筑在它的上面。但是我们可以在一起抽烟。不是吗？（他笑）我很喜欢你，这也是一种尊重。你快去把行李统统绑好，并且别忘了带水。在沙漠里很少有水穴。还有，我的朋友，我愿意提醒你在你用劲揪住挑夫的时候，你是否注意到了他是怎么在看你的吗？他的眼里隐藏着那么一种不怀好意的神情。往后几天你要换个样儿揪住他，因为我们必须尽可能地加快速度。他是个懒蛋。现在我们就要进入荒无人烟的地区，他或许会露出他的真相来的。是的，你是个比他高尚的人，你钱赚得多，又不需要背任何东西。这有足够的理由，使他恨你。你与他疏远一点，会有好处的。（向导通过一扇敞开的门到邻院去。商人独自坐在那里）可笑的家伙！

（商人默然地坐着。向导在旁边监视着挑夫打包裹，然后坐下抽烟。苦力绑好行李后也坐下，从向导那儿拿到烟丝与卷烟纸，开始和他交谈。

苦　力　老板总爱说，当从地下掏出石油的时候，这就是对人类作出了贡献。当从地下掏出石油的时候，这里将修起铁路，这里也要富足起来。老板说，这里会架起铁路，那么我该靠什么来维持我的生活呢？

向　导　冷静一点儿吧，不会这么快就架起铁路来的。我听说，石油一旦发现就又要被掩藏起来。谁把流出石油的洞眼阻塞住谁就会得到哑巴钱。正是为了这个老板才如此风尘仆仆地赶路。他一点也不想石油，他想的是哑巴钱。

苦　力　我不明白。

向　导　没有人能够明白的。

苦　力　沙漠里的路越来越难走。

向　导　当然。

苦　力　这里有强盗吗？

向　导　今天我们必须留点神，汉站的附近有各色各样的坏人。

苦　力　那么以后呢？

向　导　过了米尔河以后，就一定要沿着水穴前进。

苦　力　你知道路吗？

向　导　知道。

（商人听到谈话声，他走到门后窃听）

苦　力　米尔河很难渡过吗？

向　导　在这个季节一般地说并不难。但是如果发洪水，它就流得很急，那时渡河就有生命的危险。

商　人　他真的是在和挑夫说话。他能和他坐在一起，一块儿抽烟！

苦　力　那么怎么办呢？

向　导　人们通常必须等候八天，等危险过去了再渡河。

商　人　瞧！他甚至还劝他拖延时间，那样留心关照他的宝贵生命。这是一个危险的家伙，他还会作他的后援的。假如他不能变得更加凶狠一些，那他就绝不可能是坚决贯彻我的主张的人。这样一来，从今天开始，终于又变成二比一了，至少，在这立刻就要进入荒无人烟的地区的时候，他显然是害怕刻薄地对待听他使唤的人。不用多说，我一定得解雇这个家伙。（他走到两人中间）我叫你检查一下行李是不是缚得结实牢靠，现在我想看看你是否完成了我的委托。（他用力猛扯包裹带，直到拉断了为止）这叫缚好了？带子一断我们就得耽误一天。这正是你希望的：耽误。

向　导　我不想耽误。如果你不是这样用力猛扯，带子是不会断的。

商　人　怎么，你还不认账？这条带子是断了还是没断？你居然敢当着我的面说带子没有断？你是非常不可靠的。我犯了一个错误，不该老老实实地对你，你们根本不配这个。我不能要那些在下人面前建立不起威信来的向导。你似乎去当挑夫比当向导更适合一些。我有理由认为你甚至还煽动了下人。

向　导　有什么根据？

商　人　是的，你想知道这个？现在，你被解雇了！

向　导　但是你总不能在半路上解雇我。

商　人　我不到乌尔加职业介绍所去控告你，你就该高兴才对。这是你的工钱，是到这里这一段路的。（他叫店主，店主走过来）您是证人，我已经付了他工钱。（对向导）我现在可以对你说，在乌尔加你最好别再露面。（从头到脚打量他一番）你是一辈子也不会有出息的。（他和店主一道走进另一房间）我马上就动身。在我出了什么事的时候，您是证人，我今天只带了这个人（指边上的苦力）从这里出发的。

（店主做手势，表明他什么也不明白。）

商　人　（惊愕地）他不懂。那么就没有一个人能说出来，我到哪里去了。更糟糕的是这些家伙知道一个人都没有。（他坐下写封信）

向　导　（对苦力）当我坐到你的身旁的时候，我就犯了一个过错。你要当心，这是个坏蛋。（他把他的水瓶给他）你把这个水瓶保存起来当备用，藏好它。在你们迷了路的时候——你怎么找到路呢——他一定会抢你的水瓶的。来，我把路指给你。

苦　力　宁可别这样做，他不高兴听到你和我谈话，假如他把我撵走，我一切都完了。他一文工钱也不会付给我的，因为我不像你是有工会的！我只有忍受一切。

商　人　（对店主）您把这封信交给明天到达这里的那些去乌尔加的人。我只带上挑夫继续往前赶路。

店　主　（点头，接过信）但是他不是向导。

商　人　（自语）他当然是懂得的！难道他不想明白刚才发生的事！他是晓得这个的。这样的事他是不会作证的。（对店主，粗暴地）把去乌尔加的路告诉我的挑夫。

（店主走出去告诉苦力去乌尔加的路。苦力频频点头。）

商　人　我看还要有一场斗争。（他拔出手枪擦拭它。同时唱）

病者死亡，强者搏斗。
为什么地下产生石油
为什么苦力要拖着我的行李走？
为了石油必须与地层和苦力争斗，
这场角逐叫做：
病者死亡，强者搏斗。

（做好出发准备，走进庭院）现在你认识路了吧。

苦　力　是，先生。

商　人　那就动身。

（商人同苦力走出，店主和向导望着他们。）

向　导　我不知道我的伙伴是否真的明白了。他明白得太快啦。

4. 在一段危险地区的谈话

苦　力　（唱）

我朝着乌尔加城走，
不停留地朝着乌尔加走，
强盗不能阻止我到乌尔加去，
沙漠不能使我退后。
在乌尔加有吃有喝又有工钱到手。

商　人　苦力这样无忧无虑！这个地区有强盗，在站的附近集结着各色各样的坏蛋。但是他唱歌。（对苦力）我讨厌这个向导，他一会儿粗里粗气，一会儿又阿谀奉迎，不是个老实人。

苦　力　是，先生。（他继续唱）

道路难行啊，去乌尔加，
但愿我的双脚能熬得住啊，去乌尔加，
有难以估量的痛苦啊，去乌尔加，
但是在乌尔加能够休息又有工钱拿。

商　人　你到底为什么唱歌，又这样兴高采烈，我的朋友？你大概不怕强盗吧？你当然会说，强盗能把你怎样，反正东西又不是你的，即使丢了也都是我的。

苦　力　（唱）

还有我的妻子等我在乌尔加，
还有我的小儿等我在乌尔加，
还有……

商　人　（打断他）我不喜欢你的唱，我们没有理由唱。人家会听出来你是去乌尔加的，这样就正好会招来坏人。你明天再唱，高兴唱多少就唱多少。

苦　力　是，先生。

商　人　（走上前）如果有人来抢他的东西，他是一点也不会反抗的。他该做什么呢？他应该有义务在危险的时候，把我的东西当成他自己的。但他绝不会这样做的。贱种。他又不说话啦，这是顶糟糕的事。我不能看穿他的脑袋壳。他在想什么呢？没有什么值得好笑的，但他偏偏在笑。他笑什么？他为什么让我走在前面？他是知道这条路的！他想把我引到哪儿去？（他环顾四周，发现苦力在用手巾把身后沙子里的脚印抹平）你这是干什么？

苦　力　我在抹掉我们的脚印，先生。

商　人　你干这个为什么？

苦　力　提防强盗。

商　人　原来如此，提防强盗。但是我想看看，你把我引到哪里去了。你到底要把我引到哪里去呢？你走到前面去！（他们不作声继续走，商人自语）在沙土上面脚印真的看得很清楚。假如能够把脚印抹掉，当然是高明的。

5. 在急湍的河岸边

苦　力　我们走的完全对，先生。那边我们看到的就是米尔河。通常在这个时节里渡过去并不太困难。但是如果发洪水，河流奔腾的时候人们渡河就有生命的危险。现在涨洪水。

商　人　我们必须渡过去。

苦　力　人们通常要等候八天，在没有危险的时候再渡河。现在渡河是有生命危险的。

商　人　我们倒要看看。我们一天也不能等。

苦　力　那么我们必须找个浅滩或者弄条小船。

商　人　这要耽误很久的。

苦　力　但是我凫水很糟糕。

商　人　水并不是那么的深。

商　人　（插进一根棍子）比我还要高。

商　人　当你跳进水里的时候，你也就会凫了，因为那时你必须凫。你看，你就不能像我一样站得高望得远。为什么我们要到乌尔加去呢！你这个傻瓜不知道当从地底里取出石油的时候，这就是对人类的一种贡献吗？当石油从地底里流出来的时候，这里就要修起铁路，就要变得富足起来，还有面包、衣服，并且上帝还会降福的。谁来做这件事呢？我们。我们的旅行就决定着一切。你想想看，全国的目光正盯着你，盯着你这个渺小的人。你对履行你的义务还犹豫不决吗？

苦　力　（听这句话时毕恭毕敬地点头）我凫水很不好。

商　人　我也是拿自己的生命来冒险的。（苦力恭顺地点头）我不明白你。卑贱贪求小利的思考使你对火速赶到乌尔加没有一点兴趣，你只乐意尽量拖迟时间，越迟到达那儿越好，因为你是按日计算工钱的。也就是说你对这次旅行事实上没有一丝一毫的兴趣，你想的只是工钱。

苦　力　〔立于河岸犹豫不决〕我该怎么办呢？（他唱）

这是一条河，
渡河危险多，
两人站河岸，
一人要渡过，
一人在踌躇，

第一个算勇敢
第二个算没胆
河对岸第一个有利贪。

第一个从危险里,
喘息着爬上彼岸,
他占有了财产,
他饱食丰餐。

但第二个走出危险,
喘息又茫然,
接待这个疲惫者的
又是新灾难。他们两人都算勇敢?

难道这两个人都一样聪明
啊,从共同征服了的河里
爬起来的并不是两员都是胜将。

我们是:你和我
这并不是同一样的东西。
我们共同搏斗取得胜利,
而你征服了我。

至少请准许我休息半天,我背东西背得太累了。休息过后我也许还能凫过去的。

商 人 我知道一种更好的方法。我来用枪顶着他的脊背。我们要来打个赌,看你凫不凫过去?(他把他推上前,自语)我的钱银使我害怕强盗,忘记了大河。(他唱)

这个人征服了沙漠,
征服了急湍的河流,
还征服了人自身,
赢得了有用的石油。

6. 宿营之夜

(黄昏,折断了一条手臂的苦力在架帐篷,商人坐在旁边。)

商 人 我已经告诉过你,今天你不用架帐篷因为你渡河时折断了手臂。(苦力跃然,继续架帐篷)假如我不把你从水里拉起来,也许你已经被淹死了。

(苦力继续在架着) 尽管我对你的不幸没有任何责任——那根树桩也差一点正好碰上我——但无论如何你总是和我一道在旅途上遇到这个不幸的。现在我身上带的钱很少，但在乌尔加我有银行，到那里我给你钱。

苦 力 是，先生。

商 人 好简单的回答。他每一道目光都让我觉察出来，好像是我伤害了他。苦力都是些狡猾的家伙！(对苦力) 你可以躺下来歇一会。(他走开在一旁) 的确，他的不幸对他无所谓，但对我却很糟糕。这种下贱的人根本不去考虑你完整无损还是受到了伤害。这种事再高也高不过他饭碗的边缘。因为天生的软弱，他们根本不再为自己担忧什么。好像一个人把自己争夺不到的东西掷掉一样，他们把自己当作废物一样抛掷在一旁。只有成功的人在奋斗。(他唱)

病者死亡，强者搏斗，
这是多么美好。
强者得助，弱者无人救，
这是多么美好。
让倒下去的倒下还再给它一脚板，
这是多么美好。
谁胜利了谁就饱吃一顿，
这是多么美好。
战役之后伙夫不再分饭给死人，
他做得好。
造物主按照事物原来的样子造出奴才与主人，
这是多么美好。
谁走运，谁就是好；谁倒霉，谁就是糟糕。
这是多么美好。

(苦力走来，商人见他吓了一跳) 他听见了！站住！停下！你想干什么？

苦 力 帐篷架好了，先生。

商 人 在夜里不要这样偷偷摸摸地走来走去。我不高兴这个。如果有人来时，我愿意先听到脚步声。还有当我和一个人谈话的时候，我希望他开诚布公。你躺下，不必太为我操心。(苦力转回) 站住！你到帐篷里去！我就坐在这里，我喜欢新鲜空气。(苦力进帐篷) 我想知道，我的歌他听到了多少。(间歇) 现在他在干什么？他的手老是动个不停。
(我们看到苦力在小心地铺床。)

苦 力 希望他什么也没看见。我还能这样拙笨地用一只手剪草。

商 人 谁不知道提防，就是傻瓜蛋。信任就是愚蠢。这个人已经被我伤害了，这实际上要耽误他一生的。假如他来向我报复，那末他是对的。一个睡着了的强者并不比一个睡着了的弱者有力气。我不应该睡觉。当然在帐篷里坐也许会好一些，在这露天底下有疾病威胁。但是又有什么疾病比这个人更危险呢？为了区区几个钱他在我这样一个有万贯家财的人的身边走路，但是旅途对我们两人都同样艰难困苦。他累了还要挨打。向导跟他坐在一起，向导就被解雇了。当他也许是为了提防强盗的缘故，把沙上的脚印抹掉的时候，他受到了我的怀疑；当他在河边流露出恐惧的神情的时候，又看到了我的手枪。我怎么能和这样一个人在一个帐篷里睡觉呢？他当然瞒不过我，他在逆来顺受？我想知道，他这会儿在里边盘算着什么（我们看见苦力在帐篷里平静地躺下睡觉）要是我走进帐篷里去，那末我就是一个蠢货。

7. 分水

A

商　人　为什么你站着不动？

苦　力　没有路了。

商　人　怎么？

苦　力　先生，如果你要打我，别打我的手，我不知道下面的路了。

商　人　汉站那个人不是给你讲过了。

苦　力　是的，先生。

商　人　当我问你是否听懂了的时候，你说听懂了。

苦　力　是，先生。

商　人　你没有听懂他的话吗？

苦　力　没听懂，先生！

商　人　为什么后来你又说听懂了呢？

苦　力　我害怕你把我撵跑。我只知道应该沿着水穴走。

商　人　那么沿着水穴走好了。

苦　力　但是我不知道水穴在哪里。

商　人　往前面！别想愚弄我。我知道你以前走过这条路。

〔他们继续走。

苦　力　我们等等后面的人，不更好吗？

商　人　不行。

（他们继续走。）

B

商　人　你向哪里跑？现在是朝北。东在那里。（苦力又向这个方向走）站住！你一下子又想起了什么花招（苦力停住，但不看他的主人）为什么你不看我的眼睛？

苦　力　我想那里是东。

商　人　等一下，你这个家伙！我来告诉你该怎么引我。（他打他）现在你知道哪里是东了吗？

苦　力　（狂叫）别打这条手臂。

商　人　哪里是东？

苦　力　那里。

商　人　水穴在哪里？

苦　力　那里。

商　人　（狂躁地）那里？你到那里去好了！

苦　力　不，先生。

商　人　原来如此，你也不到那里去？给我到那里去不去？（他打他）

苦　力　是，先生。

商　人　水穴在哪里？（苦力不语，商人似乎平静了些）你不是刚才还说知道水穴在哪里吗？你知道？（苦力沉默）

商　人　（打他）你知道？

苦　力　是。

商　人　（打他）你知道？

苦　力　不。

商　人　把你的水壶递过来。（苦力给他）现在我能够说，所有的水都属于我，因为你把我引错了方向。但是我不这样做，我来和你分水。拿你的喝了再走。（自语）我忘了，在这个时候我不该打他的。

（他们继续走。）

C

商　人　这里我们来过。看，那是脚印。

苦　力　我们到过这里来了，那么我们可能离开大路并不太远。

商　人　架帐篷。我们的水壶空了！我的水壶里一滴水也没有了。（商人坐下，苦力架帐篷。商人偷偷地从他的水壶里喝水，自语）不能让他看见我还有水喝。否则，如果他还有一点点理智，他会打死我的。他要是走近我，我就开枪。（他拔出手枪，将它放在膝间）但愿我们又能找到先前的水穴！我的嗓子眼在冒烟了，口渴，一个人能忍耐多久呢？

苦　力　我现在必须把向导在站上给我的水壶也交给他。否则当他们找到我们的时候，我还活着，但他渴得快死啦，这样，他们会控告我的。

（他拿水壶走过去，商人突然发现苦力站在面前，他不知道苦力是否看见了他喝水。苦力没看见他喝水。他默默地将水壶递给他。但是商人以为苦力拿着的是块大石头，要愤怒地揪死他，他狂叫。

商　人　丢开石头！（苦力没听懂他的话，递水壶给他，枪声，苦力应声倒地）活该！该这样，你这匹猛兽。现在你遭了报应。

8. 法官之歌

（演员在台上布置法庭一景，同时唱）

在流氓强盗堆里进行审判，
无辜者被告，
法官聚集在他身边还辱骂他
在死者的墓前，
他的权利也完蛋。
法庭的判词，
犹如屠刀之暗影一闪，
啊，屠刀已经够坚硬！
何必还走个过场来个审判？
看，啄尸的鹫在向何处飞旋！
荒凉的沙漠把它们驱散；
法庭又将把食料向它们呈献。
杀人犯飞向那里，
那里该逮捕的就得到了保险。
就在那里
强盗把赃物裹在一张纸里
法律就写在这张纸的上边。

9. 审判

（向导和死者之妻坐在审判厅里。）

向　导　（对死者之妻）您是受害人的妻子吗？我是去雇用您丈夫的向导。我听说在这次审判中您提出惩办商人，还要求安家费。我马上赶来，因为我能够证明您的丈夫是无辜被害的。这个证据就在我的口袋里。

店　主　（对向导）我听说你口袋里有个证据，我劝你就让它装在口袋里好了。

向　导　那么苦力的妻子就该空着两手回家吗？

店　主　难道你是想上黑名单啰？

向　导　你的劝告我得考虑考虑。

（法官就坐，被告商人，第二商旅队人员和店主也入席。）

法　官　我宣布开庭。被害人的妻子发言。

妻　子　我的丈夫给这位先生扛行李过亚衣沙漠，旅途快终止前不久这位先生打死了他。我丈夫是再也不能复生了，我要求惩办杀人犯。

法　官　此外，您还要求安家费。

妻　子　是的，因为我和幼儿失去了依靠。

法　官　（对妻）我确实不能责怪您，物质上的要求对您也不是丑事。（对第二商旅队人员）走在商人卡尔·郎格曼之后的是被解雇的向导后来加入的另一商旅队，在不到一里的距离上看到了这个发生不幸的商旅队。你们走近的时候看到了什么呢？

第二商旅队领队　商人水壶里只有一点点水，

法　官　（对商人）是您打死这个人的吗？

商　人　是的。他突然袭击我。

法　官　他怎么袭击您的？

商　人　他想从背后用石头砸死我。

法　官　您能说明他袭击您的原因吗？

商　人　不能。

法　官　您把您的佣人驱赶得太凶了吧？

商　人　不。

法　官　参加了第一段旅途的向导在场吗？

向　导　在。

法　官　您讲讲看。

法　官　（对第二商旅队领队）您是否得到这样印象，走在您前面的一队赶路的速度超乎寻常的快？

第二商旅队领队　不，并不太快。他们占一天的优势，始终保持着它。

法　官　（对商人）这么说，您一定是驱赶得太凶啦。

商　人　我一点也没有驱赶谁，这是向导的事。

向　导　与其说我驱赶得太凶，还不如说很不够。

法　官　您为什么被解雇了呢？

向　导　因为在商人看来我与挑夫太亲近了。

法　官　您不应该这样做吗？您是否得到一种印象，和他亲近的苦力是一个怀有恶意的人吗？

向　导　不，他总是逆来顺受，忍受着一切。他对我说，因为他害怕丧失工作，他是没有工会的。

法　官　他忍受了许多吗？请您回答。您不要老是想答案，事实要脱口而出。

向　导　只是到汉站这一段我在场。

店　主　（自语）对，向导！

法　官　（对商人）后来发生了什么事情能够说明苦力袭击的原因吗？

商　人　不，从我这方面来说，一点也没有。

法　官　您听着，您别老想把自己洗得清清白白的，推掉一切。这样您是通不过去的，老兄。假如您对苦力彬彬有礼，那么您怎么解释苦力对您的仇恨呢？只有叫人相信了仇恨之后，您才能使人相信您是出于自卫而行动。再想想看！

商 人 我必须承认一点，我打过他一次。

法 官 啊哈，您以为这一次的举动就引起了苦力的仇恨吗？

商 人 不，当他不愿渡河的时候，我还用手枪顶在他背上。他渡河时他又折断了一条手臂。对这事我也有罪。

法 官 （微笑）从苦力的眼光来看。

商 人 （也同样微笑）当然是。事实上是我把他救起来的。

法 官 就是这样。在解雇向导以后您使得苦力恨您了。那么以前怎样（逼问向导）您也只得承认这个人是仇恨商人的吧。人们只要思想，事情自然就会明白的。很容易了解，一个报酬低微的人被迫去冒险，并且为了另一人渔利甚至于伤害了身体，而自己什么也得不到还要置生死于度外，当然这个人要恨另一个人了。

向 导 他并不恨他。

法 官 我们现在想审问一下汉站的店主，看看他是否能告诉我们一些事实，让我们从中能够想象出商人对他的仆人的态度来。（对店主）商人怎么对待他的仆人的？

店 主 很好。

法 官 要我把在场的人叫出去吗？你以为讲了真话您的生意要受到损害吗？

店 主 不，在这种情况下不必要。

法 官 随您的便。

店 主 他甚至分烟草给向导并且爽快地就付给他全部工钱。就是对待苦力也很好。

法 官 您的站是这条路上驻有警察的最后一站吗？

店 主 是的，过去就是荒无人烟的亚衣沙漠。

法 官 噢，原来这样。也就是说商人这般亲善更主要的是由情况复杂而决定的，是为了缩短时间，即所谓的战术上的亲善。战争时我们的军官也这样对下属的，越迫近前线越通达人情。这样亲善自然是没有什么好说的。

商 人 比如说走起路来的时候，他老是唱歌。但打从我用枪威胁他渡河的那一刻以后，我再也听不见他唱歌了。

法 官 也就是说他万分激怒了。这是可以理解的。我必须再回到战争问题上来谈谈。那些头脑简单的人对我们军官说：是的，你们打你们的仗，但是我们在为你们打仗，这时我们是能理解他们的心情的。同样苦力也会对老板说：你做你的生意，但是我在为你做生意！

商 人 我还必须承认一点，我们迷路的时候，我与他分了一壶水，但是第二壶我想自己喝。

法 官 也许他看见了您在喝水？

商 人 当他手里拿着石头向我逼近的时候，我是这样想的。我知道他恨我。我们一进入荒无人烟的地区，我就日夜加倍的警惕，我必须想到他一有机会就会袭击我。如果我没有打死他，说不定他已经把我谋害了。

妻　子　我想申诉几句。他不会袭击他的，他一辈子没有攻击过任何人。

向　导　请您安静。我口袋里有东西证明他是无辜被害的。

法　官　行人找到了苦力用来威胁您的石头吗？

第二商旅队领队　是他（指向导）从死者手中把石头取下来的。

（向导拿出水壶。）

法　官　是这块石头？您还能认得出它来吗？

商　人　是，是这块石头。

向　导　那么看，这块石头里装的是什么。（他把水倒出来）

第一陪审员　这是个水壶不是石头，他是递水给您喝的。

第二陪审员　现在可以看出来，他好像根本没有打死他的念头。

向　导　（拥抱被害人的妻子）你看，我能够证明，他是无辜的了。我能够肯定地证明这点，就是说他离开最后一站的时候是我亲自将这个水壶交给他的，这个水壶是我的，店主可以作证。

店　主　（自语）傻瓜。现在他也完蛋了！

法　官　这可能不是真话。（对商人）他是递水给您喝的？

商　人　那应该是一块石头。

法　官　不，不是石头。您已经看见了，这是个水壶。

商　人　但是我不能承认这是水壶。他没有理由把水给我喝。我不是他的朋友。

向　导　他的确是给他水喝。

法　官　那么他为什么给他水喝呢？为什么？

向　导　他一定觉得商人渴了。（法官笑）也许是出于人道精神。（法官又笑）也可能由于愚蠢，因为我相信，他是没有任何原因要去反对商人的。

商　人　那样！他可能真是太愚蠢了。他被我伤害了，这实际上会耽误他一生的。手臂断了！他只有向我报复，唯一正确的。

向　导　是只有这样才对。

商　人　他为了很少的几个钱在我这个有万贯家财的人身边走路。但是旅途对我们两人都是同样艰难困苦的。

向　导　这个他知道。

商　人　当他累了的时候，他就挨打。

向　导　不正是这样吗？

商　人　我认为苦力不在开头的时候就找机会来打死我，这就是说他没有理智。

法　官　您说您有理由认为苦力是反对您的。那就是说您杀害了一个也许是无辜的人，但那只是因为您不可能知道他是无辜的。我们的警察也常常做出这类事情来。他们向手无寸铁的游行示威群众开枪，只是因为他们不可能想到，这些人是不会粗暴地把他们拉下马来打他们一顿的。警察开枪总是由于害怕的缘故。他们害怕，这证明他们有理智。您说您不可能知道这个苦力是个例外！

商　人　人们必须守住常规而忘掉例外。

法　官　是的，正是这样：苦力有什么理由会递水给折磨他的人喝呢？

向　导　太荒唐的理由！

法　官　（唱）

常规就是：以牙还牙！
笨蛋才去等待例外。
要敌人给他水喝，
有理智的人就不这样等待。

（对陪审员）我们商量商量。

（法官退庭。）

向　导　（唱）

在他们写的法律里，
人道就是例外，
谁要是同情别人，
谁就要受害。
要警惕每个这样的人，
他表面看来十分友爱。
快拦住另一个人，
他总是以助人为乐！
有人在你身边受渴，快把你眼睛闭着！
有人在你身边呻吟，快阻塞你的耳朵！
有人向你呼救，快停住你的脚步！
谁忘记了这个，谁就要招来痛苦的啊！
看他给一个人水喝，
但他是把水给了一只狼。

第二商旅队领队　您不害怕您永远也找不到职业了么？

向　导　我要说出真理来。

第二商旅队领队：（笑）嗯，假如您必须……

（法官出庭。）

法　官　（对商人）法庭还想向您提出一个问题。您杀死苦力给您带来了什么好处呢？

商　人　相反。为了我在乌尔加能够做成那笔生意，我是非常需要他的。他扛着我需要的地图和测绘表格，这些东西我一个人是拿不动的。

法　官　这么说您没有做成乌尔加那笔生意啰？

商　人　当然没有做成。我晚到了。我破了产。

法　官　那么我就宣布判决：本庭签署作证，苦力走近他的主人的时候，拿着的不是石头而是水壶。这就提供了证据，我们相信苦力是想用水壶打死他的主人，而不会是递水给他喝的。挑夫属于这么一个阶级，它事实上有理由感觉到它是受到损害的。像挑夫这种人只会有一种纯粹的理智，在分水时防止受骗。是的，这种思想局限、头脑简单、只顾眼前利益的人要报复折磨他的人，这似乎也是合情理的。在清算的那一天，他们会获得一切的。商人不属于他挑夫的那个阶级。他必须防备他最凶残的一面。商人是不可能相信显然是受到他折磨的挑夫的友好行动的。理智告诉他，他受到了最严重的威胁。这个地区荒无人烟，他必须小心谨慎。没有警察与法庭使得他逼迫他的佣人交出他的一份水来，并且使他有胆量去做这种事。也就是说被告是由于自卫才这样做，我们不管他真的受到了威胁还是心理上感觉到他是受到了威胁。通常在那种环境里他必须感觉到他是受到了威胁。被告宣告无罪，死者妻子的上诉本庭拒绝受理。

众演员

这个旅行的故事
就到这里了结。
你们耳闻目睹。
你们看见了这种不断出现的事情。
但是我们恭请诸位：
不陌生的事情要另眼相待！
习以为常的要当作难以解释！
俗事你们应该惊讶。
常规也要视为滥用去辨识。
凡是你们认清了滥用一切的地方，
那儿就有了救药。

——剧终

赏析

贝托尔特·布莱希特是当代享有世界盛誉的著名德国戏剧理论家、剧作家和诗人。

1898年2月10日，布莱希特出生于奥格斯堡市一个商人家庭。他曾在大学学哲学和医学。但他真正感兴趣的却是文学，尤其是戏剧。早在青年时代，布莱希特就显示了非凡的戏剧才能。《夜半鼓声》（1919）的成功使他获得德国最高戏剧奖——克莱斯特奖。1924年，他应名导演赖因哈德之邀任柏林德国话剧院艺术顾问。20年代中期，布莱希特开始阅读和研究马克思的著作，这使他能更好地把握和理解现实。希特勒法西斯夺取政权之后，布莱希特被迫流亡国外。他曾先后在丹麦、瑞典、芬兰、美国和瑞士等地居留。在此期间，他的文学创作从未中断。1948年回到柏林，主要领导《柏林剧团》的工作，1959年8月14日，布莱希特在柏林逝世。

布莱希特戏剧创作的黄金时代是他在二战期间流亡西欧的时候，这一时期先后问世的重要剧作有《伽利略传》（1938）、《大胆妈妈和她的孩子们》（1939）、《潘第拉老爷和他的男仆马狄》（1940）、《阿吐罗·魏的有限发迹》（1941）、《第二次世界大战中的帅克》（1941—1943）和《高加索灰阑记》（1944）。布莱希特一生写了40多部剧作，流亡时期的创作达到了思想和艺术的顶峰。布莱希特不但是一位多产的剧作家和诗人，而且是一个很有影响的戏剧流派的创始人。他不但有自己的戏剧观，理论和演剧方法，且独树一帜，影响深广。他的剧作是他的戏剧流派的不可缺少的组成部分，换言之，在他的戏剧观指导下产生他的理论、剧作和演剧方法，四位一体，互为因果，构成他的戏剧体系。布莱希特要求于戏剧的主要有三点：

第一，20世纪的戏剧要体现出现代人的思维特点，反映出现代社会生活的特征。时代变了，戏剧观念，戏剧形式和方法要随着时代发生变化；因此，他推出辩证戏剧理论和方法，追求戏剧用辩证思维方法深入而真实地反映当代的社会生活面貌，以适应当代人的认识能力和审美需要。

第二，戏剧的根本任务不在于反映客观世界，而在于通过对客观世界的反映，让人们正确地认识客观世界，从而改造客观世界。

第三，为了达到上述目的，则要采用新的编剧方法和演剧方法，用陌生化方法（间离方法）去替代共鸣方法。在编剧法方面，布莱希特主张根据现代社会生活变化迅速、彼此联系紧密、人的思维能力高度发展的特点，编剧要按照生活固有的发展逻辑，揭示生活的内在规律，不要矫饰，不要人为地利用戏剧技巧去强迫生活就范，令人觉其虚假。要反映深而广的社会生活，封闭式的结构形式已不适用，要用史诗（叙事）形式去表现今天丰富多彩的生活，使戏剧动作与叙事手法融合，让戏剧包含更大的容量，并取得反映生活更大的自由。布莱希特从考察西方和东方的戏剧发展史中得出结论，史诗形式的戏剧自古有之，歌德的《浮士德》、席勒的《华伦斯坦》便是，中国戏曲亦然。他认为戏剧结构形式不单纯是形式问题，而是具有本质意义的戏剧美学问题。形式体现出时代的特点。布莱希特的大部分剧作表现反战和反剥削制度的主题，它们以形式新颖、哲理深邃著称。他的许多剧作在各国舞台久演不衰，受到人们普遍赞誉。

布莱希特并不是先提出“陌生化”理论，然后再根据自己所提出的理论进行戏剧创作，而是相反——他在创作实践中生发并逐步形成、完善他的“陌生化”理论。当然他的创新不可能是无本之木、无源之水，布莱希特自己就曾经说过，他的戏剧理论有三个来源：启蒙主义、德国中世纪民间戏剧和中国传统戏曲艺术。这也未必全面，应该说，布莱希特的戏剧理论和实践植根于德国文化传统，他所指出的有关其理论的启蒙主义来源，无疑更多的是在德国，德国文化中有一种偏重于理性和思辨的传统。

《例外与常规》是布莱希特早年的教育剧的代表作，目前仍在世界各地上演。所谓教育剧就是通过戏剧手段告诉观众一种简单而又往往被人们忽视的生活真理，启发观众的思考能力，要他们用批判的眼光来对待自己周围发生着的一切，从而行动起来去改变现实世界。剧本写了一个巨商霸占一个石油矿的故事。它告诉人们：资产阶级总是从自己的阶级本能出发来看待一切事物。这个剧本表现了作者的艺术才华，他善于用哲学的眼光去观察那些为人们所司空见惯、习以为常的事，并把它们戏剧化。熟练而巧妙的戏剧技巧、幽默含蓄而又凝练深刻的语言，使作品放射出诱人的光芒。

思考与练习

1. 谈谈对布莱希特的戏剧思想的认识。
2. 从《例外与常规》看布莱希特“陌生化”理论的早期实践，谈谈体会。

第三章

散文鉴赏

第一节 概　　述

一、散文的历史发展

广义的散文，是指和诗、词、曲等韵文相对而言的文章；狭义的散文，是指一种取材灵活、讲究意境、语言隽永、长于抒情的文学体裁。

中国散文的发展大体上经历了以下几个阶段：

先秦时期　先秦散文由简而繁，从片断的文辞到语录体、对话体，再到较为系统的长篇大论，经历了漫长的历程，发展到春秋战国，出现了它的黄金时代。我国第一部散文集《尚书》之后，产生了以《老子》、《论语》为代表的诸子散文，以《左传》、《战国策》为代表的历史散文，章学诚就曾说过“至战国而后世之文体备”。其时的散文已善于运用比喻、讽刺和描写，以激发读者感情，或者运用寓言、神话、故事等，以充实其内容，文章写得生动活泼。

两汉时期　这一时期的散文最先发展起来的是政论文，作者或针砭时弊，分析社会实际存在的矛盾；或总结秦王朝短期覆亡的原因，借古喻今，都写得深切著明，有很强的说服力和感染力。而《史记》作为“史家之绝唱，无韵之离骚”，代表了两汉散文的最高成就。两汉时期还出现了一种新的文体——“赋”，讲究文采、韵节，兼具诗歌和散文的双重性质，其中班固的《两都赋》、张衡的《二京赋》，都是其名篇。

魏晋南北朝时期 这一时期的文章多讲求声律，讲求遣词造句的艺术技巧，体裁愈益多样化，形成骈俪文体，并且越来越臻于成熟，以至于骈文盛行，散文衰落。但在郦道元的《水经注》和杨衒之的《洛阳伽蓝记》等学术著作中仍有一些质朴的叙事、抒情、写景的优美文字，不同凡响。

唐宋时期 由于骈文过于追求对偶和韵律，无论叙事、状物，还是抒情、说理，读起来令人感到晦涩死板，唐代韩愈、柳宗元领导了古文运动，把散文从骈词俪句中解脱出来，在理论和创作实践上使散文达到全盛阶段。由此树立了一种摆脱陈言俗套、自由抒写的新文风，大大提高了散文抒情、叙事、议论、讽刺的艺术功能。北宋时，欧阳修力倡古文，苏氏父子等人互相应和，古文日渐占领文坛。他们自成体系的古文理论，旗帜鲜明，论辩有力，给人们提供了古文的范本。这一时期的散文平易自然，富有情韵之美，不偏重辞藻，使文章更能发挥表情达意的作用，在中国文学史上有独特的地位，历来引起人们的重视。

元明清时期 这一时期散文基本上继承和发展了唐宋古文运动的精神，出现了不少优秀篇章。它们取材广泛，形式活泼，能直抒胸臆，做到文从字顺，朴素自然。尤其晚明小品，是中国散文发展史上的一项重大突破，从散文观念到创作实践都有显著的变化，它们摆脱了古代散文规矩的束缚，往往格局短小，无论是叙事抒情、说理谈天，都信笔直书，流畅隽俏，夹杂着不少“怡人耳目，悦人心情”的诙谐和幽默。明代产生了前后七子的复古派、反对复古的唐宋派、主张性灵的公安派……也产生了归有光等散文大家。清代散文，上承秦汉唐宋，形成了自己的时代风格和特点，作家辈出，佳作甚多，流派分明，在古代散文史上有重要地位。影响最大的当属桐城派，代表人物有方苞、刘大櫆和姚鼐。桐城派古文作品选材用语只重阐明立意，而不期堆砌材料，因而文章一般简洁自然，但缺乏生气，然其删汰浮辞，避免枝蔓、冗杂的“雅洁”文风，对中国古典散文的发展，还是有一定的贡献。

新文学时期 新文学革命反对仿古拟古的骈体散文，痛击桐城古文，为新型散文的出现做好了铺垫。新文学诞生的初期，在报刊上发表议论散文影响最大的有陈独秀、李大钊、鲁迅、周作人、钱玄同、刘半农等。他们的作品以随感录为主要形式，内容包罗广泛，重点在思想革命和文学革命上。鲁迅是写作议论散文成就最高的作家。这一时期的议论性散文担任了反封建的先锋，它所议论的对象紧贴生活，具体而且细微；它的形式自由，可长可短；它的语言可刚烈悲壮，也可幽默讽喻。议论散文之后，记叙性散文、小品文也相继问世，现代散文进入蓬勃发展阶段。当时几乎所有作家、诗人都同时创作散文，以至五四十年散文的成绩远远超出其他文体的收获。这些作家们既取法英国随笔和其他外国散文的笔调体式，更注意在传统散文中寻找创新根基，很巧妙地化古融今，颇受读者欢迎。散文风格各异、样式不一，呈现一派繁荣景象。就形式而言，有记叙、写景、抒怀、言志、评述；风格上形成了鲁迅的峻冷峭拔，周作人的平和冲淡，朱自清、冰心等的清新雅致，郭沫若、郁达夫等人的豪迈挥洒，叶圣陶、许地山的朴素平直，徐志摩的浓艳绚丽等。

新中国成立以后，特别是1957年以后，散文创作再次受到各界重视，作品无论数量还是质量都大大超过了上一时期，名家俊作竞相涌现。冰心、巴金、叶圣陶等老作家孜孜不倦的求索，达到了炉火纯青的艺术境界。更为可喜的是，以杨朔、刘白羽和秦牧为代表的中青年散文家日渐成熟，形成了各自的艺术风格。杨朔的散文似轻风拂柳般清新优美、婉转动人，刘白羽的散文如熔岩爆发般恣肆汪洋、炽热如火，秦牧的散文则将知识性、趣味性融合起来，如数家常、娓娓道来。其他的散文家也各具特色，个性鲜明，如碧野的明艳动人，陈残云的轻盈秀丽，邓拓的深刻犀利，吴伯箫的简练真诚，曹靖华的平易朴素，峻青的高远深阔，李若冰的豪迈冷峻，陶铸的坦率峭拔，菡子的温婉细腻，宗璞的娟雅清秀……家家都亮出了写作散文的真功夫。

在了解了中国的古代散文和现当代散文后，让我们再把目光投到外国散文。外国散文有一个非常宽广的范畴，可泛指除中国以外的一切国家和地区的古今散文。但是由于文化交流的范围和翻译手段的限制，我们用中文能阅读到的外国散文多集中在欧美一些主要国家和亚洲一些相邻的国家。与中国散文作者相比，外国散文的作者们来自社会的更宽广的各个层面。他们之中，有不少贤哲至圣，也有众多的文人雅士。既有国家元首的闲来之笔，也有庶民文人的深思之作。既有大文豪在用感观人生的睿智眼光来洞察心灵，也有大科学家在用探索宇宙的严密思维来剖析社会，真可谓丰富多彩。

由于国度、民族、阶层和时代的不同，作家们的创作风格千姿百态，共同创造了散文世界的风格多样性。

在法国，散文创作历史悠久，作家辈出，风格多样。蒙田的随笔散文集《随笔录》，内容包罗万象，行文旁征博引，笔调温和朴实，因此蒙田被称为“西方随笔散文的奠基人”。卢梭的回忆散文《漫步随想录》崇尚自我，热爱自我，文笔雅致。伏尔泰的散文思辨性强，说理透彻，文笔严谨，《哲学书简》是他的代表作。雨果的散文富有浪漫情怀，情盛辞美。罗曼·罗兰的散文语言优美，富有音乐感。

在英国，哲学家培根见解独到，文笔紧凑老练，他的《谈读书》对后世影响很大。散文大家兰姆的《伊利亚随笔》感染力极强，被认为是创作出了英国散文最完美的成就。浪漫诗人雪莱的散文《人生最伟大的奇迹》抒写了对美好理想的向往和追求。狄更斯的《游美札记》，情景并重，充满了生命的活力。

在俄罗斯，屠格涅夫的散文色彩瑰丽、清新隽永，洋溢着诗情画意。高尔基的《海燕》充满战斗激情，为几代中国人所熟读。

在德国，海涅的散文常常集描写、抒情、政论于一体，文笔优美，诗意盎然。剧作家布莱希特的散文简洁明快，很受欢迎。另外，叔本华和尼采的散文充满哲思，使人明智。

在美国，散文渗透着年轻民族的许多特色，较强的自我意识加上务实的态度，充分显示出自豪、幽默的个性特色。海伦·凯勒的《假如给我三天光明》表现了聋盲人对充满光明的美好生活的渴望和追求。散文家霍桑的散文想象丰富，辞采华美，具有庄严肃雅的风格。北美智利著名诗人聂鲁达写了大量散文，其作品语言绮丽，蕴含哲理。

在亚洲，印度诗人泰戈尔，成就巨大，他的散文充满了宗教神秘主义色彩和东方人道主义精神，是爱的颂歌，是生命的礼赞，哲理深刻，文字隽美。日本散文家德富芦花的《自然与人生》描绘了自然与人的和谐交融，是对自然的赞美。东山魁夷是以风景画见长的画家，他的谈艺散文，笔触细腻，描摹生动，将自然、人生、艺术融为一体，于体验自然中领悟生命的永恒。

同中国散文一样，外国散文创作也强调真实，真情实意是散文世界的生命。只有真实地表现生活、抒发情感、阐释人生，才会有散文的美。

二、散文的特征

鉴赏古往今来的那些出自大家手笔的典章精品，的确是一种富有启示而又充满乐趣的精神享受。当我们开始在散文的世界里作美的徜徉时，首先要了解散文的特征。散文的特征概括起来大致有以下几点：

（一）题材广阔

散文作为一种文学样式，作家以艺术的语言对自己的日常生活经历作审美的提取。惊心动魄的搏斗，日新月异的创造，秀山丽水的探秘，身边琐事的絮语，花鸟鱼虫的观赏，都可以写进这个天地，人生有多丰富，散文就有多丰富。无论写浩劫巨变，还是琐事轶闻，作者从大处着眼，小处落笔。鲁迅写“三一八”惨案，却从记忆中刘和珍的笑容写起；冰心写黑暗时代将要结束，却在一盏小橘灯上留意；杨朔要表现劳动人民的勤劳，无私奉献，却在一只小蜜蜂上展示。这些都蕴蓄着作者高妙的文思，也都加强了题材质地上的真实感和审美体验上的切近感，所谓“一粒沙里见世界，半瓣花上说人情”，懂得这一点就应该在阅读作品时把握切入点，跟随作者去“小中见大”。

（二）写法灵活

散文与诗歌、小说、戏剧等文学式样比较，写法是最灵巧活泼、潇洒自如的。它可以根据作者的主观意愿，想怎么写就怎么写。叙述、抒情、议论及说明等表达方式任其随心所欲地运用，结构不拘一格，无论是人物、事件的片断，还是时间、空间的转移，或是人的思想意识的变化，只要符合内容的需要，可以尽心布局。鲁迅先生是从换现钞换洋钱这一生活小事中发现中国“暂时做稳了奴隶和想做奴隶而不得”这样的心态（《灯下漫笔》）；巴金先生是从夜行人如何借助远方的一点微弱的灯光增强了胆识勇气而挖掘出“人不是单靠吃米活着”这样一个重大的人生哲理。再例如同样是谈读书，作者可以各抒己见。贾平凹以家信的形式，用叙述的表达方式，把自己从小时候读书，到后来写书的经历作为全文的结构安排，表达“位低而人品不微，贫困而志向不贱”的人生价值观念。而培根的《谈读书》以议论为主，文章不是单纯谈怎么读书，而是从唯物论的立场出发，围绕读书列举了许多读书以外的现象，说明读书的任务主要在于去更好地认识自然界及其规律，不断创新的道理。冰心就曾经说过，散文是短小自由的，是“拈得起放得下”的文学。

（三）直接抒情，语言真切

由于散文的素材大多数是作者被亲身经历或耳闻目睹的生活片段所打动，自觉感情压抑不住，非写出来不可，这样，直接抒情就成为散文的一个重要特征，所以散文用第一人称的写法较普遍，这样与读者面对面地直抒胸臆，使读者感到亲切自然，情不自禁地被作品所感染。例如巴金的《秋夜》、茅盾的《沙滩上的脚迹》、德莱塞的《我的梦中城市》等，都是以“我”的直接抒情来打动无数读者的。再如茅盾笔谈“风景”，朱自清享受无边的“荷塘月色”，郁达夫欣赏的“故都的秋”，都有着这种真挚的情思和意趣。这种命笔含情、追求意境的特点，也是不可忽视的。懂得了这一点，在读《世间最美的坟墓》时，就会懂得茨威格对托尔斯泰的崇敬之情，就会知道这个“小小长方形土丘”何以在作者的笔下是那样令人动情，何以那样使人的内心受到剧烈震撼。

三、散文鉴赏的方法

散文的题材包罗万象，可以写人叙事，也可以写景咏物，念亲怀友，访旧思故；散文很少宏篇巨构，大多是短小精悍，散文的结构自由灵活。散文像一条河流，顺着河谷，避开丘陵，凡可以流到处它都流到，而流来流去，最终要归于大海；像一个人随意散步，散步完了，于是回到家里去，所以人们常用“形散而神不散”来概括散文的特征。这里的“形散”是指散文形式上的外在特征，指作者运笔自由，不受拘束；“神不散”是指散文有贯穿全文的思想主旨，散而有序。鉴赏散文必须把握散文“形散神聚”的主要特点，体会散文文本中包孕着的形式美和内在美。

如庄子《逍遥游》，文章写了鲲鹏、“斥鴳学鸠”、宋荣子、列子等。清代林云铭评《逍遥游》笔法云：篇中忽而叙事，忽而议论，以为断而未断，以为续而非续，以为复而非复，只见云气空蒙，往反纸上，顷刻之间，顿成奇观。这是形散。但大鹏“扶摇而上者九万里”，然其须待风之积；列子御风而行，“犹有所待”；“至人”的逍遥则心无所待，通篇体现庄子追求绝对自由的精神，这是神聚。文章汪洋恣肆，风格大开大合，展现出极其丰富的美学品质。

那么，如何抓住散文的“神”来鉴赏散文呢？“文学是人学”，各类文学作品都是以人的形象创造为旨归，散文也不例外，但散文塑造的人的形象，不像小说那样是虚构的。散文展示的是创作主体的自我形象，是真实形象，所以，解读散文的一个主要目的是要走进创作主体的内在世界，体会散文中包孕着的情意美与智慧美等内质的美。

散文无论写景状物，还是记人叙事，最直观的呈现是物境，即一个个的物象、一个个的场景，一个个的人物形象构成一个个具体的实境，因此鉴赏散文应先感受散文体现出的物境美。如苏轼在《赤壁赋》中描写夜游赤壁的情景，文中人只有苏子、客，物有舟、酒、箫，背景则是浩渺的江水、明亮的月光，一个我国古代文人能够抒怀吟哦的环境都摆了出来，你会觉得自己处于一个清风和明月交织、露珠和水色辉映的充满诗情画意的幽美境界，聆听一个哲人向你阐述人生的道理。袁宏道的《虎丘记》浓墨重彩描写了游人聚饮的拥挤、喧哗，虎丘斗歌的热闹、恣意，一往情深地描绘了“月影横斜”之际的一曲清歌。

鉴赏散文的关键是品味散文蕴涵的情意美。如果说物境是承载的船，那么情意便是张扬的帆。登上载物的船，首先要观赏的是船的美形、美态，然后就要扬起风帆，沿着作者的心路航程，乘船远航，探求作品中的美情、美意。鉴赏散文即依据散文的文学特性和散文创作的艺术形式和技巧，深入品评作品，捕捉作者借此营构的内在心象，走进作者设置的情感氛围中，深切体会物境中所渗透着的情感美，欣赏言外之旨、韵外之意，把握文本深层的艺术价值。如苏轼在《赤壁赋》中，借主客问答的形式表达了人生短暂、壮志难酬、纵情山水的思想情绪和生活态度，在当时难以忍耐的苦难环境中，作者在欣赏大自然美妙风光时，自得其乐，到大自然中去寻求精神上的寄托，体现了一种超然乐观、旷达洒脱的胸怀和气度。《虎丘记》中袁宏道借“月影横斜”之际的一曲清歌，鲜明地体现了他为之神驰的不是喧哗与狂欢，而是幽静与雅丽，他为之击节的不是钟鼓齐鸣的交响乐，而是轻悠亮澈的小夜曲。当白昼过去，喧嚣之后，如水的月光下，清幽的歌声中，作者内视自己灵魂深处的梦幻、诗情、渴望、欲念，他在谋求某种心灵的平静。掩卷而思，这种复杂的情感态度，有一种品之有味、味之不尽的意韵。朱自清曾说，好的散文作品乍看是淡淡的，缓缓咀嚼一番，便会有浓蜜的滋味从口角流出。正因为如此，才使得鉴赏者有了如饮美酒，陶醉其中而又情动心动，燃起参与再创造的热情与渴望，激发起参与再创造的灵感与才思。

第二节 名篇选读

逍遥游（节选）①

庄子

北冥有鱼②，其名为鲲③。鲲之大，不知其几千里也；化而为鸟，其名为鹏④。鹏之背，不知其几千里也；怒而飞⑤，其翼若垂天之云⑥。是鸟也，海运则将徙于南冥⑦。南冥者，天池也。

《齐谐》者⑧，志怪者也⑨。《谐》之言曰："鹏之徙于南冥也，水击三千里⑩，抟扶摇而上者九万里⑪；去以六月息者也⑫。"野马也⑬，尘埃也，生物之以息相吹也⑭。天之苍苍⑮，其正色邪⑯？其远而无所至极邪？其视下也⑰，亦若是则已矣。且夫水之积也不厚，则其负大舟也无力。覆杯水于坳堂之上⑱，则芥为之舟⑲，置杯焉则胶⑳，水浅而舟大也。风之积也不厚，则其负大翼也无力。故九万里，则风斯在下矣，而后乃今培风㉑；背负青天而莫之夭阏者㉒，而后乃今将图

---

① 本文选自《庄子》中的《逍遥游》篇。逍遥游：闲适自得，不受拘束之意。
② 冥：同"溟"，海。
③ 鲲（kūn）：大鱼名。一说"鲸"。
④ 鹏：飞禽名。一说此为古代的"凤"字。
⑤ 怒而飞：奋翅飞翔。怒：同"努"。一说怒即怒号、用力之意。
⑥ 垂天之云：垂在天边的云彩。"垂"，同"陲"，边际。
⑦ "海运"句：海动风起，大鹏借风力迁往南海。运：动。
⑧ 齐谐：一般认为是古书名。
⑨ 志怪：记载奇异事物。
⑩ 水击：以翅击水。
⑪ 抟（tuán）：聚集。扶摇：回旋上升的大风，即羊角风。一本作"搏"，意为拍、拊（大风）。
⑫ 息：气息，这里指风。
⑬ 野马：指浮游的云雾。
⑭ 生物：指"野马"和"尘埃"。以息相吹：被气息、风力吹动飘荡。
⑮ 苍苍：深蓝色。
⑯ 其：岂是，难道是。正色：本来的颜色。
⑰ 视下：鸟瞰大地。
⑱ 坳（ào）堂：室内低洼的地面。
⑲ 芥：小草。
⑳ 胶：粘住。
㉑ 今：即。培风：凭借风力。
㉒ 夭阏（è）：阻挡，遏制。

南①。蜩与学鸠笑之曰②："我决起而飞③。枪榆枋而止④，时则不至⑤，而控于地而已矣⑥。奚以之九万里而南为⑦？"适莽苍者⑧，三飡而反⑨，腹犹果然⑩；适百里者，宿舂粮⑪；适千里者，三月聚粮⑫。之二虫又何知⑬！小知不及大知⑭，小年不及大年。奚以知其然也？朝菌不知晦朔，蟪蛄不知春秋，此小年也。楚之南有冥灵者，以五百岁为春，五百岁为秋；上古有大椿者，以八千岁为春，八千岁为秋，此大年也。而彭祖乃今以久特闻，众人匹之，不亦悲乎！

汤之问棘也是已。汤问棘曰："上下四方有极乎？"棘曰："无极之外，复无极也。穷发之北，有冥海者，天池也。有鱼焉，其广数千里，未有知其修者，其名为鲲。有鸟焉，其名为鹏，背若泰山，翼若垂天之云，抟扶摇羊角而上者九万里；绝云气，负青天，然后图南，且适南冥也。斥鴳笑之曰：'彼且奚适也？我腾跃而上，不过数仞而下，翱翔蓬蒿之间，此亦飞之至也！而彼且奚适也？'"此小大之辩也。

故夫知效一官，行比一乡，德合一君，而征一国者，其自视也，亦若此矣。而宋荣子犹然笑之。且举世誉之而不加劝，举世非之而不加沮；定乎内外之分，辩乎荣辱之境，斯已矣。彼其于世，未数数然也。虽然，犹有未树也。夫列子御风而行，泠然善也，旬有五日而后反。彼于致福者，未数数然也。此虽免乎行，犹有所待者也。

若夫乘天地之正，而御六气之辩，以游无穷者，彼且恶乎待哉？故曰：至人无己，神人无功，圣人无名。

赏析

庄子，名周，战国时宋国蒙人，大体与孟轲同时而稍后。他继承并发展了老子的思想，为道家学派的重要代表人物，世称"老庄"。《庄子》今存三十三篇，其中内篇七，

---

① 图南：计划、图谋向南飞行。
② 蜩（tiáo）：蝉。学鸠：小斑鸠。学，一本作鷽（yù）。
③ 决起：奋力。一说随意。
④ 枪：冲。榆枋：榆树、檀树。
⑤ 时则不至：有时飞不到（树枝）的高度。
⑥ 控：降落，投向。
⑦ 奚以：哪里用得到。之：到。
⑧ 适：往……去。莽苍：指郊野之地。
⑨ 飡：同"餐"。反：同"返"。三餐：代指一天的时间。一说，三餐指三顿饭的食量。
⑩ 果然：饱、不饿的样子。
⑪ 宿：前夜。舂（chōng）粮：准备食物。舂：用杵在臼中捣谷子。
⑫ 三月聚粮：在出发前三个月就开始准备粮食。一说指筹足三个月的粮食。
⑬ 二虫：指蜩与学鸠。
⑭ 知：同"智"，智慧。

外篇十五，杂篇十一。内篇一般认定为庄子自撰，外篇、杂篇出于庄子门人及后学之手。

庄子是最浪漫的诗人，他的思想就是一首绝妙的诗。

庄子说："故夫知效一官，行比一乡，德合一君，而征一国者，其自视也，亦若此矣。"

在庄子眼里，那些才智能胜任官位职守、行事能得到民众的支持、德性能符合君主的要求，又能取得国人信任的为官者，和"斥鴳学鸠"之类没什么区别。"斥鴳学鸠"看到高飞九万里的大鹏就嘲笑说：它要飞到哪去啊？我腾越着上飞，不过几尺高就落了下来，虽只能在蓬蒿之间来回飞跃，而我们是多么逍遥愉快，哪里用得着飞上万里高空再南飞呢？做官者视名利为最大满足，自我感觉都不错。庄子却认为他们受制于官位职守、君主民众，受制于外在环境，充满局限性，不够通达，精神的提升明显不足，与"斥鴳学鸠"无异。

庄子不愿意做官，是很有典型性的。楚国派使者去聘请庄子做丞相，并且送去很多礼金。庄子说："你见过牲牛吗？用好料养几个月，宰杀后还用精致的容器盛着，送进太庙，供在神案上，还用红布盖着。你是愿意做这种牲牛，还是愿意做那在野地寻找杂草吃的野牛呢？"使者说当然愿意做活着的野牛，不愿意做牲牛。庄子说："那好了，你走吧，我就在这里当野牛。"

庄子天才卓绝，黑暗的社会、诗人的气质、浪漫的情怀使他不屑与万户侯为伍，他那双慧眼看透了"古今将相今何在，荒冢一堆草没了"的历史，看透了人为外物所役、为功名利禄所累、为权势尊位所束的苦痛，看透了功利对美妙自然箫声的损坏。

那么庄子追求的理想境界是什么呢？是那"举世誉之而不加劝，举世非之而不加沮"的宋荣子吗？世俗中的人们有几个不在乎别人的毁誉？宋荣子却不是常人，他绝不在乎别人的批评或赞美，绝不汲汲于世俗的名利，宠辱不惊，去留无意，此种境界古今又有多少人能达到呢？但是庄子却说"斯已矣"，"犹有未树也"——不过这样罢了，宋荣子未能达到人生最高境界。

那么列子呢？他能够御风而行，境界胜宋荣子一筹，庄子却也不认为列子已达到最高境界，因为列子之行还非得靠风不可，如此一来便不能够自由"逍遥游"了。

历经大梦大觉后的苦痛，历经人生的拷问和沉思，一个"乘天地之正，而御六气之辩，以游无穷者"的"逍遥游"者形象栩栩然从庄子心中浮升而出。这样的"游者"是"至人"，是"神人"，是"圣人"，他们"无己"、"无功"、"无名"，他们超凡脱俗，回归本真，他们精神上洗去了世俗，不为功名利禄所束，不为是非善恶所累。

近代学者蒋锡昌解"无己"的妙处时说："惟有无己，方能无功、无名；惟有无己，方能超越一切，无待一切……方能逍遥自如，快乐无穷。"

大鹏"扶摇而上者九万里"，可谓壮观，然它须待风之积；列子御风而行，"虽免乎行，犹有所待"；"至人"的逍遥则心无所待。无待于青山绿水，无待于形康体寿，无待于功名利禄，无待于毁誉荣辱。这是一种无任何负累的、人与天完全融为一体的绝对自由的境界。

凡夫俗子的我们不禁惊异于庄子的逍遥游境界了，如此妩媚，如此飘逸，像那飞天袖间千百年来未落到地面的花朵一样，那样遥不可及。

我想起了魏晋“竹林七贤”在当时被推为逍遥的代表，但是那算真正的逍遥吗？庄子妻子死去，惠子去吊唁，庄子却踞箕鼓盆而歌。惠子认为庄子没有情意，庄子说，生命由气变而有形，形变而有生，生命的消逝是自然之理，如同春夏秋冬四时变换一样，没有什么好悲伤的。“竹林七贤”之一的阮籍有一次和人下棋，传来母亲死亡的消息，他强作镇定，继续下完棋，回家后，拼命喝酒，然后大哭吐血。他本来想学庄子的达观，但是仍不能学到庄子的本意，这只是压抑自己的情感，仿效逍遥而已，并非真正的逍遥。

那么芸芸众生又能从这位远古哲人的思想中汲取什么灵泉呢？

清代人刘熙载说过一句话：“有路可走，卒归于无路可走，如屈原；无路可走，卒归于有路可走，如庄子。”

当你的心情如沉谷底、不知所措时，梦中的庄子是否高冠长袖，一路飞舞逍遥而来呢？

当你的天空阴云密布、浓雾笼罩时，那么请你神思于在茫茫北冥中冲天而起、纵情翱翔于天地宇宙之间、怒而飞向无何有之乡的鲲鹏吧，飞扬于那神奇开阔的境界吧，你是否感受到苦闷的心灵在那广漠之野找到了慰藉呢？

当你“哀吾生之须臾，羡长江之无穷”时，当你“欲渡黄河冰塞川，将登太行雪满山”时……那不正是“无路可走”的具体体现吗？那时，读读《庄子》吧，它给我们一个无穷开放的精神空间，让我们和世界保持一种近乎审美的关系，呼唤我们回归美丽自然，保持一颗平常心。于是，你发现，我们的精神家园还有那一轮皓月当空，庄子这样的哲学大师，他们的思想、精神、智慧和人格的光芒，穿越时空在我们的心中闪耀。

作为《庄子》总纲的《逍遥游》，文思是如此超拔而脱俗，文情是如此炽烈而隐蔽，文韵是如此淡荡而隽永。庄子追求绝对自由的精神外化成篇，文章汪洋恣肆，境界波谲云诡，色彩斑斓瑰异，风格纵横跌宕，表现出内涵深厚的美学观，展现出极其丰富的美学品质。

庄子的想象别有神韵，任凭作者笔端驱使，“意出尘外，怪生笔端”，变幻奇诡，莫不惊世骇俗。“鹏之背，不知其几千里也；怒而飞，其翼若垂天之云”是何等瑰丽璀璨的场景。掩卷之后，心旌摇荡，如若渺似沧海一粟的自己寄寓于大鹏的一角在振翅高飞，羽化登仙。《逍遥游》又富于抒情性。庄子的感情，往往是无端而起，迷茫恍惚，其神思，如龙翔云中，灵动飞异；其行文，如风行水上，飘逸洒脱，更加之词汇丰富，描写细致，显得极有表现力，极有独创性。庄子笔法独特。他那种意随笔至随文挥洒的笔法，如果我们从传统角度去剖析，实难窥其妙处。

自《逍遥游》一文出，古来多少骚客哲人，从这里汲取灵泉，以启迪自我思想，升华自我情操。庄子所追求的美学品质，使文学得以逐渐脱离教化的束缚，慢慢找回真正的定义。今日，我们能在花团锦簇的文学园地里获得陶冶，怎能不歌颂庄子的伟大？

思考与练习

1. 试谈庄子思想观点的积极意义与可能产生的消极影响。
2. 谈谈你对《逍遥游》“寓理于形象之中”的体会和认识。

虎　丘　记①

袁宏道

虎丘去城可七八里，其山无高岩邃壑，独以近城故，箫鼓楼船，无日无之。凡月之夜，花之晨，雪之夕，游人往来，纷错如织，而中秋为尤胜。每至是日，倾城阖户，连臂而至。衣冠士女，下迨蔀屋②，莫不靓妆丽服，重茵累席，置酒交衢间。从千人石上至山门，栉比如鳞，檀板丘积，樽罍云泻，远而望之，如雁落平沙，霞铺江上，雷辊电霍③，无得而状。

布席之初，呕者百千，声若聚蚊，不可辨识，分曹部署，竞以新艳相角，雅俗既陈，妍媸④自别。未几而摇手顿足者，得数十人而已。已而明月浮空，石光如练，一切瓦釜⑤，寂然停声。属而和者，才三四辈；一箫，一寸管，一人缓板而歌，竹肉⑥相发，清声亮彻，听者魂销。比至夜深，月影横斜，荇藻⑦凌乱，则箫、板亦不复用。一夫登场，四座屏息，音若细发，响彻云际，每度一字，几尽一刻，飞鸟为之徘徊，壮士听而下泪矣。

剑泉深不可测，飞岩如削。千顷云得天池诸山作案，峦壑竞秀，最可觞客⑧，但过午则日光射人，不堪久坐耳。文昌阁亦佳，晚树尤可观，面北为平远堂旧址，空旷无际，仅虞山一点在望。堂废已久，余与江进之谋所以复之，欲祠韦苏州、白乐天诸公于其中；而病寻作，余既乞归，恐进之亦兴阑矣。山川兴废，信有时哉！

吏吴两载，登虎丘者六。最后与江进之、方子公同登，迟月生公石上⑨。歌者闻令来，皆避匿去。余因谓进之曰："甚矣，乌纱之横，皂隶之俗哉！他日去官，有不听曲此石上者，如月⑩！"今余幸得解官称吴客矣。虎丘之月，不知尚识余言否耶？

---

① 选自《袁中郎全集》卷八。虎丘，山名，又名海涌山，在苏州西北七里。相传春秋时吴王阖闾葬在这里，三日而虎踞其上，因而得名，有"吴中第一名胜"之称。

② 蔀（bù）屋：指穷苦人家昏暗的房屋。蔀，遮蔽光明之物。

③ 雷辊（gǔn）电霍：雷鸣电闪。辊，车轮转动的声音。霍，疾速闪动的样子。

④ 妍媸（chī）：美丑。

⑤ 瓦釜（fǔ）：用黏土烧制的锅，这里比喻粗俗的歌声。《楚辞·卜居》："黄钟毁弃，瓦釜雷鸣。"

⑥ 竹肉：这里指箫管与歌喉。《晋书·孟嘉传》："丝不如竹，竹不如肉。"

⑦ 荇藻：水草，这里比喻月下树影。苏轼《记承天寺夜游》："庭下如积水空明，水中藻荇交横，盖竹柏影也。"

⑧ 觞（shāng）客：宴请宾客。觞，酒器，这里是劝人饮酒的意思。

⑨ 迟月生公石上：指坐在生公石上等待月出。迟，等候。

⑩ 如月：以月为证。发誓的口气。

赏析

袁宏道（1586—1610年），字中郎，号石公，明代公字（现在湖北公安）人。万历二十年（1592年）进士。曾任吴县（现在江苏苏州）知县、顺天府教授等职。与其兄宗道（字伯修）、弟中道（字小修），都以文学见长，时号“三袁”，被称为“公安派”，其中以袁宏道的成就最高。曾为文反对复古，其文学主张的核心是“独抒性灵，不拘格套”，强调文学要表现个性，道出真情，成就最大的是山水游记，清新秀俊，自成一家。著有《袁中郎全集》。

《虎丘记》是袁宏道的代表作，也是中国山水游记中的经典。但综观全文，山水处却着墨甚少，仅在第三段有几处描写。“其山无高岩邃壑”，文章开始的这一句倒可以使我们确信虎丘的山水看来其实不过如此，作者这样写就好像说一个自己喜爱的女孩，并没有明眸皓齿的容颜，却有独特的气质。那么虎丘有什么独特的“气质”吸引了袁中郎“吏吴两载，登虎丘者六”？又是什么使袁中郎念念不忘，写下了这篇游记？

是为了中秋这一天，那“倾城阖户，连臂而至。衣冠士女，下迨蔀屋，莫不靓妆丽服，重茵累席，置酒交衢间”的拥挤、喧哗吗？是呕者百千、歌喉相斗，声浪嘈杂、雅俗既陈的热闹、恣意吗？“从千人石上至山门，栉比如鳞，檀板丘积，樽罍云泻，远而望之，如雁落平沙，霞铺江上，雷辊电霍，无得而状”。在这些文字里，27岁的袁中郎浓墨重彩地描绘了游人聚饮虎丘斗歌的画面，油画般地描绘着俗世生活的狂欢，阅读当时这位还很年轻的生活的观赏者与记录者留下的文字，我们似乎可以感受到袁中郎对他所描述的世俗情味的陶醉之情、钦羡之意。

然而，当我们继续往下读，在字里行间，我们很快就能体会到袁宏道对喧哗优雅、繁华朴质的俗世生活的审美感觉与普通市民大相径庭。

在虎丘斗歌的夜晚，此时已“明月浮空，石光如练”，歌者由多到少，歌声由粗到精，环境由喧闹到静寂，情感由热烈到凄清，在这样一个充满诗情画意的幽美境界里，中郎在聆听、欣赏：一支箫声，如怨如诉；一支笛声，清远悠扬；一人歌声，清幽亮彻。置身于此情此景中的袁中郎陶醉了，他为此而“魂销”。更妙的是，到了夜深，已是“月影横斜，荇藻凌乱”，在这样一个我国古代文人寄情抒怀的幽静、雅丽的典型环境里，箫声停了，歌板也息了，一人登场歌唱，歌声细如发丝，四座屏息倾听。在这一轮明月里，在这一曲清歌中，中郎获得了独特的审美感受，他感受到飞鸟仿佛也为这舒缓悠长的歌声所感动，徘徊不忍飞去；壮士听到这样的歌声，也忍不住要潸然落泪。“可怜歌吹明月中，此夜不堪肠断绝。”这一曲清歌在月夜回荡，醉了虎丘，醉了中郎，也醉了数不清的后世人。

中郎一往情深地描绘了“月影横斜”之际的一曲清歌，鲜明地体现了他为之神驰的不是喧哗与狂欢，而是幽静与雅丽，他为之击节的不是钟鼓齐鸣的交响乐，而是轻悠亮彻的小夜曲。当白昼过去，喧嚣之后，如水的月光下，清幽的歌声中，中郎内视自己灵魂深处的梦幻、诗情、渴望、欲念，他在谋求某种心灵的平静。

今天的我们是否能感受到从他的笔端流露出的复杂思想感情呢？

今天的我们还有没有这样的机会？抑或说，还有没有这样的雅兴来聆听“月影横斜，荇藻凌乱”处的一曲清歌？

然而当中郎再携志同道合者登临虎丘，他想再在“月影横斜，荇藻凌乱”的幽静、雅丽的环境之中聆听轻悠亮彻的小夜曲，遗憾的是“歌者闻令来，皆避匿去”，使得他无法领略“听曲此石上”的迷人情趣。正直的文人不禁愤世嫉俗，愤激之词溢于言表：“甚矣，乌纱之横，皂隶之俗哉！他日去官，有不听曲此石上者，如月！”好一个对月而誓。

读到此处我不由自主地想起席勒的诗句：“你只得从尘世纷纭之中逃走，遁入自己心中的寂静的圣所。在梦之国里才能找到自由，在诗歌里才开放出美的花朵。”月本无情，因人有意。像许多传统知识分子一样，袁宏道也有着儒家强烈的经世致用的人生理想，“少年望官如望仙”，他就是靠年少读书读出个进士来，27 岁时就出任吴县县令。上任之初，他颇有几分得意，以为从此可以悠游于太湖风光、苏州美景之间，寄情于山水，醉心于诗文，自在地享受山水茶酒的闲情逸致。然而他很快就发现官场生活与自己所想象的生活大相悖离，让他感到一百个不自在，他痛感自己做官是放弃了自己的爱好，做着自己厌恶的事情，于是萌生逃避官场之念，决心要挂冠归隐。“甚矣，乌纱之横，皂隶之俗哉！”不就鲜明地显露了他对官禄的鄙夷吗？因此，能早日从名缰利锁中逃出来，恢复自由之身，享有独立人格，便成了他最大的期盼。

中郎没有食言，不久即“解官”归隐。“今余幸得解官称吴客矣。虎丘之月，不知尚识余言否耶？”好一个呼月而问。在历史的长河中，为谋取一官半职而殚精竭虑者，如恒河沙数；而有做官之机不愿做官者，或已做官，而视乌纱如桎梏者，则寥若晨星。在这些寥若晨星的人物中，恐怕要数陶渊明最为有名，他不仅以“不为五斗米折腰”的骨气而名传千古，而且以不朽的诗篇光耀千秋。直到一千多年后，一个同任县令之职的袁宏道，才以他的生花妙笔，诉说了他辞官归隐的大幸。

袁宏道的归隐，不是消极的归隐，他辞官之后，潜心著书立说，自由地表达自己的思想，直到四百年后的今天，他仍在影响着我们，这在中国历代归隐田园的知识分子中，也堪称凤毛麟角。

从袁宏道的文章中，我们可以窥见四百年前一个文人高洁孤傲的人格。袁宏道的伟大与不朽就在这里，他是中国知识分子中最风姿绰约的一个。

思考与练习

1. 说说《虎丘记》渗透了作者袁宏道什么样的思想感情。
2. 你最喜欢哪一段？试作点分析。

雪

鲁迅

暖国的雨，向来没有变过冰冷的坚硬的灿烂的雪花。博识的人们觉得他单调，他自己也以为不幸否耶？江南的雪，可是滋润美艳之至了；那是还在隐约着的青春的消息，是极壮健的处子的皮肤。雪野中有血红的宝珠山茶，白中隐青的单瓣梅花，深黄的磬口的蜡梅花；雪下面还有冷绿的杂草。蝴蝶确乎没有；蜜蜂是否来采山茶花和梅花的蜜，我可记不真切了。但我的眼前仿佛看见冬花开在雪野中，有许多蜜蜂们忙碌地飞着，也听得他们嗡嗡地闹着。

孩子们呵着冻得通红，像紫芽姜一般的小手，七八个一齐来塑雪罗汉。因为不成功，谁的父亲也来帮忙了。罗汉就塑得比孩子们高得多，虽然不过是上小下大的一堆，终于分不清是壶卢还是罗汉；然而很洁白，很明艳，以自身的滋润相粘结，整个地闪闪地生光。孩子们用龙眼核给他做眼珠，又从谁的母亲的脂粉奁中偷得胭脂来涂在嘴唇上。这回确是一个大阿罗汉了。他也就目光灼灼地嘴唇通红地坐在雪地里。

第二天还有几个孩子来访问他；对了他拍手，点头，嘻笑。但他终于独自坐着了。晴天又来消释他的皮肤，寒夜又使他结一层冰，化作不透明的水晶模样；连续的晴天又使他成为不知道算什么，而嘴上的胭脂也褪尽了。

但是，朔方的雪花在纷飞之后，却永远如粉，如沙，他们决不粘连，撒在屋上，地上，枯草上，就是这样。屋上的雪是早已就有消化了的，因为屋里居人的火的温热。别的，在晴天之下，旋风忽来，便蓬勃地奋飞，在日光中灿灿地生光，如包藏火焰的大雾，旋转而且升腾，弥漫太空；使太空旋转而且升腾地闪烁。

在无边的旷野上，在凛冽的天宇下，闪闪地旋转升腾着的是雨的精魂……

是的，那是孤独的雪，是死掉的雨，是雨的精魂。

赏析

鲁迅（1881—1936年），中国现代伟大的文学家、思想家和革命家。原名周树人，字豫才，浙江绍兴人。1918年，首次以“鲁迅”为笔名，发表中国现代文学史上第一篇白话小说《狂人日记》，奠定了新文学运动的基石。在他从文的30年间，共有“述著29种，250余万言”，为我们留下了珍贵的文化遗产。

《雪》是鲁迅散文诗集《野草》中的一篇，但与《野草》中的大部分篇目不同，它不是用奇谲的意象和象征的语言表现作者的孤独前行与反抗绝望，而是用较有华彩的语言对照“江南的雪”与“朔方的雪花”，在“江南的雪”中又有自然的雪景与人工的雪景的对照，直到篇末写到“孤独的雪，是死掉的雨，是雨的精灵”，才隐约透露出《野草》那种“荷戟独彷徨”的韵调。

好的散文就是一首诗。《雪》是一首动人的咏雪诗，是一幅美妙多姿的雪景图，达到了诗中有画、画中有诗的艺术境界。作者以生花的彩笔，描绘了“江南”和“朔方”迥然不同的雪景，表现了对明媚春天的无限向往，对美好事物的缅怀，以及对冷酷现实奋勇抗争的精神。

《雪》中深刻的思想和真挚的感情，渗透在丰富的联想和想象所创造的意境之中。作者描绘江南和朔方两幅雪景图，不是平板地一览无余地摹拟生活，而是张开想象的翅膀，由“朔方的雪花”联想到“暖国的雨”，由“雨”联想到“江南的雪”，由“雪”联想到山茶、梅花盛开的“雪野”，由“雪野”联想到孩子们塑雪罗汉的动人情景；即使描写现实中的“朔方的雪花”，想象也“飞腾”起来，浮想联翩，神游宇宙。正由于作者的想象力极其丰富，所以才创造了雄浑壮丽的意境，给读者留下广阔的联想和想象的空间。

这篇散文，脍炙人口，感人肺腑，其主要原因还在于它充满着诗意。不论对江南的雪、雪野，还是对天真烂漫的孩子们，也不论对明艳剔透的雪罗汉，还是对朔方的如粉、如沙的雪花，作者都是以饱蘸感情的笔触予以形象的描绘，借雪景来抒发自己内心的感情，托形象来寄寓自己深刻的思想。朔方那“蓬勃地奋飞”着的雪花，仿佛有一股强大的精神力量在鼓舞着我们，好像我们也要冲风冒雪“升腾”起来，同作者一起战胜“凛冽的天宇”，倾听暖国“青春的消息”。

《雪》的浓郁的诗意还有赖于优美的语言得以表现。鲁迅抒情散文的语言，总是精粹简洁，具有生活的鲜明色彩和动人的旋律。如作者写江南的雪景，语言华美，文采风流，柔美之中又不乏健美；写孩子们塑雪罗汉的语言，朴素形象，生活气息很浓，虽然没有特别华丽的辞藻或夸张的笔墨，但孩子们的鲜明个性、雪罗汉的幽默神态却跃然纸上；写北方雪景的语言，热烈、瑰丽，抒发了作者面对冷酷现实的战斗豪情。再如作者赞美江南的雪“滋润美艳之至”，从质与形上突现其特色，用“隐约着的青春的消息”和“极壮健的处子的皮肤”来比喻它，令人击节赞赏：“处子”是最富生命活力的，用“处子的皮肤”喻雪，白皙光泽、柔嫩细腻不必说，还包含健美的因素；而“青春的消息”则给人以明确的哲理启示：冬雪之后，春天就不远了。那“雪野”不已是那样的生气勃勃、春意盎然了吗？

思考与练习

1. 把握文本内部的对照和递进关系。

2. 将《雪》作为《野草》的一篇，介绍《野草》的命意和风格。

3. 参照现代有关散文，如俞平伯的《陶然亭的雪》、《西湖的雪景》，王鲁彦的《雪》等，做比较分析，或写一篇以“雪”为题的散文。

霞

冰　心

四十年代初期，我在重庆郊外歌乐山闲居的时候，曾看到英文《读者文摘》上，有个很使我惊心的句子。是：

May there be enough clouds in your life to make a beautiful sunset.

我在一篇短文里曾把它译成："愿你的生命中有够多的云翳，来造成一个美丽的黄昏。"

其实，这个sunset应当译成"落照"或"落霞"。

霞，是我的老朋友了！我童年在海边、在山上，她是我的最熟悉最美丽的小伙伴。她每早每晚都在光明中和我说"早上好"或"明天见"。但我直到几十年以后，才体会到云彩更多，霞光才愈美丽。从云翳中外露的霞光，才是璀璨多彩的。

生命中不是只有快乐，也不是只有痛苦，快乐和痛苦是相生相成，互相衬托的。

快乐是一抹微云，痛苦是压城的乌云，这不同的云彩，在你生命的天边重叠着，在"夕阳无限好"的时候，就给你造成一个美丽的黄昏。

一个生命到了"只是近黄昏"的时节，落霞也许会使人留恋，惆怅。但人类的生命是永不止息的。地球不停地绕着太阳自转。东方不亮西方亮，我窗前的晚霞，正向美国东岸的慰冰湖上走去……

一九八五年四月二十六日清晨

赏析

冰心（1900—1999年），中国现、当代女作家，儿童文学作家。原名谢婉莹，笔名冰心女士、冰心男士等。原籍福建长乐，生于福州，幼年时代就广泛接触了中国古典小说和译作。1918年入协和女子大学预科，积极参加五四运动。1921年加入文学研究会。同年起发表散文《笑》和《往事》。1923年毕业于燕京大学文科，赴美国威尔斯利女子大学学习英国文学。在旅途和留美期间，写有散文集《寄小读者》，具有高度的艺术表现力，婉约典雅、轻灵隽丽，这种独特的风格曾被时人称为"冰心体"，影响广泛。

冰心是非常喜欢自然风物的。她继承了中国传统文人对自然的热爱，并在写作技巧上善于利用自然形象，因此行文风格既切实无华又优美高雅。巴金先生对冰心本人是这样评价的："我们喜欢冰心，跟着她爱星星，爱大海，我这个孤寂的孩子在她的作品里找到温暖，找到失去的母爱。”

关于“霞”，早在20世纪20年代，冰心在《寄小读者》里就有动人的描绘：“晚霞的颜色是自淡而浓，自金红而碧紫。朝霞的颜色是自浓而深，自青紫而深红，然后一轮朝日，从松岭捧将上来，大地上一切都从梦中醒觉。”这篇《霞》写于1985年，已进耄耋的冰心回忆起40多年前曾有一句使她惊心的英文译作“愿你的生命中有够多的云翳，来造成一个美丽的黄昏”，现在的冰心却认为“sun set”（黄昏）应当改译作“落照”或“落霞”。

从词语的情感意义来看，“黄昏”意象给人的感受是感伤的，而云彩斑斓汇集而成的“落霞”意象是璀璨的。从词语的象征意义来说，如果说云彩是生命中的各种经历，包括生命中的痛苦和磨难，那么霞光就是丰富多彩的人生、具有价值的生命。黄昏的美丽是因为有璀璨多彩的霞光在天空舞蹈，霞光的美丽则是因为穿透了重重云翳，在光明与暗影的对比中得到展现。人生的真谛也正在于此，痛苦是人生美丽的必要条件，只有经历磨难的人生才更能体现价值，也才更美丽。

本文叙述方式跳跃性强，“形散”体现在描写内容的时空跨越大。空间跨越大体现在：文章从重庆乐山写到故乡，又写到美国东岸慰冰湖；时间跨越大体现在：文章从中年写到童年，从晚年又写到青年。但是诸多材料无一不受“人生感悟”或隐或现的统制，全部材料皆围绕此中心而“神聚”。

“自然，在冰心的心中不是无机、盲触、枯冷、死寂之物，而是有知有情物。”①从青年对景致细腻的观察到暮年升华为智慧的洞察，冰心积蓄了数十年的感悟，凝聚成充满诗情的警句，凝聚成一篇探究人生的哲理散文。冰心首先宕开一笔，说起一个翻译了多年的句子，让读者毫不设防地集中关注。然后作者缘景中之理抒景外之情，化古人之心入胸中之境：“夕阳无限好，只是近黄昏”！这是对生命的留恋，对年华的不舍。然而冰心并没有一味地哀伤，“一个生命到了‘只是近黄昏’的时节，落霞也许会使人留恋、惆怅。但人类的生命是永不止息的。”历经风霜的晚年冰心面对司空见惯的云霞，冷静睿智地对人生进行了思索。最后，作者笔锋一转，新意层出，由眼前的晚霞，追忆自己人生的朝霞：1923年的冰心在风景优美的慰冰湖畔，她的文章开始知名，爱情开始生长，慰冰湖的霞光与她青春的倩影相映成辉。逝者如斯，遗憾和惆怅是老年天生的注脚，而淡定和从容才是人生必备的法宝。

天边的落霞会使人惆怅。映射到人生之中，几十年的岁月落于弹指一挥间。尽管黄昏日暮，人如残灯，但人类依然永不止息地繁衍传承，历史的车轮继续前进，亘古不变，生生不息。这是冰心对生命的一种透彻的认识。她通达地面对生命的黄昏、人生的暮年，表现出一种豁达大度、积极进取的人生态度。

---

① 刘岸汀：《论冰心前期创作的浪漫主义倾向》，《杨州师范学院学报（社会科学版）》1990年第3期。

思考与练习

1. 通过本文跳跃性强的叙述，体会散文形散而神不散的特点。

2. 阅读与冰心同时代其他女作家的作品，如张爱玲、苏青、林徽因、丁玲等，领略女性视角的文学追求。

匆　匆①

朱自清

燕子去了，有再来的时候；杨柳枯了，有再青的时候；桃花谢了，有再开的时候。但是，聪明的，你告诉我，我们的日子为什么一去不复返呢？——是有人偷了他们吧：那是谁？又藏在何处呢？是他们自己逃走了吧：现在又到了哪里呢？我不知道他们给了我多少日子；但我的手确乎是渐渐空虚了。在默默里算着，八千多日子已经从我手中溜去；像针尖上一滴水在大海里，我的日子滴在时间的流里，没有声音，也没有影子。我不禁头涔涔而泪潸潸了。去的尽管去了，来的尽管来着；去来的中间，又怎样地匆匆呢？

早上我起来的时候，小屋里射进两三方斜斜的太阳。太阳他有脚啊，轻轻悄悄地挪移了；我也茫茫然跟着旋转。于是——洗手的时候，日子从水盆里过去；吃饭的时候，日子从饭碗里过去；默默时，便从凝然的双眼前过去。我觉察他去的匆匆了，伸出手遮挽时，他又从遮挽着的手边过去，天黑时，我躺在床上，他便伶伶俐俐地从我身上跨过，从我脚边飞去了。等我睁开眼和太阳再见，这算又溜走了一日。我掩着面叹息。但是新来的日子的影儿又开始在叹息里闪过了。

在逃去如飞的日子里，在千门万户的世界里我能做些什么呢？只有徘徊罢了，只有匆匆罢了；在八千多日的匆匆里，除徘徊外，又剩些什么呢？过去的日子如轻烟，被微风吹散了，如薄雾，被初阳蒸融了；我留着些什么痕迹呢？我赤裸裸来到这世界，转眼间也将赤裸裸的回去吧？但不能平的，为什么偏要白白走这一遭啊？你聪明的，告诉我，我们的日子为什么一去不复返呢？

赏析

朱自清（1898—1948年），现代散文家、诗人、文学研究家。江苏东海人，原名自华，号秋实，后改名自清，字佩弦。主要作品有诗歌散文集《踪迹》，散文集《背影》、《欧游杂记》等。其散文素朴缜密、清隽沉郁，以语言洗练、文笔清丽著称，极富有真情实感。

时间，是一个永恒的哲学命题，就像朱自清的这篇《匆匆》所要传达的理念：时不待我，时不再来。时间又是那样地难以描摹和把握，然而作者以他特有的朴实清淡之笔，细致地刻画了时光转瞬即逝、飘忽而去的特点，把空灵的时间、抽象的观念，通过

① 《汪曾祺作品精选》，长江文艺出版社2012年版，第343～345。

具象、触觉来变无形为有形、化刹那成永恒，使时间这一极难把握的飘然之物，以具体可感的栩栩如生的形象立在人们的面前。诗人先运用传统的起兴手法——借物起兴，从燕子的来去、杨柳的荣枯、桃花的开谢，来渲染时间来去匆匆，造成一种紧迫的氛围。“燕子去了，有再来的时候；杨柳枯了，有再青的时候；桃花谢了，有再开的时候”，一气呵成的三个排比句，诗意浓郁。以有规律可把握，有踪迹可寻觅，去而复返，失而复得的燕子、杨柳、桃花来反衬匆匆飘逝、无迹无痕的“时光”。紧接着是一连串四个设问，问而不答，但读者稍假思索，却自可得出答案。这种表现方法新颖别致，同时也耐人寻味。

接着诗人默默算着从自己手中溜走的日子，已达八千多个，就像针尖上一滴水滴在大海里，没有声音，也没有影子，“不禁头涔涔而泪潸潸了”。表达出壮志未酬而心存惆怅之感。时间这东西，人人都有，但谁也无法具体描述它；它是无形之物，就像风一样，人们只见树枝的晃荡、身褶的飘动，感受清凉，但谁也没有具体地看到“风”。诗人于是从自己亲身经历的日常事物也是每一个人都要经历的日常事物着手，浓墨重彩地来描绘时光：“早上我起来的时候，小屋里射进两三方斜斜的太阳。太阳他有脚啊，轻轻悄悄地挪移了；我也茫茫然跟着旋转。于是——洗手的时候，日子从水盆里过去；吃饭的时候，日子从饭碗里过去；默默时，便从凝然的双眼前过去。我觉察他去的匆匆了，伸出手遮挽时，他又从遮挽着的手边过去，天黑时，我躺在床上，他便伶伶俐俐地从我身上跨过，从我脚边飞去了……”朱自清笔下的“时光”正如置放在显微镜下的观察物，经过几百倍乃至上千倍的扩大，至细至微处也清晰可辨，历历在目，有如白驹过隙，匆匆一瞥，令你不能不产生一种强烈的诧异。朱自清也不是纯客观地叙述，而是托物言志，处处浸透着主观感情色彩。不仅前面有因时间虚掷而“头涔涔”、“泪潸潸”，而后面则是凌厉地责备自己了：在逃去如飞的日子里，“我能做些什么?”“又剩些什么呢?”“我留着些什么痕迹呢?”“但不能平的，为什么偏要白白走这一遭啊?”在时间的匆匆里，诗人徘徊、深思而又执拗地追求着。黑暗的现实和自己的热情相抵触，时间的匆匆和自己的无为相对照，年轻的作家不是在感叹时间的飞逝，而是激励自己不要虚度光阴，要坚持自己的执著追求，要做点什么，留点什么。古云“此日足可惜”，读罢此文，吾辈更应惜秒阴。

思考与练习

1. 把握作者托物言志手法的运用，体会文章的语言美。
2. 理清文章感情层层推进的思路。

咸菜茨菇汤①

汪曾祺

一到下雪天，我们家就喝咸菜汤，不知是什么道理。是因为雪天买不到青菜？那也不见得。除非大雪三日，卖菜的出不了门，否则他们总还会上市卖菜的。这大概只是一种习惯。一早起来，看见飘雪花了，我这就知道：今天中午是咸菜汤！

咸菜是青菜腌的。我们那里过去不种白菜，偶有卖的，叫做“黄芽菜”，是外地运去的，很名贵。一盘黄芽菜炒肉丝，是上等菜。平常吃的，都是青菜，青菜似油菜，但高大得多。入秋，腌菜，这时青菜正肥。把青菜成担的买来，洗净，晾去水汽，下缸。一层菜，一层盐，码实，即成。随吃随取，可以一直吃到第二年春天。

腌了四五天的新咸菜很好吃，不咸，细、嫩、脆、甜，难可比拟。咸菜汤是咸菜切碎了煮成的。到了下雪的天气，咸菜已经腌得很咸了，而且已经发酸。咸菜汤的颜色是暗绿的。没有吃惯的人，是不容易引起食欲的。

咸菜汤里有时加了茨菇片，那就是咸菜茨菇汤。或者叫茨菇咸菜汤，都可以。

我小时候对茨菇实在没有好感。这东西有一种苦味。民国二十年，我们家乡闹大水，各种作物减产，只有茨菇却丰收。那一年我吃了很多茨菇，而且是不去茨菇的嘴子的，真难吃。

我十九岁离乡，辗转漂流，三四十年没有吃到茨菇，并不想。

前好几年，春节后数日，我到沈从文老师家去拜年，他留我吃饭，师母张兆和炒了一盘茨菇肉片。沈先生吃了两片茨菇，说：“这个好！‘格’比土豆高。”我承认他这话。吃菜讲究“格”的高低，这种语言正是沈老师的语言。他是对什么事物都讲“格”的，包括对于茨菇、土豆。

因为久违，我对茨菇有了感情。前几年，北京的菜市场在春节前后有卖茨菇的。我见到，必要买一点回来加肉炒了。家里人都不怎么爱吃。所有的茨菇，都由我一个人“包圆儿”了。

北方人不识茨菇。我买茨菇，总要有人问我：“这是什么？”——“茨菇。”——“茨菇是什么？”这可不好回答。

北京的茨菇卖得很贵，价钱和“洞子货”（温室所产）的西红柿、野鸡脖韭菜差不多。

我很想喝一碗咸菜茨菇汤。

我想念家乡的雪。

① 《汪曾祺作品精选》，长江文艺出版社2012年版，第343～345页。

赏析

汪曾祺（1920—1997年），江苏高邮人，衔接中国现代文学与当代文学的很特别的著名作家。1939年汪曾祺考入西南联大中国文学系。在这所教与学都很自由的名校中，他经常晚上看书，白天睡觉或泡在茶馆里。但该校的制度是绝对刚性的。汪曾祺本应1943年毕业，因体育不及格、英文不佳，只得补学一年。经过一年的学习，两门功课过关。但这年规定毕业生是要到飞虎队做英文翻译的，他未报名。所以根据学校规定，只能算肄业。因此，他虽然在该校学习了五年，最后却并未获得毕业证书，然而在校期间，他读书之博，让后人称道；加上受名师沈从文熏染，所以被誉为“抒情的人道主义者，中国最后一个纯粹的文人，中国最后一个士大夫”。

在题材的选取上，有很多学者认为，汪老写散文既没有什么话一定要一吐为快，也没有希望要给人启迪，也不强求要托物言志，所以显得随心散漫。故土乡情、四方食事、文化掌故等这些题材，“大都是不期然而遇”。他也自称“喜欢那种如云如水，东一句西一句的，既叫人不好捉摸，又不脱离生活的意识流的散文。生活本是散散漫漫的，文章也该是散散漫漫的”。正如他在《蒲桥集》的《封面题辞》所言：“记人事、写风景、谈文化、述掌故，兼及草木虫鱼、瓜果食物，皆有情致，间作小考证，亦可喜，娓娓而谈，态度亲切，不矜持作态，文求雅洁，少雕饰，如行云流水，春初新韭，秋末晚菘，滋味近似。”

也有学者认为，汪曾祺的散文确实很大一部分散发出他对故乡的追忆，那么他到底为什么着手于如此多的回忆性题材呢？洪子诚在《中国当代文史》中指出，这与80年代文学寻根风潮是有着某种密切联系的，汪曾祺在此阶段发表的小说、散文，多取材于故乡高邮地区旧市镇的风俗民情，“有意开掘这块古老土地岩层”，与世界文学对话。

无论是有意还是随机，本文写咸菜茨菇汤，中心事物从题目就可以看出来有两个：咸菜、茨菇，土生土长的南方小菜味道扑面而来，恰恰成为了汪老散文的特色。

全文贯彻着下面这样一条思路：

第1节，说家乡的下雪天和咸菜汤，介绍家乡习俗。散文创作作为汪曾祺最主要的表达方式，能够使我们感受到汪老在江南文化保护和传承之路上所作的贡献。高邮正处江南地带，人们为了延长食物保质期，或者为寒冬雪月储备食材，都会习惯性地腌制咸菜。作者于生活的细微处，写出自己独到的观察，水到渠成地开始写“咸菜”，为文章的主体“咸菜茨菇汤”扔下第一只靴子。

第2~3节，写家乡咸菜的由来。

时间：“入秋”。

材质：青菜正“肥”。

数量：青菜“成担”买来。

炮制方法：“洗净，晾去水汽，下缸。一层菜，一层盐，码实”。

食用方法：“随吃随取”。

风味特色："腌了四五天的新咸菜很好吃，不咸，细、嫩、脆、甜，难可比拟"。

不难看出，在话语的体式上，汪式散文是平淡如流水的，但是这并不妨碍读者在水一般的文字浸渍中生出对咸菜的感性认识，体验南方菜肴文化的舌尖花样，品味故乡人悠闲实在的生活风情。

第4节，花开两朵，各表一枝——开始写咸菜与茨菇的结合。

第5节开始，作者的笔墨转向了"茨菇"，另一只靴子也落地了。其中还在第7节插叙了沈从文先生对茨菇的评价。有些读者可能会认为，沈先生之于茨菇的印象，与本文关系不是很密切，可以考虑删除这一节。其实，这段品菜过程中的语言是非常富有人情味的。文中穿插这一段本真的描写，使得文章的生活气息更为浓厚，而且汪曾祺善于运用语言造型。他借沈从文大师之口，"我承认他这话。吃菜讲究'格'的高低"，什么是"格"，菜的性格？菜的格调？恐怕都有，一个"格"字使那种特殊的微妙的食物神韵和风味，在纸面上得到了立体的再现。既然我们已经说到了人物，实在不得不插叙汪曾祺对沈从文的尊敬之情。汪曾祺曾说过，他一生受到两位作家、作品影响最大，一个是屠格涅夫和他的《猎人日记》，另外一个就是沈从文和他的《沈从文选集》。汪曾祺之所以如此尊重沈从文，不外乎尊重他的人格品德和文学风格。新中国成立后，沈从文一直受到打压、排斥。由于受到许多政治因素的干扰和影响，人们对沈从文本人和作品有着一定的偏见，这是可以理解的，所以汪曾祺在这篇散文里提到沈从文的"格"，更多的是人格，他大胆地为业师进行辩护。

虽然汪老承认了茨菇的"格"，但他还是实事求是地判断茨菇并不是美味。第5节就说"我小时候对茨菇实在没有好感"、"不去茨菇的嘴子的，真难吃"。第6节与之呼应，"三四十年没有吃到茨菇，并不想"。第8节笔锋一转，"因为久违，我对茨菇有了感情"。语言的口语色彩浓厚，都是信口而成，大有说一句略停一停，思绪上前一步，笔墨再跟着走一步的神态。"嘴子"一词带有鲜明的地方特色，虽然写的是对一味食材的印象流转，但读者细心品读，会发现显现的是一种流转的人生，正如"我十九岁离乡，辗转漂流"。

一道菜，可能的确不对儿时的胃口，但因为特定的历史缘故，不用入口，摆在面前，或者浮现在脑海，就极易勾起你那段特定的回忆。特别是人上了年纪，早前的生活历练可以风干了拿来下酒，就连不对胃口的滋味，也愈发通透且招摇了。第9~12节中，故乡的咸菜茨菇汤与现在的茨菇肉片此叠彼印，酸甜苦辣，撩拨起多少游子心绪，汇聚成一片思乡的迷蒙。至此，文章似乎不太考虑结构，一路写得轻松随便，实则两个中心点已被有力地收束在了一起。

"我很想喝一碗咸菜茨菇汤。""我想念家乡的雪。"汪曾祺就是用这样寥寥两笔，洗净铅华，疏朗清淡，打通了感官和感情的桥梁，款款地述说自己对故乡的无限思念，拉近了作家、作品、读者三者之间的关系，让人感觉亲切、温馨，把中国式的抒情推到了极致。

思考与练习

1. 本文其实只叙述了南方的一道普通菜，这样简单的内容有什么意义呢？

2. 有学者指出，汪曾祺的散文，“回忆”性很强，而缺乏“前瞻”性。谈谈你的看法。

合欢树①

史铁生

十岁那年，我在一次作文比赛中得了第一。母亲那时候还年轻，急着跟我说她自己，说她小时候的作文作得还要好，老师甚至不相信那么好的文章会是她写的。“老师找到家来问，是不是家里的大人帮了忙。我那时可能还不到十岁呢。”我听得扫兴，故意笑：“可能？什么叫可能还不到？”她就解释。我装作根本不再注意她的话，对着墙打乒乓球，把她气得够呛。不过我承认她聪明，承认她是世界上长得最好看的女的。她正给自己做一条蓝底白花的裙子。

二十岁，我的两条腿残废了。除去给人家画彩蛋，我想我还应该再干点别的事，先后改变了几次主意，最后想学写作。母亲那时已不年轻，为了我的腿，她头上开始有了白发。医院已经明确表示，我的病情目前没办法治。母亲的全副心思却还放在给我治病上，到处找大夫，打听偏方，花很多钱。她倒总能找来些稀奇古怪的药，让我吃，让我喝，或者是洗、敷、熏、灸。“别浪费时间啦！根本没用！”我说，我一心只想着写小说，仿佛那东西能把残废人救出困境。“再试一回，不试你怎么知道会没用？”她说，每一回都虔诚地抱着希望。然而对我的腿，有多少回希望就有多少回失望，最后一回，我的胯上被熏成烫伤。医院的大夫说，这实在太悬了，对于瘫痪病人，这差不多是要命的事。我倒没太害怕，心想死了也好，死了倒痛快。母亲惊惶了几个月，昼夜守着我，一换药就说：“怎么会烫了呢？我还直留神呀！”幸亏伤口好起来，不然她非疯了不可。

后来她发现我在写小说。她跟我说：“那就好好写吧。”我听出来，她对治好我的腿也终于绝望。“我年轻的时候也最喜欢文学，”她说。“跟你现在差不多大的时候，我也想过搞写作，”她说。“你小时候的作文不是得过第一？”她提醒我说。我们俩都尽力把我的腿忘掉。她到处去给我借书，顶着雨或冒了雪推我去看电影，像过去给我找大夫，打听偏方那样，抱了希望。

三十岁时，我的第一篇小说发表了。母亲却已不在人世，过了几年，我的另一篇小说又侥幸获奖，母亲已经离开我整整七年。

获奖之后，登门采访的记者就多，大家都好心好意，认为我不容易。但是我只准备了一套话，说来说去就觉得心烦。我摇着车躲出去，坐在小公园安静的树林里，想：上帝为什么早早地召母亲回去呢？迷迷糊糊的，我听见回答：“她心里太苦了。上帝看她受不住了，就召她回去。”我的心得到一点安慰，睁开眼睛，看见

① 选自史铁生：《我与地坛》，人民文学出版社2010年版，第37~40页。

风在树林里吹过。

我摇车离开那儿，在街上瞎逛，不想回家。

母亲去世后，我们搬了家。我很少再到母亲住过的那个小院儿去。小院儿在一个大院儿的尽里头，我偶尔摇车到大院儿去坐坐，但不愿意去那小院儿，推说手摇车进去不方便。院儿里的老太太们还都把我当儿孙看，尤其想到我又没了母亲，但都不说，光扯些闲话，怪我不常去。我坐在院子当中，喝东家的茶，吃西家的瓜。有一年，人们终于又提到母亲："到小院儿去看看吧，你妈种的那棵合欢树今年开花了!"我心里一阵抖，还是推说手摇车进出太不易。大伙就不再说，忙扯些别的，说起我们原来住的房子里现在住了小俩口，女的刚生了个儿子，孩子不哭不闹，光是瞪着眼睛看窗户上的树影儿。

我没料到那棵树还活着。那年，母亲到劳动局去给我找工作，回来时在路边挖了一棵刚出土的"含羞草"，以为是含羞草，种在花盆里长，竟是一棵合欢树。母亲从来喜欢那些东西，但当时心思全在别处。第二年合欢树没有发芽，母亲叹息了一回，还不舍得扔掉，依然让它长在瓦盆里。第三年，合欢树却又长出叶子，而且茂盛了。母亲高兴了很多天，以为那是个好兆头，常去侍弄它，不敢再大意。又过一年，她把合欢树移出盆，栽在窗前的地上，有时念叨，不知道这种树几年才开花。再过一年，我们搬了家。悲痛弄得我们都把那棵小树忘记了。

与其在街上瞎逛，我想，不如就去看看那棵树吧。我也想再看看母亲住过的那间房。我老记着，那儿还有个刚来到世上的孩子，不哭不闹，瞪着眼睛看树影儿。是那棵合欢树的影子吗？小院儿里只有那棵树。

院儿里的老太太们还是那么欢迎我，东屋倒茶，西屋点烟，送到我跟前。大伙都不知道我获奖的事，也许知道，但不觉得那很重要；还是都问我的腿，问我是否有了正式工作。这回，想摇车进小院儿真是不能了，家家门前的小厨房都扩大，过道窄到一个人推自行车进出也要侧身。我问起那棵合欢树。大伙说，年年都开花，长到房高了。这么说，我再看不见它了。我要是求人背我去看，倒也不是不行。我挺后悔前两年没有自己摇车进去看看。

我摇着车在街上慢慢走，不急着回家。人有时候只想独自静静地呆一会。悲伤也成享受。

有一天那个孩子长大了，会想到童年的事，会想起那些晃动的树影儿，会想起他自己的妈妈，他会跑去看看那棵树。但他不会知道那棵树是谁种的，是怎么种的。

赏析

文坛巨匠史铁生，1951 年出生于北京，1967 年毕业于清华大学附属中学，1969 年去延安一带插队，1972 年双腿因病瘫痪，回到北京。1979 年开始发表作品。1981 年又患肾病并发展成尿毒症。曾任中国作家协会全国委员会委员，北京作家协会副主席，中国残疾人协会评议委员会委员。自称是“职业是生病，业余在写作”。史铁生多年来与疾病顽强抗争，在病榻上创作出了大量优秀的广为人知的文学作品。他的作品多次获得国内外重要文学奖项，多部作品被译为日、英、法、德等文字在海外出版。他为人低调，严于律己，品德高尚，是作家中的楷模，2002年获“华语文学传媒大奖”年度杰出成就奖。2010年12月31日凌晨因突发脑溢血逝世。

《合欢树》写于1985年，文章干净忧伤，并没有很强烈的情感表达；故事的发展也不是靠情节来推动，深深的悲哀下面，藏着深深的激励和感动。读者在文字的浸润中切入作者的生活，领悟母爱的温馨和绵长。

史铁生的21岁是不幸的，在每个青年走在人生大道上最意气风发的时候，他的旅程却突然脱轨了。徘徊于天地，无法控制生死，他整个生命被局限在一张轮椅里，那种灵魂受到的吞噬不是用“苦涩”一词就可以形容的。万幸的是他伟大的母亲，一直在无限的郁闷中用爱支撑他，陪伴他，化生活的无奈与悲苦为希望与激励，娓娓行来。

他10岁，获奖的时候，做母亲的自然是喜出望外，趁兴说起了自己10岁前的光荣往事。当时骄傲的少年嘴上很不以为然，不过打心眼里还是欣赏母亲的。这个时候的母亲一定爱美，有情趣，稍带着一点童心未泯，她跟儿子斗文笔的时候正在为自己做一条蓝底白花的裙子。

他20岁，瘫痪的时候，自然是心理上先崩溃了。母亲不愿与命运妥协，“全副心思却还放在给我治病上，到处找大夫，打听偏方，花很多钱。她倒总能找来些稀奇古怪的药，让我吃，让我喝，或者是洗、敷、熏、灸”。她一手料理着孩子的病，一手希望推动孩子绕过这道命的坎。当孩子有点自暴自弃的念想时，母亲倔强地总是要“再试一回，不试你怎么知道会没用?”我们可以想象，每次再试，每次再失败，母亲盛满希望的心该遭受了多少波致命的打击。特别是烫伤那一段，让读者的心情也随之渐颤，渐紧，渐痉挛。即便如此，当她终于肯面对儿子已经无法痊愈的事实时，她也没有绝望，更不容绝望，而且她发现儿子有了精神寄托。为了这份寄托能成为支撑儿子活下去的信念，母亲用自己最朴素的爱，“到处去给我借书，顶着雨或冒了雪推我去看电影，像过去给我找大夫，打听偏方那样，抱了希望”。母亲内心中最美好的愿望由于非人力的羁绊而无法实现，她只好以一种非常规的方式来表达，“你小时候的作文不是得过第一?”她提醒儿子，希望通过自己有言和无言的支持，把儿子的才华调动起来，把儿子的激情从轮椅上释放出来。

他30岁，成名的时候，母亲却积劳累郁成疾离开了人世，再也无法与儿子共享成功的喜悦了。“邻居们把她抬上车时，她还在大口大口地吐着鲜血。我没想到她已经病成那样”。(史铁生《秋天的怀念》)这位母亲，任由儿子的命运把自己推推搡搡，跌跌撞撞直至无法再站起来。

“树欲静而风不止，子欲养而亲不待。”文章题为“合欢树”，但是从纪念母亲到追思合欢树的情感过渡放在了第6节。第7节才算真正抖开了包袱，“到小院儿去看看吧，你妈种的那棵合欢树今年开花了!”多年以后，史铁生每次想起母亲的时候，自然就想起当年母亲栽下的那棵合欢树。一向有生活情趣的母亲，喜欢侍弄花草，“母亲从来喜欢那些东西，但当时心思全在别处”。这“别处”是何处——不就是为了儿子的处处么？在母亲眼里，树也是生灵，是生命的象征，甚至私底下觉得冥冥中树的长势和儿子的身体有某种牵连。所以“第二年合欢树没有发芽，母亲叹息了一回，还不舍得扔掉，依然让它长在瓦盆里”。不见长的树，身体残疾的儿子，母亲都不放弃。当第三年合欢树绽绿了，母亲“高兴了很多天，以为那是个好兆头，常去侍弄它，不敢再大意”，母亲也不是迷信，只是内心期盼着儿子也能像合欢树一样长健常青。而等到母亲去世之后，儿子又觉得冥冥中树的繁茂和母亲的爱有某种契合。它象征着已逝的母亲，它见证过从病痛中顽强重生的一副身躯和一颗心，它记载了作者和母亲共同成长的漫漫人生风雨。被赋予了如此深刻的意义之后，“合欢树”也终于成功地负担起了它作为主题的功能，它的触角也涵盖到了整篇文章。

大爱无声，平平淡淡才是真。史铁生以凝练沉重的笔触向我们描述了母子情深，冷峻而平缓。其实，本文也可以处理成为儿子经常去小院里看望那棵树、抚摩那棵树，睹物思人的通俗情节，读者也能够认同。然而，很显然史铁生并没有将母子二人的缘分做市场价处理。他有意回避那合欢树，有意回避了那种司空见惯的表现方式。当大院子的老邻居们提到“小院子”的时候，作者以“手摇车进去不方便”为托词来掩饰自己无法面对承载着母亲心血的合欢树；不过当邻居们提到合欢树的时候，作者还是“心里一阵抖”，想见不敢见，不敢见又长思念。这种独特而剧烈的心理活动，深刻表现了“合欢树”在作者心中的意义非同寻常。这种相对隐忍克制的镜头式散文语言，含蓄内敛，点到为止，用了力气缅怀，但不至于用力过猛。

文章在第7、9、12节中三次提到那个“刚来世上的孩子”，前两次说他“不哭不闹，瞪着眼睛看树影儿”，最后说到“有一天那个孩子长大了，会想到童年的事，会想起那些晃动的树影儿，会想他自己的妈妈”。虽然作者和合欢树、孩子始终没有相见过，都是借着想象的翅膀、托着第三人称的传言，但是读者们能够相信，合欢树下处处都是厚重的母爱影子，氤氲着孩子一生都不可能磨灭的幸福记忆。这个孩子，不仅仅是小院里的孩子，是史铁生，是你，是我，是每个人。至此文章里没有精工细描过“合欢树”，但不着一字，尽得风流，不愧是大师手笔。

整篇文章用一种生活流的叙事方式，不炫耀写作技巧，只忠实地记录生活。我们不得不再一次承认，面对天灾人祸，由女性、母亲所表现出来的人类大爱，才是不会随世事幻变而改变的最真挚的情感，才是中国文化最扣人心弦的焦点。

斯树合欢，斯人已去。我们走过的每一步，足迹里都凝聚着母亲无私的爱和关怀，但是母亲注定会比我们先老。每次心疼着母亲日渐臃肿迟缓的步履，我们除了涌起对岁月匆匆的慨叹，更重要的是对母爱沉甸甸的感恩。

这不是一篇散文，这是生活。

思考与练习

1. 本文的心理描写很成功，试着找出几处仔细品味。
2. 文中三次提到“刚来世上的孩子”，说说你的理解。

都江堰

余秋雨

一

我以为，中国历史上最激动人心的工程不是长城，而是都江堰。

长城当然也非常伟大，不管孟姜女们如何痛哭流涕，站远了看，这个苦难的民族竟用人力在野山荒漠间修了一条万里屏障，为我们生存的星球留下了一种人类意志力的骄傲。长城到了八达岭一带已经没有什么味道，而在甘肃、陕西、山西、内蒙一带，劲厉的寒风在时断时续的颓壁残垣间呼啸，淡淡的夕照、荒凉的旷野溶成一气，让人全身心地投入对历史、对岁月、对民族的巨大惊悸，感觉就深厚得多了。

但是，就在秦始皇下令修长城的数十年前，四川平原上已经完成了一个了不起的工程。它的规模从表面上看远不如长城宏大，却注定要稳稳当当地造福千年。如果说，长城占据了辽阔的空间，那么，它却实实在在地占据了邈远的时间。长城的社会功用早已废弛，而它至今还在为无数民众输送汩汩清流。有了它，旱涝无常的四川平原成了天府之国，每当我们民族有了重大灾难，天府之国总是沉着地提供庇护和濡养。因此，可以毫不夸张地说，它永久性地灌溉了中华民族。有了它，才有诸葛亮、刘备的雄才大略，才有李白、杜甫、陆游的川行华章。说得近一点，有了它，抗日战争中的中国才有一个比较安定的后方。

它的水流不像万里长城那样突兀在外，而是细细浸润、节节延伸，延伸的距离并不比长城短。长城的文明是一种僵硬的雕塑，它的文明是一种灵动的生活。长城摆出一副老资格等待人们的修缮，它却卑处一隅，像一位绝不炫耀、毫无所求的乡间母亲，只知贡献。一查履历，长城还只是它的后辈。它，就是都江堰。

二

我去都江堰之前，以为它只是一个水利工程罢了，不会有太大的游观价值。连葛洲坝都看过了，它还能怎么样？只是要去青城山玩，得路过灌县县城，它就在近旁，就乘便看一眼吧。因此，在灌县下车，心绪懒懒的，脚步散散的，在街上胡逛，一心只想看青城山。

七转八弯，从简朴的街市走进了一个草木茂盛的所在。脸面渐觉滋润，眼前愈显清朗，也没有谁指路，只向更滋润、更清朗的去处走。忽然，天地间开始有些异常，一种隐隐然的骚动，一种还不太响却一定是非常响的声音，充斥周际。如地震前兆，如海啸将临，如山崩即至，浑身起一种莫名的紧张，又紧张得急于趋附。不知是自己走去的还是被它吸去的，终于陡然一惊，我已站在伏龙观前，眼前，急流浩荡，大地震颤。即便是站在海边礁石上，也没有像这里强烈地领受到水的魅力。海水是雍容大度的聚会，聚会得太多太深，茫茫一片，让人忘记它是切切实实的水，可掬可捧的水。这里的水却不同，要说多也不算太多，但股股叠叠都精神焕发，合在一起比赛着飞奔的力量，踊跃着喧嚣的生命。这种比赛又极有规矩，奔着奔着，遇到江心的分水堤，刷地一下裁割为二，直窜出去，两股水分别撞到了一道坚坝，立即乖乖地转身改向，再在另一道坚坝上撞一下，于是又根据筑坝者的指令来一番调整……也许水流对自己的驯顺有点恼怒了，突然撒起野来，猛地翻卷咆哮，但越是这样越是显现出一种更壮丽的驯顺。已经咆哮到让人心魄俱夺，也没有一滴水溅错了方位。阴气森森间，延续着一场千年的收伏战。水在这里吃够了苦头也出足了风头，就像一场千年的收伏战。就像一大拨翻越各种障碍的马拉松健儿，把最强悍的生命付之于规整，付之于企盼，付之于众目睽睽。看云看雾看日出各有胜地，要看水，万不可忘了都江堰。

三

这一切，首先要归功于遥远得看不出面影的李冰。

四川有幸，公元前251年出现过一项毫不惹人注目的任命：李冰任蜀郡守。

此后中国千年官场的惯例，是把一批批有所执持的学者遴选为无所专攻的官僚，而李冰，却因官位而成了一名实践科学家。这里明显地出现了两种判然不同的政治走向，在李冰看来，政治的含义是浚理，是消灾，是滋润，是濡养，它要实施的事儿，既具体又质朴。他领受了一个连孩子都能领悟的简单道理：既然四川最大的困扰是旱涝，那么四川的统治者必须成为水利学家。

前不久我曾接到一位极有作为的市长的名片，上面的头衔只印了“土木工程师”，我立即追想到了李冰。

没有证据可以说明李冰的政治才能，但因有过他，中国也就有过了一种冰清玉洁的政治纲领。

他是郡守，手握一把长锸，站在滔滔的江边，完成了一个“守”字的原始造型。那把长锸，千年来始终与金杖玉玺、铁戟钢锤反复辩论。他失败了，终究又胜利了。

他开始叫人绘制水系图谱。这图谱，可与今天的裁军数据、登月线路遥相呼应。

他当然没有在哪里学过水利。但是，以使命为学校，死钻几载，他总结出治水三字经“深淘滩，低作堰”、八字真言“遇湾截角，逢正抽心”，直到20世纪仍是水利工程的圭臬。他的这点学问，永远水汽淋漓，而后于他不知多少年的厚厚典籍，却早已风干，松脆得无法翻阅。

他没有料到，他治水的韬略很快被替代成治人的计谋；他没有料到，他想灌溉的沃土将会时时成为战场，沃土上的稻谷将有大半充作军粮。他只知道，这个人要想不灭绝，就必须要有清泉和米粮。

他大愚，又大智。他大拙，又大巧。他以田间老农的思维，进入了最澄彻的人类学的思考。

他未曾留下什么生平资料，只留下硬扎扎的水坝一座，让人们去猜详。人们到这儿一次次纳闷：这是谁呢？死于两千年前，却明明还在指挥水流。站在江心的岗亭前，"你走这边，他走那边"的吆喝声、劝诫声、慰抚声，声声入耳。没有一个人能活得这样长寿。

秦始皇筑长城的指令，雄壮、蛮吓、残忍；他筑堰的指令，智慧、仁慈、透明。

有什么样的起点就会有什么样的延续。长城半是壮胆半是排场，世世代代，大体是这样。直到今天，长城还常常成为排场。都江堰一开始就清朗可鉴，结果，它的历史也总显出超乎寻常的格调。李冰在世时已考虑事业的承续，命令自己的儿子作3个石人，镇于江间，测量水位。李冰逝世400年后，也许3个石人已经损缺，汉代水官重造高及3米的"三神石人"测量水位。这"三神石人"其中一尊即是李冰雕像。这位汉代水官一定是承接了李冰的伟大精魂，竟敢于把自己尊敬的祖师，放在江中镇水测量。他懂得李冰的心意，唯有那里才是他最合适的岗位。这个设计竟然没有遭到反对而顺利实施，只能说都江堰为自己流泻出了一个独特的精神世界。

石像终于被岁月的淤泥掩埋，本世纪70年代出土时，有一尊石像头部已经残缺，手上还紧握着长锸。有人说，这是李冰的儿子。即使不是，我仍然把他看成是李冰的儿子。一位现代作家见到这尊塑像怦然心动，"没淤泥而蔼然含笑，断颈项而长锸在握"，作家由此而向现代官场衮衮诸公诘问：活着或死了应站在哪里？出土的石像现正在伏龙观里展览。人们在轰鸣如雷的水声中向他们默默祭奠。在这里，我突然产生了对中国历史的某种乐观。只要都江堰不坍，李冰的精魂就不会消散，李冰的儿子会代代繁衍。轰鸣的江水便是至圣至善的遗言。

四

继续往前走，看到了一条横江索桥。桥很高，桥索由麻绳、竹篾编成。跨上去，桥身就猛烈摆动，越犹豫进退，摆动就越大。在这样高的地方偷看桥下会神志慌乱，但这是索桥，到处漏空，由不得你不看。一看之下，先是惊叹。脚下的江流，从那么遥远的地方奔来，一派义无反顾的决绝势头，挟着寒风，吐着白沫，凌厉锐进。我站得这么高还感觉到了它的砭肤冷气，估计它是从雪山赶来的罢。但是，再看桥的另一边，它硬是化作许多亮闪闪的河渠，改恶从善。人对自然力的驯服，干得多么爽利。如果人类干什么事都这么爽利，地球早已是另一副模样。

但是，人类总是缺乏自信，进进退退，走走停停，不断自我耗损，又不断地为耗损而再耗损。结果，仅仅多了一点自信的李冰，倒成了人们心中的神。离索桥东端不远的玉垒山麓，建有一座二王庙，祭祀李冰父子。人们在虔诚膜拜，膜拜自己同类中更像一点人的人。钟鼓钹磬，朝朝暮暮，重一声，轻一声，伴和着江涛轰鸣。

李冰这样的人，是应该找个安静的地方好好纪念一下的，造个二王庙，也合民众心意。

实实在在为民造福的人升格为神，神的世界也就会变得通情达理、平适可亲。中国宗教颇多世俗气息，因此，世俗人情也会染上宗教式的光斑。一来二去，都江堰倒成了连接两界的桥墩。

我到边远地区看傩戏，对许多内容不感兴趣，特别使我愉快的是，傩戏中的水神河伯，换成了灌县李冰。傩戏中的水神李冰比二王庙中的李冰活跃得多，民众围着他狂舞呐喊，祈求有无数个都江堰带来全国的风调雨顺，水土滋润。傩戏本来都以神话开头的，有了一个李冰，神话走向实际，幽深的精神天国，一下子贴近了大地，贴近了苍生。

赏析

余秋雨，浙江余姚人，当代学者、散文家，获“国家级突出贡献专家”称号。曾以散文集《文化苦旅》震动文坛，从此亮出“学者散文”(或曰“文化散文”）的旗帜。其作品沉静而具有文化底蕴，受到读者喜爱。

余秋雨的《文化苦旅》一经问世就在海内外引起巨大反响，构成了20世纪末期中国文坛一大景观，并被冠以“文化散文”（学者散文）之称。而作者亦被炒得沸沸扬扬，以致有人赞曰：余（秋雨）乃中国当代散文第一家也。

余秋雨穿行于历史文化的时空隧道，像苦旅中的行者，在探询中遴选、体悟着传统文化与人文精神，同时创造性地在历史与文学之间找到了契合点，在文化学者与人民大众之间架起了一座沟通的桥梁，在历史与现实之间、现实与理想之间，纵横捭阖地进行了富于时代意义的思想驰骋。然后以一支斑斓彩笔写下了一系列深蕴文化气息和历史陈迹的文章。

《都江堰》就是其中的一篇文化游记，在作者的笔下，这些文化名城、风景名胜、地域场所等空间存在既是历史的陈迹、也是中国文化史上的一个个闪光点，似乎在这些空间里充满了中国古代文化气息，充满了中国古代文人的风韵，充满了一种浓浓的文化情结。作者首先对历史文化遗迹都江堰与长城进行了对比，用现代文化意识观照历史文化踪迹，赋予古老的物象与峻伟的山水以灵性，以哲理意蕴。“秦始皇筑长城的指令，雄壮、蛮吓、残忍；李冰筑堰的指令，智慧、仁慈、透明。”“长城半是壮胆半是排场，都江堰一开始就清朗可鉴。”文化的象征与实用价值的绝妙比喻，秋雨偏能出人意表，把人人熟知的景物写得如此别样。都江堰“永久性地灌溉了中华民族”，李冰父子不期留名却流芳千古。

接着，作者用一系列生动贴切的比喻对都江堰水的响声进行描绘：“忽然，天地间开始有些异常，一种隐隐然的骚动，一种还不太响却一定是非常响的声音，充斥周际。如地震前兆，如海啸将临，如山崩即至，浑身起一种莫名的紧张，又紧张得急于趋附。"这一连串的比喻兼排比，在读者的脑海里建立起一种"模型"和想象的空间。我仿佛看到那"踊跃着喧嚣的生命"正飞奔，仿佛又感受到"阴气森森间，延续着一场千年的收伏战"，更仿佛听到一个老人，"死于两千年前，却明明还在指挥水流。站在江心的岗亭前，'你走这边，他走那边'的吆喝声、劝诫声、慰抚声，声声入耳"。是的，没有一个人能活得这样长寿，究竟李冰要有怎样的大智慧、大果敢、大韬略，才能总结出"深淘滩，低作堰"这样的治水纲领，并付之于实践啊？余秋雨先生说，李冰的这点学问，"永远水汽淋漓，而后于他不知多少年的厚厚典籍，却早已风干，松脆得无法翻阅"。他还说，李冰是郡守，"手握一把长锸，站在滔滔的江边，完成了一个'守'字的原始造型"。于是，一时之间，只觉得那座守了千年的堰坝也守住了西南两千年来的富庶与滋润。大堰下那一段不息的激流，奔腾了一个又一个千年，让人觉得自己的血脉正在被唤醒。而余秋雨先生则说，轰鸣的江水便是至圣至善的遗言。

余秋雨以他博古通今的精湛学识，以他腕挟风雷的淋漓健笔，以他对历史文化沉甸甸的情感，以他浩然尔衮、毫不矫情的雍容大气，俯仰天地古今的内在冲动和感悟，以及涌动着激情和灵性的智慧和思考，将笔触伸得极深极远，从历史、政治和人类学的纵深处对都江堰进行了一场宏大的描述。

思考与练习

1. 该文舒卷自如，浓淡相宜，说说文章是怎样展开和收束的。

2. 有人说余秋雨的散文打破了传统散文篇幅短小、文字精巧的格局，开创了一种"大散文"的格局，谈谈他的散文与其他散文的不同之处。

时钟

（俄）高尔基

一

滴答，滴答！

夜阑人静，独自一人谛听着钟摆在冷漠地、不停地摆动，不禁毛骨悚然：这单调而精确的声音总是一成不变地表明一点：生命在不息地运动。黑夜与睡梦笼罩着大地，万籁俱寂，只有时钟在冷冷地、响亮地计量着那逝去的分分秒秒……钟摆滴滴答答地响着，每响一声，生命就缩短一秒，即我们每个人所拥有的时间中的一个微小部分，而逝去的这一秒就不再回到我们手中。这分分秒秒来自哪里？它们逝向何方？这一点谁也回答不上来……还有许多问题，其它许多更加重要的、决定着我们能否得到幸福的问题也尚未得到解答。怎样活着才能意识到自己为生活所需，怎样活着才能不丧失信念和希望，怎样活着才能使每一秒钟都不浑浑噩噩地白白流逝？无休止地走动着的时钟能回答这所有的问题吗？对此它能说些什么呢？

二

滴答，滴答！

世上再没有比时钟更加冷漠的东西了：在您出生的那一刻，在您尽情地摘取青春幻梦的花朵的时刻，它都是同样分秒不差地滴答着。人自生下那天起就一天天地接近死亡。而到了您在临终前喑哑地呻吟着的时候，时钟也还将枯燥而平静地计算着分分秒秒。在时钟的冷冰冰的计时声中——您仔细听听吧——有一种无所不知而又对所知的东西感到厌倦的意味。无论什么东西，什么时候，都不能使时钟为之动情或感到可贵。它是那样无动于衷，所以我们若要生活，就该为自己建造另一种充满感受、思索和行动的时钟，用它来代替这个枯燥、单调、以愁闷来扼杀心灵、带有责备意味和冷冷地滴答着的时钟。

三

滴答，滴答！

在时钟的不息的运动中没有静止之点，——我们能把什么称作“现在”呢？头一秒钟产生之后，第二秒随即接踵而来，把第一秒推进未知数的无底深渊……

滴答！您成为幸福的了。滴答！痛苦又犹如烈性毒药注入了您的心中。倘若您不努力用某种清新活泼的东西来充实您生命中的每一秒钟的话，这痛苦就可能伴随您一生，乃至您的有生之年的时时刻刻。忧愁是有诱惑力的；它是一种危险的优先权；有了它，我们往往就不再去寻觅别的更高、更符合人的称号的权利了。而忧愁又是如此之多，以致便宜得几乎无人问津了。所以忧愁未必值得宝贵，倒是应该用比较新颖和更有价值的东西来充实自己，不该这样吗？忧愁是贬了值的资本，不要对任何人埋怨生活吧，因为安慰之词很少包含一个人所要追求的东西。当一个人同妨碍他生活的事物进行斗争时，生活便会比什么都更加充实，更有意义。在斗争中，苦闷无聊的时刻便会不知不觉地飞驰而去。

四

滴答，滴答！

人的生命短暂到了荒谬可笑的程度。该如何生活呢？一些人逃避生活，另一些人则全心全意地献身于它。前一种人到了晚年精神贫乏而且缺少值得回忆的往事，而后一种人则在这两方面都是富有的。两种人都是要死的，倘若谁也不把自己的才智和心血无私地献给生活，那么就没有人会在死后留下什么东西……这样，在您临终之日，时钟将要冷漠地，一秒秒地计量着您弥留的时刻——滴答！而在这几秒钟里还会有新人出世，一秒钟内会有几个新人出世，而您已不复存在了！除去您那将要发散着臭气的躯体外，生活里不会留下您的任何东西。难道您的自尊心能够容忍这种只是把您抛进生活，随后又硬把您拉出去，使您身不由己地听任摆布而毫不愤慨吗？倘若您有自尊心，并由于屈从时间的暗中左右而甚感羞耻的话，那么您就在生活中留下能对您永志不忘的东西吧。想想您的生活中的作用吧，譬如，一块砖头制成了，随后它便一动不动地被砌在一幢房子里，然后又化为尘土而消失了……当一块砖头是既枯燥而又卑俗的，不是吗？您若富于理智与感情，而且想要在生活中体验到许多思想感情充盈、奋发有为的美好时刻的话，您就不要像一块砖头那样吧。

五

滴答，滴答！

倘若您深入地思索一下，您在时间的无限运动中是个什么角色的话，您将会由于意识到自己是那样无足轻重而十分沮丧。这种认识定会使您感到屈辱！也定会激发您的自尊，从而使您仇视把您贬低的生活，而您一定将会与它斗争。为了什么而斗争呢？当大自然剥夺了人类用四肢走路的本领时，它就授予他一根拐杖，那就是理想！从那天起，人便开始不自觉地、本能地追求着美好的事物，目标越来越高！让这种追求变为自觉的行动吧，让人们懂得，只有在对美好事物的自觉追求中才会有真正的幸福。不要埋怨自己的力量菲薄吧，什么也不要埋怨。您的牢骚所能给您的惟一东西只是精神贫乏者的怜悯和施舍。所有的人都很不幸，但是最不幸的是那些用不幸来装饰自己的人。就是这些人最希望别人关心他，而同时又最不值得别人关心。追求进步，这才是真正的生活目的。让整个一生都在追求中度过吧，那么在这一生里必定会有许多顶顶美好的时刻。

六

滴答，滴答！

“一个走投无路又被你用黑暗围困着的人要那光明又有何用呢?”这是年老的约伯向上帝提出的质问。如今这种仍记得自己是上帝的孩子、是上帝照他本身的模样创造出来的、敢于像约伯那样质问上帝的人已经没有了，而且一般地说，现在人们对自己估价甚低。他们不太热爱生活，甚至也不善于自爱。与此同时，他们又非常怕死，尽管尽人皆知，谁也不免一死。凡属不可避免的就是理所当然的。须知自从有人类出世以来就一直存在死亡，应该习惯于这一点了，是时候了。对已竟事业的觉悟能消除对死亡的恐惧，走正直诚实的生活道路，必定会有一个问心无愧的归宿。滴答……一个人身后留下的只是他的事业。在他的时辰连同他的愿望一起告终以后，另一种时刻，一种严峻的、评价此人一生的时刻即将到来。

七

滴答，滴答！

其实，在这个矛盾重重、尔虞我诈、互相交恶的世界上一切都很简单。如若人们彼此能作深入的了解，每个人都拥有知己的话，就会更简单些。

一个人，即便他很伟大，可归根结底还是很渺小的。相互了解是必要的，因为我们讲出来的比我们想到的要模糊些、欠缺些。一个人要向别人打开心扉，往往缺少足够的言语，因此许多对生活有重大意义和至关重要的想法，由于未能及时找到恰当的表达形式而无声无息地消逝了。往往一个思想产生之后很想用言词，用坚定而明确的言语表达出来……可是却找不到字眼儿。

多多重视思想吧！促进思想产生出来吧，思想永远不会辜负您的劳动。思想是无所不在的，如果您愿意，甚至在石头缝里您也会发现思想的。如果人们愿意，他们将得到一切；如果他们愿意，他们将成为生活的主宰，而不是像现在这样的奴隶。只要有生活的愿望和对自身力量的自信，那么整个一生将会是一座庄丽的时钟，一座洋溢着精神力量，并以其崇高的业绩使人震惊的、伟大的时钟。

八

滴答，滴答！

精神强大和勇敢刚毅的人——为真理、正义与美服务的人万岁！我们往往不了解他们，因为他们是自豪的、不要求报偿的；我们往往看不见，他们是在如何心甘情愿地呕心沥血。他们用灿烂的光辉照耀着生活，甚至使盲人也见到了光明。应该让如此众多的盲人都见到光明，应该让所有人都怀着沉痛与憎恶的心情来认识他们的现实生活有多么粗鲁、不义和丑恶。作为自身愿望的主宰的人万岁！整个世界装在他的心中，人世间的一切痛苦和一切苦难藏在他的心头。生活中的凶暴与污秽、虚伪与残忍是他的死敌；他把自己的年华慷慨地付与斗争的需要，他的生活充满难以驾驭的欢乐、壮丽的义愤和豪迈的顽强精神……不怜惜自己，这是世界上最值得骄傲、最绚丽的智慧。不会怜惜自己的人万岁！只有两种生活方式：腐烂或燃烧。胆怯而贪婪的人选择前者，勇敢而胸怀博大的人选择后者；每个热爱美好事物的人都明白伟大寓于何处。

我们的生活时钟是一座空虚、枯燥的时钟，让我们不要怜惜自己，用壮丽的业绩把它填满吧，这样，我们就会度过许许多多充满了激荡身心的欢乐和灼热的自豪感的美丽时光！不会怜惜自己的人万岁！

1896 年 11 月

赏析

马克西姆·高尔基（1868—1936 年），苏联作家，苏联无产阶级革命文学的奠基者。幼年丧父，在外祖父家度过童年。从小自谋生计，勤奋自学，浪游俄罗斯。长篇小说《母亲》和戏剧《底层》是其代表作，还有自传体三部曲《童年》、《在人间》、《我的大学》和特写集《苏联游记》等。

《时钟》是一篇带有抒情性的议论散文。作品结构清晰，层层递进。共八个部分：第一部分属于提出问题部分，在描述之后提出了三个问题，其中第一个最关键："怎样活着才能意识到自己为生活所需？"接下来七个部分属于分析问题。作品层层深入地从对待生活的态度、生活的方式和生活的目的等方面回答了这个问题。"追求进步，这才是真正的生活目的。""只有在对美好事物的自觉追求中才会有真正的幸福。"

作品正反对比、观点鲜明。作者主张要热爱生活，不要责备生活；要在斗争中追求，不要在忧愁中埋怨；要投入生活，不要逃避生活；要有理想，不要沮丧；要正视生命，不要恐惧死亡；要有思想成为生活的主宰，不要丧失自信成为生活的奴隶；最后指出要燃烧，不要腐烂，从而号召为真理、正义与美奋斗一生。

作品语言明快，情理交融，自始至终都在时钟的"滴答"声的伴奏下展开论述，深沉而严肃，具有强烈的节奏感，从而增强了读者珍惜时间的紧迫感。作者动之以情，晓之以理，文中有许多金玉良言，如"忧愁是贬了值的资本，不要对任何人埋怨生活"，"最不幸的是那些用不幸来装饰自己的人"。这些话语催人猛醒，扬鞭奋进。总之，《时钟》是一篇富有哲理和教益的散文佳作。

思考与练习

1. 仔细阅读本文，请谈谈对“珍惜时间”这个永恒的主题的看法。
2. 本文在结构上有何特点？

第四章

诗词鉴赏

第一节　概　　述

唐诗、宋词、元曲是我国传统文化中的宝贵遗产。继承和发扬我国古代文学的优秀传统，对于提高国民素质、繁荣社会主义文艺事业有着十分重要的意义。千百年来，诗歌之所以深受人民大众的喜爱，其原因在于它是语言的艺术，具有其他艺术形式所不具备的特点。因此，了解各类诗歌的基本特点，是诗歌鉴赏的重要基础；同时，掌握一些诗歌鉴赏的方法，对我们切实领会诗歌的内容和艺术特点大有帮助。

一、古代诗歌样式的基本特点

（一）唐诗

诗歌发展到唐代，形成一个高峰。唐代的诗歌从总体上看，可分为古体诗和近体诗两大类。古体诗可分为四言、五言、六言、七言、杂言等几种形式；近体诗则分律诗和绝句。古体诗相对较为自由，不受格律束缚，而近体诗比较强调格律。律诗又分五律、七律，每首八句，一、二两句称首联，三、四两句称颔联，五、六两句为颈联，七、八两句叫尾联。每联上句叫出句，下句叫对句。中间两联要求对仗，首尾两联则不强求。每一首诗都有固定的平仄格式，大体上而言，一联之间出句与对句的平仄必须相反，如上句为“仄仄平平仄”，下句须为“平平仄仄平”。“失对”、“孤单”、“失粘”等应避免出现。此外，律诗对于押韵的最大要求是，只能用平声韵脚，并且一韵到底，中间不能换韵。绝句也可分为五言绝句和七言绝句，其要求一联之间两句平仄相对，两联之间平仄相粘（后联出句与前联对句的第二字的平仄必须相同），押平声与律诗相同。

（二）宋词

词是一种配乐歌唱的新诗体，兴于晚唐，盛行于宋代。它与诗歌有许多相同之处，又有其自身的一些基本特点。在形式上，每首词都有词调。绝大多数词，都是一首分为几段，一段叫一片或一阙。一段称为单调，两段称为双调，三段称三叠，四段称为四叠。还有人按字数将调分为小令、中调和长调三种。五十八字以内叫“小令”，五十九字至九十字叫“中调”，九十一字以上的叫“长调”，称“慢词”。词的句式不像诗那样整齐，而是参差错落，长短不一，因此词有“长短句”之称。在押韵方面，也比诗更为灵活多变。

在内容上，词多表现离情别绪及花前月下的柔情蜜意，题材面相对狭窄；至李煜时“眼界始大”，变伶工之词为士大夫之词；到了苏东坡、辛弃疾，题材大为拓展，并形成豪放一派。人们习惯上将词分为“婉约”和“豪放”，并以“婉约”为正宗。因词长于比兴，注重寄托，故而含蓄深婉，声情并茂。

（三）元曲

元曲原指乐曲，后来逐渐独立，成为一种新体裁，元曲有散曲和剧曲之分。散曲有小令和套数两种形式，一支曲子叫小令，类似单调的词。套数则是由两首以上同一宫调的曲子组成的组曲，介于小令和套数之间的称带过曲。它是同一宫调里经常连唱的两支曲调。

与词相比，元曲也有几个明显的特点：一是词用韵较疏，元曲用韵甚密，有的甚至句句用韵；二是元曲用的韵，平仄可以通押，词则不行；三是散曲以曲为单位，词可以用两叠、三叠甚至四叠；四是散曲在句式定格之后，可以根据需要加一些衬字，而词一般不能加衬字；五是散曲多方言俗语，而词的语言比较典雅、华丽。

二、诗歌的鉴赏方法

（一）了解诗歌的写作背景

诗歌是社会生活在人头脑中的反映，诗动于衷而形于言，或抒情或写志，或针砭或颂扬，都是有感而发的，也与作者所处的历史时代社会背景及其自身生活遭遇有着千丝万缕的联系，因此，了解诗歌的写作背景，对领会其情感内容是很有帮助的。比如如果我们不了解南宋偏安江南，致使一大批爱国诗人报国无门的历史背景，就很难深入领会陆游“王师北定中原日，家祭毋忘告乃翁”以及辛弃疾“把栏干拍遍，无人会，登临意”的深层意蕴了。再如如果我们不了解南唐后主耽于享乐而后又溺于悲哀的惨痛经历，就无法真正理解其词中表露出的故国之思与亡国之痛。

（二）熟悉诗歌的抒情方法

诗歌的抒情方法多种多样，总体说来可分直接抒情与间接抒情。直接抒情即直抒胸臆，不加修饰地袒露自己的喜怒哀乐。间接抒情就是通过写景、叙事、行为描写等方式来表达情感，披露心迹，在古代诗歌中较为多见，尤其是以景写情，更是比比皆是。通过景物以抒发情怀，又可分为以下几种：

一是融情于景，即将情感含蓄于笔下的景物之中，让读者去感受、体会。柳永《望海潮》词中对杭州景物的铺写，“烟柳画桥，风帘翠幕”，“三秋桂子，十里荷花”，既渲染了杭州的秀丽与繁华，同时蕴含着作者由衷的喜悦之情。

二是借景寄托，即借景物原有的自然特征或人所赋予的人文象征意义来委婉地表达情怀。如王维《送元二使安西》中描绘送别场景，“渭城朝雨浥轻尘，客舍青青柳色新”，既是实景实绘，又因折柳送别的风俗而将青青柳色象征一次新的离别在即，满含依依不舍之情。

三是缘情景，即移情于景，将人的情感活动，转移到特定的景物之中。如辛弃疾《水龙吟·登建康赏心亭》，用“献愁供恨”、“玉簪螺髻”寄寓深沉的家国之思，山，本无所谓有“愁”、“恨”，更不会“献”、“供”，这里作者显然将自己的主观情意移入了客观事物。

四是因情造景。诗中幻境、梦境是典型的因情造境，如果诗人所描写的景物不是处于一时一地或并非写诗时所闻所见，为了抒情的需要却将它们集聚到一首诗中进行描绘，也可称之为因情造景，如杜牧的《江南春》等。

第二节　名篇选读

关　雎

关关雎鸠①，在河之洲②。窈窕淑女③，君子好逑④。
参差荇菜⑤，左右流之⑥。窈窕淑女，寤寐求之⑦。
求之不得，寤寐思服⑧，悠哉悠哉⑨，辗转反侧⑩。
参差荇菜，左右采之。窈窕淑女，琴瑟友之⑪。
参差荇菜，左右芼之⑫。窈窕淑女，钟鼓乐之⑬

赏析

《关雎》是《诗经·国风·周南》中的第一首诗。《国风》，指的是诸侯国中的民俗歌谣。《国风》大半是言情之作。朱熹称之为“男女相悦之诗”、“淫奔之诗”。“世之所谓‘风’者，多出于里巷歌谣之作，所谓男女歌咏，各言其情者也。”男女在求偶聚会中唱和的诗歌，反映社会风习、制度，符合当时的礼，故能流传。周，周文王诸侯国；南，这里主要指豫鄂江淮间的南方诸侯国；周南，即指周的礼乐文化对南方诸侯国

---

① 关关：鸟鸣声。雎鸠：鸟名，传说它们情感专一。有人认为是鹫类，也有人认为是水鸟类或鸠类。

② 河：特指黄河。洲：水中的陆地。

③ 窈窕：美好的样子。淑：指品性善良。

④ 君子：当时贵族阶级男子的通称。好：男女相悦。逑：同“仇”，配偶的意思。“好”“逑”在这里是动词，是爱慕而希望成为配偶的意思。

⑤ 参差：不整齐。荇：生长在水里的一种植物，叶呈心形，浮在水上，可以吃。

⑥ 流：通“谬”，摘取的意思。和下文“采”、“芼”同义。

⑦ 寤：睡醒。寐：睡着。“寤寐”在这里指日夜。

⑧ 服：古音同“复”。“思服”就是思念，这两字同义。

⑨ 悠哉悠哉：同“悠悠”，就是长的意思。指思念绵绵不断。

⑩ 辗：就是转。反：是覆身而卧。侧：是侧身而卧。“辗转反侧”是说不能安睡。

⑪ 友：亲也。

⑫ 芼：“现”的借字，择也。“芼之”也就是“流之”“采之”的意思，因为分章换韵所以变换文字。

⑬ 乐：娱悦。

的影响和教化。《关雎》全诗80字，实际用字44个，重复用字36个，四字一句，四句一段，共分为五个章节。全诗的大意是：河边一个采荇菜的姑娘引起一个男子的思慕。那“左右采之”的窈窕形象使他日夜不忘，而“琴瑟友之”“钟鼓乐之”便成为他日夜求其实现的愿望。

诗的第一、二两句是诗人就所见起兴。这是《诗经》中常用的“比兴”手法，即以听到的“关关”鸟鸣声，也说是鸟类间求爱的和鸣来为“窈窕淑女，君子好逑”作比，而以此两句起首，不仅形象鲜活，音韵和美，而且入诗自然，且顺势引起了下边的描述。第二、三章写思念的情状。最后两章是设想和彼女结婚。

作为一首情诗，此诗不同于其他情诗的妙处在于它描述的是一段没有结局的爱情。诗中男子对爱的强烈渴望和渴望而不得所形成的极为强烈的心灵冲击，在作者的反复描述与渲染中，逐渐推向深入。

从第一章的“窈窕淑女，君子好逑”开始，这位“君子”就陷入强烈的渴念之中，以致使他“寤寐求之”，“悠哉悠哉，辗转反侧”，如果爱情的渴望在此时实现了，那么这首诗就仅仅停留在这一点上，但求之不得而引起的更深层次的思慕就使得长夜难眠的君子出现了神思恍惚的幻境：一是女子采荇菜的情形在诗中反复出现，“左右流之”“左右采之”“左右芼之”，这既是《诗经》中常见的重叠句形式，用以形成反复咏叹、性情摇荡的审美效果，又是“辗转反侧”之间、似睡非睡之中，曾触起他爱慕之情的那一幕的不断复现。二是由思慕而梦想的迎亲场面，即“窈窕淑女，琴瑟友之”，“窈窕淑女，钟鼓乐之”。在“求之不得”的时候，还一直梦想着迎娶人家，从情感描写的角度看，是真实而深入的；从诗的审美效果来看，也能够把读者引领到那种交织着喜悦与酸楚的梦境之中，使诗的余韵悠然绵延。

作为《诗经》开篇之作的《关雎》，它的主题也历来众说纷纭。汉代的《毛诗序》中即说：“《关雎》，后妃之德也，风之始也，所以风天下而正夫妇也。”到唐代的孔颖达、宋代的朱熹更把这样的解释具体化。此诗便有了非常广泛的风化天下的道德意义，但其实这却是曲解。孔子在《论语·八佾》中说：“《关雎》乐而不淫，哀而不伤。”是说此诗虽然写爱情的快乐，却并未流于低俗的放荡；虽然写爱而不得时的悲哀，却并未表现得过分痛苦。孔子想要表达的是对青年男女纯真爱情的赞美，是对异化社会人性和人生的呼号，是对和谐本真之美的讴歌。

思考与练习

1. 谈谈你对《关雎》主题的认识。
2. 何谓《诗经》的“赋、比、兴”？
3. 背诵此诗。

九歌　山鬼

屈　原

若有人兮山之阿①，被薜荔兮带女萝②。既含睇兮又宜笑③，子慕予兮善窈窕。乘赤豹兮从文狸④，辛夷车兮结桂旗⑤。被石兰兮带杜蘅⑥，折芳馨兮遗⑦所思。

余处幽篁兮终不见天⑧，路险难兮独后来。表⑨独立兮山之上，云容容⑩兮而在下。杳冥冥兮羌⑪昼晦，东风飘兮神灵雨⑫。留灵修兮憺忘归⑬，岁既晏⑭兮孰华予？采三秀⑮兮于山间，石磊磊兮葛蔓蔓。

怨公子⑯兮怅忘归，君思我兮不得闲。山中人兮芳杜若⑰，饮石泉兮荫松柏。君思我兮然疑作⑱。雷填填⑲兮雨冥冥，猿啾啾兮又夜鸣。风飒飒兮木萧萧，思公子兮徒离忧。

赏析

屈原是我国古代文学史上最伟大的浪漫主义作家之一。他的传世代表作品——

---

① 山之阿（ē）：山限，山的弯曲处。
② 被（pī）：同“披”。薜荔、女萝：皆蔓生植物。
③ 含睇：含情而视。睇（dì），微视。宜笑：笑得很美。
④ 赤豹：皮毛呈褐色的豹。从：跟从。文：花纹。狸：狐一类的兽。文狸：毛色有花纹的狸。
⑤ 辛夷车：以辛夷木为车。结：编结。桂旗，以桂为旗。
⑥ 石兰、杜蘅：皆香草名。
⑦ 遗（wèi）：赠。
⑧ 余：我。篁：竹。
⑨ 表：独立突出之貌。
⑩ 容容：即“溶溶”，水或烟气流动之貌。
⑪ 杳冥冥：又幽深又昏暗。羌：语助词。
⑫ 神灵雨：神灵降下雨水。
⑬ 灵修：指神女。憺（dàn）：安乐。
⑭ 晏：晚。华予：让我像花一样美丽。华，花。
⑮ 三秀：芝草，一年开三次花，传说服食后能延年益寿。
⑯ 公子：也指神女。
⑰ 杜若：香草。
⑱ 然疑作：信疑交加。然，相信；作，起。
⑲ 填填：雷声。

《楚辞》，是中国古代文学史上可与《诗经》相媲美的经典之作。我们通常看到的“风”、“骚”并举的提法：即以“十五国风”来指代《诗经》和以《离骚》来指代《楚辞》的提法，就可以看做是《楚辞》与《诗经》两者相互争锋、各树一帜的最好佐证。

《山鬼》是屈原作品《楚辞·九歌》中的一章。诗歌成功地塑造了山鬼这一优美形象。山鬼者，山之神女也。薜荔为衣，女萝为带，“美目盼兮，巧笑倩兮”，石兰杜衡芳香满身，亭亭玉立一美女。

全诗共有27句。为了理解的方便，我们可将其分成三个自然段。诗的各个自然段之间虽可独立成章，但三段之间更多呈现上下紧密之衔接。

文章先通过山鬼的服饰、表情、用具等来表现她的雅洁和心灵深处最纯真的爱情以及对它的渴慕；

接着写到了山鬼的自责，并解释了自己并非薄情爽约。“余处幽篁兮终不见天，路险难兮独后来”；

最后热情讴歌了山鬼坚守信约，忠贞纯洁的美好情操。

通过三段落的大意分析，我们可以看到：在屈原笔下的山鬼，完全是一位心地善良、超凡脱俗、重信守约、对爱情执著忠贞、值得同情的美好的女性艺术形象。

本诗立意奇特。屈原所写的山鬼兼具神与人的特点。其对待爱情的态度让我们看到，神没有使人失望，相反，人使神失望。山鬼前去赴约，而所思者却没有来，面对这种情况，她不怨人而责己，设法给对方开脱责任；待到天黑落雨也心甘，久待不归而惆怅，至于心悲不已，但她对所思一直抱着美丽的幻想，对所思“思我”坚信不移，甚至到最后也不改变对所思的一往深情，足见其对爱情的忠贞和心地的善良。

一直以来，对《九歌》的篇目，是否寄有寓意，仁者见仁智者见智。我们知道，屈原的作品多写男女悲欢离合，这与其创作上的以男女恋爱喻君臣遇合的比兴手法有十分密切的关系；而作品中的男女悲欢离合又与其一生君臣难以遇合的不幸遭际极为相似。据此，我们可以说《九歌》是寄有寓意的作品。

思考与练习

1. 结合课文内容谈谈《楚辞》这种诗歌形式的基本特点？

2. 这首诗通过哪些细节描写刻画了“山鬼”这一优美的形象，抒发了怎样的思想感情？

李凭箜篌引①

李 贺

吴丝蜀桐张高秋②，空山凝云颓不流③。
湘娥啼竹素女愁④，李凭中国⑤弹箜篌。
昆山玉碎凤凰叫⑥，芙蓉泣露香兰笑⑦。
十二门前融冷光⑧，二十三丝动紫皇⑨。
女娲炼石补天处⑩，石破天惊逗秋雨⑪。
梦入神山教神妪⑫，老鱼跳波瘦蛟舞。
吴质不眠倚桂树⑬，露脚斜飞湿寒兔⑭。

赏析

李贺（790—816年），字长吉，河南福昌（今河南宜阳）人。郡望陇西，家居福

---

① 李凭：元和年间著名的宫廷乐师，善弹箜篌。箜篌引，乐府相和歌旧题。箜篌，一种乐器，体曲而长，二十三根弦。

② 吴丝蜀桐：代指箜篌，以吴地和蜀中最为精良。张：乐器上弦，引申为弹奏。高秋：指弹奏时间。

③ 空山凝云颓不流：指空山里的浮云被箜篌的乐音所吸引，以至于颓然凝滞不动。

④ 湘娥啼竹素女愁：湘夫人对竹洒泪，素女满眼含愁。湘娥，舜之二妃，舜崩，二妃以泪挥竹，竹尽斑。素女，古代神话中的女神，善鼓瑟。

⑤ 中国：即国中，指都城长安之中。

⑥ 昆山玉碎凤凰叫：玉碎，形容乐音清脆。凤凰叫，形容乐声和缓。

⑦ 芙蓉泣露香兰笑：芙蓉泣露，形容乐声惨淡。芙蓉，即莲花。泣露，秋天莲叶上洒满露珠，其状如泣。香兰笑，形容乐声清丽。

⑧ 十二门前融冷光：清冷的乐声使人觉得长安城沉浸在寒光之中。十二门，指长安，长安城有十二座门。

⑨ 紫皇：天皇。这里也兼指皇帝。

⑩ 女娲炼石补天处：古代神话，共工氏怒触不周山，天柱折，女娲于是炼五色石补天。

⑪ 石破天惊逗秋雨：补天的五色石（被乐声）震破，引来了一场秋雨。逗，招引。

⑫ 梦入神山教神妪：在听众的幻觉中，仿佛李凭是在神山上教神妪弹箜篌。这是说，李凭技艺之精连神仙都向他学习。

⑬ 吴质不眠倚桂树：吴刚听了以后彻夜难眠，靠在桂树上不睡觉。吴质，即吴刚。

⑭ 露脚斜飞湿寒兔：露水斜着飞滴下来，打湿了寒兔。露脚，露珠下滴的形象说法。兔，指月中之兔。

昌之昌谷，因称李昌谷。其父名晋肃，“晋”、“进”同音，故因避父讳不得考进士，仅任奉郎小官，愤懑不得志。其诗多感时伤逝之作，或寄情天国，或幻念鬼境，世称“鬼才”。尤擅乐府歌行，词采瑰丽，意境奇特，富浪漫色彩。绝句多抒写不平之感，笔意超纵。有《李长吉歌诗》，《全唐诗》存诗五卷。

箜篌最早见于中国汉代，分竖箜篌和卧箜篌，新型的箜篌是竖箜篌和卧箜篌的巧妙结合，音色纯美而富有表现力。唐代箜篌的演技很高，流传也较广泛，李贺的《李凭箜篌引》被誉为唐诗中描写音乐题材的名篇。唐代诗人岑参、顾况、元稹、张祜、李商隐等，也都在诗作中完美地表达了箜篌的演奏技巧和美妙音响。

此诗大约作于元和六年（811 年）至元和十一年（816 年），当时，李贺在京城长安任奉礼郎。李凭是梨园弟子，因善弹箜篌，名噪一时。李贺此篇想象丰富，设色瑰丽，艺术感染力很强。

诗的起句开门见山，“吴丝蜀桐”写箜篌构造精良，借以衬托演奏者技艺高超，写物亦即写人，收到一箭双雕的功效。“高秋”一语，除了表明时间是九月深秋，还含有“秋高气爽”的意思，与“深秋”、“暮秋”之类相比，更显含蓄。二、三两句写乐声。诗人故意避开无形无色、难以捉摸的主体，从客体落笔，以实写虚，亦真亦幻。优美悦耳的弦乐声一经传出，空旷山野上的浮云便颓然为之凝滞，仿佛在俯首谛听；善于鼓瑟的湘娥与素女，也被这乐声触动了愁怀，潸然泪下。“空山”句移情于物，把云写得具有人的听觉功能和思想感情。它和下面的“湘娥”句互相配合、互相补充，极力烘托箜篌声神奇美妙，具有“惊天地，泣鬼神”的魅力。第四句“李凭中国弹箜篌”，用“赋”笔点出演奏者的名姓，并且交代了演奏的地点。前四句，诗人突破交代人物、时间和地点的惯常顺序，从而突出了乐声，起到先声夺人的艺术效果。

五、六两句正面写乐声。“昆山”句是以声写声，着重表现乐声的起伏多变；“芙蓉”句则是以形写声，刻意渲染乐声的优美动听。诗人用“芙蓉泣露”摹写琴声的悲抑，而以“香兰笑”显示琴声的欢快。不仅可以耳闻，而且可以目睹。这种表现手法，真有形神兼备之妙。

从第七句到终篇，都是写音响效果。先写近处，长安十二道城门前的冷气寒光，全被箜篌声所消融，人们陶醉在他那美妙的弦乐声中，以致连深秋时节的寒风冷露也感觉不到了。“紫皇”是双关语，兼指天帝和当时皇帝，比较自然地把诗歌的意境由人寰扩大到仙府。以下六句，诗人凭借想象的翅膀，飞向天庭，飞上神山，把读者带进更为辽阔深广、神奇瑰丽的境界。

以上八句以形写声，摄取的多是运动着的物象，末两句改用静物，形成烘托。吴刚静依桂树，玉兔蹲伏一旁，都沉浸在美妙的弦乐声中。

诗歌充满了浪漫主义色彩，诗人致力于把自己对于箜篌的抽象感觉、感情与思想借助联想转化成具体的物象，使之可见可感。

思考与练习

1. 此诗描摹与形容乐声的句子有哪些？各有什么特点？
2. 背诵此诗。

无　题

李商隐

昨夜星辰昨夜风①，画楼西畔桂堂东。
身无彩凤双飞翼，心有灵犀一点通②。
隔座送钩春酒暖，分曹射覆蜡灯红③。
嗟余听鼓应官去④，走马兰台类转蓬⑤。

赏析

李商隐（约812或813—约858年），字义山，号玉溪生（又有作“礫”的）、樊南生，晚唐著名诗人，有七律圣手之称。他祖籍怀州河内（今河南沁阳市），生于河南荥阳（今河南荥阳市），汉族。诗作文学价值很高，他和杜牧合称“小李杜”，与温庭筠合称“温李”，与同时期的段成式、温庭筠风格相近，且都在家族里排行16，故并称为“三十六体”。在《唐诗三百首》中，李商隐的诗作有22首被收录，位列第4。其诗构思新奇，风格秾丽，尤其是一些爱情诗写得缠绵悱恻，为人传诵。但过于隐晦迷离，难于索解，至有“诗家都爱西昆好，只恨无人作郑笺”之诮。因处于牛李党争的夹缝之中，一生很不得志。死后葬于家乡荥阳。作品收录为《李义山诗集》。

此诗作于唐武宗会昌二年（842）。这是一首由作者自己直接出场的无题诗，抒写对昨夜一度春风、旋成间隔的意中人深切的怀想。

全诗场景多变，意绪纷繁而又感情丰富、深沉。首联两个“昨夜”相连而咏，上下两句蝉联而出，于微妙低回中道出了缠绵，对昨夜的追忆抒情气氛更加浓郁。颈联中“身无”与“心有”相互映照，相互生发。颔联“春酒暖”和“蜡灯红”，不但传神地刻画出宴会间热烈融洽的欢乐气氛，也使读者联想到烛光掩映下女子的红晕面颊，彼此“心有灵犀一点通”，真是酒不醉人人自醉。诗人所要表现的，并不是单纯的爱情间隔的苦闷或心灵契合的欣喜，而是间隔中的契合，苦闷中的欣喜，寂寞中的慰藉。尽管这种契合的欣喜中不免带有苦涩的意味，但它却因身受阻隔而显得弥足珍贵。

---

① “昨夜”句：《书·洪范》“星有好风”。此含有好会的意思。
② 灵犀：犀角中心的髓质像一条白线贯通上下，借喻相爱双方心灵的感应和暗通。
③ “隔座”二句：送钩、射覆，均为古代酒席间游戏。
④ 听鼓应官：唐制：五更二点，鼓自内发，诸街鼓承振，坊市门皆启。鼓响天明，即须上班。
⑤ 兰台：汉代藏图书秘籍的宫观，这里借指诗人供职的秘书省。

诗的最后两句，诗人自叹像随风飘转的蓬草，身不由己，不得不去秘书省应差，开始了又一天寂寞无聊的校书生涯，而与席上的意中人则后会难期了。恋情阻隔的怅惘与身世沉沦的感叹交会于诗人胸中，岂独相思苦，长叹业未成。这种人生的怅惘与无奈，让人感叹回味。

全诗感情深挚缠绵，描写和表现细微的感情。所有的文字都以诗人的情感变化连缀而成，于迷乱繁艳之中见凄美。以华艳词章反衬困顿失意情怀，营造出情采并茂、婉曲幽约的艺术境界。诗中意象的错综跳跃，不但比喻新颖贴切，形象生动，很富有表现力，而且也表现在对偶手法的运用上，它不但扩大了诗歌的空间，提升了诗歌的审美意境，而且使情感更突出，心理矛盾得到强化。

思考与练习

1. 诗歌中哪些诗句的情景是回忆想象的？哪些是眼前真实的情形？

2. 李商隐的无题诗在情景叙写上常常打破时空次序，虚实结合。本诗就是如此。请结合他的《锦瑟》、《无题》（相见时难别亦难）等诗，仔细体会。

临江仙　夜归临皋①

苏轼

夜饮东坡②醒复醉，归来仿佛三更。家童鼻息已雷鸣。敲门都不应，倚杖听江声。

长恨此身非我有，何时忘却营营③？夜阑④风静縠纹⑤平。小舟从此逝，江海寄余生。

赏析

苏轼（1037—1101 年），著名文学家。字子瞻，又字和仲，号东坡居士。眉州眉山（今四川眉山）人。宋仁宗嘉祐二年（1057 年）与弟苏辙同登进士，授福昌县主簿、大理评事、签书凤翔府节度判官，召直史馆。神宗元丰二年（1079 年）知湖州时，以讪谤系御史台狱，次年贬黄州团练使，筑室于东坡，自号东坡居士。哲宗元祐元年（1086 年）还朝，为中书舍人，翰林学士，知制诰。绍圣元年（1094 年），又被劾奏讥斥先朝，远贬惠州、儋州。元符三年（1100 年），始被召北归，次年卒于常州。

临江仙：唐教坊曲，用作词调。此词双调六十字，平韵格。

苏轼诗、词、文、书、画皆工，是继欧阳修之后北宋文坛的领袖人物。词存 340 余首，具有广阔的社会内容，将北宋诗文革新运动的精神扩大到词的领域，扫除了晚唐五代以来的传统词风，开创了与婉约派并立的豪放派，扩大了词的题材，丰富了词的意境，冲破了诗庄词媚的界限，对词的革新和发展做出了重大贡献。作品今存《东坡全集》115 卷。词有《东坡乐府》等。

这首词作于宋神宗元丰五年（1082 年），即东坡被贬黄州的第三年。全词风格清旷而飘逸，写作者深秋之夜在东坡雪堂开怀畅饮，醉后返归临皋住所的情景。作者以这件生活小事为由，即兴抒怀，表现了词人退避社会、厌弃世间的人生理想、生活态度和要求彻底解脱的出世意念，展现了作者旷达而又伤感的心境。

---

① 临皋：即临皋亭，乃长江边的一个水驿官亭，在黄州朝宗门外。作者元丰三年由定惠院移居于此。

② 东坡：本为黄州城东的旧营地。作者于本年春在此开荒植树，仰慕白居易在四川忠州东坡躬耕之事，遂名此地为“东坡”，并取以为号。又建雪堂，其时堂未建成，故仍回临皋止宿。

③ 营营：周旋、忙碌，内心躁急之状，形容为利禄竞逐钻营。

④ 夜阑：夜深。

⑤ 縠纹：比喻水波细纹。縠，绉纱。

上片写醉归而家门已闭，童仆酣睡，他无法进门，只得倚杖听江涛之声以遣时。首句“夜饮东坡醒复醉”，一开始就点明了夜饮的地点和醉酒的程度。醉而复醒，醒而复醉，当他回临皋寓所时，自然很晚了。“归来仿佛三更”，“仿佛”二字，传神地画出了词人醉眼朦胧的情态。这开头两句，先一个“醒复醉”，再一个“仿佛”，就把他纵饮的豪兴淋漓尽致地表现出来了。接着，下面三句，写词人已到寓所、在家门口停留下来的情景：“家童鼻息已雷鸣。敲门都不应，倚杖听江声。”词人虽连连敲门，然小童因等不及主人夜深归来，酣睡已久，鼾声如雷，于叩门声全然不觉。于是，词人索性不再敲门，当此万籁俱寂的深夜，转而拄杖临江，细听涛声。苏轼一向认为“高人无心无不可，得坎且止乘流桴”（《和蔡准郎中见邀游西湖三首》其二）。既然“执”（敲门）而不可得，随即便应转为“破”（倚杖听江声）。走笔至此，一个风神潇洒的人物形象，一位襟怀旷达、遗世独立的“幽人”跃然纸上，呼之欲出。其间浸润的，是一种达观的人生态度，一种超旷的精神世界，一种独特的个性和真情。上片以动衬静，以有声衬无声，通过写家僮鼻息如雷和作者谛听江声，衬托出夜静人寂的境界，从而烘托出历尽宦海浮沉的词人心事之浩茫和心情之孤寂，使人遐思联翩，从而为下片当中作者的人生反思作好了铺垫。

下片则是“倚杖听江声”时的思绪之叙写。“长恨此身非我有，何时忘却营营?”这奇峰突起的深沉喟叹，既直抒胸臆又充满哲理意味，是全词枢纽，也是检讨平生之语。他其实一刻也没有停止对人生的思考，此时他被看管于黄州，前此给他加的“讪谤罪”不过是党派之争时欲加之罪的一种借口，这种现实，不能不说对他自幼培养起的儒家用世之志意是一个很残酷的考验。这时他想到了庄子，《庄子·知北游》中说：“舜问乎丞曰：‘道可得而有乎？’曰：‘汝身非汝有也，汝何得夫有道?’舜曰：‘吾身非吾有也，孰有之哉？’曰：‘是天地之委形也。’”这是“长恨此身非我有”一句所本。又《庄子·庚楚桑》云：“无使汝思虑营营。”这是“何时忘却营营”一句所本。庄子主张心的自由，不为外物所役使，这在苏轼那里得到共鸣。他在这里化用庄子的话，也是在说他是用道家那种超旷之精神来开解他儒家用世之志向的落空。当其身处逆境时，庄子的话为他带来一些宽慰，也使他更清醒于世界和自己的关系。他在此一思考中由原来被贬后的内心之不平而渐趋平静。

这两句，既饱含哲理又一任情性，表达出一种无法解脱而又要求解脱的人生困惑与感伤，具有震撼人心的力量。词人静夜沉思，豁然有悟，既然自己无法掌握命运，就当全身免祸。顾盼眼前江上景致，是“夜阑风静縠纹平”，写江水，亦是写心境。身被拘管，心却是管不住的，从这里开始，乘着思想之舟，心游于物外，心与景会，神与物游，这余生也自得一个大自由。于是，他情不自禁地产生脱离现实社会的浪漫主义的遐想，唱道：“小舟从此逝，江海寄余生。”他要趁此良辰美景，驾一叶扁舟，随波流逝，任意东西，他要将自己的有限生命融化在无限的大自然之中。词人幻想着能如范蠡一样，驾一叶扁舟，远离尘世喧嚣。此即孔子“道不行，乘桴浮于海”（《论语·公冶长》）之意，体现了作者当时渴望得到精神自由和灵魂解脱的心境。

传说当时人听到“小舟从此逝，江海寄余生”二句，认为苏轼跑了，黄州太守徐君猷怕在他手下走失了这个罪人，便派人查看，原来苏轼正在家中酣睡（见叶梦得《避暑录话》）。

无论是人间天上，抑或是廊庙江湖，对于苏轼来说均是“外部世界”，本无区别；他最后的归宿只能是自己的“内心世界”，所谓“小舟从此逝，江海寄余生”，实际只是词人希望获得精神解脱的一种象喻。苏轼不会逃跑，这首词写了他思想上的一种开悟，是他心路上的一种前瞻，他的内心为之澄明，所以他才睡得那么塌实。此时的苏东坡，实非常人可解也！

在这首词中，词人表现出一种超人的旷达，一种不以世事萦怀的恬淡，一种在精神上对自由和宁静的向往，一种磊落豁达和襟怀。全词的特点是叙事、议论、写景、抒情相结合，语言舒展自如，简练生动，表现了词人独特的语言风格。在情感上，飘逸旷达与悲凉伤感交织一处，是词人谪居黄州时期复杂心境的很好展示。

思考与练习

1. 根据自己的理解说说本文抒发了作者怎样的情怀。
2. 你能举出苏轼作于此时期的其他作品吗？这些作品中是否也有富于理趣的笔墨？
3. “小舟从此逝，江海寄余生”是作者想要逃避现实吗？你如何理解？

金缕曲① 赠梁汾②

纳兰性德

德也狂生耳③。偶然间、淄尘京国，乌衣门第④。有酒惟浇赵州土⑤，谁会成生此意⑥。不信道、遂成知己⑦。青眼高歌俱未老⑧，向尊前、拭尽英雄泪⑨。君不见，月如水。

共君此夜须沉醉。且由他、娥眉谣诼，古今同忌⑩。身世悠悠何足问⑪，冷笑置之而已。寻思起、从头翻悔⑫。一日心期千劫在⑬，后身缘、恐结他生里⑭。然诺重，君须记⑮。

赏析

① 金缕曲：词牌名。

② 梁汾：顾贞观（1637—1714年），字华峰，号梁汾。江苏无锡人，纳兰性德的朋友。清康熙五年（1666年）顺天举人。著有《积书岩集》及《弹指词》。清康熙十五年（1676年）与纳兰性德相识，从此交契，直至纳兰性德病殁。

③ 德也狂生耳：我本是个狂放不羁的人。德，作者自称。

④ 偶然间，淄尘京国，乌衣门第：我在京城混迹于官场，又出身于高贵门第，这只是命运的偶然安排。淄尘京国，表居北京之无奈。淄尘，黑尘，喻污垢。此处作动词用，指混迹。淄，通“缁”，黑色。京国，京城。乌衣门第：东晋王、谢大族多居金陵乌衣巷，后世遂以该巷名指称世家大族。

⑤ 有酒惟浇赵州土：用李贺《浩歌》“买丝绣作平原君，有酒唯浇赵州土”句意，是说希望有战国时赵国平原君那样招贤纳士的人来善待天下贤德才士。浇，浇酒祭祀。赵州土，平原君墓土。

⑥ 谁会成生此意：谁会理解我的这片心意。会，理解。成生，作者自称。作者原名成德，后避太子讳改性德。

⑦ 不信道、竟逢知己：万万没有想到，今天竟然遇到了知己。

⑧ 青眼高歌俱未老：趁我们青壮盛年，纵酒高歌。青眼，契重之眼光，此指青春年少。

⑨ 向尊前、拭尽英雄泪：姑且面对酒杯，擦去英雄才有的眼泪。为二人均不得志而感伤。尊，同“樽”。

⑩ 且由他、娥眉谣诼，古今同忌：姑且由他去吧，才干出众、品行端正的人容易受到谣言中伤，这是古今常有的事。语出《离骚》：“众女嫉余之蛾眉兮，谣诼谓余以善淫。”娥眉，亦作“蛾眉”，喻才能。谣诼，造谣毁谤。忌，语助词，无实义。

⑪ 身世悠悠何足问：人生岁月悠悠，遭受挫折苦恼，不必去追究。悠悠，遥远而不定。

⑫ 寻思起、从头翻悔：若对挫折耿耿于怀，反复寻思，那么从人生一开始就错了。

⑬ 一日心期千劫在：一日以心相许成为知己，即使经历千万劫难，我们二人的友情也将依然长存。心期：以心相许，情投意合。

⑭ 后身缘、恐结他生里：来世他生，我们的情缘还将保持。后身缘，来生情缘。

⑮ 然诺重，君须记：朋友间信用为重，你要切记。然诺重，指守信誉，不食言。

清代词坛，出现了一个很有意思的现象：许多词人竞用“金缕曲”这一词牌填词。而在清代众多的《金缕曲》里，最受人注意的，有纳兰性德赠梁汾一首。据徐在《词苑丛谭》中说，此词一出，“都下竞相传写，于是教坊歌曲间，无不知有《侧帽词》者”。

在纳兰性德的作品中，这首《金缕曲》是一种别样的存在。

《金缕曲》是《贺新郎》的别名。颇令人玩味的是，这个词牌，现存最早的作品，是苏轼的“乳燕飞华屋”，一首寄托遥深的“清刚含婀娜，端庄杂流丽”的词。可是后来，“贺新郎”几乎成为了豪放派的御用词调，尤以辛弃疾填写的名篇为多。而纳兰，以擅长小令著称的清初词人，却用这个词牌填写了好几首慷慨激昂的作品，而且都是与顾贞观两个人之间的唱和之作。在24岁那年，纳兰性德把自己的词作编选成集，名为《侧帽词》。顾贞观后来重刊纳兰的词作，更名《饮水词》。《赠梁汾》则是纳兰词中熠熠生辉的一首绝唱。

梁汾，即顾贞观的号。这首词，据纳兰词编年，是纳兰与顾贞观初识时候的作品。纳兰性德的为人，也很耐人寻味。生于富贵之家，20余岁科考登第，成为康熙身边的三等侍卫，仕途顺利已极。然而，富贵与功名在他眼中从来如浮云。他短短的30年的生命里，结交的几乎都是那些久负盛名却江湖落拓的汉族知识分子，并与他们相应相求。词作本身并不深奥，不过是在感慨自己偶然间降生到了富贵之家，然而，他的心中向往的人物，却是战国四公子之一的平原君，那个在天下大乱的时代能礼贤下士的有作为的人物——其实某种意义上，他自己就是平原君，对那些他曾予以庇护的落拓的汉族知识分子来说，能与顾贞观相遇相识，对他来说，是意外之喜，仿佛悲惨的人生中终于有了一丝亮色。

上阕表白心迹。作者表明自己鄙视荣华富贵，希望梁汾能以常人对待自己。

这首词写于公元1676年，时纳兰性德年仅22岁，顾梁汾已年逾40，因不得志，刚刚解职辞官，暂舍于纳兰性德府第。生性注重友情的纳兰性德欲与梁汾结下肺腑之交，但又由于两人当时地位悬殊，恐梁汾不解其情意，故先表明了自己的心志，以消除二人之间门第等级的隔阂。

作者起笔就说：“德也狂生耳。偶然间、淄尘京国，乌衣门第。”意思是说：我原本就是一个狂放不羁的人，能在京城混迹于官场，只不过是偶然的机会和门第的高贵而已。这充分表明了纳兰性德从内心深处鄙视荣华富贵，不以贵族公子自居，言外之意是希望梁汾能以常人对待他。“狂”者，指慷慨激发、忘形尘俗也；“狂生”，乃狂放不羁之人。

“有酒惟浇赵州土，谁会成生此意。不信道、竟成知己。”李贺《浩歌》中有“买丝绣作平原君，有酒唯浇赵州土”句，作者以此示其景仰平原君广纳贤才之贤德，然如此“见才必怜，见贤必慕”之情，竟无人领会，无人理解！然后笔锋一转，“不信道、竟成知己”，万万没有想到，今天竟然遇到了您这位知己。“不信”与“竟”的连用，其得遇知己的喜悦之情，溢于言表。

“青眼高歌俱未老，向尊前、拭尽英雄泪。”语出杜甫《短歌行》“青眼高歌望吾子，眼中之人我老矣”，庆幸我们都还青壮盛年，应当把酒痛饮，纵情高歌，擦去英雄才有的眼泪。

“君不见，月如水。”以景作结。那一夜，月儿皎洁，似是映衬着他们悲凉的情怀，又似是他们纯洁友谊的见证，更渲染出高洁而凄清之氛围，即情即景，尽在不言中。

下阙从同情梁汾的坎坷遭遇着笔，劝勉朋友释怀。

“共君此夜须沉醉。”紧承上阙“向尊前、拭尽英雄泪”而来。这里的“须”字很值得考究，它表明，诗人是有意识地使自己神经麻木，有“退一步海阔天空”之心。

“且由他、娥眉谣诼，古今同忌”语出《离骚》“众女嫉余之蛾眉兮，谣诼谓余以善淫”。作者把梁汾之遭际纳入普遍规律，劝其当及时释怀，不要把谗言污蔑放在心上，以免无休止地困扰自己。

“身世悠悠何足问，冷笑置之而已。寻思起、从头翻悔。”人生岁月悠悠，本不可预测，难免遭受点挫折苦恼，这些都没必要放在心上，思过之后笑一笑放在一边就完事儿了。若总是耿耿于怀，反复寻思放之不下，那就错了。

以上皆为慰勉之词，什么谗言诬陷，什么悠悠身世，什么坎坷挫折，统统放在一边，还不如开怀痛饮，对酒当歌，挥手“拭尽英雄泪”，一吐为快。

“一日心期千劫在，后身缘、恐结他生里。然诺重，君须记。”一日心期，千劫不负，相见恨晚，但愿结他生之缘，请切切铭记今天的承诺。

这首词风格凄切，酣畅，深沉，又慷慨淋漓，耐人寻味。尤其是真情实感，是这首词得以生命长青、久盛不衰之所在。

思考与练习

1. 你怎样看待这份披肝沥胆的友谊?
2. 如何理解“青眼高歌俱未老，向尊前、拭尽英雄泪”?
3. “君不见，月如水”表达了作者怎样的心境?

再别康桥

徐志摩

轻轻的我走了，
正如我轻轻的来；
我轻轻的招手，
作别西天的云彩。

那河畔的金柳
是夕阳中的新娘
波光里的艳影，
在我的心头荡漾。

软泥上的青荇，
油油的在水底招摇；
在康河的柔波里，
我甘心做一条水草。

那树荫下的一潭，
不是清泉，是天上虹
揉碎在浮藻间，
沉淀着彩虹似的梦。

寻梦？撑一支长篙，
向青草更青处漫溯，
满载一船星辉，
在星辉斑斓里放歌。

但我不能放歌，
悄悄是别离的笙箫；
夏虫也为我沉默，
沉默是今晚的康桥！

悄悄的我走了，
正如我悄悄的来；
我挥一挥衣袖，
不带走一片云彩。

赏析

徐志摩（1897—1931 年），浙江海宁人，现代诗人、散文家。笔名云中鹤、南湖、诗哲。1916 年考入北京大学，同年遵父命与年仅 16 岁的张幼仪成婚。1918 年赴美留学，1920 年转赴英国就读于剑桥大学，攻读博士学位，其间徐志摩于婚外爱恋林徽音。1922 年 3 月与元配张幼仪离异，同年 8 月辞别剑桥启程回国，历任北京大学、清华大学教授。1923 年与胡适等成立新月社，为主要成员。1924 年，印度大诗人泰戈尔访华，徐志摩任翻译，后随泰戈尔漫游欧洲，同年认识有夫之妇陆小曼并相恋，1926 年 10 月与陆小曼结婚。1927 年在上海光华大学任教授，1929 年兼任中华书局编辑，1930 年秋，应胡适之邀，到北京大学任教授。在此期间，徐志摩已陷于深深的痛苦之中，一方面，为了生计往返于北平与上海之间而疲于奔命；另一方面，与陆小曼出现感情危机。1931 年 11 月 19 日，徐志摩从南京乘飞机去北平，途中飞机失事，死于泰山脚下，时年 35 岁。

徐志摩可以说是新诗的诗魂，茅盾说他既是中国的布尔乔亚的“开山”诗人又是“末代诗人”，他以后的继起者未见有能与之并驾齐驱的。作为新月社的灵魂人物，他的新诗可堪千古绝唱，他的诗歌创作的成就当为 20 世纪文学之圭臬。他的散文也具有独特的韵味，陈西滢、沈从文、梁实秋、周作人都曾一致称赞他的文章华美，学生们对他更是推崇备至，赵景深认为像徐志摩那样“文采华丽，连吐一长串珠玑的散文作者，在现代还找不到第二个”。当然若论徐志摩的散文深义，恐怕既无鲁迅之深刻尖锐及宏阔感，也无郁达夫之练达及沧桑感，但就其抒情性特征来看，则是任何一位现代散文家不可比拟的。他的散文始终充溢着饱满的激情，哪怕是颓废，读来亦痛快淋漓，绝无缠绵泥淖之感。华美的外表，再以澎湃的内在激情相匹配，徐志摩的诗文风格迥异于他人。与他的才华一样，徐志摩的品行也同样受到推崇。他对爱情的执著，他的天真无邪，他的崇尚自由、平等、博爱的人道主义情怀，处处显出人性的光辉。当飞机失事的噩耗传来，震惊了海内外，胡适连呼：“天才横死，损失的是中国文学！”

康桥，英国著名的剑桥大学所在地。1920 年 10 月至 1922 年 8 月，诗人曾游学于此。康桥时期是徐志摩一生的转折点，正如诗人后来曾满怀深情地说：“我的眼是康桥教我睁的，我的求知欲是康桥给我拨动的，我的自我意识是康桥给我胚胎的。”（《吸烟与文化》）正是康河的水，开启了诗人的性灵，唤醒了久蛰在他心中的诗人的天命。1928 年秋，诗人故地重游，勃发了诗兴，在归途的南中国海上，吟成了《再别康桥》这首传世之作。

诗歌记下了诗人再别康桥的情感体验，表现了一种含着淡淡忧愁的离情别绪。全诗以“轻轻的”、“走”、“来”、“招手”、“作别云彩”起笔，用虚实相间的手法，描绘了一幅幅流动的画面，构成了一处处美妙的意境，细致入微地将诗人对康桥的爱恋，对往昔生活的憧憬，对眼前的无可奈何的离愁，表现得真挚、浓郁、隽永。诗歌的第一节，便三次用了“轻轻的”这个形容词，显得节奏轻快、旋律柔和，既抒发了诗人对康桥依依不舍的淡淡忧愁，又定下了全诗哀而不伤的基调。接下去二、三、四节，直接描写了康桥的迷人景色，表现了诗人对康桥的具体感受和留恋，“河畔的金柳”，像夕阳中的新娘，对康桥的爱何等浓烈，又何等温柔。“在康河的柔波里”，诗人“甘心做一条水草”，对康桥的依恋何等强烈，又何等缠绵。“天上虹”倒映在清泉中，二者交相辉映，康河更加美丽；而美梦“揉碎在浮藻间”，又散发出一缕淡淡的哀伤，大约是回国几年所见所闻粉碎了他初别康桥时的理想，现在再返康桥，重新寻梦来了，于是诗人缅怀起昔日畅游康河的情景，“撑一支长篙，向青草更青处漫溯”，“满载一船星辉”，在星空中“放歌”，是回忆，也是憧憬，诗人不能自已，感情达到了沸点……然而毕竟是梦，星辉终究不能长存于天际，离别是注定了的。但草木有情，“夏虫也为我沉默”，整个康桥都寂静了下来。这里交织着依恋、无奈、惆怅等种种复杂感情。最后诗人“悄悄的”走了，从第一节“轻轻的”变为第七节的“悄悄的”，在原来轻柔的感情中，又抹上了一层淡淡哀愁的色彩。但“挥一挥衣袖，不带走一片云彩”，又显得洒脱，不过于缠绵。诗人将自己的生活体验化作缕缕情思，融会在所抒写的康桥美丽的景色里，也驰骋在诗人的想象之中，仿佛在悉心呵护一个情人的睡梦，轻柔的叹息般的韵律与依依别离情绪完美地统一在一起。

这首诗表现出诗人高度的艺术技巧。诗的思想内容只是表达了一种微波轻烟似的情绪，然而感情真挚，意境深邃。诗人将具体景物与想象糅合在一起构成鲜明生动的艺术形象，巧妙地把气氛、感情、景象融会为意境，达到景中有情，情中有景。他笔下的康桥是有生命的，带有诗人柔和飘逸的风度，与诗人的感情融为一体。而诗人的情怀又不是直白的显露，它热烈而有分寸，淡淡起头，又淡淡结尾，却包含了多少复杂情绪，使人产生丰富的联想和回味。诗的结构形式严谨整齐，错落有致。诗的语言清新秀丽，但又深得锤炼工夫，不露雕琢痕迹，节奏抑扬合度，声调回环反复，伴随着情感的起伏跳跃，犹如一曲悦耳徐缓的散板，轻柔婉转，富于音乐美。

思考与练习

1. 这首诗情景交融，意境优美，比喻活泼鲜明，谈谈你的体会。

2. 诗中首尾两节表现作者怎样的思想感情？第一节连用三个“轻轻的”，末节连用两个“悄悄的”，有什么艺术效果？

3. 背诵这首诗。

雨 巷

戴望舒

撑着油纸伞，独自
彷徨在悠长、悠长
又寂寥的雨巷，
我希望逢着
一个丁香一样地
结着愁怨的姑娘。

她是有
丁香一样的颜色，
丁香一样的芬芳，
丁香一样的忧愁，
在雨中哀怨，
哀怨又彷徨。

她彷徨在这寂寥的雨巷，
撑着油纸伞
像我一样，
像我一样地
默默踟蹰①着
冷漠，凄清，又惆怅。

她静默地走近
走近，又投出
太息一般的眼光，
她飘过
像梦一般地
像梦一般地凄婉迷茫。

像梦中飘过
一枝丁香地，

---

① 踟蹰（chíchú）：慢步走，时走时歇。

我身旁飘过这个女郎；
她默默地远了，远了，
到了颓圮①的篱墙，
走尽这雨巷。

在雨的哀曲里，
消了她的颜色，
散了她的芬芳，
消散了，甚至她的
太息般的眼光，
丁香般的惆怅。

撑着油纸伞，独自
彷徨在悠长，悠长
又寂寥的雨巷，
我希望飘过
一个丁香一样地
结着愁怨的姑娘。

赏析

戴望舒（1905—1950 年），浙江余杭县人，中国现代著名诗人。1925 年入上海震旦大学学习法文，开始受到法国象征派的影响。1926 年参加共青团。1928 年后成为水沫社和其后的《现代》杂志的作者之一，创作现代派诗歌。1932 年后留学法国、西班牙。1938 年赴香港，主编《星岛日报》副刊。1941 年底香港沦陷，被日军以抗日罪名下狱，在狱中保持了民族气节，次年春被营救出狱。抗战胜利后回上海教书，1949 年春北上至解放区。1950 年因病逝世。诗集有《我底记忆》、《望舒草》、《望舒诗稿》和《灾难的岁月》。早期诗歌多写个人的孤寂心境，感伤气息较重，因受西方象征派的影响，意象朦胧、含蓄。后期诗歌表现了热爱祖国、憎恨侵略者的强烈感情和对美好未来的热烈向往，诗风显得出明朗、沉挚。

《雨巷》是戴望舒早期的成名作和代表作，诗歌发表后产生了较大影响，诗人也因此被称为“雨巷诗人”。这首诗写于 1927 年夏天。当时全国处于白色恐怖之中，戴望舒因曾参加进步活动而不得不避居于松江的友人家中，在孤寂中咀嚼着大革命失败后的幻灭与痛苦，心中充满了迷惘的情绪和朦胧的希望。《雨巷》一诗就是他的这种心情的表现，其中交织着失望和希望、幻灭和追求的双重情调。这种情怀在当时是有一定的普遍性的。

① 颓圮（tuípǐ）：坍塌，毁坏。

诗歌描绘了一幅梅雨时节江南小巷的阴沉图景，借此构成了一个富有浓重象征色彩的抒情意境。在这里，诗人把当时黑暗阴沉的社会现实暗喻为悠长狭窄而寂寥的“雨巷”，没有阳光，也没有生机和活气。而抒情主人公“我”就是在这样的雨巷中孤独的踟蹰着的彷徨者。“我”在孤寂中仍怀着对美好理想和希望的憧憬与追求。诗中“丁香一样地姑娘”就是这种美好理想的象征。但是，这种美好的理想又是渺茫的、难以实现的。这种心态，正是大革命失败后一部分有所追求的青年知识分子因找不到出路而陷于惶惑迷惘心境的真实反映。

在艺术上，本诗也鲜明地体现了戴望舒早期诗歌的创作特色。它既采用了象征派重暗示、重象征的手法，又有格律派对于音乐美的追求。诗中那狭窄阴沉的雨巷，在雨巷中徘徊的独行者，以及那个像丁香一样结着愁怨的姑娘，都是象征性的意象。这些意象又共同构成了一种象征性的意境，含蓄地暗示出作者既迷惘感伤又有期待的情怀，并给人一种朦胧而又幽深的美感。诚如叶圣陶所说，《雨巷》是“替新诗的音节开了一个新的纪元”。该诗在音乐性方面也具有突出的成就。全诗共七节，每节六行，每行长短不等，押韵的位置错综变化，常用首语重叠，加上奇特的字句组合，似断实连的分节跨行，使得全诗回荡着一种深沉的优美的旋律，细腻而传神地暗示了诗人低回而迷茫的心境。

诗人在《雨巷》中创造了一个丁香一样的结着愁怨的姑娘。这虽然是受古代诗词中一些作品的启发，如李商隐的《代赠》诗中就有过“芭蕉不展丁香结，同向春风各自愁”的诗句，南唐李璟的《浣溪沙》“青鸟不传云外信，丁香空结雨中愁”。但在构成《雨巷》的意境和形象时，诗人既吸取了前人的果汁，又有了自己的创造。第一，古人在诗里以丁香结本身象征愁心，《雨巷》则想象了一个如丁香一样结着愁怨的姑娘。“丁香空结雨中愁”没有“丁香一样的结着愁怨的姑娘”更能唤起人们希望和幻灭的情绪，在表现时代忧愁的领域里，这个形象是一个难得的创造。第二，在古代诗词里，雨中丁香结是以真实的生活景物来寄托诗人的感情的，而丁香姑娘则是诗人依据生活的经验又加上了自己的想象创造的，她是比生活更美的艺术想象的产物。从诗的更深的象征性意蕴看，这首诗中的姑娘形象其实就是诗人的理想。他的彷徨求索，就是为了寻找姑娘——理想。姑娘出现了，但是她的步履，她的颜色，连同她的太息与惆怅，莫不带有可望而不可即——执著追求但又无法把握的象征意味。

思考与练习

1. 如何理解“丁香”这一意象？
2. 分析这首诗的音乐美。
3. 本诗的特点是什么？

北 方

艾 青

一天
那个科尔沁草原上的诗人
对我说:
“北方是悲哀的。”

不错
北方是悲哀的。
从塞外吹来的
沙漠风,
已卷去北方的生命的绿色
与时日的光辉
——一片暗淡的灰黄
蒙上一层揭不开的沙雾;
那天边疾奔而至的呼啸
带来了恐怖
疯狂地
扫荡过大地;
荒漠的原野
冻结在十二月的寒风里,
村庄呀,山坡呀,河岸呀,
颓垣与荒冢呀
都披上了土色的忧郁……
孤单的行人,
上身俯前
用手遮住了脸颊,
在风沙里
困苦地呼吸
一步一步地
挣扎着前进……

几只驴子
——那有悲哀的眼
和疲乏的耳朵的畜生，
载负了土地的
痛苦的重压，
它们厌倦的脚步
徐缓地踏过
北国的
修长而又寂寞的道路……

那些小河早已枯干了
河底也已画满了车辙，
北方的土地和人民
在渴求着
那滋润生命的流泉啊！
枯死的林木
与低矮的住房
稀疏地，阴郁地
散布在灰暗的天幕下；
天上，
看不见太阳，
只有那结成大队的雁群
惶乱的雁群
击着黑色的翅膀
叫出它们的不安与悲苦，
从这荒凉的地域逃亡
逃亡到
绿荫蔽天的南方去了……

北方是悲哀的
而万里的黄河
汹涌着混浊的波涛
给广大的北方
倾泻着灾难与不幸；
而年代的风霜
刻画着
广大的北方的
贫穷与饥饿啊。

而我
——这来自南方的旅客，
却爱这悲哀的北国啊。
扑面的风沙
与入骨的冷气
决不曾使我咒诅；
我爱这悲哀的国土，
一片无垠的荒漠
也引起了我的崇敬
——我看见
我们的祖先
带领了羊群
吹着笳笛
沉浸在这大漠的黄昏里……；
我们踏着的
古老的松软的黄土层里
埋有我们祖先的骸骨啊，
——这土地是他们所开垦
几千年了
他们曾在这里
和带给他们以打击的自然相搏斗，
他们为保卫土地
从不曾屈辱过一次，
他们死了
把土地遗留给我们——
我爱这悲哀的国土，
它的广大而瘦瘠的土地
带给我们以淳朴的言语
与宽阔的姿态，
我相信这言语与姿态
坚强地生活在土地上
永远不会灭亡；
我爱这悲哀的国土，
古老的国土
——这国土
养育了为我所爱的

世界上最艰苦
与最古老的种族。

一九三八年二月四日，潼关

赏析

诗人写作此诗之时，正值抗日战争爆发，诗人辗转于南北各地，1938 年初旅经陕西潼关时，因科尔沁草原上的诗人端木蕻良关于“北方是悲哀的”的感叹而引发思绪，于是写作此诗，抒发他北国之行的感受。

《北方》是艾青一首内涵很丰富的抒情诗，诗作通过对意象的描绘来表达诗人的主观情感。诗人对人民遭受的苦难的同情，对战胜苦难的精神和力量的赞美与讴歌，在诗中得到了独特的表达。

《北方》全诗共有四节，前三节是诗的第一部分，第四节是第二部分。第一部分中，诗人给读者描绘了一幅幅凄凉、悲惨的画卷，展现了北方人民在战争中蒙受的灾难和不幸。第二部分，作者转而描写这悲哀国土的表象下所蕴含的无穷的伟力，表达自己爱国主义情感的同时也坚定了对抗战必胜的信念。“科尔沁草原上的诗人”实际上是指小说家端木蕻良，他在和艾青一同去山西的路上，根据自己对沦陷区的感受，对艾青说：“北方是悲哀的。”

本诗在对北方冬景的描写中，诗人选取的无论是“暗淡的灰黄”的沙漠风，还是“荒漠的原野”、“颓垣与荒冢”，无论是“孤单的行人”、“惶乱的雁群”，还是“有悲哀的眼和疲乏的耳朵的畜生”等一组组灰暗、荒凉、阴郁的意象，都是一片悲凉的景象，这些景象与冬季的严寒、肃杀相互映衬，也反映了当时北中国大地的真实情况，诗人将写实和象征自然地融合在了这些意象里。他写这北方的寒冷、萧条的景色很容易让读者能够理解，是为了表达作者内心深处的悲哀。我们在字面上，除了“北方是悲哀的”一句总基调，很少能直接读到表达这种感情的词句，诗人都是用各种质朴自然、司空见惯的意象来象征国土和人民的苦难，以及抗战的艰苦。

在艺术特色上，诗歌具有以下特征：

一是融入北方现实，攫取独特的意象，传递朴素真实的爱国主义主题。

《北方》这首诗最为鲜明的艺术特色就是朴素，情感毫无遮蔽。写北方的自然的景象，没有浮夸，没有虚拟，找寻独特的意象：“暗淡的灰黄”、“荒漠的原野”、“颓垣与荒冢”、“孤单的行人”、“有悲哀的眼和疲乏的耳朵的畜生”、“干枯的小河”、“枯死的树木”、“低矮的住房”、“惶乱的雁群”等，让读者真正置身北方现实的环境中，感受到民族的深远的苦难与土地的苍茫所带来的令灵魂惊醒的沉重感。

“我爱这悲哀的国土，/它的广大而瘦瘠的土地/带给我们以淳朴的言语/与宽阔的姿态，/我相信这言语与姿态/坚强地生活在大地上/永远不会灭亡；/我爱这悲哀的国土，/古老的国土/——这国土/养育了为我所爱的/世界上最艰苦/与最古老的种族。”

土地的意象凝聚了艾青对祖国和人民的最深沉的爱。爱国主义是艾青作品中永远唱不尽的主题，把这种感情表现得最动人的，是他的《我爱这土地》："为什么我的眼里常含泪水？因为我对这土地爱得深沉……"用真实而朴素的诗句，说出了诗人内心深处永恒的土地情结，这里表达的是一种刻骨铭心、至死不渝的深沉的爱国主义情感，这种情感在近代中国人民中具有普遍性和典型性。

二是将个人的情感融入民族的悲痛，将浓郁的情感化为忧郁的诗绪。

艾青是一个深深感染了农民式的忧郁的人，这种来自土地耕植者的忧郁又强化了艾青对土地所怀有的永恒的忧患感。

"忧郁"渗透了诗人的灵魂，是永远摆脱不掉的，是构成艾青诗歌艺术特性的基本要素之一。我们可以把它叫做"艾青式的忧郁"。

艾青的忧郁有来自个人的经历和性格，有来自于留学法国时期所感受到的"飘泊的情愫"和西方象征派、印象派文学思潮的影响；也有来自于特殊时代的影响。在抗日战争的炮火中，艾青辗转于北方，亲眼见到北方农民的现实苦难，与我国古老民族的感时愤世、忧国忧民的传统产生了心灵的契合。因此，这种忧郁里，浸透了诗人对祖国、人民的极其深沉的爱，更表现了诗人对生活的忠实和深刻的思索。但艾青的忧郁并不是消极的，其所给予读者的是一种"深沉"的力量，表现的是他对美好生活的执著追求和坚强的信念。

艾青天生具有诗人气质，他在巴黎留学时，本来学的是绘画。他感受敏锐，感情深沉，文笔疏放而流畅。最重要的是，他的诗都来源于他对现实语境的直接经验，对国家民族命运的诚挚关心。他秉承浪漫主义的一些主张，强调诗人自己先要有强烈的情感，而且要比较直接地把热情呈现出来，要达到皮肤与皮肤接触、呼吸与呼吸交融的效果。艾青本人在许多场合曾表达过这样的诗学观点："要说由衷的话，就必须自己内心里的确对自己所歌颂和赞美的东西发生了强烈的感情，不说出来就不舒服，这就决不是人云亦云，而是吐自肺腑的心曲。"艾青诗歌中的题材是日常的，语言也是口语，他写出了千百万人心中的感受，使千百万人和着他诗歌的节奏感受时代的变迁。

三是抓取独特的色调传达悲凉的感受，用艺术的方式表达世界。

首先，是从感觉出发，强调捕捉瞬间的感觉和主观情感对感觉的渗入，重视印象在艺术创造中的作用，有独特的艾青的"光"和"色"。

"黄色、褐色、土色"作为北方的主色调，既是现实的北方，又是独特的心情，用艺术的手法营造了浓厚的地域意象。

艾青像印象派作家那样非常重视感觉和感受，他常常处在一种沉思的状态里，思考怎样才能抓住那种瞬间得来的新鲜印象，并加以渲染，用恰当的诗句描画出来。但是他反对像摄影师那样仅仅将感觉还原于感觉，而是强调主观情感对感觉的渗入，追求二者的融合，从中展开联想，创造出具有广阔象征意义的视觉形象，这就是艾青最常用的艺术方法。如《旷野》中出现的那"渐渐模糊的，灰黄而曲折的道路，那在广大的灰白里呈露出的，到处是一片土黄、暗赭，与焦茶的颜色的混合，那灰白而混浊、茫然而莫测的"雾"的笼罩……"诗中用的"模糊"、"灰黄"、"曲折"、"灰白"、"土黄"、

“暗赭”、“焦茶”、“混浊”、“茫然莫测的雾”等词语，既是对外界的自然光和色的敏锐感受，也暗示、象征了诗人内在世界所感到的“沉重”、“困顿”和“倦怠”，蕴含着诗人对时代、命运、气氛等的总体把握和思索。

存在于艾青诗中的光和色，不再是对感觉印象的简单记录，而是一种暗示和象征，积淀着社会、历史、心理、哲学等等的深刻内容，同时也渗透着诗人的个性，可以称为“艾青的光和色”。这种光和色的调子，在艾青的笔下主要呈现为明暗两种，因表现主题的不同而呈现出不同的色彩：在表现“土地”的意象和主题时，诗人多用灰、黄、紫的色调和暗淡的光，使现实的苦难更加沉凝；而在表现太阳的主题时，他又常常采用通红、金色、浅黄、浅蓝的色调和强烈、温柔、明洁的光，使人想象生活的美好和未来的光明；灰黄和金红是艾青常用的两种基本色调，代表了他所拥抱的世界的两个面。这就是色调在艾青诗中的特殊象征意义。

强调瞬间印象、感觉的捕捉、主观情感的渗入，正是西方印象主义绘画、西方象征主义诗歌与中国古代诗歌美学相通的地方，这样，艾青的诗，就通过西方印象主义绘画这个中间环节，和东西方诗学取得了内在的联系，通过自己独特的途径，走着中西诗学结合的道路，成为这一历史趋向的代表。

其次，艾青是自由诗体的自觉提倡者，还专门提倡诗的散文美。该诗在形式上不拘泥于外形的束缚，很少注意诗句的韵脚和字数、行数的划一，但是又运用有规律的排比、复沓，造成一种变化中的统一。用问答的形式开头，围绕着“北方是悲哀的”抓取细节轻松地书写，口语化地叙述，孤独地抒发和描摹诗人眼里的北方。

全诗被用亲切质朴的口语娓娓道来，抛弃了空洞的说教也褪去了铅华的粉饰。在将“北方是悲哀的”作为一个感情赖以抒发的基础上，把散文的自由特质融入有弹性又流动的语言语调进行展开，自由的诗形中又张显出一种内在的旋律美。

总而言之，艾青的诗正体现了抗日战争时期主流派的自由诗体所达到的历史高度。

思考与练习

1. 如何理解诗歌中忧郁的感情基调？
2. 分析并体会本诗中色彩画面的运用。
3. 谈谈诗歌的节奏与韵律对情感推动的作用。

双 桅 船

舒 婷

雾打湿了我的双翼
可风却不容我再迟疑
岸啊，心爱的岸
昨天刚刚和你告别
今天你又在这里
明天我们将在
另一个纬度相遇
是一场风暴、一盏灯
把我们联系在一起
是另一场风暴、另一盏灯
使我们再分东西
不怕天涯海角
岂在朝朝夕夕
你在我的航程上
我在你的视线里

赏析

舒婷，原名龚佩瑜，1952 年出生于福建石码镇。1969 年下乡插队，1972 年返城当工人。1979 年开始发表诗歌作品。1980 年至福建省文联工作，从事专业写作。主要著作有诗集《双桅船》、《会唱歌的鸢尾花》、《始祖鸟》，散文集《心烟》等。

《双桅船》是诗人运用朦胧诗的写法，采用象征、意象来表达人的主观情绪，从而伸张人性的佳作。全诗表现了诗人双重的心态与复杂的情感。一方面，是理想追求的“灯”；另一方面，是爱情向往的“岸”。在执著追求理想的进程中，时而与岸相遇，又时而与岸别离，相和谐又相矛盾。同时，在追求理想的过程中，诗人时而感到前行的艰难与沉重，时而感到一种时代的紧迫感而不让自己停息。“雾打湿了我的双翼/可风却不容我再迟疑。”诗中所表现的情绪与心态，既是诗人自我的、个性的东西，同时，又是那个特定时代的青年们所普遍感受到而难以言表的东西。诗人以她细腻的心，运用象征的技巧，把它完美地表达出来，使之成为一首脍炙人口的佳作。

本诗的一个重要艺术特点是象征。在朦胧诗中，象征多是用某种具体的事物和人们能直感的形象来替代人的某种主观情绪和某种社会态度。简言之，就是用具象来表达抽象。诗题“双桅船”，就是一种象征。全诗的目的不在于描写一只客观的双桅船，而是借用双桅船这一具体形象来表现诗人自己，表现诗人双重的心态与复杂的情感。或者说，诗人觉得，自己就像一只双桅船。双桅船中的“双桅”又暗示着某种深层的含义。双桅并在，意味着诗人心目中爱情与事业并立又相区别的心理。另外，诗中的“岸”、“风”、“风暴”、“灯”等都具有明显的象征性。“岸”象征着女性的爱情归宿，“风”意味着时代紧迫感给诗人的动力，“风暴”暗指诗人与同代人所经历的不平常的年代风云，“灯”则与光明信念并在一起。

意象的运用，是本诗的另一个重要艺术特点。所谓意象，就是借用外在的景致来表现诗人的主观心态。它与传统诗歌中的“意境”不同。意境一般是触景生情并借景抒情，从而达到景中含情的艺术目的。而在朦胧诗中，诗人多以主观情绪和人的各种心态为表现对象，从主观情绪出发，想象并构造成某种具体的画面与景致，从而使抽象的情感形象化，以达到艺术表达的效果。诗人在《双桅船》中所要表达的是一种心态、一种情绪、一种感情历程。而落在语言上，却是“船”、“岸”、“风暴”、“灯”等具体形象，并把这些具体形象加以组合，形成一幅完整的有动态过程的画面。而在画面之下，隐含并跳动着作者的心、作者的真情实感。全诗意象清新，组合自然，使诗人内在强烈的情绪得以自如的表达。

另外，本诗的语言自然流畅，诗中所蕴含的情感凝重而又细腻，既有浓浓的个人感叹，又有开阔的时代情怀。诗的最后四句：“不怕天涯海角/岂在朝朝夕夕/你在我的航程上/我在你的视线里”，被人们当作警句加以广泛流传和引用。

思考与练习

1. 了解朦胧诗产生的年代及背景，了解相关代表作家作品。
2. 阅读《致橡树》，比较两首诗歌中象征手法运用的异同，分析理解其突出特点。

乡　愁

余光中

小时候
乡愁是一枚小小的邮票
我在这头
母亲在那头

长大后
乡愁是一张窄窄的船票
我在这头
新娘在那头

后来啊
乡愁是一方矮矮的坟墓
我在外头
母亲在里头

而现在
乡愁是一湾浅浅的海峡
我在这头
大陆在那头

赏析

余光中（1928—　），当代作家、文学评论家。祖籍福建永春。1949年离开祖国大陆，3年后毕业于台湾大学外文系，先后在数所大学任教、创作，也曾到美国和中国香港地区求学、工作。目前在高雄的“国立中山大学”任教。已出版诗集、散文、评论和译著40余种，他自称是“文学创作上的多妻主义者”。文学大师梁实秋评价他“右手写诗，左手写散文，成就之高一时无两”。

《乡愁》这首诗写于20世纪70年代初，作者回忆起创作《乡愁》的情景时说：“随着日子的流失愈多，我的怀乡之情便日重，在离开祖国大陆整整20年的时候，我在台北厦门街的旧居内一蹴而就，仅用了20分钟便写出《乡愁》。”

这首诗写实的色彩较浓：作者小时候上寄宿学校，要与妈妈通信；婚后赴美读书，坐轮船返台；后来母亲去世，永失母爱。诗的前三句思念的都是女性，到最后一句作者把祖国大陆作为一个“大母亲”来写，于是意境和思路便豁然开朗，就有了“乡愁是一湾浅浅的海峡”一句。作者谈到作品中永恒的怀乡情结和心路历程时说：“不过我慢慢意识到，我的乡愁现应该是对包括地理、历史和文化在内的整个中国的眷恋。”可见本诗最后一句把祖国大陆作为“大母亲”来写是作者乡愁意识的自然抒发。

作者在这首诗里，设置了四个时段，将乡愁浓缩为邮票、船票、坟墓、海峡等意象，通过四个时段和空间的变化，逐层推进，使意象次第放大，将乡愁诠释为亲情、爱情和思家爱国之情，感情由淡而浓，主题由浅入深，在一咏三叹之中，将乡愁渲染得异常浓烈。另外，这四节诗借用同一结构形式，反复陈说分离之苦，如同歌词，不仅富有音乐美，而且更利于突出主题。

这首诗中用“邮票”表达了对母亲的思念，用“坟墓”表达了对母亲的怀念，这是浓烈的亲情；用“船票”表达了对新婚妻子的想念，这是热烈的爱情；而“海峡”则表达了对祖国的眷恋，这是深沉的爱国之情。这几组形象构成了乡愁的丰富内涵，使“乡愁”有了更明确的寄托。

思考与练习

1. 诗中的“邮票”、“坟墓”、“船票”、“海峡”分别表达了怎样的情感？
2. 该诗的构思有何特点？
3. 你对以“乡愁”为主题的文学作品了解多少？

后　　记

《文学鉴赏》自2009年出版以来，得到广大读者的认同和喜爱。它不仅成了高职院校文学欣赏类课程教材，而且成为广大文学爱好者快速阅读和赏析中外文学精华的读本和实用工具书。党的十八大提出了文化强国的理念，为我国文化的改革发展注入了强大的动力，为推进艺术职业教育的发展提供了重要的文化视域。为了适应当前我国文化繁荣发展的需要，找到文化发展与艺术职业教育的最佳契合点，我们在广泛听取使用教材师生的意见和建议的基础上，对《文学鉴赏》进行了修订，以期进一步培养学生的人文精神，增强文学审美及阅读能力，提高文学素养。

修订的具体分工如下：

导　言　易介南　　湖南艺术职业学院

第一章　小说鉴赏

伍益中　湖南艺术职业学院（《概述》、《白鹿原（节选）》）

易介南　湖南艺术职业学院（《俞伯牙摔琴谢知音》）

刘　萍　湖南艺术职业学院（《红楼梦（节选）》）

李生荣　湖南艺术职业学院（《奔月》）

薛　凌　湖南艺术职业学院（《倾城之恋（节选）》）

李　莉　湖南艺术职业学院（《城堡（节选）》、《安娜·卡列宁娜（节选）》）

周　艳　湖南艺术职业学院（《老人与海（节选）》）

第二章　戏剧鉴赏

康　馨　湖南艺术职业学院（《概述》）

郭 文 湖南艺术职业学院(《哈姆莱特（节选)》)

刘菊华 刘坚平 湖南艺术职业学院（《窦娥冤（节选)》)

鲁晓文 湖南艺术职业学院（《桃花扇（节选)》)

梁熙和 湖南艺术职业学院（《白毛女（节选)》)

苏美华 湖南第一师范学院（《白蛇传（节选)》)

蒋晗玉 湖南艺术职业学院（《狄虎之夜》、《骑马下海的人》、《例外与常规》)

第三章 散文鉴赏

左祖员 江西艺术职业学院（概述)

李 玲 江西艺术职业学院（《雪》、《匆匆》、《都江堰》)

梅晓明 江西艺术职业学院（《时钟》)

叶 柳 江西艺术职业学院（《霞》、《合欢树》、《咸菜茨菇汤》)

刘菊华 刘坚平 湖南艺术职业学院（《逍遥游》、《虎丘记》)

第四章 诗词鉴赏

王银乔 湖北艺术职业学院（《概述》、《九歌（山鬼)》)

徐 慧 湖北艺术职业学院（《关雎》、《无题（昨夜星辰昨夜风)》、《雨巷》、《乡愁》)

晏 妮 湖北艺术职业学院（《李凭箜篌引》、《北方》、《双桅船》)

周力源 湖北艺术职业学院（《临江仙（夜归临皋)》、《金缕曲（赠梁汾)》)

陈建中 湖北艺术职业学院（《再别康桥》)

修订稿系由刘坚平、刘菊华、康馨、王银乔、李玲、李向明、蒋晗玉、伍益中修改、校阅；编务工作由黄晓利、伍益中担任；最终文字统稿与审核由刘坚平、刘菊华、康馨担任，易介南定稿。

在修订过程中，得到了湖北艺术职业学院、江西艺术职业学院领导的大力支持与帮助，尤其是湖南艺术职业学院的各级领导在教材的编写与组织方面做了大量的工作，武汉大学出版社为促成本书尽快出版也尽心、尽力、尽责付出了相当大的心血。在此，一并表示感谢。

另外，本书在编写过程中参阅了大量的相关方面的资料，篇幅所限，未能一一注明，谨在此表示最诚挚的谢意。

《文学鉴赏》编写组

2013 年 8 月 26 日

说明：

1. 本书所摘部分文章，作者地址不详，请相关作者与我们联系，以便奉寄稿酬。

2. 本书部分文字作品稿酬已按法律规定依法交由中国文字著作权协会转付，敬请作者与该协会联系领取。地址：北京市朝阳区京广中心商务楼四层，邮编：100020，电话：010-65978906，传真：010-65978926，E-mail：chinacopyright@ yahoo. cn。